COLLECTION FOLIO

Franz Kafka

L'Amérique

Traduit de l'allemand
par Alexandre Vialatte

Nouvelle édition

Gallimard

Titre original :

AMERIKA

Le héros, Karl Rossmann, est un jeune émigrant de seize ans que ses parents ont expédié en Amérique à la suite d'une mésaventure avec une bonne. Le hasard lui permet de retrouver son oncle Jacob, sénateur à New York, homme d'affaires puissant et riche. Oncle Jacob l'adopte et entreprend de le préparer à devenir aussi un homme d'affaires. Mais Karl accepte étourdiment l'invitation d'un ami de son oncle et se soustrait ainsi sans motif valable à sa leçon d'anglais et à sa leçon d'équitation. Cela suffit pour que l'Oncle Jacob le chasse à tout jamais. Voici Karl redevenu un pauvre émigrant sans appui encombré d'une malle et d'un parapluie.

Son personnage honnête et candide, épris de justice, connaît encore bien des déboires et des aventures tragiques. La méchanceté du sort le poursuit sous les traits de deux vauriens qui le volent, l'exploitent, le trahissent.

Il trouve enfin un engagement dans le grand théâtre d'Oklahoma « qui emploie tout le monde et met chacun à sa place ».

Franz Kafka, né à Prague le 3 juillet 1883 d'une famille juive, a fait ses études au Lycée allemand de Prague de 1893 à 1901, puis à l'Université allemande où, en 1904, il a connu Max Brod qui allait devenir son plus fidèle ami et l'éditeur de ses œuvres posthumes. En 1907 il entre dans une compagnie d'assurances, les « Assicurazioni Generali », et en 1908 dans une compagnie d'assurances contre les accidents du travail, qui était une entreprise semi-nationalisée. Son expérience professionnelle jouera un rôle capital dans la vision du monde social que son œuvre reflète avec la plus extrême précision.

Quatre amours ont marqué sa vie : en 1912, il rencontre Felice Bauer, avec qui il se fiance deux fois et rompt définitivement en 1917, année où sa tuberculose pulmonaire est diagnostiquée. En 1919, il se fiance avec Julie Wohryzek et rompt en partie à cause de l'hostilité de son père à ce mariage, en partie à cause de ses relations avec Milena Jesenska, écrivain tchèque de talent, avec laquelle il échange une admirable correspondance d'amour. A la fin de 1920 son état s'aggrave mais, hostile à la médecine officielle, il tente de se soigner seul, en dehors des sanatoriums classiques. En 1923, au cours de vacances au bord de la Baltique, il fait la connaissance de Dora Dymant, s'installe avec elle à Berlin. Là, la misère due à l'inflation et un terrible hiver sans charbon hâtent l'évolution de sa maladie. Atteint de laryngite tuberculeuse, il est transporté, après deux séjours dans des hôpitaux de Vienne, au sanatorium de Kierling, où il meurt le 3 juin 1924 après une atroce agonie.

A la mémoire de Bernard Zimmer, dont la revue publia la première traduction française d'un texte de Franz Kafka.

Alexandre Vialatte.

CHAPITRE PREMIER

LE CHAUFFEUR

Lorsque, à seize ans, le jeune Karl Rossmann, que ses pauvres parents envoyaient en exil parce qu'une bonne l'avait séduit et rendu père, entra dans le port de New York sur le bateau déjà plus lent, la statue de la Liberté, qu'il observait depuis longtemps, lui apparut dans un sursaut de lumière. On eût dit que le bras qui brandissait l'épée [1] s'était levé à l'instant même, et l'air libre soufflait autour de ce grand corps.

— Qu'elle est haute ! se disait-il. Il en oubliait de partir et fut repoussé petit à petit jusqu'au bordage par la foule sans cesse grossissante des porteurs.

Un jeune homme avec lequel il avait fait vaguement connaissance pendant la traversée lui dit au passage :

— Vous n'avez donc pas envie de descendre ?

— Mais si, je suis prêt, fit Karl. Il le regardait en riant ; et dans l'orgueil de sa joie, comme c'était un solide garçon, il chargea sa malle [2] sur son épaule. Mais, ayant jeté les yeux sur le jeune homme qui

1. *Sic.* La vraie statue de Bartholdi porte un flambeau. Kafka ne cherche pas une vérité photographique.

2. Il s'agit très exactement, comme on le verra plus loin, d'un de ces petits coffres en bois, que les conscrits emportaient pour mettre leurs affaires personnelles en allant rejoindre leur régiment.

s'éloignait déjà avec les autres en agitant sa canne, il s'aperçut avec consternation qu'il avait oublié son propre parapluie au fond du bateau. Il se hâta de demander au jeune homme, qui n'en parut pas enchanté, de l'attendre un instant près de sa malle, examina encore l'endroit pour être sûr de se retrouver au retour et partit en forçant le pas. En bas, il y avait un passage qui aurait bien raccourci son chemin; malheureusement il le trouva barré; c'était sans doute une mesure nécessitée par le débarquement général; il dut chercher péniblement des escaliers, — qui succédaient indéfiniment à de précédents escaliers, — traverser des couloirs dont la direction changeait sans cesse et passer par une pièce vide ornée d'un bureau délaissé, jusqu'à ce que, n'ayant emprunté ce chemin qu'une ou deux fois, et toujours en assez nombreuse compagnie, il se trouvât réellement perdu. Il ne rencontrait personne et n'entendait que l'incessant frottement de mille pieds au-dessus de lui, ou, au loin, pareil à un souffle, le dernier travail des machines déjà embrayées; alors, sans réfléchir, dans sa perplexité, il frappa à la première porte qui se présenta devant lui quand il s'arrêta de rôder.

— C'est ouvert, cria-t-on de l'intérieur, et Karl poussa la porte avec un sincère soupir de soulagement.

— Pourquoi frappez-vous comme un sourd? demanda un homme gigantesque avant presque d'avoir aperçu Karl. Par une lucarne du plafond une lumière trouble, usée depuis longtemps aux étages supérieurs, tombait dans la misérable cabine où se tenaient serrés les uns contre les autres, comme des marchandises dans un dépôt, un lit, une armoire, un siège et l'homme.

— Je me suis trompé, dit Karl, je ne m'en étais pas si bien rendu compte pendant la traversée, mais le bateau est terriblement grand.

— Oui, vous pouvez le dire, déclara l'homme avec une certaine fierté, sans cesser de fourrager dans la serrure d'une valise qu'il refermait ensuite en pressant des deux mains pour écouter le déclic du ressort. Mais entrez donc, ajouta-t-il, vous n'allez pas rester dehors !

— Je ne vous dérange pas ? demanda Karl.

— Eh ! pourquoi me dérangeriez-vous ?

— Êtes-vous Allemand ? s'enquit le jeune homme pour plus de sûreté (on lui avait beaucoup parlé, en insistant sur le péril irlandais, des dangers qui menaçaient les nouveaux débarqués).

— Mais oui, mais oui, dit l'homme. — Karl hésitait encore. Alors l'autre saisit la poignée de la porte et le ramena à l'intérieur en fermant précipitamment. — Je ne peux pas supporter qu'on regarde du couloir, expliqua-t-il (il s'était remis à travailler à sa valise) ; tout le monde passe ici, tout le monde regarde là-dedans ! Le diable n'y tiendrait pas !

— Mais le couloir est complètement vide, dit Karl, qui restait là désagréablement coincé contre le montant du lit.

— Oui, maintenant ! dit l'homme.

— N'est-ce donc pas de maintenant qu'il s'agit ? se demanda Karl. Il est difficile de parler avec cet homme.

— Couchez-vous sur le lit, dit l'autre, vous aurez plus de place qu'en bas.

Karl se hissa sur la couchette comme il put, en riant bruyamment de l'insuccès de ses premières tentatives d'ascension. Mais à peine fut-il en haut qu'il s'écria :

— Mon Dieu, j'ai oublié ma malle !

— Où est-elle ?

— Là-haut, sur le pont, elle est gardée par un jeune homme que je connais. Comment s'appelle-t-il donc ? Et il tira une carte de visite du fond d'une poche secrète que sa mère lui avait cousue pour le voyage dans la doublure de son pantalon. Butterbaum, Franz Butterbaum.

— Avez-vous besoin de votre malle ?

— Naturellement.

— Alors pourquoi l'avez-vous donnée à garder à un étranger ?

— C'est que j'avais oublié mon parapluie en bas et j'ai couru le chercher, je ne voulais pas traîner ma malle avec moi. Et pour comble je me suis perdu.

— Vous êtes seul ? Personne ne vous accompagne ?

— Oui, je suis seul. « Je devrais peut-être me raccrocher à cet homme », pensa soudain Karl, « où trouver tout de suite un meilleur ami ? »

— Et maintenant, par-dessus le marché, vous avez perdu votre malle. Le parapluie je n'en parle pas. Et l'homme s'assit sur la chaise, comme si l'affaire de Karl commençait à prendre un peu d'intérêt pour lui.

— Mais je ne crois pas ma malle encore perdue.

— Il n'y a que la foi qui sauve, dit l'homme, et il se mit à gratter fortement dans ses cheveux bruns, courts et épais. A bord les mœurs changent avec les ports. A Hambourg votre Butterbaum aurait peut-être surveillé votre malle, ici il n'y a probablement plus trace des deux.

— Alors, il faut que j'aille tout de suite voir là-haut, dit Karl en cherchant des yeux un passage.

— Restez donc, fit l'homme en le repoussant dans le lit d'un renfoncement dans la poitrine.

— Pourquoi donc ? demanda Karl irrité.

— Parce que ça n'a pas de sens, dit l'homme ; dans un petit instant je m'en irai aussi, et nous partirons ensemble... Ou la malle est volée, et il n'y a plus rien à faire, ou l'homme l'a laissée en plan, et alors, quand le bateau sera complètement vide, nous ne la retrouverons que mieux. Votre parapluie aussi.

— Vous connaissez bien le bateau ? demanda Karl avec méfiance. (Il lui semblait que l'idée pourtant convaincante, que ses affaires se trouveraient plus facilement sur le bateau vide, dissimulait quelque piège inconnu.)

— Je pense bien ! J'y suis chauffeur ! dit l'homme.

— Vous êtes chauffeur ! s'écria Karl joyeusement comme si cela dépassait toutes ses espérances, et, appuyé sur son coude, il examina l'homme de plus près ; juste devant la chambre où je couchais avec le Slovaque, il y avait un hublot par lequel on pouvait voir la chambre des machines.

— C'est ça, dit le chauffeur ; c'est là que je travaillais.

— La mécanique m'a toujours passionné, poursuivit Karl qui suivait toujours la même pensée, et je serais sûrement devenu ingénieur si je n'avais pas été forcé de venir en Amérique.

— Qu'est-ce qui vous a forcé ? demanda le chauffeur.

— Baste ! dit Karl en envoyant promener l'histoire d'un geste négligent de la main, et en souriant au chauffeur comme pour lui demander pardon de ce qu'il n'avouait pas.

— On a bien toujours une raison, dit le chauffeur, sans qu'on sût bien s'il voulait par là provoquer ou refuser l'exposé de cette raison.

— Maintenant rien ne m'empêcherait de me faire chauffeur, dit Karl, mes parents se moquent bien de ce que je peux devenir.

— Ma place va être libre, dit le chauffeur, et, dans la pleine conscience de ce fait, il enfonça ses mains dans ses poches et leva, pour l'étendre sur le lit, une jambe vêtue d'un pantalon couvert de plis, gris fer et pareil à du cuir.

— Vous quittez le bateau ?

— Parfaitement, c'est aujourd'hui qu'on décampe.

— Pourquoi donc ? Ça ne vous dit plus rien ?

— Ce sont les circonstances ; il ne s'agit pas toujours de savoir si ça dit ou si ça ne dit pas. D'ailleurs vous avez raison, ça ne me dit plus rien non plus. Vous ne pensez sans doute pas sérieusement à vous faire chauffeur, mais c'est justement comme ça qu'on le devient le plus facilement. Eh bien, pour moi, je vous le déconseille radicalement. Si vous vouliez étudier en Europe pourquoi ne le feriez-vous pas ici ? Les universités américaines sont incomparablement supérieures à celles d'Europe.

— C'est bien possible, dit Karl, mais je n'ai presque pas d'argent. J'ai bien lu l'histoire de quelqu'un qui travaillait le jour dans un commerce pour pouvoir étudier la nuit et qui est devenu docteur et même bourgmestre, je crois ; mais il y faut une rude persévérance, vous ne croyez pas ? Je crains de ne pas la posséder. De plus, je n'étais pas un élève bien particulièrement brillant, je n'ai pas souffert de quitter mon école. Et celles d'ici sont peut-être encore plus sévères. Je ne sais presque pas l'anglais. D'ailleurs je crois qu'en général on n'aime pas bien les étrangers dans ce pays.

— Vous savez déjà ça ? Ça va, vous êtes mon homme. Écoutez-moi : nous sommes sur un navire allemand ? il appartient à la Hamburg-Amerika ? eh bien, pourquoi n'y a-t-il pas dessus que des Allemands ? Pourquoi le chef mécanicien est-il Roumain ? Il s'appelle Schubal. C'est à ne pas y croire. Et cette canaille-là vient nous chercher chicane, à nous Allemands, sur un navire allemand ! Ne croyez pas — l'air lui manquait, et il avait la main tremblante, — ne croyez pas que je me plaigne pour le plaisir. Je sais que vous n'avez pas d'influence et que vous êtes un pauvre diable, vous aussi. Mais c'est trop fort ! Et il frappa plusieurs fois sur la table en regardant son poing s'abattre à chaque coup. J'ai déjà servi sur bien des bâtiments — il récita vingt noms comme un seul mot ; Karl en ouvrait des yeux tout ronds, — et je m'y suis distingué, on m'a félicité, j'ai été un fier travailleur, les commandants étaient contents de moi, j'ai même passé plusieurs années sur le même voilier, dans le commerce. — Il se redressa comme si c'était là le zénith de son existence. — Et ici, dans cette boîte de rien où tout est réglé au cordeau, où le métier ne demande pas une seule astuce, je ne vaux rien, je suis un gêneur, je dérange Schubal, je suis un fainéant, je ne mérite que d'être flanqué dehors, et je reçois mon salaire par pitié ! Vous comprenez ça, vous ? Moi pas.

— Il ne faut pas vous laisser faire ainsi, dit Karl avec excitation. Il avait presque perdu l'impression de se trouver sur le plancher dangereux d'un navire, au bord d'un continent inconnu, tant il se sentait chez lui sur le lit du chauffeur. « Êtes-vous déjà allé voir le Capitaine ? Lui avez-vous demandé justice ?

— Justice ? Allons, tenez, vous feriez mieux de partir. Allez-vous-en. Je ne vous veux pas ici. Vous n'écoutez pas ce qu'on vous dit et vous venez donner des conseils. Comment pourrais-je aller trouver le Capitaine ?

Et, fatigué, le chauffeur se rassit et mit son visage dans ses mains.

— Je ne peux pourtant pas mieux lui dire, pensait Karl. Il se prenait à songer que, d'ailleurs, il eût mieux fait d'aller chercher sa malle que de rester là à donner des conseils pour les faire trouver stupides. En lui remettant la malle, son père lui avait dit en plaisantant : « Combien de temps la garderas-tu ? » Et voilà que cette précieuse malle était peut-être déjà perdue. Karl n'avait d'autre consolation que de se persuader que son père pourrait difficilement apprendre, même en opérant des recherches, le sort de cet objet de sa sollicitude. La malle était venue jusqu'à New York, ce serait tout ce que la compagnie de navigation pourrait en dire. Mais Karl souffrait de penser qu'il avait à peine employé les ressources de son bagage : il s'était privé, par exemple, de changer de chemise depuis longtemps. Il avait donc mal dirigé son souci d'économie ; maintenant qu'au début de sa carrière, il lui eût été nécessaire de se montrer proprement vêtu, il devrait se présenter avec une chemise sale. A ce détail près la perte n'était pas trop grave ; le costume qu'il portait sur lui était meilleur que celui de la malle qui n'était qu'un vêtement de secours ; sa mère avait même été obligée de le réparer juste avant le départ. Il se rappelait aussi qu'il y avait dans la malle un morceau de mortadelle de Vérone qu'elle lui avait emballé en grande pompe mais dont il n'avait pu manger qu'à peine, étant resté presque sans appétit pendant toute la traversée et ayant eu largement son content avec la soupe de l'entrepont. Maintenant, pourtant, il eût aimé avoir la mortadelle sous la main pour en faire présent au chauffeur. Car ces gens-là sont faciles à gagner, il y suffit d'une bagatelle ; Karl savait cela de son père qui s'acquérait par des distributions de cigares le bon vouloir de tous les petits employés avec lesquels il avait affaire pour son commerce. Maintenant Karl n'avait plus que son argent à donner, et il ne voulait pas y toucher pour le moment, ne sachant encore si sa malle n'était pas perdue. Ses pensées revinrent à cette malle ; il ne comprenait pas qu'ayant veillé sur elle pendant toute la traversée, au point d'en perdre le sommeil, il se la laissât emporter si facilement en fin de compte. Il se rappela les cinq nuits pendant lesquelles il avait suspecté continuellement les intentions d'un petit Slovaque qui couchait à sa gauche, de l'autre côté de son voisin. Ce Slovaque n'attendait que l'instant où Karl, accablé de fatigue, céderait une seconde au sommeil, pour harponner la malle et l'attirer à lui à l'aide d'une longue tringle avec laquelle il jouait ou s'exerçait tout le temps. Dans la journée, il avait l'air inoffensif, mais à peine la nuit était-elle venue qu'il se levait à chaque instant pour guigner tristement la malle. Karl avait pu s'en rendre nettement compte, car il arrivait souvent que quelqu'un, travaillé par l'inquiétude particulière aux émigrants, allumât une bougie malgré le règlement pour essayer de déchiffrer quelque incompréhensible prospectus d'agence. Quand il y avait ainsi de la lumière à proximité, Karl pouvait sommeiller un peu, mais si rien ne s'allumait ou si c'était au diable il devait garder les yeux ouverts. Cette incessante tension l'avait épuisé, et voilà que tant d'efforts allaient être perdus ! Ah ! ce Butterbaum ! si jamais il le retrouvait quelque part !

A ce moment on entendit au loin, très loin, dans le silence jusqu'alors absolu, de petits coups brefs ; on aurait dit des pas d'enfants, qui se rapprochaient en devenant plus sonores ; c'étaient des hommes qui passaient tranquillement. Ils devaient marcher en file indienne, comme il est naturel dans un couloir étroit, et on entendait un cliquetis. Karl, qui s'était trouvé sur le point de s'étendre dans le lit pour y dormir d'un sommeil délivré des Slovaques et des malles, eut un sursaut de frayeur et poussa le chauffeur du coude pour appeler son attention, car la tête du défilé semblait avoir atteint la porte.

— C'est la musique du bord, dit le chauffeur, ils viennent de jouer en haut, maintenant ils vont plier bagage. Tout est fini, nous pouvons partir. Venez.

Il prit Karl par la main, dépendit encore au dernier moment une image de la Sainte Vierge encadrée au-dessus du lit, la fourra dans la poche de sa veste, saisit sa cantine et se dépêcha de quitter la cabine avec Karl.

— Je vais au bureau, je dirai ce que je pense à ces messieurs. Maintenant qu'il n'y a plus de passagers, on n'a plus besoin de prendre des gants.

Le chauffeur répéta cette idée sous diverses

formes et chercha au passage, d'un coup de pied de côté, à écraser un rat qui était passé devant eux, mais il ne réussit qu'à le faire entrer plus vite dans un trou que l'animal avait atteint à temps. Les mouvements du chauffeur étaient d'ailleurs très lents ; il avait de grandes jambes, mais elles étaient trop lourdes.

Ils passèrent par une des pièces de la cuisine où quelques filles en tablier sale — elles renversaient exprès les sauces dessus — lavaient la vaisselle dans de grands baquets. Le chauffeur appela une certaine Line, la prit par la taille et l'emmena ; elle se pressait coquettement contre son bras.

— C'est la paye, dit-il. Tu nous suis ?

— Pourquoi me donner cette peine ? répondit-elle. Apporte-moi l'argent ici !

Et elle prit la fuite en lui glissant sous le bras.

— Où as-tu pêché ce beau garçon ? lui cria-t-elle encore sans attendre de réponse. On entendit rire toutes les filles, qui avaient interrompu leur travail.

Quant à eux, poursuivant leur route, ils parvinrent à une porte surmontée d'un fronton soutenu par de petites cariatides dorées. Sur un bateau cette décoration faisait l'effet d'un véritable gaspillage. Karl s'aperçut qu'il n'était jamais venu dans cette partie du paquebot ; elle était sans doute réservée pendant toute la traversée aux passagers de première et de seconde, et maintenant, pour le grand nettoyage, on avait dû enlever les barrières. Ils avaient effectivement rencontré déjà plusieurs hommes, portant des balais sur l'épaule, qui avaient dit bonjour au chauffeur. Karl s'étonnait du luxe du bateau ; évidemment au fond de son entrepont, il n'avait pu en soupçonner grand-chose. Le long des couloirs couraient des fils électriques et il y avait une cloche qu'on entendait tout le temps.

Le chauffeur frappa respectueusement à la porte et, quand on cria « Entrez ! », invita Karl à pénétrer sans crainte. Karl entra donc, mais s'arrêta immédiatement. Par les trois hublots de la cabine, il voyait jouer les vagues de l'océan, et il sentait battre son cœur, en contemplant leurs mouvements joyeux, comme s'il n'avait pas eu la mer à voir à toute seconde cinq jours durant. De grands bateaux croisaient leurs routes sans céder plus à la poussée des vagues que leur pesanteur ne le permettait. Quand on fermait un peu les yeux on eût dit qu'ils n'oscillaient que du fait de leur poids. Au bout de leur mât ils portaient des pavillons étroits mais longs que la vitesse tendait sans les empêcher de battre. On entendait craquer des salves ; c'étaient sans doute des vaisseaux de guerre qui saluaient ; les canons d'un de ces bâtiments, qui passait à peu de distance, semblaient bercés avec leurs aciers aveuglants par cette course du bateau qui restait sûre et lisse sans être horizontale. On ne pouvait observer que de loin, du moins de la porte où était Karl, les flottilles de baleinières et de petites embarcations qui s'engageaient dans les espaces qui séparaient les grands vaisseaux. Mais au fond New York se dressait, ses gratte-ciel regardaient Karl avec leurs cent mille fenêtres. Oui, vraiment dans cette pièce on savait où on était.

Autour d'une table ronde trois messieurs se tenaient assis : un officier du bord en uniforme bleu, deux fonctionnaires de l'administration du port dans l'uniforme noir qu'ils ont en Amérique.

Des documents de toute sorte étaient empilés sur la table ; l'officier, plume en main, les parcourait de l'œil avant de les tendre aux deux autres qui tantôt les lisaient, tantôt en extrayaient un point, tantôt les mettaient dans leur portefeuille, à moins que l'un d'eux, qui faisait presque continuellement un petit bruit avec ses dents, ne dictât quelque procès-verbal à son collègue.

Devant la fenêtre, à un bureau et le dos tourné vers la porte, un petit monsieur manipulait de grands in-folio rangés verticalement devant lui sur un épais rayon posé à hauteur d'homme. A ses côtés un coffre-fort ouvert semblait vide au premier abord.

La deuxième fenêtre était libre et permettait de voir mieux que les autres. Mais deux messieurs masquaient en partie la troisième, ils s'entretenaient à mi-voix. L'un s'appuyait à côté de la fenêtre ; il portait l'uniforme du bord et jouait avec la poignée de son épée. Son interlocuteur était tourné vers la fenêtre et découvrait par moments, en bougeant, une partie des décorations qui s'alignaient sur la poitrine de l'autre. Il portait un complet civil et une badine de bambou qui s'écartait de lui comme une épée, car il tenait les deux mains sur les hanches.

Karl n'eut pas longtemps pour tout voir : un domestique ne tarda pas à foncer sur les nouveaux venus et à demander au chauffeur ce qu'il pouvait bien vouloir ici, en le regardant comme si sa place était ailleurs. Le chauffeur répondit, aussi bas qu'on l'avait interrogé, qu'il désirait parler à M. le Commissaire. Le domestique, en son nom personnel, repoussa cette prière d'un geste de la main, mais se rendit quand même sur la pointe des pieds, en décrivant un grand arc de cercle pour éviter la table ronde, vers le monsieur aux in-folio. Le monsieur — on le vit nettement — fut littéralement pétrifié par les paroles du domestique ; il finit cependant par se tourner vers l'homme qui voulait lui parler et, pour éluder la demande, agita sévèrement les mains dans la direction du chauffeur, puis, par mesure de précaution, à l'adresse du domestique. Le domestique revint alors vers le chauffeur et lui dit sur le ton d'une confidence : « Déguerpissez immédiatement. »

Le chauffeur, à cette réponse, abaissa son regard sur Karl comme si Karl eût été son cœur et qu'il lui confiât sa peine. Sans plus réfléchir Karl s'élança, traversa la pièce et effleura même le siège de l'officier ; le domestique partit à ses trousses, le buste penché en avant et les bras prêts à le saisir, comme s'il poursuivait une vermine, mais Karl arriva le premier à la table du Commissaire à laquelle il se cramponna pour le cas où le domestique essaierait de l'en arracher.

Naturellement toute la pièce s'anima immédiatement. L'officier du bord qui se tenait à la table avait bondi sur ses pieds, les messieurs de la police du bateau regardaient calmement, mais avec attention ; les deux messieurs de la fenêtre s'étaient rapprochés l'un de l'autre et le domestique, pensant que son rôle avait pris fin du moment que les grands chefs s'intéressaient à l'affaire, s'était retiré à l'écart. Le chauffeur, à la porte, attendait passionnément l'instant où son aide deviendrait nécessaire. Le Commissaire, enfin, fit une grande conversion à droite dans son fauteuil.

Karl fouilla dans sa poche secrète, qu'il n'éprouvait aucune inquiétude à montrer à ces gens, et en extirpa son passeport qu'il déposa ouvert sur la table en guise de présentation. Le Commissaire sembla tenir cette pièce pour secondaire, car il l'écarta d'une chiquenaude, sur quoi Karl rentra son papier, comme si la formalité était réglée de façon satisfaisante.

— Je me permets de dire, commença-t-il ensuite, qu'à mon avis Monsieur le chauffeur a été victime d'une injustice. Il y a ici un certain Schubal qui est tout le temps sur son dos. Monsieur le chauffeur a pourtant servi déjà sur bien des bateaux, qu'il peut tous vous nommer et où il a toujours donné entière satisfaction; il est laborieux, il prend son travail au sérieux et il n'y a vraiment pas lieu de penser qu'il ne soit pas à la hauteur de sa tâche sur ce bâtiment où le service n'est pas aussi terrible que sur les voiliers par exemple. Ce ne peut donc être que la calomnie qui le retarde dans son avancement et le prive de l'estime qui, sans elle, ne lui manquerait certainement pas. Je ne vous ai exposé que l'ensemble de l'affaire, il vous présentera lui-même le détail de ses réclamations.

Karl s'était adressé à tous les messieurs parce que en effet tous écoutaient et qu'il semblait beaucoup plus vraisemblable de trouver un juste au milieu d'eux que d'admettre a priori que ce juste fût précisément le Commissaire. De plus Karl avait tu par ruse diplomatique qu'il ne connaissait le chauffeur que depuis très peu de temps. Il aurait d'ailleurs beaucoup mieux parlé s'il n'avait été dérouté par le visage rouge du monsieur à la badine qu'il voyait pour la première fois de l'endroit où il se tenait maintenant.

— C'est la pure vérité, déclara le chauffeur

avant que personne l'eût encore interrogé, et avant même qu'on eût songé à jeter un regard sur lui.

Cette précipitation aurait été une grosse faute si le monsieur aux décorations, — le Capitaine, très certainement, comme Karl le comprit soudain, — n'avait visiblement été déjà d'avis qu'il fallait écouter le plaignant. Il tendit en effet la main et cria au chauffeur : « Approchez », d'une voix ferme à taper dessus avec un marteau.

Maintenant tout dépendait de la conduite du chauffeur, car de l'excellence de sa cause Karl ne doutait pas un instant.

Cette occasion montra heureusement que le chauffeur avait déjà beaucoup roulé de par le monde. Avec un calme modèle il sortit du premier coup de sa caissette un carnet et une petite liasse de papiers, et se présenta directement, comme si cela allait de soi, en négligeant complètement le Commissaire, au Capitaine devant lequel il étala ses documents sur le rebord de la fenêtre. Il ne resta plus au Commissaire qu'à aller voir.

— Cet homme réclame tout le temps, il est connu pour ça, dit-il en manière d'explication ; on le voit plus souvent à la caisse qu'à la chambre des machines. Il a absolument désespéré ce pauvre Schubal, qui est un garçon si paisible. Sachez — ajouta-t-il en se tournant vers le chauffeur — que vous dépassez les limites. Combien de fois ne vous a-t-on pas jeté à la porte des bureaux de la paye, comme le méritent vos exigences injustifiées ? Combien de fois n'êtes-vous pas venu de là jusqu'à la Caisse principale ? Combien de fois ne vous a-t-on pas dit dans votre intérêt que Schubal est votre supérieur immédiat et que c'est avec lui qu'il faut vous arranger en subordonné docile ! Et aujourd'hui vous avez le front de venir quand M. le Capitaine est là ! vous avez l'audace de l'importuner lui-même ! vous ne rougissez même pas d'amener comme porte-parole pour vos accusations de mauvais goût ce garçon que je vois d'ailleurs pour la première fois sur le bateau !

Karl se fit violence pour ne pas bondir. Mais déjà le Capitaine était là et disait : « Écoutons donc une fois cet homme. Schubal m'a l'air, de toute façon, de prendre un peu trop d'autorité, ce qui ne veut d'ailleurs rien dire en votre faveur. » Les derniers mots s'adressaient au chauffeur ; le Capitaine ne pouvait pas épouser sur-le-champ le parti de cet homme, c'était bien naturel, mais tout semblait en bonne voie. Le chauffeur commença ses explications et remporta dès le début une victoire sur lui-même en appelant Schubal « Monsieur ». Comme Karl en était heureux, à la table délaissée du Commissaire, où il s'amusait, de pure joie, à appuyer à chaque instant sur le plateau d'un pèse-lettres ! Monsieur Schubal était injuste ! Monsieur Schubal favorisait les étrangers ! Monsieur Schubal avait chassé le chauffeur de la chambre des machines pour lui faire nettoyer les cabinets, ce qui n'était pourtant sûrement pas son travail ! Une fois même la capacité de Monsieur Schubal fut mise en doute ; elle devait être plus apparente que réelle. A cet endroit, Karl regarda fixement le Capitaine d'un air d'intelligence, en confrère, pour l'empêcher de se laisser prévenir contre le chauffeur par la maladresse du discours. Cependant, de tant de paroles, on n'apprenait rien de bien précis et, quoique le Capitaine continuât à regarder devant lui, avec la décision lisible dans ses yeux d'écouter cette fois-ci le chauffeur jusqu'au bout, les autres messieurs s'impatientaient et la voix du chauffeur ne régna plus longtemps en souveraine dans la pièce, ce qui donna beaucoup à redouter. Le premier, le monsieur en civil se mit à remuer sa badine et à frapper, doucement, il est vrai, de petits coups sur le parquet. Les autres messieurs, naturellement, le regardèrent faire de temps en temps; ceux de la police du port, qui étaient évidemment pressés, remirent la main sur les papiers et commencèrent, quoique sans grande attention encore, à les feuilleter; l'officier du bord rapprocha sa table, et le Commissaire, pensant avoir partie gagnée, poussa un profond soupir d'ironie. Le domestique seul semblait préservé de la distraction qui envahissait tout le monde; il partageait une partie de la peine de ce pauvre homme égaré au milieu des grands et adressait à Karl de graves hochements de tête comme pour expliquer quelque chose.

Cependant devant les fenêtres le port continuait à vivre. Un transport plat, chargé d'une montagne de barriques qui devaient être merveilleusement équilibrées pour ne pas rouler, faillit plonger la pièce dans les ténèbres en passant devant les hublots; de petits canots à moteur, que Karl aurait pu maintenant observer de près s'il en avait eu le temps, filaient en mugissant, et droit comme au cordeau, sous l'infime impulsion d'un homme qu'on voyait debout au gouvernail. De bizarres et légères choses sortaient d'elles-mêmes le nez à la surface de l'eau agitée; l'eau agitée, les recouvrant aussitôt, les faisait disparaître aux regards étonnés; des canots de transatlantiques avançaient sous les coups de rame des matelots qui peinaient durement; ils étaient pleins de passagers, assis là au petit bonheur, comme on les y avait coincés en les embarquant dans la foule, muets et tout à leur attente, bien que certains ne pussent s'empêcher de tourner la tête pour regarder les changements de décor. C'était un mouvement sans fin, une agitation qui se transmettait de la mer turbulente aux pauvres hommes et à leurs œuvres.

Tout invitait à se dépêcher, à être net, à expliquer de façon très précise; mais que faisait le chauffeur ? Il parlait à en suer ; il y avait longtemps qu'il ne pouvait plus tenir ces papiers sur la fenêtre avec ses mains tremblantes; il lui venait contre Schubal de tous les points de l'horizon des accusations dont la moindre aurait suffi, à son avis, à anéantir ce perfide, mais ce qu'il disait au Capitaine n'était au fond qu'une triste et confuse macédoine. Depuis longtemps déjà le monsieur à la badine sifflotait, le nez au plafond; les messieurs de la police du bord tenaient déjà l'officier à leur table et ne faisaient pas mine de vouloir le lâcher; seul le calme du Capitaine faisait encore hésiter le Commissaire à intervenir brusquement, c'était visible, et le domestique au garde-à-vous attendait à tout moment de son chef un ordre concernant le chauffeur.

En face de cette situation Karl ne put rester inactif. Il se dirigea donc lentement vers le groupe en réfléchissant hâtivement à la façon la plus habile d'entrer en matière. Et il était vraiment grand temps; encore quelques secondes et ils auraient bien pu tous deux voler à la porte du bureau. Le Capitaine avait beau être un brave homme, et même avoir en ce moment, comme il le semblait bien à Karl, quelque raison particulière de se montrer chef équitable, il n'était pas, au bout du compte, un objet dont on pût jouer; c'était pourtant ainsi que le traitait le chauffeur, entraîné, à la vérité, par l'élan d'une âme indignée.

Karl dit donc au chauffeur :

— Il faut vous expliquer plus simplement, plus clairement; Monsieur le Capitaine ne peut pas prendre vos plaintes en considération sous la forme où vous les présentez. Connaît-il le nom et le prénom de tous les manœuvres et de tous les galopins du bord, pour être tout de suite au fait quand vous lui en citez un? Classez donc vos réclamations, commencez par la principale et dites les autres ensuite, en finissant par les moins importantes; peut-être même avec cette méthode ne sera-t-il plus nécessaire de mentionner les trois quarts de vos griefs. Quand vous n'aviez affaire qu'à moi vous me les exposiez si clairement!

Et il pensait pour s'excuser, que dans un pays où on peut voler les malles, on a bien le droit de commettre aussi un petit mensonge par-ci par-là.

Hélas! si ce mensonge avait du moins servi!... N'était-il pas déjà trop tard? Le chauffeur s'interrompit du coup en entendant la voix connue; mais avec les yeux pleins de larmes que provoquaient sa dignité perdue, ses souvenirs effrayants et sa détresse présente, il n'était déjà plus capable de reconnaître son ami. Comment aurait-il pu maintenant — Karl s'en rendait nettement compte devant cet homme qui se taisait — comment aurait-il pu maintenant changer brusquement de langage alors qu'il lui semblait qu'il avait fait valoir sans recevoir la moindre approbation tout ce qu'il avait à expliquer! alors que, d'autre part, il n'avait pourtant rien dit, et ne pouvait quand même décemment aller demander au Capitaine de le réécouter de bout en bout ! C'était à ce moment, pour comble, que son seul partisan surgissait pour lui donner de bons conseils, et ne parvenait qu'à lui montrer que tout était entièrement perdu !

— Pourquoi ne suis-je pas venu plus tôt au lieu de regarder par la fenêtre ? se dit Karl.

Debout devant le chauffeur il inclina la tête et laissa retomber les mains sur la couture de son pantalon pour marquer la fin de tout espoir.

Mais le chauffeur se méprit sur le sens de ce geste ; il dut flairer chez Karl quelques secrets reproches, et, dans l'excellente intention de les chasser de son esprit, il entama, couronnant ses exploits, une dispute avec son ami. Juste au moment où les messieurs de la table ronde se sentaient indignés de ce tapage inutile qui venait troubler leurs importants travaux ! Au moment où le chef trésorier, qui finissait par ne plus rien comprendre à la patience du Capitaine, penchait à faire un éclat immédiat ! où le domestique, repris par l'ambiance de ses maîtres, toisait l'intrus d'un œil furieux ! et où le monsieur à la badine, — auquel le Capitaine lui-même lançait de temps à autre un regard amical, — semblait complètement blasé sur le chauffeur et paraissait le prendre en grippe ! (Il avait sorti un carnet et, visiblement occupé d'affaires fort étrangères à la scène du moment, laissait errer ses regards de Karl à ses papiers.)

— Je le sais bien, disait Karl qui avait peine à détourner le déchaînement du chauffeur — déchaînement dirigé maintenant contre lui, — mais qui lui conservait quand même un petit sourire d'amitié à travers toute la dispute, je le sais bien ; vous avez raison, je n'en doute pas.

Il eût aimé, de peur des coups, maintenir ces mains que son terrible ami ne pouvait laisser en repos ou, mieux encore, le pousser dans un coin pour lui souffler quelques paroles d'apaisement que nul autre ne pût entendre. Mais le chauffeur était hors de ses gonds et Karl puisait même déjà une sorte de réconfort dans l'idée qu'en cas de besoin le chauffeur pouvait fort bien, le désespoir aidant, venir à bout des sept hommes qui étaient là. Il y avait sur le bateau — un coup d'œil l'apprenait — un clavier de boutons électriques, de beaucoup trop de boutons électriques : rien qu'en appuyant la main dessus on pouvait faire insurger le paquebot entier avec tous ses couloirs remplis de gens hostiles.

Ce fut à ce moment que le monsieur à la badine, si indifférent jusqu'alors à tout ce qui s'était passé, s'approcha de Karl et, sans éclat, mais assez nettement pour dominer le bruit, lui demanda : « Comment vous appelez-vous donc ? » Au même instant, comme si quelqu'un derrière la porte n'avait attendu que cette question, on entendit frapper deux coups. Le domestique interrogea du regard le Capitaine qui inclina la tête. Le domestique alla à la porte et l'ouvrit. Dehors, dans un vieil uniforme de la marine impériale allemande, on vit un homme de taille moyenne que rien ne semblait désigner particulièrement pour le travail aux machines, et qui était pourtant... Schubal. Si Karl ne l'avait pas reconnu à l'expression de tous les yeux qui trahirent à ce moment une certaine satisfaction dont le Capitaine lui-même ne se montra pas exempt, il eût été forcé de comprendre par l'attitude du chauffeur qui se mit à serrer les poings, les bras raidis, comme s'il n'y avait plus eu en lui rien d'important que cette contraction des muscles à laquelle il se trouvait prêt à sacrifier tout ce qu'il possédait de vie : c'était en elle que passaient toutes ses forces, même celle qui le tenait encore droit.

L'ennemi était donc là, l'air libre et dégagé, dans sa tenue numéro un, avec un registre sous le bras, — celui qui contenait la liste des salaires et les états de service du chauffeur ; — l'ennemi était là et avouait hardiment, par ses regards qui allaient scruter successivement les yeux de tout le monde, qu'il voulait avant toute chose savoir ce que pensait chacun. D'ailleurs les sept personnes lui étaient déjà acquises, car, bien que le Capitaine eût d'abord opposé, peut-être seulement par prétexte, certaines objections au chef mécanicien, il ne lui semblait plus sans doute qu'il y eût la moindre des choses à reprocher à Schubal après le mal que lui avait fait le chauffeur. On ne pouvait sévir avec trop de rigueur contre un subordonné de cette sorte, et s'il y avait quelque reproche à adresser au chef mécanicien, c'était de n'avoir pas pu briser suffisamment l'esprit de rébellion du chauffeur pour l'empêcher d'oser venir se présenter au Capitaine.

Mais on pouvait peut-être encore penser que la confrontation des deux antagonistes ne manquerait pas sur les hommes l'effet qui lui revenait de droit devant un forum supérieur car Schubal avait beau savoir dissimuler, il ne pourrait soutenir son rôle jusqu'au bout. Il suffirait d'un bref éclair de sa perfidie pour la révéler aux messieurs, et Karl en faisait son affaire. Il connaissait déjà à peu près la perspicacité, les faiblesses et les humeurs de chacun des juges ; à cet égard, le temps passé dans cette pièce ne s'était pas trouvé perdu. Ah ! si seulement le chauffeur eût été plus solide ! Mais il semblait incapable de combattre. Si on lui avait tenu ce Schubal il aurait pu briser son crâne détesté, malheureusement c'était à peine s'il pouvait faire les quelques pas qui le séparaient de son ennemi. Pourquoi donc Karl n'avait-il pas prévu ce qu'il était pourtant si aisé de prévoir : que Schubal finirait forcément par venir, sinon de son propre mouvement, du moins sur l'ordre du Capitaine ? Pourquoi Karl, avec le chauffeur, n'avait-il pas élaboré en chemin un plan de campagne précis au lieu d'entrer au petit bonheur par la première porte venue ? Le chauffeur pouvait-il seulement parler encore ? saurait-il dire oui et non pour les besoins de la confrontation, qui n'aurait lieu, d'ailleurs, qu'au cas le plus favorable ? Il était là, les jambes écartées, les genoux incertains, le menton légèrement levé, et l'air circulait par sa bouche ouverte comme s'il n'avait pas eu dans le corps de poumon pour le travailler.

Karl, en tout cas, se sentait plus fort, plus calme qu'il ne l'avait jamais été chez lui. Si ses pauvres parents avaient pu le voir ici ! Comme il savait, sur une terre étrangère, devant des personnalités notables, défendre la cause du bien ! Il n'avait pas encore gagné, mais qu'il se préparait bravement à donner le suprême assaut ! S'ils assistaient à ce spectacle, réviseraient-ils leur opinion ? Feraient-ils asseoir leur fils entre eux pour le louer ? Regarderaient-ils une fois dans ses yeux qui leur disaient tant de dévouement ? Questions bien grosses de problèmes, et moment bien inopportun pour les poser !

— Je viens parce que je crois que le chauffeur

m'accuse de je ne sais quelles improbités. Une fille de la cuisine m'a dit qu'elle l'avait vu passer. Mon Capitaine, et vous, messieurs, je suis prêt à réfuter toute accusation, papiers en main, et, s'il est nécessaire, en faisant déposer des témoins non prévenus et non influencés qui se tiennent ici à la porte.

Ainsi parla Schubal. C'était le discours d'un homme, et, à voir le changement de visage des auditeurs, on eût pu croire qu'ils venaient d'entendre un son humain après en avoir été longtemps privés. Ils ne remarquaient évidemment pas que ce beau discours était plein de failles. Pourquoi la première parole objective qui fût venue à l'idée de Schubal était-elle celle d'« improbités » ? L'accusation aurait-elle dû porter d'abord sur ce point-là au lieu de commencer par les partialités nationales ? Une fille de la cuisine avait vu le chauffeur venir au bureau, et Schubal avait immédiatement compris ? N'était-ce pas la conscience de sa culpabilité qui lui aiguisait l'entendement ? Et il avait tout de suite amené des témoins ! et il les proclamait par-dessus le marché « non prévenus et non influencés » ! Escamotage ! Comédie ! Escroquerie ! Et les messieurs souffraient cela ! Ils trouvaient la chose correcte ! Pourquoi Schubal avait-il attendu si longtemps pour venir après la déclaration de la fille de cuisine ? Sans autre but, évidemment, que de laisser le chauffeur fatiguer tellement ces messieurs qu'ils en perdissent petit à petit la lucidité de leur jugement, lucidité qui était le plus grand danger que Schubal eût à redouter. N'avait-il pas attendu pour frapper, — car il se tenait certainement aux aguets — n'avait-il pas attendu pour frapper d'entendre poser une question accessoire qui permît d'espérer qu'on liquidait le chauffeur.

Tout était clair, tout se présentait lumineusement, même dans le discours de Schubal — encore que ce fût contre son gré, — mais il fallait le montrer d'une façon plus palpable, frapper l'esprit de ces messieurs. Karl devait se hâter de mettre le temps à profit avant l'arrivée des témoins qui risquait de tout submerger.

Mais le Capitaine, juste à ce moment-là, fit signe à Schubal de se taire. Son affaire semblant remise, Schubal se retira à l'écart et se lança à voix basse avec le domestique, qui s'était joint immédiatement à lui, dans une conversation coupée de regards en biais du côté de Karl et du chauffeur et enrichie de gestes de main très convaincus. Il semblait préparer par là son grand discours.

— Ne vouliez-vous pas poser une question à ce jeune homme, Monsieur Jacob ? demanda, au milieu du silence général, le Capitaine au monsieur à la badine.

— Il est vrai, répondit celui-ci en remerciant de l'attention par une petite inclination de la tête.

Et il demanda à Karl :

— Jeune homme, quel est donc votre nom ?

Karl, pensant qu'il y allait de l'intérêt de la grande affaire de régler vite l'incident causé par ce questionneur obstiné, répondit sèchement son nom sans présenter comme d'habitude son passeport qu'il lui aurait d'abord fallu chercher : « Karl Rossmann. »

— Mais alors..., dit le monsieur qu'on appelait Jacob, en reculant au premier moment avec un sourire presque incrédule. (Et le Capitaine, le Commissaire, l'officier, le domestique lui-même témoignaient au sujet du nom du jeune Rossmann du même étonnement démesuré ; seuls les messieurs de la police du port continuaient à observer, comme Schubal, une attitude indifférente.)

— Mais alors..., répéta M. Jacob, en s'avançant vers Karl, d'un pas légèrement raide, mais alors je suis ton oncle Jacob et tu es mon cher neveu ! Voilà un bon moment que je commençais à m'en douter, ajouta-t-il, en s'adressant au Capitaine avant d'accoler et d'embrasser Karl qui laissait tout faire sans mot dire.

— Comment vous appelez-vous ? demanda Karl à son tour, très poliment sans doute, mais sans nulle émotion (il s'efforçait de prévoir les répercussions que cet événement aurait sur l'affaire du chauffeur. Pour le moment rien n'indiquait que Schubal pût tirer profit de l'aventure).

— Comprenez donc votre bonheur, jeune homme, dit le Capitaine, voyant dans la question de Karl une atteinte à la dignité de la personne de M. Jacob. (Celui-ci s'était mis à la fenêtre pour cacher l'émotion de son visage qu'il tamponnait avec un mouchoir.) Comprenez votre bonheur, jeune homme, c'est le sénateur Edward Jacob qui se fait connaître pour votre oncle ! Une brillante carrière vous attend désormais, contrairement à toutes vos prévisions. Tâchez de le comprendre autant que le premier instant vous le permet et remettez-vous.

— J'ai bien, dit Karl en se tournant vers le Capitaine, un oncle Jacob en Amérique, mais, si j'ai bien compris, Jacob n'est que le nom de famille de Monsieur le Sénateur ?

— C'est cela, dit le Capitaïne, légèrement impatienté.

— Oui, mais mon oncle Jacob, qui est le frère de ma mère, ne s'appelle Jacob que de son prénom ; son nom de famille devrait être le même que celui de ma mère dont le nom de jeune fille est Bendelmayer !

— Messieurs, s'écria le Sénateur en revenant allègrement sur cette explication de Karl, du poste de repos qu'il avait, à la fenêtre, et tous éclatèrent de rire, à l'exception des fonctionnaires du port, les uns comme sous le coup de l'émotion, les autres pour des raisons impénétrables.

— Ce que j'ai dit n'avait pourtant rien de si ridicule ! pensa Karl.

— Messieurs, répéta le Sénateur, vous assistez, malgré moi, malgré vous, à une petite scène de famille, et je ne puis en conséquence m'empêcher de vous donner une explication, car je pense que Monsieur le Capitaine — et le mot provoqua deux courbettes réciproques — est seul parfaitement au courant.

— Maintenant il me faut vraiment faire attention à chaque mot, se dit Karl tout heureux de voir, en jetant un regard de côté, que la vie commençait à revenir sur le visage du chauffeur.

— Je vis depuis les longues années de mon séjour en Amérique — le mot séjour évidemment ne convient pas très bien ici pour le citoyen américain que je suis de toute mon âme — je vis donc depuis de très longues années complètement séparé de mes parents d'Europe, pour des raisons qui premièrement ne seraient pas de mise ici, et que, secondement, je ne saurais exposer sans en être trop affecté. Je redoute même l'instant où je serai peut-être contraint de les dire à mon cher neveu, ce que je ne pourrai malheureusement faire sans éviter un mot sincère sur ses parents et leurs tenants.

— C'est mon oncle, sans aucun doute, se dit Karl en dressant l'oreille, il a dû faire changer son nom.

— Les parents de mon cher neveu l'ont..., — disons le mot puisque aussi bien il est le seul qui caractérise vraiment la chose, — l'ont chassé comme un chat qu'on met à la porte quand il vous irrite. Je ne cherche pas à excuser le moins du monde ce qu'a fait mon neveu pour être ainsi puni ; sa faute est de celles dont le seul nom constitue déjà une excuse suffisante.

— A la bonne heure, pensa Karl, mais je ne veux pas qu'il raconte tout. D'ailleurs il ne peut pas savoir. Qui lui aurait dit ?

— Et en effet, poursuivit l'oncle en s'appuyant avec de petites inclinations du corps sur le bambou qu'il tenait devant lui — ce qui réussissait de fait à vider entièrement le récit de la solennité superflue qu'il aurait prise sans cela — il a été séduit par une bonne, une certaine Johanna Brummer, personne d'environ trente-cinq ans. Je n'ai pas la moindre intention d'offenser mon neveu en employant le mot « séduit », mais il est difficile d'en trouver un plus pertinent.

Karl, qui s'était déjà rapproché de son oncle, se retourna pour lire sur les physionomies l'impression faite par ce récit. Nul ne riait, tous écoutaient avec patience et gravité. Après tout on ne rit pas du neveu d'un sénateur à la première occasion venue. On aurait même plutôt pu dire que c'était le chauffeur qui souriait, bien que très peu ; mais d'abord c'était un bonheur en tant que nouveau signe de vie et ensuite c'était excusable, puisque dans la cabine Karl avait voulu faire un secret d'État de cette histoire qu'on étalait maintenant au grand jour.

— Cette Brummer, poursuivit l'oncle, a donc eu un enfant de mon neveu ; un solide gaillard ; on l'a nommé Jacob, sans doute en souvenir de mon humble personne qui a dû produire à travers les vagues allusions, pourtant fort brèves, bien certainement, de mon neveu, une grosse impression sur cette dame. Et j'ajouterai : heureusement ! Car les parents, pour éviter le paiement d'une indemnité ou le scandale qui aurait pu rejaillir sur eux, — j'ignore, j'y dois insister, et la législation du pays et leur situation particulière, — les parents donc, pour éviter toute dépense et tout scandale, ayant fait transporter leur fils en Amérique avec un bagage — vous le voyez — impardonnablement insuffisant, ce garçon en serait resté réduit à ses propres moyens sans les signes et les prodiges qu'on voit encore dans le Nouveau Monde ; il serait peut-être déjà en train de courir à sa perdition dans quelque ruelle du port si la bonne dont je vous ai parlé ne m'avait exposé l'aventure — dans une lettre qui m'est parvenue avant-hier après avoir longtemps erré de par le monde, — si elle ne m'avait donné le signalement de mon neveu, et n'avait eu la présence d'esprit de me dire le nom du paquebot.

« Mon intention n'est pas, messieurs, de vous faire passer le temps, sans quoi je pourrais vous lire ici quelques passages de cette lettre — et il tira de sa poche, pour les brandir au vent, deux gigantesques feuilles doubles noires d'une écriture minuscule. — Elle produirait certainement son effet, car elle est rédigée avec une malice un peu simple quoique d'excellente intention, et avec beaucoup d'amour pour le père de l'enfant. Mais je ne veux ni vous entretenir plus longtemps qu'il n'est nécessaire pour vous éclairer, ni risquer de blesser non plus, surtout au cours d'une première entrevue, les sentiments que mon neveu peut avoir conservés. Il lira cette lettre, s'il veut, pour sa gouverne, à tête reposée dans le calme de la chambre qui l'attend déjà. »

Karl, cependant, ne nourrissait aucune espèce de sentiment pour cette bonne. Dans la confusion d'un passé qui reculait de plus en plus, il la voyait toujours assise à la cuisine, les coudes appuyés sur le buffet. Elle le regardait aller et venir, prendre un verre d'eau pour son père, faire une commission pour sa mère. Parfois elle écrivait une lettre sur le coin du meuble, dans une position difficile et en cherchant l'inspiration sur les traits de Karl. Parfois, couvrant ses yeux de sa main, elle n'entendait plus rien de ce qu'on pouvait lui dire. Parfois aussi, agenouillée dans sa petite chambre à côté de la cuisine, elle priait devant une croix de bois ; Karl ne la regardait alors qu'avec timidité, quand il passait devant la porte entrouverte. D'autres fois, elle tournait autour de la cuisine et reculait en sursautant avec un rire de sorcière lorsqu'il se trouvait sur son chemin. D'autres fois encore, si Karl entrait, elle fermait la porte sur lui et gardait la poignée en main jusqu'à ce qu'il exigeât de sortir. Il lui arrivait aussi d'aller chercher des choses qu'il ne lui avait jamais demandées et de les lui mettre en silence dans la main. Une fois elle l'appela « Karl », l'emmena, encore tout surpris de ce vocatif inattendu, jusque dans sa petite chambre en soupirant avec force grimaces, et referma la porte à clef. Puis, l'embrassant à l'étouffer et le priant de se dévêtir, elle se mit elle-même à le déshabiller et le fit coucher dans son lit ; on eût dit qu'elle ne voulait plus le laisser jamais à personne, qu'elle désirait le caresser et prendre soin de lui jusqu'à la fin du monde. « Karl, ô toi mon Karl ! » criait-elle, comme si elle pouvait le voir et qu'elle voulût se confirmer sa possession, alors qu'il était aveuglé par un amas de couvertures et étouffait dans le tas d'édredons, d'oreillers et de lits de plumes qu'elle semblait avoir accumulés spécialement à son intention. Ensuite elle s'était couchée à ses côtés et lui avait demandé de lui apprendre il ne savait trop quels secrets ; puis, comme il n'en connaissait pas, elle s'était fâchée, sérieusement ou pour rire, elle l'avait secoué, écoutant son cœur battre, et lui offrant à son tour sa poitrine pour une auscultation du même genre, mais à laquelle elle n'avait pu le décider ; enfin, pressant son ventre nu sur le corps du jeune garçon, elle avait entrepris de chercher d'une façon si déplaisante entre ses jambes, qu'il en avait secoué la tête et le cou hors de l'oreiller, tandis qu'elle poussait son ventre à plusieurs reprises contre lui ; pendant ce temps il semblait à Karl qu'elle était devenue comme une partie de lui-même et, peut-être pour cette raison, il s'était senti pris d'une grande détresse. Il était revenu en larmes dans son lit, la bonne lui criant mille fois « au revoir ». Il n'y avait pas eu autre chose, et cependant l'oncle réussissait à en faire toute une histoire. La cuisinière aussi avait songé à Karl : elle avait averti l'oncle de son arrivée. C'était un beau geste qu'elle avait eu là et il l'en récompenserait bien quelque jour.

— Et maintenant, s'écria le Sénateur, tu vas me dire toi-même que je suis ton oncle.

— Tu es mon oncle, dit Karl en lui baisant la main, ce qui lui valut un baiser sur le front. Je suis très heureux de t'avoir trouvé, mais tu te trompes si tu crois que mes parents ne disent que du mal de toi. D'ailleurs, en dehors de cette question, tu as commis quelques erreurs dans ton récit, je veux dire que tout ne s'est peut-être pas passé de cette façon en réalité. Mais tu ne peux pas, évidemment, juger parfaitement les choses de si loin, et je ne pense pas, d'ailleurs, qu'il y ait grand mal si ces messieurs sont informés d'une manière un peu inexacte de faits auxquels ils ne sauraient vraiment attacher une grosse importance.

— Bien parlé, dit le Sénateur ; il amena Karl au Capitaine qui se montrait visiblement intéressé et sympathique, et lui demanda :

— N'ai-je pas un neveu magnifique ?

— Je suis heureux, dit le Capitaine en s'inclinant comme les gens de formation militaire peuvent seuls y réussir, je suis heureux, Monsieur le Sénateur, d'avoir fait connaissance avec votre neveu. C'est un honneur particulier pour mon bateau d'avoir pu être le théâtre d'une telle rencontre. Mais la traversée a dû être très dure dans cet entrepont où l'on ne sait jamais avec qui l'on se trouve. Nous faisons tout notre possible pour adoucir la traversée aux passagers de l'entrepont, bien plus que ne font, par exemple, nos confrères américains, mais nous n'avons pas réussi évidemment à transformer un tel voyage en partie de plaisir.

— Ça ne m'a pas fait de mal, dit Karl.

— Ça ne lui a pas fait de mal ! répéta le Sénateur en riant aux éclats.

— Il n'y a que ma malle que je crains d'avoir perdue...

Ce mot rappela au jeune garçon tout ce qui s'était passé et tout ce qui restait encore à faire ; il regarda autour de lui et vit les gens présents figés de respect et d'étonnement avec les yeux braqués sur lui. Seuls les fonctionnaires du port laissaient apercevoir, autant que le permettaient leurs visages sévères et satisfaits, le regret d'être venus à un moment si inopportun ; la pendule qu'ils avaient devant eux leur importait vraisemblablement plus que tout ce qui se passait dans la pièce et tout ce qui pouvait encore y survenir.

Le premier à exprimer sa sympathie après le Capitaine fut, fait étrange, le chauffeur.

— Je vous félicite de tout cœur, dit-il, et il serra la main de Karl, voulant traduire par là quelque chose comme un sentiment de reconnaissance.

Mais quand il voulut ensuite adresser la même formule au Sénateur, celui-ci fit un pas arrière, comme si le chauffeur outrepassait ses droits ; aussi le chauffeur s'arrêta-t-il tout de suite.

Mais tous les autres virent alors la conduite qu'il fallait tenir, et formèrent un grand désordre autour de Karl et du Sénateur. C'est ainsi que Karl reçut même les félicitations de Schubal, les accepta et l'en remercia. Les fonctionnaires du port arrivèrent les derniers, le calme était déjà rétabli, et prononcèrent deux mots d'anglais, ce qui produisit une impression ridicule.

Le Sénateur était maintenant en humeur de savourer à fond le plaisir de se rappeler et de rappeler aux autres certaines circonstances moins importantes, ce qui fut non seulement souffert mais accepté avec intérêt par tout le monde. C'est ainsi qu'il fit remarquer qu'il avait noté dans son carnet les signes particuliers les plus remarquables de Karl mentionnés dans la lettre de la cuisinière, pour pouvoir utiliser immédiatement ces renseignements en cas de nécessité. Pendant les insupportables bavardages du chauffeur il avait ouvert son carnet sans autre but que de se procurer une diversion et comparé pour s'amuser les observations de la cuisinière, qui n'avaient évidemment pas la précision d'une fiche anthropométrique, avec la personne de Karl. « Et voilà comment on trouve son neveu ! » conclut-il du même ton que s'il eût voulu recevoir encore d'autres félicitations.

— Que va-t-il arriver maintenant au chauffeur ? demanda Karl au passage, après la dernière histoire de l'oncle.

Car il croyait que sa nouvelle situation lui permettait de dire tout ce qu'il pensait.

— Ce qu'il mérite, répondit le Sénateur, et ce que M. le Capitaine jugera bon. Je crois que nous sommes saturés et sursaturés de ce chauffeur, et chacun de ces messieurs m'approuvera certainement.

— Mais il ne s'agit pas de cela à propos d'une question de justice, dit Karl.

Il se tenait entre l'oncle et le Capitaine et pensait, peut-être sous l'influence de cette position, que la décision était entre ses mains.

Et cependant le chauffeur ne semblait plus rien espérer pour lui. Il avait enfoncé à moitié ses mains dans la ceinture de son pantalon, que l'agitation de ses mouvements avait fait apparaître en même temps qu'un bourrelet de sa chemise qui était en tissu imprimé. Cela ne l'inquiétait pas le moins du monde ; il avait dit toute sa misère, maintenant on pouvait bien voir les pauvres hardes qu'il portait, ensuite on n'avait qu'à l'emmener. Il pensait que

Schubal et le domestique, les derniers hiérarchiquement, devaient lui témoigner cette suprême bonté. Schubal alors serait tranquille, on ne ferait plus son désespoir, comme avait dit le Chef Trésorier. Le Capitaine pourrait ne plus embaucher que des Roumains, on parlerait roumain partout et peut-être qu'alors tout irait vraiment mieux. Il n'y aurait plus de chauffeur pour palabrer à la caisse, mais on conserverait peut-être un souvenir assez amical de son dernier discours, puisqu'il avait fourni indirectement au Sénateur, comme celui-ci l'avait dit expressément, l'occasion de reconnaître son neveu. Ce neveu avait d'ailleurs auparavant cherché plusieurs fois à lui être utile et, par conséquent, remercié d'avance au-delà du service rendu ; il ne venait pas du tout à l'idée du chauffeur de lui demander encore quelque chose. D'ailleurs, tout neveu de Sénateur qu'il était, il s'en fallait de beaucoup qu'il fût un Capitaine, et c'était de la bouche du Capitaine que le mot méchant tomberait finalement. Conformément à ses sentiments, le chauffeur ne chercha donc pas à regarder du côté de Karl, malheureusement, dans cette pièce pleine d'ennemis, il n'avait pas d'autre personne sur laquelle reposer ses yeux.

— Ne te méprends pas sur la situation, dit le Sénateur à Karl, il s'agit peut-être d'une question de justice, mais en même temps de discipline. Les deux, et surtout la dernière, relèvent ici de la juridiction de M. le Capitaine.

— C'est comme ça, murmura le chauffeur.

Ceux qui s'en aperçurent et comprirent sourirent avec étonnement.

— Mais nous avons déjà tellement dérangé M. le Capitaine dans ses affaires de service, que l'arrivée dans le port de New York rend particulièrement nombreuses, qu'il est grand temps pour nous de quitter le bateau. N'allons pas transformer, pour comble, en événement, par quelque immixtion superflue, cette minuscule querelle de deux mécaniciens. Je comprends d'ailleurs parfaitement ta façon d'agir, mon cher neveu, c'est justement ce qui me donne le droit de t'emmener tout de suite.

— Je vais immédiatement faire mettre pour vous une embarcation à la mer, dit le Capitaine, sans élever, au grand étonnement de Karl, la moindre objection contre les paroles de l'oncle, paroles qu'on pouvait pourtant sans nul doute considérer comme une façon de se rabaisser. Le Chef Trésorier se précipita au bureau pour téléphoner l'ordre du Capitaine au bosseman.

— Le temps presse sans doute, se disait Karl, mais je ne peux rien faire sans les blesser tous. Je ne peux tout de même pas, à peine retrouvé, aller abandonner mon oncle. Le Capitaine est poli, certes, mais c'est tout. Sa politesse cesse à la discipline et l'oncle a certainement très bien rendu sa pensée. Schubal, je ne veux pas lui parler, je suis même fâché de lui avoir tendu la main. Quant aux autres, nulle importance.

Et absorbé dans ses pensées, il alla trouver le chauffeur, sortit la main droite que l'homme tenait enfoncée dans sa ceinture, et la tint en jouant dans la sienne.

— Pourquoi ne dis-tu donc rien ? demanda-t-il. Pourquoi te laisses-tu toujours faire ?

Le chauffeur se contenta de plisser le front, comme s'il cherchait une expression pour ce qu'il avait à dire, et d'abaisser ses regards sur sa main et celle de Karl.

— On t'a fait du tort comme à personne sur le bateau, je le sais parfaitement.

Et Karl faisait aller et venir ses doigts entre ceux du chauffeur qui regardait à la ronde, les yeux brillants, comme s'il lui arrivait une félicité que personne ne pût lui ravir.

— Il faut te défendre, dire oui et non, autrement les gens ne pourront pas savoir la vérité. Il faut que tu me jures que tu m'obéiras car, je ne le crains pas sans motif, je ne pourrai plus t'aider du tout.

Et Karl se mit à pleurer en baisant la main du chauffeur ; il prenait cette main crevassée, presque inerte, et la pressait contre ses joues comme un trésor auquel il faut renoncer. Mais déjà l'oncle Sénateur était à ses côtés et, bien que ne le contraignant qu'avec la plus grande douceur, l'entraînait loin de là.

— Ce chauffeur semble t'avoir charmé, dit-il en adressant au Capitaine un regard d'intelligence par-dessus la tête de Karl. Tu t'es senti tout délaissé, tu l'as rencontré, et tu lui en gardes de la reconnaissance, c'est tout à ton honneur. Mais ne pousse pas la chose trop loin, quand ce ne serait que par égard pour moi, et apprends à garder ta place.

A la porte, un vacarme se produisit, on entendit pousser des cris, on aurait même dit que quelqu'un avait été violemment jeté contre elle. Un matelot entra dans une tenue quelque peu désordonnée, avec un tablier de femme à la ceinture. « Il y a des gens derrière la porte », s'écria-t-il en donnant des coups de coude comme s'il se trouvait encore dans cette cohue. Il recouvra enfin ses esprits et allait saluer le Capitaine quand il aperçut le tablier de femme ; il l'arracha, le jeta à terre et cria : « C'est dégoûtant ; ils m'ont attaché un tablier de femme. » Puis il fit claquer les talons et salua. Quelqu'un essaya de sourire, mais le Capitaine dit sévèrement : « Voilà ce que j'appelle de la bonne humeur ? Qui attend donc là ? »

— Ce sont mes témoins, dit Schubal en s'avançant ; je prends la respectueuse liberté de vous demander de bien vouloir excuser leur conduite déplacée. Quand la traversée est finie les hommes sont comme fous.

— Faites-les venir immédiatement, ordonna le Capitaine.

Et, se tournant vers le Sénateur, il ajouta courtoisement mais rapidement :

— Voulez-vous avoir la bonté, cher Monsieur le Sénateur, de suivre ce matelot qui vous conduira à votre embarcation ? Je n'ai pas besoin de vous dire tout le plaisir et l'honneur que j'ai eus à faire personnellement connaissance avec vous. Je souhaite, Monsieur le Sénateur, de retrouver bientôt l'occasion de poursuivre notre entretien interrompu sur la flotte américaine et de le voir — qui sait ? — coupé encore une fois d'aussi agréable façon.

— Cet unique neveu me suffit pour le moment, dit l'oncle en riant. Et maintenant mes meilleurs remerciements pour votre amabilité ; au revoir. Il ne serait d'ailleurs pas tellement impossible que nous, — il serra Karl affectueusement contre lui —, que nous nous retrouvions avec vous pour un certain temps à notre prochain voyage en Europe.

— J'en serais charmé, dit le Capitaine.

Les deux messieurs se serrèrent la main, mais Karl n'eut le temps de rien dire en tendant la sienne, car le Capitaine était déjà pris par la quinzaine de gens qui opéraient à ce moment-là une entrée un peu penaude mais fort bruyante. Le matelot demanda au Sénateur la permission de le précéder, et lui fraya dans la presse, à lui et à son neveu, un passage par où il leur fut aisé de partir, entre deux rangées de gens qui s'inclinaient devant eux. Il semblait que ces gens, d'ailleurs fort bons enfants, prissent le différend de Schubal et du chauffeur pour une plaisanterie trop ridicule pour mériter d'être jugée par le Capitaine. Karl remarqua, parmi eux, la fille de cuisine qui lui fit un signe de gaieté en rattachant, car c'était le sien, le tablier jeté par le matelot.

A la suite de leur guide, Karl et son oncle quittèrent le bureau et prirent un étroit couloir latéral ; il les mena devant une petite porte qui donnait sur un escalier en haut duquel ils débouchèrent devant le canot qu'on leur avait préparé. Les matelots de l'embarcation, où le guide sauta d'un bond, se levèrent et saluèrent. Le Sénateur était juste en train de conseiller la prudence à Karl pour descendre dans le bateau quand le jeune garçon, qui se trouvait encore sur la plus haute des marches, se mit à éclater en sanglots. Le Sénateur passa la main droite sous le menton de Karl, tint son neveu serré contre lui et le caressa de la main gauche. C'est ainsi qu'ils descendirent chacune des marches et entrèrent étroitement unis dans le canot où le Sénateur chercha, juste en face de lui, une bonne place pour le jeune garçon. Puis, sur un signe qu'il leur fit, les matelots démarrèrent et se mirent à souquer dur.

Mais à peine s'étaient-ils éloignés de quelques mètres que Karl découvrit tout à coup qu'il se trouvait justement du côté du paquebot où s'ouvraient les fenêtres du Commissaire. Elles étaient toutes trois garnies de témoins de Schubal qui saluaient et faisaient des signes le plus amicalement du monde ; l'oncle lui-même remercia ces gens, et un matelot fit le tour de force de leur envoyer un baiser de la main sans rompre le rythme des rames.

C'était vraiment comme s'il n'y avait plus eu de chauffeur. Karl observa plus attentivement son oncle dont les genoux touchaient les siens, et il se demanda si cet homme remplacerait jamais son ami. L'oncle, aussi bien, évita son regard et jeta les yeux sur les vagues.

CHAPITRE II

L'ONCLE

Chez son oncle, Karl eut tôt fait de s'habituer à sa nouvelle situation. Il faut bien dire aussi que cet oncle allait toujours au-devant de ses moindres désirs et que Karl n'eut jamais à s'instruire au prix des tristes expériences qui rendent ordinairement si amers les débuts à l'étranger.

La pièce qui lui était réservée se trouvait au sixième d'une maison dont les cinq étages inférieurs — auxquels il en fallait encore ajouter trois situés au-dessous du sol — étaient occupés par l'entreprise de l'oncle. La lumière pénétrait chez le jeune homme par deux fenêtres et une porte de balcon; elle remplissait toujours Karl d'un nouvel étonnement quand il entrait chez lui le matin en sortant de sa petite chambre à coucher. Où n'aurait-il pas dû loger s'il avait débarqué ici en pauvre petit immigrant? Peut-être — et c'était ce que l'oncle estimait le plus probable d'après sa connaissance des lois sur l'immigration — peut-être ne l'aurait-on même pas laissé entrer aux États-Unis et l'aurait-on renvoyé chez lui sans autrement s'inquiéter de ce qu'il n'avait plus de patrie. Car il ne fallait pas, dans ce pays, compter sur l'intérêt des gens, et ce que Karl avait lu de l'Amérique était très juste à cet égard ; seuls les heureux semblaient ici jouir vraiment de leur bonheur au milieu d'un entourage indifférent.

Un étroit balcon longeait toute la pièce. Mais ce qui eût constitué dans la ville natale de Karl le plus haut des postes d'observation ne permettait guère plus ici que de dominer une rue qui, fuyant en droite ligne entre deux rangées de maisons coupées à la hache, allait se perdre dans un lointain où surgissaient formidablement, du sein d'une épaisse vapeur, les formes d'une cathédrale. Et, le matin comme le soir, et dans les rêves de la nuit, cette rue était le théâtre d'une circulation fiévreuse qui, vue d'en haut, se présentait comme un mélange inextricable de silhouettes déformées et de toits de voitures de toutes sortes, mélange compliqué sans cesse d'une infinité de nouveaux afflux, et d'où s'élevait un autre amalgame, encore plus forcené que lui, de vacarme, de poussière et de bruits répercutés, le tout happé, saisi, violé, par une lumière puissante qui, dispersée, emportée, ramenée à une vitesse vertigineuse par le tourbillon des objets, formait au-dessus de la rue, pour le spectateur ébloui, comme une épaisse croûte de verre qu'un poing brutal eût fracassée à chaque instant. Prudent comme il l'était en tout, l'oncle conseillait à Karl de ne s'abandonner provisoirement à rien d'une façon vraiment sérieuse. Le jeune homme devait, de vrai, regarder et examiner toute chose, mais sans se laisser prendre à aucune. Les premiers jours d'un Européen en Amérique étaient comparables à une naissance et, bien qu'on s'acclimatât ici — ajoutait-il pour ne pas inspirer à Karl une frayeur inutile — plus rapidement que quand on vient de l'au-delà dans le monde des humains, il ne fallait tout de même jamais cesser de se représenter que le premier jugement reposait toujours sur une base fragile et qu'on ne devait pas risquer de lui permettre d'introduire la confusion dans ceux qui guideraient par la suite. Il avait connu, disait-il, lui-même, des nouveaux venus qui, par exemple, au lieu de se régler suivant ces bons principes, perdaient des journées entières sur leur balcon à regarder dans la rue comme des moutons égarés. Cela désorientait forcément ! Cette oisiveté solitaire gaspillée à contempler les mille travaux d'une journée new-yorkaise pouvait être permise et même peut-être conseillée — non sans réserve d'ailleurs — à un simple passant ; pour quelqu'un qui devait rester c'était sa perte, on pouvait bien employer le mot, quoiqu'il fût un peu exagéré. Et effectivement l'oncle faisait une grimace de dépit quand il trouvait Karl sur le balcon en venant lui rendre visite, ce qui n'arrivait qu'une fois par jour, mais aux moments les plus divers. Karl ne tarda pas à le remarquer et s'interdit en conséquence le plus possible le plaisir de ces stationnements.

Ce n'était d'ailleurs pas son unique distraction. Tant s'en fallait. Il y avait dans sa pièce un bureau américain du meilleur modèle, comme son père en désirait un depuis des années et en avait vainement cherché dans toutes les ventes pour une somme qui lui fût accessible, à cause de ses faibles moyens. Naturellement le bureau de Karl n'avait rien de comparable avec les prétendus bureaux américains qui se promènent dans les ventes européennes. Sa partie supérieure possédait, par exemple, cent casiers de taille différente, tels que le président de l'Union lui-même y eût trouvé une place convenable pour chacun de ses papiers ; mais en outre, sur le côté, il y avait un régulateur, et on pouvait, rien qu'en tournant une manivelle, réaliser suivant son goût et ses besoins les changements les plus divers dans les proportions et l'ordre des cases. De minces cloisons latérales s'abaissaient lentement pour former la base ou le plafond de nouveaux casiers ; au bout d'un tour de manivelle, l'aspect était déjà tout différent et tout se passait, suivant la vitesse à laquelle on tournait, lentement ou à une allure folle. C'était une invention très récente, mais qui rappelait vivement à Karl les crèches qu'on montrait aux enfants étonnés, à la foire du Petit Jésus, dans sa patrie ; Karl lui-même était bien souvent resté planté devant ces crèches, empaqueté dans ses vêtements d'hiver, à comparer les tours de manivelle qu'exécutait un vieil homme avec leurs effets sur la scène : l'avance saccadée des Rois Mages, l'apparition brillante de l'étoile et la timide vie de l'étable sainte. Et il lui avait toujours semblé que sa mère, debout derrière lui, ne suivait pas assez attentivement tout ce qui se passait. Il la tirait auprès de lui jusqu'à ce qu'il la sentît collée contre son dos et lui montrait avec de grandes exclamations les spectacles moins apparents, — un petit lièvre, par exemple, qui, tour à tour, dans l'herbe du devant, faisait le beau ou prenait le départ, — jusqu'à ce qu'elle lui fermât la bouche et retombât dans son inattention. La table n'était évidemment pas faite pour ne rappeler que de pareilles choses, mais à l'origine des inventions il doit y avoir des rapports aussi vagues que dans les souvenirs de Karl. L'oncle, au contraire du jeune homme, n'était pas satisfait du tout de ce bureau ; mais, ayant voulu acheter à l'intention de son neveu une vraie table à écrire, il avait vu que toutes ces tables se trouvaient maintenant pourvues du nouveau système de casiers, dont un autre avantage consistait en ceci qu'il pouvait s'adapter sans grands frais aux anciens modèles de bureaux. En tout cas, l'oncle ne manqua pas de conseiller à Karl de n'employer le régulateur que le moins possible ou mieux de ne pas l'employer du tout ; et pour renforcer l'efficacité du conseil, il prétendit que le mécanisme était très sensible, très facile à détériorer et très coûteux à réparer. Il n'était pas difficile de voir que ces remarques n'étaient que des défaites, bien que d'autre part on dût se dire qu'il eût été aisé à l'oncle de fixer définitivement le régulateur au point mort, ce qu'il ne fit cependant pas.

Dans les premiers jours, au cours desquels les conversations avaient été naturellement assez fréquentes entre l'oncle et le neveu, Karl avait raconté aussi qu'il jouait du piano chez lui, peu à vrai dire, mais volontiers, à quoi il ne pouvait pourvoir qu'au moyen des éléments que lui avait inculqués sa mère. Ce disant, il avait bien conscience que son discours incluait la demande d'un piano, mais il en avait déjà assez vu pour savoir que l'oncle n'avait pas besoin d'épargner. Sa prière ne fut pourtant pas exaucée tout de suite ; mais, environ huit jours plus tard, l'oncle dit, presque sous la forme d'un aveu qu'il eût dû faire à contrecœur, que le piano venait d'arriver et que Karl pouvait, s'il voulait, en surveiller le transport. C'était un travail facile, mais pas tellement plus que le transport même, car la maison était pourvue de son propre monte-meubles, dans lequel une pleine voiture de déménagement aurait trouvé facilement place, et ce fut dans ce monte-meubles que le piano de Karl prit le chemin des airs pour venir s'installer dans sa pièce. Karl aurait pu monter dans le même ascenseur, avec le piano et les ouvriers, mais comme il y en avait un autre à côté, pour les personnes seulement, ce fut celui-là qu'il utilisa ; une manette lui permit de se maintenir toujours à la hauteur du second monte-meubles et de ne pas lâcher des yeux, grâce à la glace de la cloison, le bel instrument qui était maintenant sa propriété. Quand il l'eut enfin dans sa chambre et put frapper sur les premières notes, il en ressentit une joie si folle qu'au lieu de continuer à jouer il se leva d'un bond et recula à quelque distance, aimant encore mieux, les mains sur les hanches, le contempler avec admiration. L'acoustique de la pièce était également remarquable et contribua à faire disparaître les restes du léger malaise qu'il avait éprouvé au début à habiter dans une maison de fer. Effectivement, quelque métallique que le bâtiment parût de l'extérieur, rien dans la pièce ne trahissait cette métallurgie de ses éléments, et personne n'aurait pu relever la moindre bagatelle qui refroidît le confort de l'installation de quelque façon que ce fût. Karl fonda dans les premiers temps de grands espoirs sur sa musique ; il avait même la fière audace, du moins avant de s'endormir, d'imaginer la possibilité d'une influence directe de ses activités pianistiques sur la vie américaine. Et c'était bien chose étrange en effet quand, devant les fenêtres ouvertes sur le tapage de l'espace, il jouait une de ces vieilles chansons de sa patrie que les soldats se renvoient de fenêtre à fenêtre, le soir, lorsque, penchés sur le bord de la leur, ils regardent la place sombre ; mais quand ensuite il observait la rue, il n'y voyait aucun changement, elle restait cette même petite fraction d'un grand mouvement circulaire qu'on ne pouvait arrêter sans connaître toutes les forces qui travaillaient à le produire. L'oncle tolérait ce pianotage sans rien objecter au jeune homme, d'autant plus que Karl ne s'en accordait que rarement le plaisir ; le Sénateur apporta même à son neveu des airs de marche américains, et l'hymne national aussi, naturellement, mais le plaisir de la musique ne pouvait pas expliquer seul qu'il eût demandé un jour à Karl très sérieusement s'il ne voulait pas apprendre encore le violon et le cor de chasse.

Évidemment c'était l'étude de l'anglais qui constituait la première et la plus grosse tâche du novice. Un jeune professeur d'une école supérieure de commerce arrivait le matin à sept heures ; il trouvait déjà son élève devant sa table de travail, ou bien assis au milieu de ses cahiers, ou repassant ses leçons en faisant les cent pas. Karl comprenait fort bien qu'il ne se hâterait jamais assez d'apprendre l'anglais et que cette étude lui fournissait en outre la meilleure occasion de procurer à son oncle la plus grande des joies s'il y faisait des progrès rapides. Et, de ce fait, alors qu'au début, quand il parlait avec son oncle, il devait se limiter à user de l'anglais pour les bonjours et les adieux, il réussissait maintenant à en teindre des parties de la conversation de plus en plus étendues, ce qui permettait d'introduire dans les entretiens des sujets plus confidentiels. La première poésie américaine, une description d'incendie, que Karl put un soir réciter à son oncle, rendit cet homme solennel tant il en eut de satisfaction. Ils se tenaient debout à la fenêtre de Karl ; l'oncle regardait dans le soir où toute la clarté du ciel avait sombré, et il frappait lentement en cadence dans ses mains, emporté par le sens du rythme, tandis que Karl se tenait tout droit à côté de lui et s'arrachait, le regard fixe, la difficile poésie.

Plus l'anglais de Karl s'améliorait, plus l'oncle montrait de plaisir à l'emmener avec ses amis ; il veillait seulement, afin de tout prévoir au cours de ces quelques rencontres, à faire toujours rester le professeur d'anglais aux côtés de son grand neveu. Le premier ami auquel Karl fut ainsi présenté était un homme svelte, jeune et d'une incroyable souplesse que l'oncle amena avec un luxe particulier de compliments ; visiblement un de ces fils de millionnaires comme on en peut tant rencontrer : leurs parents les traitent en ratés, leur existence se passe de telle façon qu'un être ordinaire ne pourrait les suivre un jour sans s'épuiser. Le savait ou le pressentait-il ? Voulait-il y remédier dans la mesure du possible ? Il laissait constamment errer sur ses lèvres et dans ses yeux un sourire de béatitude qui semblait s'adresser à la fois à lui-même, au monde entier et à son interlocuteur.

On parla avec ce M. Mack — l'oncle y donnant l'approbation la plus complète — de faire du cheval ensemble, soit au manège, soit en promenade, Karl hésita à dire oui parce qu'il n'avait jamais monté et voulait d'abord apprendre un peu, mais devant l'insistance de l'oncle et de M. Mack, qui lui représentaient l'équitation comme un simple plaisir et un exercice hygiénique et pas du tout comme un art, il finit par consentir. Évidemment, il lui fallut se lever dès quatre heures et demie du matin et cela lui fit souvent grand-peine, car il souffrait dans ce pays, sans doute à cause de l'attention constante qu'il devait dépenser tout le jour, d'une véritable léthargie ; mais ses regrets ne tardaient pas à se dissiper dans le bain. Le crible de la douche recouvrait toute la baignoire, et en longueur et en largeur ; — quel condisciple, dans la patrie de Karl, pouvait se vanter de posséder pareille chose ? Et pour lui seul, par-dessus le marché ? — Karl s'étalait donc au fond de sa baignoire — il y pouvait ouvrir les bras ! — et faisait couler sur son corps des flots d'eau tiède, puis brûlante, puis tiède à nouveau, puis glacée, s'arrosant, à sa fantaisie, par petites surfaces ou sur tout le corps. Il gisait là, goûtant comme un petit prolongement de la jouissance de son sommeil, et aimait surtout recevoir, les yeux fermés, les dernières gouttes qui tombaient isolément, crevaient sur sa tête et dégoulinaient le long de son visage.

Au manège où le déposait l'auto majestueuse de l'oncle, il rencontrait toujours son professeur d'anglais dès l'instant où il descendait. Mack n'arrivait jamais qu'ensuite ; il pouvait d'ailleurs se permettre de tels retards sans nul souci, car le vrai sport ne commençait qu'avec lui. Les chevaux ne l'attendaient-ils pas pour se cabrer et secouer leur sommeil ? Le fouet ne claquait-il pas plus fort dans le manège ? Ne voyait-on pas surgir soudain, dans la galerie qui faisait le tour, spectateurs, palefreniers, élèves, etc. Karl apprit à mettre à profit le temps qui précédait l'arrivée de M. Mack pour faire un peu d'entraînement, bien qu'il ne s'occupât encore que des exercices préliminaires les plus simples. Il y avait là un homme si long qu'il avait à peine besoin de lever le bras pour toucher le garrot des bêtes les plus hautes ; c'était lui qui donnait à Karl ces brèves leçons d'équitation : elles ne duraient jamais plus d'un quart d'heure. Les succès de Karl en ces matières n'avaient rien de démesuré ; il y trouvait l'occasion continue de s'assimiler des gémissements anglais, car il ne cessait de se plaindre d'une voix essoufflée à son professeur de langue qui restait appuyé contre le montant de la porte avec un grand besoin de dormir. Mais presque tous les ennuis hippiques disparaissaient à l'arrivée de Mack. On renvoyait le long écuyer et bientôt on n'entendait plus, dans la pénombre diusculaire du manège, d'autre bruit que le galop des chevaux, et on ne voyait guère autre chose que le bras levé de Mack donnant un ordre à Karl. Au bout d'une demi-heure de ce plaisir qui s'évanouissait comme un sommeil on faisait halte ; Mack était très pressé, il prenait congé de Karl, lui tapotait la joue quand il était plus satisfait que d'ordinaire, et disparaissait dans sa hâte sans le suivre jusqu'à la porte. Karl prenait en auto le professeur de langue et on se rendait à la leçon d'anglais, presque toujours avec force crochets, pour ne pas perdre trop de temps à traverser la foule de la grande rue qui menait tout droit du manège à la maison du Sénateur. D'ailleurs, le professeur d'anglais cessa vite d'accompagner Karl, car celui-ci, se reprochant de déranger inutilement cet homme fatigué dont le secours ne lui était pas nécessaire avec Mack, pria l'oncle de délivrer le professeur de ce devoir. Après un temps de réflexion l'oncle fit droit à la demande.

Mais il fallut relativement assez longtemps, malgré de fréquentes prières, pour qu'il se décidât à permettre à son neveu de jeter un regard sur ses affaires. Son entreprise était une sorte de maison de commission et d'expédition comme, autant que Karl s'en souvînt, il n'en existait peut-être pas en Europe, un commerce d'intermédiaire, mais non pas entre le producteur et le consommateur, ou le marchand : elle assurait l'envoi de toutes les marchandises et de toutes les matières premières aux grands cartels industriels ainsi qu'entre les consortiums. C'était donc une entreprise de proportions gigantesques qui embrassait à la fois les achats, l'entreposition, les transports et la vente et qui devait entretenir avec ses clients des relations télégraphiques et téléphoniques directes. La salle du télégraphe était encore plus grande que le bureau télégraphique de la ville natale du jeune homme (il l'avait un jour traversé en compagnie d'un condisciple qui y avait ses grandes entrées). Dans la salle du téléphone, chez l'oncle, où qu'on portât les yeux, ce n'étaient que portes de cabines en train de s'ouvrir et de se fermer ; les sonneries vous étourdissaient. L'oncle ouvrit un jour devant Karl la première de ces cabines et l'on vit dans un éblouissement de lumière électrique un employé indifférent aux bruits des portes, la tête prise dans un cercle d'acier qui lui collait les récepteurs sur les oreilles. Il reposait le bras droit sur une petite table comme si ce membre eût été particulièrement lourd, et seuls ses doigts qui tenaient le crayon vibraient, mais vibraient avec une vitesse qui avait quelque chose d'inhumain. Dans ce qu'il disait à l'appareil il se montrait extrêmement laconique et on voyait même souvent qu'il aurait eu quelque objection à présenter, quelque précision à demander, mais que certains mots qu'il entendait l'obligeaient, avant qu'il n'eût pu réaliser son intention, à baisser les yeux et à écrire. Il ne devait d'ailleurs pas parler (l'oncle l'expliqua à voix basse), car les mêmes communications qu'il recevait au téléphone étaient enregistrées par deux autres employés pour être comparées ensuite, ce qui empêchait toute erreur. Dans le même instant que l'oncle et Karl quittaient la porte un surnuméraire se glissa dans la cabine d'où il ressortit avec un message. A travers toute la salle régnait une circulation continuelle. Les gens allaient et venaient rapidement. Nul ne saluait, cette formalité était complètement supprimée, chacun se contentait d'emboîter le pas à celui qui le précédait et de regarder le sol sur lequel il voulait avancer le plus vite possible, à moins qu'il ne cueillît au vol, du regard, certains mots ou certains chiffres sur les papiers qu'il tenait à la main et que la hâte de sa marche agitait d'un frisson.

— Tu as vraiment réalisé une chose énorme, dit une fois Karl à son oncle dans l'un de ces passages qui traversaient l'entreprise et dont l'exploration eût demandé plusieurs jours, même si l'on eût voulu se contenter d'un seul coup d'œil sur chaque section.

— Et j'ai tout installé moi-même il y a trente ans, sache cela. J'avais alors dans le quartier du port un tout petit magasin : quand on y avait déchargé cinq caisses par jour c'était beaucoup, je rentrais chez moi bouffi d'orgueil. Aujourd'hui il n'y a plus dans le port que deux entrepôts plus grands que les miens, et mon ancien magasin est devenu la salle à manger et le dépôt d'outils de ma soixante-cinquième équipe de porteurs.

— Cela touche au prodige, fit Karl.

— Tout évolue ici à cette vitesse, dit l'oncle, coupant l'entretien.

Un jour il arriva avant le moment du repas, que Karl pensait prendre tout seul comme d'ordinaire, et pria son neveu de vite se mettre en noir et de venir avec lui à table où il trouverait deux amis. Pendant qu'il se changeait dans la pièce voisine, l'oncle s'assit à son bureau et parcourut le devoir d'anglais qu'il venait juste de finir, puis tapa de la main sur la table et s'écria d'une voix forte :

— C'est tout à fait excellent !

Karl s'habilla sans aucun doute avec plus de facilité à la suite de cet éloge, dont il n'aurait pourtant pas eu besoin pour être assez sûr de son anglais.

Dans la salle à manger de l'oncle, dont il avait gardé le souvenir depuis le premier soir de son arrivée, deux grands et gros messieurs vinrent à sa rencontre, le premier un certain Green, le second un Pollunder, à ce que lui apprirent les propos de la table, car l'oncle perdait rarement lui-même le moindre mot sur qui que ce fût, laissant toujours à Karl le soin de découvrir seul ce qu'il pouvait y avoir d'utile ou d'intéressant chez quelqu'un. Après le gros du dîner, au cours duquel il ne fut question que d'affaires professionnelles intimes — ce qui constitua pour Karl une excellente répétition du vocabulaire commercial — et où on le laissa s'occuper de manger en silence comme un enfant qui doit d'abord bien se rassasier, M. Green se pencha vers lui et — avec un visible souci de parler l'anglais le plus distinct possible —, l'interrogea d'une façon générale sur ses premières impressions. Karl répondit assez copieusement, au milieu d'un silence de mort, en jetant à la dérobée quelques regards sur son oncle et chercha, pour remercier, à se rendre agréable par quelque expression de teinte un peu new-yorkaise. L'une de ses tournures fit rire les trois messieurs et il craignait déjà d'avoir commis une faute grossière; mais M. Pollunder le rassura, il avait même dit quelque chose de très bien. D'ailleurs, d'une façon générale, ce M. Pollunder semblait trouver à Karl un agrément particulier, et tandis que l'oncle et M. Green revenaient à leurs discours d'affaires, il demanda au jeune homme de rapprocher son siège et lui posa toutes sortes de questions sur son nom, son origine et son voyage; puis, pour le reposer, il se mit à son tour, en riant, en toussant, et à toute vitesse, à parler de lui, de sa fille et du petit domaine qu'ils habitaient aux environs; il n'y pouvait à la vérité passer que les soirées, car il était banquier et son métier le retenait toute la journée dans la ville même; mais Karl fut tout de suite invité à venir dans cette maison de campagne; un Américain de si fraîche date devait sûrement éprouver le besoin de se reposer quelquefois de New York. Karl demanda aussitôt à son oncle l'autorisation d'accepter, et l'oncle la donna, gaiement en apparence, mais sans fixer ni laisser entrevoir de date précise comme Karl et M. Pollunder s'y seraient attendus.

Pourtant, dès le lendemain, Karl fut convoqué au bureau de l'oncle (qui en avait dix à lui tout seul dans la maison); il y trouva le Sénateur en compagnie de M. Pollunder, étendu dans un fauteuil assez taciturnement.

— M. Pollunder, dit l'oncle que le crépuscule de la pièce empêchait presque de reconnaître, M. Pollunder est venu pour t'inviter dans sa villa, comme nous en avions parlé.

— Je ne savais pas que ce dût être aujourd'hui, répondit Karl, sans quoi je serais déjà prêt.

— Si tu n'es pas prêt, opina l'oncle, peut-être vaut-il mieux remettre cette visite à un autre jour.

— Prêt ! s'écria M. Pollunder. Prêt ! un jeune homme est toujours prêt !

— Il ne s'y oppose pas, dit l'oncle en se tournant vers son hôte, mais il faudrait de toute façon qu'il remonte dans sa chambre et cela vous retarderait.

— Nous avons tout le temps, dit M. Pollunder, j'ai prévu un retard et fermé plus tôt mes bureaux.

— Tu vois, dit l'oncle, tous les ennuis que cause déjà ta visite.

— J'en suis bien fâché, répondit Karl, mais je reviens immédiatement, et il s'apprêtait déjà à sortir en toute hâte.

— Ne vous précipitez pas, dit M. Pollunder, vous ne me causez pas le moindre ennui ; votre visite me fait au contraire le plus grand plaisir.

— Tu vas manquer demain ta leçon d'équitation, l'as-tu déjà décommandée ?

— Non, dit Karl (cette visite dont il s'était fait une joie commençait déjà à lui peser), je ne pouvais pas savoir.

— Et tu veux partir quand même ? continua l'oncle.

M. Pollunder, homme aimable, vint à l'aide du neveu :

— Nous nous arrêterons au manège en passant et nous arrangerons la chose.

— A la bonne heure, dit l'oncle. Mais Mack t'attendra quand même.

— Non, il ne m'attendra pas, dit Karl, mais il viendra évidemment.

— Eh bien alors ? dit l'oncle comme si la

réponse de Karl n'avait pas constitué la moindre justification.

M. Pollunder trouva le mot décisif :

— Clara — c'était sa fille — l'attend aussi pour ce soir et elle a bien le pas sur M. Mack ?

— Sans doute, dit l'oncle. Allons, cours t'habiller.

Et il frappa à plusieurs reprises, comme machinalement, contre le bras de son fauteuil. Karl était déjà à la porte quand l'oncle l'arrêta par cette question : « Tu seras quand même de retour à temps demain matin pour prendre ta leçon d'anglais ?

— Quoi ! s'écria M. Pollunder, qui s'en tourna d'étonnement dans son fauteuil, autant que sa grosseur le lui permettait, ne peut-il donc rester au moins la journée de demain ? Je vous le ramènerais après-demain matin ?

— C'est absolument impossible, répliqua l'oncle. Je ne peux pas laisser s'introduire un tel désordre dans ses études. Plus tard, quand il aura une existence professionnelle réglée d'elle-même, je lui permettrai très volontiers et même pour beaucoup plus de temps, de déférer à une invitation aussi cordiale et qui lui fait si grand honneur.

— Que de contradictions ! pensa Karl.

M. Pollunder était devenu triste.

— Mais pour un soir et une nuit, ça ne vaut vraiment pas la peine !

— C'est bien ce que je pensais, dit l'oncle.

— Il faut prendre ce qu'on vous donne, remarqua M. Pollunder en se remettant à rire.

« Je vous attends, cria-t-il à Karl, qui profita de ce que l'oncle s'était tu pour se dépêcher de filer.

Quand il revint peu après, en tenue de départ, il

ne trouva plus au bureau que M. Pollunder, l'oncle s'en était allé. M. Pollunder, tout heureux, secoua les deux mains du jeune homme, comme pour s'assurer plus tangiblement que son invité l'accompagnait bien. Karl, encore tout échauffé de sa course, secoua aussi de son côté les deux mains de M. Pollunder ; il était ravi de cette sortie.

— Mon oncle n'est-il pas fâché que je parte ?

— Mais non ! Il ne parlait pas si sérieusement que vous croyez. Seulement il a votre éducation très à cœur en ce moment.

— Est-ce qu'il vous l'a dit lui-même, qu'il ne parlait pas si sérieusement ?

— Bien sûr, dit M. Pollunder, d'une voix qui appuyait pour prouver qu'il ne savait pas mentir.

— C'est étrange qu'il ait mis si peu d'empressement à me permettre d'aller vous voir, dans les termes où vous êtes ensemble !

M. Pollunder, sans l'avouer ouvertement, ne se l'expliquait pas non plus, et tandis que l'automobile filait dans la tiède soirée, ils y réfléchissaient encore malgré la tournure différente prise par la conversation.

Ils étaient assis tout près l'un de l'autre et M. Pollunder, en parlant, tenait la main de Karl dans la sienne. Karl voulait savoir beaucoup de choses au sujet de Mlle Clara, comme si, impatienté par la durée de la course, il eût pensé que ces histoires le feraient arriver plus tôt. Bien qu'il n'eût jamais traversé, le soir, les rues de New York en auto et que le long des trottoirs et des rails qui changeaient à tout instant de direction, comme dans un tourbillon de vent, le vacarme volât partout (vacarme qui n'avait plus l'air d'être provoqué par des hommes, mais qui ressemblait à quelque élément étranger), Karl, tout en cherchant à bien saisir les paroles de M. Pollunder, ne s'inquiétait que du gilet noir de son interlocuteur qui était barré d'une chaîne d'or. Au sortir des rues où le public se hâtait en foule vers les théâtres, à grands pas ou dans des voitures dont on accélérait le train, ils arrivèrent, après avoir traversé les quartiers intermédiaires, dans les faubourgs où les policemen à cheval les firent passer constamment par de petites rues latérales car, la grande avenue étant occupée par la manifestation des grévistes de la métallurgie, on ne permettait aux carrefours que le minimum de circulation. Quand la voiture, débouchant d'une de ces sombres ruelles qui assourdissait les échos, traversait alors l'avenue aussi large qu'une vraie place, on voyait apparaître, en de longues perspectives que personne ne pouvait suivre jusqu'au bout, les trottoirs couverts d'une foule qui avançait à pas menus et dont le chœur avait plus d'unité que le chant d'une seule voix. Mais sur les rails du tram, qui restaient dégagés, on apercevait çà et là un policier monté sur un cheval immobile, des gens qui portaient des drapeaux ou des bandes de toile chargées d'inscriptions qu'ils tendaient au-dessus de la rue ; ou encore un meneur entouré de camarades et d'ordonnances, ou une voiture de tramway qui n'avait pas pris la fuite assez vite et demeurait là, vide et sombre, avec son wattman et son contrôleur qui s'étaient assis sur la plate-forme. De petits groupes de curieux restaient debout, à grande distance des véritables manifestants, bien qu'ils ne vissent pas ce qui se passait au juste. Mais Karl, lui, s'appuyait avec joie contre le bras que M. Pollunder avait passé autour de lui ; la conviction qu'il allait être bientôt l'hôte bienvenu d'une maison de campagne éclairée, close de murs et gardée par des chiens, lui causait un bien-être fou, et, quoiqu'un début de somnolence l'empêchât de saisir parfaitement, ou tout au moins sans nulle lacune, les discours de M. Pollunder, il se reprenait de temps à autre et se frottait les yeux pour voir, pendant l'espace d'un instant, si on remarquait son sommeil, ce qu'il voulait éviter à tout prix.

CHAPITRE III

UNE VILLA AUX ENVIRONS DE NEW YORK

— Nous y voilà, dit M. Pollunder juste à l'un des moments où Karl somnolait.

L'auto se trouvait devant une maison de campagne. Comme toutes les riches villas des environs de New York, cette demeure était plus vaste et plus haute qu'il n'eût été nécessaire pour une maison destinée à n'abriter qu'une famille. L'étage inférieur étant seul éclairé, on ne pouvait pas savoir jusqu'où elle montait. Des marronniers bruissaient devant elle, entre lesquels — la grille était déjà ouverte — on voyait une courte allée qui conduisait aux marches du perron. A la fatigue qu'il éprouva en descendant, Karl crut remarquer que le voyage avait duré assez longtemps. Dans l'ombre de l'allée de marronniers il entendit une voix de jeune fille dire près de lui : « Voilà enfin M. Jacob ! »

— Je m'appelle Rossmann, répondit Karl en saisissant la main que lui tendait la jeune fille dont il distinguait maintenant la silhouette.

— Il n'est que le neveu de Jacob, expliqua M. Pollunder, son nom, à lui, c'est Karl Rossmann.

— Cela ne change rien à notre joie de l'avoir ici,

dit la jeune fille qui ne tenait pas beaucoup au nom.

Karl demanda, en se rendant à la maison entre M. Pollunder et sa fille :

— Vous êtes bien Mlle Clara ?

— Oui, dit-elle, et déjà un rayon de lumière venu des fenêtres de la villa permettait de distinguer le visage qu'elle tenait tourné vers lui ; mais je ne voulais pas me présenter dans cette obscurité.

— Nous attendait-elle donc à la grille ? pensa Karl que la marche réveillait petit à petit.

— Nous avons d'ailleurs un autre hôte, ce soir, dit Clara.

— Pas possible, s'écria M. Pollunder contrarié.

— M. Green, dit Clara.

— Quand est-il venu ? demanda Karl comme troublé d'un pressentiment.

— Il n'y a qu'un instant. Vous n'avez donc pas entendu son automobile devant la vôtre ?

Karl leva les yeux sur M. Pollunder pour voir comment il prenait la chose, mais M. Pollunder avait mis les mains dans ses poches et tapait simplement un peu plus fort des pieds en marchant.

— Il ne sert à rien d'habiter hors de New York, si c'est tout près ; on reste exposé aux dérangements. Il faudra absolument que nous nous éloignions davantage, quand je devrais passer la moitié de la nuit en route.

Ils s'arrêtèrent sur le perron.

— Mais il y avait très longtemps que M. Green n'était plus venu ! dit Clara qui était visiblement tout à fait de l'avis de son père, mais voulait le tranquilliser.

— Pourquoi vient-il juste aujourd'hui ? dit Pollunder, et ses paroles passaient déjà avec courroux sur le bourrelet de sa lèvre inférieure dont la chair lourde et pendante s'agitait facilement.

— En effet ! dit Clara.

— Peut-être partira-t-il vite, remarqua Karl, étonné lui-même de l'entente qu'il réalisait déjà avec ces gens qui hier encore lui étaient complètement étrangers.

— Oh non, dit Clara, il a je ne sais quelle grosse affaire à discuter avec papa, et cela durera probablement longtemps, car il m'a déjà menacée en plaisantant de me faire veiller toute la nuit si je veux l'écouter jusqu'au bout pour remplir mes devoirs d'hôtesse.

— Encore ça par-dessus le marché ! Il passera donc la nuit ? s'écria Pollunder comme si le comble du malheur était atteint. J'aurais vraiment envie, ajouta-t-il (et cette nouvelle idée rendit son ton plus amical), j'aurais vraiment envie, Monsieur Rossmann, de vous reprendre en auto pour vous ramener à votre oncle. Notre soirée se trouve troublée d'avance, et qui sait quand Monsieur votre oncle vous confiera de nouveau à nous ? Au lieu que si je vous ramène dès ce soir, il ne pourra pas vous refuser, la prochaine fois que nous vous réclamerons.

Et il prenait déjà Karl par la main pour exécuter son projet. Mais Clara ne bougea pas et demanda de le laisser là, car ni elle ni Karl du moins, ne seraient en rien dérangés par la présence de M. Green, et en fin de compte M. Pollunder remarqua lui-même que sa résolution n'était pas des plus fermes. D'ailleurs — et ce fut peut-être l'argument décisif — on entendit soudain M. Green crier du plus haut de l'escalier :

— Où restez-vous donc ?

— Venez, dit M. Pollunder en prenant par le perron. Derrière lui, Karl et Clara suivirent. Ils s'étudiaient à la lumière maintenant.

— Quelles lèvres rouges a cette Clara ! se disait Karl en resongeant à celles de M. Pollunder et en admirant la métamorphose qu'elles avaient subie chez sa fille.

— Après le dîner, dit-elle, nous irons tout de suite dans mon appartement, si vous voulez, pour être délivrés, au moins nous, de M. Green puisque papa est forcé de s'occuper de lui. Et vous aurez la bonté de me jouer quelque chose au piano, car papa m'a déjà dit que vous y êtes très fort ; moi, hélas, je suis complètement incapable de le travailler et je n'y touche jamais quoique j'adore la musique.

Karl approuva entièrement la proposition de Clara encore qu'il eût aimé que M. Pollunder se joignît à leur société. Mais à la vue du gigantesque M. Green — Karl venait à peine de s'habituer à la taille de M. Pollunder — à la vue de cette stature qui se déployait lentement devant eux à mesure qu'ils montaient les marches, tout espoir abandonna Karl de jamais arracher ce soir M. Pollunder à cet homme.

M. Green les reçut hâtivement comme s'il avait beaucoup de choses à rattraper, prit le bras de M. Pollunder et poussa Karl et Clara devant lui dans la salle à manger, à laquelle des fleurs qui se redressaient à demi dans des garnitures de feuillage frais donnaient un air particulier de fête et faisaient doublement regretter la présence de l'hôte importun. A peine Karl, qui attendait près de la table que les autres fussent assis, eut-il le temps de se réjouir que la grande porte vitrée fut ouverte sur le jardin, — il en venait un vent parfumé, on se serait cru sous une tonnelle. Déjà M. Green, en soufflant bruyamment, se mettait à fermer cette porte, se baissait jusqu'au verrou d'en bas, s'allongeait jusqu'à ceux d'en haut, et tout cela d'une façon si juvénilement rapide que le domestique qui accourait ne trouva plus rien à faire. Les premiers mots de M. Green à table furent pour s'étonner que Karl eût reçu de son oncle la permission de sortir. Il ne cessait de porter à sa bouche de pleines cuillerées de potage tout en expliquant à droite à Clara, à gauche à M. Pollunder, pourquoi il était si surpris, et combien l'oncle veillait sur Karl, et que l'amour de cet oncle pour Karl était si grand qu'il était difficile de l'appeler simplement une affection avunculaire.

— Il n'a pas assez de venir intervenir ici inutilement, il faut encore qu'il s'immisce entre mon oncle et moi, pensait Karl, et il ne réussissait plus à avaler une seule gorgée de son potage doré.

Mais, repris du désir de ne pas laisser voir combien il se sentait gêné, il se remit à absorber son bouillon en silence. Le repas se déroula lentement comme un supplice. Seuls M. Green et Clara, tout au plus, montraient encore de l'animation et trouvaient parfois une brève occasion de rire. M. Pollunder ne se mêlait que rarement à la conversation, quand M. Green la mettait sur le chapitre affaires. Mais il ne tardait pas à s'en retirer, et il fallait toujours que M. Green le rattrapât à l'improviste au bout d'un moment en reprenant le fil du sujet. Il soulignait d'ailleurs (et c'était alors que Clara devait rappeler à Karl — qui écoutait comme à l'approche d'un danger — que le rôti était dans son assiette et que lui-même se trouvait à table), il soulignait qu'il n'avait pas eu d'abord l'intention de faire cette visite inattendue. Car, bien que l'affaire dont il devrait encore parler fût particulièrement pressante, l'essentiel en aurait pu être discuté dans la journée à New York et le détail réservé pour le lendemain ou plus tard. Il s'était même rendu chez M. Pollunder longtemps avant l'heure de fermeture des bureaux, mais il ne l'avait pas trouvé, de sorte qu'il avait été contraint de téléphoner chez lui qu'il ne rentrerait pas de la nuit et de partir.

— Je vous dois donc mille excuses, dit Karl assez fort et avant que personne eût pu répondre, car c'est ma faute si M. Pollunder a quitté plus tôt ses bureaux ce matin et vous m'en voyez très fâché.

M. Pollunder recouvrit de sa serviette la plus grande partie de son visage, tandis que Clara souriait à Karl, mais non par simple sympathie : comme pour l'influencer de quelque façon.

— Il n'y a pas à vous excuser, dit M. Green qui était en train de disséquer un pigeon à grands coups de couteau ; tout au contraire, je suis ravi de passer la soirée en si charmante compagnie au lieu de dîner seul chez moi où je suis servi par ma gouvernante qui est si vieille qu'il lui est déjà pénible de faire le chemin de la porte à la table et que je peux m'adosser longtemps quand je veux l'observer pendant ce trajet. J'ai pu obtenir récemment que le domestique apporte les plats jusqu'à la porte, mais le chemin de la porte à la table appartient, si je comprends bien, à ma vieille bonne personnellement.

— Mon Dieu, s'écria Clara, quelle fidélité !

— Oui, on en trouve encore en ce monde, dit

M. Green en portant un morceau à sa bouche où la langue, comme Karl remarqua par hasard, happait d'un coup la nourriture.

Le jeune garçon se trouva presque mal et se leva. M. Pollunder et Clara le retinrent par les mains.

— Il faut rester assis, dit Clara.

Et, quand ce fut fait, elle chuchota :

— Nous n'allons pas tarder à disparaître ensemble. Patientez.

M. Green, pendant ce temps, s'était occupé de manger posément comme si c'eût été le devoir naturel de M. Pollunder et de Clara de calmer Karl quand il lui causait un malaise.

Le repas tira en longueur, surtout à cause de la minutie avec laquelle M. Green traitait chaque plat bien qu'il fût toujours prêt à accueillir le suivant sans fatigue ; il semblait vraiment qu'il voulût se reposer à fond de sa vieille gouvernante. De temps à autre il louait l'art dont Mlle Clara faisait preuve dans la direction du ménage, ce qui la flattait visiblement, alors que Karl était tenté de le contredire comme si elle était attaquée. Mais M. Green ne se contentait pas de si peu ; il déplorait souvent aussi, sans quitter des yeux son assiette, le flagrant manque d'appétit du jeune Karl. M. Pollunder prit cet appétit sous sa protection, encore qu'il eût dû, en qualité d'amphitryon, pousser aussi Karl à manger. Et effectivement, sous l'influence de la contrainte dont il souffrit pendant tout le repas, Karl se sentit si irritable qu'il interpréta malgré lui cette attitude de M. Pollunder comme un manque de bienveillance. Cette disposition le poussait à engloutir précipitamment sa pitance aux moments les moins opportuns pour laisser retomber ensuite sa fourchette avec lassitude et rester, au contraire des autres, tellement figé que le domestique chargé de présenter les plats ne savait que faire de lui.

— Vous allez voir si je ne vais pas raconter demain à M. le Sénateur que vous avez offensé Mlle Clara en ne mangeant pas de son dîner, dit M. Green, agitant sa fourchette pour exprimer son intention plaisante.

— Voyez comme cette jeune fille est triste, poursuivit-il en prenant Clara par le menton.

Elle se laissa faire et ferma les yeux.

— Ah ! petite machine ! s'écria-t-il en se renversant sur sa chaise et en riant, le visage pourpre, avec la force d'un homme rassasié.

Ce fut en vain que Karl chercha à s'expliquer l'attitude de M. Pollunder. M. Pollunder était assis devant son assiette et regardait dedans, comme si l'essentiel se fût passé au fond. Il ne faisait rien pour se rapprocher de Karl, quand il parlait c'était à tout le monde ; à Karl particulièrement il semblait n'avoir rien à dire. En revanche, il souffrait que Green, ce vieux New-Yorkais endurci dans le célibat, caressât le menton de sa fille sans aucune espèce d'équivoque, et blessât Karl qui était son invité, ou tout au moins le traitât en petit garçon ; qui eût pu dire à quelles fins M. Green restaurait ses forces et prenait ses coudées franches ?

Une fois la table desservie — quand Green eut remarqué l'humeur générale il fut le premier à se lever et à entraîner en quelque sorte tous les autres — Karl alla se mettre à l'écart dans l'embrasure d'une des grandes fenêtres qui donnaient sur la terrasse et qui étaient de véritables portes, comme il s'en aperçut en s'approchant. Qu'était-il resté de l'aversion qu'avaient eue pour Green au début M. Pollunder et sa fille et qui avait alors paru un peu incompréhensible à Karl ? Maintenant ils entouraient Green et l'approuvaient en hochant la tête. La fumée du cigare de Green, un cadeau de M. Pollunder, — et de cette taille dont le père de Karl aimait à parler quelquefois, là-bas, comme d'une réalité qu'il n'avait sans doute jamais vue — cette fumée se répandait dans la salle et portait l'influence de Green jusque dans les coins et les niches où il n'irait lui-même jamais. Si loin de lui que se tînt Karl, il sentait pourtant dans son nez le chatouillement de cette fumée, et l'attitude de M. Green, sur lequel il jeta un coup d'œil, lui parut proprement infâme. Il ne trouvait plus si impossible que son oncle n'eût tant tardé à lui permettre de venir que parce qu'il connaissait la faiblesse de M. Pollunder, parce que — sans aller jusqu'à prévoir, peut-être, que Karl fût offensé au cours de cette visite, — il pensait que la chose était imaginable. La jeune Américaine non plus ne plaisait pas beaucoup à Karl, bien qu'il ne l'eût pas rêvée plus belle. Depuis que M. Green s'était occupé d'elle il était surpris de la beauté dont son visage était capable et surtout de l'éclat de ses yeux et de leur folle animation. Il n'avait encore jamais vu de robe qui collât si étroitement au corps ; de petits plis montraient le degré de tension de cette étoffe fine et solide dont la couleur tirait sur le jaune. Et pourtant Karl ne s'inquiétait guère de Clara ; il eût volontiers renoncé à aller dans son appartement s'il avait pu ouvrir la porte sur la poignée de laquelle il avait déjà posé la main à tout hasard, monter en auto, ou, si le chauffeur dormait déjà, rentrer à pied seul à New York. La nuit brillante, avec sa belle pleine lune tournée vers lui, s'ouvrait librement à tout le monde, et il semblait insensé au jeune homme qu'on pût craindre par une telle nuit. Il se représenta — et pour la première fois se sentit bien dans cette pièce — comment il surprendrait son oncle le matin — à pied il ne pourrait pas se trouver rendu plus tôt. N'étant encore jamais allé dans la chambre à coucher de cet oncle, il ignorait complètement où elle était ; mais il aurait vite fait de le demander. Il frapperait à la porte, entrerait rapidement, sur la sonore invitation du Sénateur, et surprendrait alors, — en chemise de nuit, les yeux tournés avec étonnement vers la porte, — ce cher oncle qu'il n'avait encore jamais vu que cravaté jusqu'aux dents et boutonné jusqu'au menton. Ce n'était pas, en somme, en soi, une bien grande prétention, mais il fallait songer à toutes les conséquences qu'elle risquait d'entraîner. Peut-être, pour la première fois, déjeunerait-il avec son oncle, l'oncle au lit, lui sur une chaise, le déjeuner sur une petite table entre les deux ; peut-être ce déjeuner en commun deviendrait-il une institution régulière, peut-être, par suite de ce déjeuner — c'était même presque inévitable, — se rencontreraient-ils plus d'une fois dans le jour et se parleraient-ils alors plus ouvertement qu'autrefois. N'était-ce pas faute de ces longues conversations qu'il s'était montré aujourd'hui un peu indocile, ou plutôt têtu ? Et, même s'il était obligé de passer la nuit ici — comme il y avait hélas toute apparence, bien qu'on le laissât à sa fenêtre se divertir en toute liberté — peut-être cette malheureuse visite marquerait-elle un tournant, le début d'une amélioration dans ses rapports avec l'oncle, et peut-être ce soir, dans son lit, l'oncle avait-il les mêmes pensées.

Un peu consolé, il se retourna. Clara se tenait devant lui et lui dit :

— Ne parviendrez-vous pas à vous plaire un peu chez nous ? Ne voulez-vous pas vous y sentir chez vous ? Venez, je vais opérer une dernière tentative.

Elle lui fit traverser la salle et le mena jusqu'à la porte. A une table de côté les deux messieurs étaient assis autour de boissons qui moussaient légèrement dans deux grands verres, et que Karl ne connaissait pas et qu'il aurait aimé goûter. M. Green avait un coude sur la table et rapprochait le plus possible son visage de celui de M. Pollunder ; si on n'avait pas connu ce dernier on eût pu croire facilement que c'était quelque crime, et non pas une affaire, qui se discutait en ces lieux. M. Pollunder accompagna Karl d'un regard d'amitié jusqu'à la porte, mais M. Green, bien que d'ordinaire on suive involontairement la direction du regard de son vis-à-vis, n'accorda pas un coup d'œil au jeune homme. Cette attitude, aux yeux de Karl, exprimait de la part de Green une sorte de conviction d'après laquelle chacun des deux, et Karl et lui, devait chercher à se tirer d'affaire à l'aide de ses seuls moyens, laissant à l'avenir le soin de régler entre eux les rapports par la victoire de l'un et l'écrasement de l'autre.

— Si c'est ce qu'il pense, se dit Karl, c'est un fou. Je ne lui demande rien du tout et, de son côté, il n'a qu'à me laisser en paix.

A peine fut-il dans le couloir, l'idée lui vint qu'il avait dû être impoli car, en gardant toujours les yeux fixés sur Green, il s'était presque laissé traîner hors de la pièce par Clara. Il n'en marcha que plus docilement à côté d'elle. Dans les couloirs il crut d'abord rêver en découvrant tous les vingt pas un domestique au garde-à-vous en riche livrée et soutenant un candélabre des deux mains.

— La nouvelle installation électrique n'a encore été organisée que dans la salle à manger, expliqua Clara. Nous n'avons acheté cette maison qu'il y a très peu de temps et nous l'avons fait transformer complètement, pour autant qu'on puisse transformer l'architecture biscornue d'une vieille bicoque.

— Même en Amérique, dit Karl, il y a donc déjà de vieilles bicoques ?

— Naturellement, fit Clara en riant, et elle l'entraîna plus loin.

— Il ne faut pas vous moquer de moi, lui dit-il sur un ton fâché.

Après tout, ne connaissait-il pas déjà et l'Europe et l'Amérique, alors qu'elle n'avait vu que l'un des deux continents ?

Au passage elle ouvrit une porte en la poussant du bout de la main et dit sans s'arrêter : « C'est ici que vous coucherez. »

Karl voulut naturellement regarder sa chambre tout de suite, mais Clara lui expliqua impatiemment qu'il aurait toujours le temps de le faire et qu'il fallait d'abord la suivre. Ils se tiraillèrent un peu dans le couloir, tantôt avançant, tantôt reculant, puis Karl se dit que rien ne l'obligeait après tout à obéir constamment à Clara ; il se libéra et entra dans la chambre. L'obscurité surprenante qui régnait de l'autre côté de la fenêtre s'expliquait par la présence d'un arbre dont la cime se balançait dans toute sa majesté. On entendait un chant d'oiseau. Dans la pièce même, que le clair de lune n'avait pas encore atteinte, on ne pouvait rien discerner. Karl regretta de n'avoir pas pris sur lui la lampe électrique de poche que son oncle lui avait donnée. Une lampe de poche était vraiment de mise dans cette maison : si on en avait eu quelques-unes on aurait pu envoyer coucher les domestiques. Il s'assit sur le rebord de la fenêtre pour regarder et écouter ce qui se passait au-dehors. Un oiseau effarouché semblait se frayer un passage dans le feuillage du vieil arbre. Le sifflet d'un train de banlieue se fit entendre quelque part. Nul autre bruit.

Mais ce ne fut pas long, car Clara ne tarda pas à faire son entrée. Visiblement fâchée, elle s'écria : « Qu'est-ce à dire ? » en tapant des mains sur sa robe.

Karl songea d'abord à ne répondre que quand elle serait plus polie. Mais elle marcha sur lui à grands pas et lui cria :

— Eh bien, voulez-vous me suivre, oui ou non ? Puis exprès ou sous le coup de son excitation elle lui donna un tel renfoncement dans la poitrine qu'il serait tombé du haut de la fenêtre s'il n'eût laissé glisser ses pieds jusqu'au sol au dernier moment.

— J'ai bien failli piquer une tête ! dit-il sur un ton de reproche.

— Dommage que vous ne l'ayez pas fait. Pourquoi êtes-vous si désagréable ? Je vais vous pousser par la fenêtre.

Effectivement elle le saisit à bras-le-corps et comme, dans son ébahissement, il oubliait de se faire lourd, elle le porta presque jusqu'à la fenêtre ; le sport lui avait fait les bras. Mais alors il reprit ses sens, se libéra d'un coup de hanches et l'empoigna à son tour.

— Ah ! vous me faites mal ! cria-t-elle.

Mais Karl pensait maintenant qu'il ne fallait

plus lâcher. Il lui laissa la liberté de marcher à sa fantaisie, mais la suivit et ne la quitta plus. On la tenait si facilement, aussi, avec cette robe collante !

— Laissez-moi, je vous donnerai quelque chose de beau.

— Pourquoi soupire-t-elle ainsi ? pensa le jeune homme, je ne peux pas lui faire de mal, je ne presse pas !

Et il continua à la tenir. Mais soudain, au bout d'une minute silencieuse et inattentive, la force de la jeune fille se fit sentir de façon croissante sur son corps : elle s'était déjà dégagée, elle le tenait par en haut d'une prise qu'elle savait exploiter, évitait ses jambes par une garde des pieds empruntée à une technique de combat complètement étrangère à Karl et, reprenant haleine, le poussait devant elle contre le mur avec une régularité magnifique.

Là il y avait un canapé sur lequel elle étendit Karl, et lui dit, sans se pencher trop bas :

— Maintenant, bouge si tu peux.

— Furie, mégère, put-il encore crier dans le désordre des sentiments — rage et honte, — où il se trouvait. Tu es enragée, sale furie !

— Fais attention à ce que tu dis, répondit-elle en lui posant une main sur le cou.

Elle se mit à serrer si fort qu'il ne put que chercher à happer un peu d'air tandis qu'elle promenait l'autre main sur sa joue, la retirait et la relevait toujours plus haut, menaçant à chaque instant de la laisser retomber avec une gifle.

— Que dirais-tu, demandait-elle en même temps, si pour te punir de ta conduite envers une dame je te renvoyais chez toi avec un bon soufflet ? Peut-être te serait-ce utile pour toute ta carrière future bien que ce ne soit pas un beau souvenir. Tu me fais peine ; tu es assez joli garçon, et, si tu avais appris le jiu-jitsu, tu m'aurais probablement rossée. Et cependant, et cependant, j'ai une envie complètement folle de te gifler, couché que tu es maintenant. Je le regretterais sans doute ; mais si je le fais, sache dès maintenant que ce sera presque malgré moi. Car je ne me contenterai naturellement pas d'une seule gifle ; je te taperai sur les deux joues jusqu'à ce qu'elles enflent. Peut-être es-tu un galant homme — j'aime à le croire — tu ne voudras pas vivre davantage avec ces gifles et tu te feras disparaître. Mais pourquoi t'es-tu donc emporté ainsi avec moi ? Est-ce que je ne te plais pas ? N'est-il pas enviable de venir dans ma chambre ? Attention ! J'ai bien failli maintenant t'administrer une claque, presque par mégarde. Si tu t'en tires aujourd'hui, tâche de te comporter moins grossièrement par la suite. Je ne suis pas ton oncle pour que tu puisses me braver impunément. J'attire d'ailleurs ton attention sur le fait que, si je te relâche sans te gifler, tu ne dois pas croire que ta situation soit la même du point de vue de l'honneur que si tu avais vraiment reçu une gifle. Cependant, si tu le croyais, je préférerais te calotter réellement. Que va dire Mack quand je lui raconterai tout cela ?

A ce nom de Mack elle lâcha Karl à qui Mack apparut comme un libérateur dans le brouillard de sa pensée. Il sentit encore un instant la main de Clara sur son cou, se tortilla quelques secondes, puis resta couché tranquillement.

Elle lui ordonna de se lever, il ne répondit ni ne bougea. Elle alluma quelque part une bougie, la chambre s'éclaira, des zigzags bleus se dessinèrent au plafond, mais Karl, couché la tête sur le coussin du sofa comme Clara l'avait déposé, ne remua pas d'un seul doigt. Clara allait et venait dans la chambre, sa robe froufroutait autour de ses jambes, elle s'arrêta un long moment, près de la fenêtre sans doute.

— Fini de bouder ? l'entendit-il demander.

Il trouvait extrêmement pénible de n'avoir pas la paix dans cette chambre que M. Pollunder lui avait réservée. Cette fille restait là à se promener, s'arrêtait, parlait et il en avait horriblement assez d'elle. Dormir vite et filer, c'était tout ce qu'il demandait. Il ne voulait même plus du lit. Il ne prétendait qu'à rester sur ce canapé. Il n'épiait que l'instant où elle partirait pour sauter sur la porte et la fermer sur elle, la verrouiller et se jeter de nouveau sur le divan. Il avait une énorme envie de s'étirer et de bâiller, mais il ne voulait pas le faire devant Clara. Il restait donc là, couché, les regards fixés sur le plafond, sentait son visage s'immobiliser de plus en plus, et une mouche tournait autour de lui, devant ses yeux qui papillotaient, sans qu'il pût arriver à savoir au juste ce que c'était.

Clara s'approcha de nouveau de lui, se pencha de façon à rencontrer son regard et, s'il n'eût détourné les yeux, il eût été obligé de la voir.

— Je m'en vais maintenant, dit-elle. Peut-être auras-tu envie plus tard de venir chez moi. La porte de mon appartement est la quatrième à partir de celle-ci, du même côté du couloir. Tu passes trois portes, et la suivante c'est la bonne. Je ne redescendrai plus dans la salle, je reste chez moi dès à présent. Mais tu m'as sérieusement fatiguée. Je ne t'attendrai pas précisément, mais, si tu veux venir, viens. Rappelle-toi que tu m'as promis de me jouer quelque chose au piano. Mais peut-être t'ai-je complètement aplati et tu ne peux plus te remuer ? Dans ce cas reste et dors. Je ne soufflerai pas mot à mon père de notre dispute pour le moment ; je te le dis au cas où cela t'inquiéterait.

Là-dessus, malgré sa prétendue fatigue, elle sortit de la pièce en deux bonds.

Aussitôt Karl se mit sur son séant, la station couchée lui étant déjà devenue intenable. Pour se donner un peu de mouvement, il alla à la porte et regarda dans le couloir. Mais quelles ténèbres ! Il fut content de fermer la porte, de la verrouiller et de se retrouver près de sa table à la lumière de la bougie. Il avait la résolution de ne pas s'attarder dans ces lieux, de descendre trouver M. Pollunder, de lui expliquer franchement comment Clara l'avait traité — il n'attachait aucune importance à avouer sa défaite — et de demander, à la faveur de ce motif qui suffisait bien, la permission de rentrer à pied ou en auto. Si M. Pollunder avait quelque objection contre ce retour immédiat, Karl le prierait de le faire conduire par un domestique à l'hôtel le plus proche. Ce n'est pas de cette façon qu'on traite un hôte aimable, mais on traite plus rarement encore un invité comme venait de le faire Clara. Elle avait tenu pour gentillesse sa promesse de ne rien dire provisoirement à M. Pollunder et c'était déjà révoltant ! Karl avait-il donc été invité à un combat en règle pour qu'il eût à être humilié d'avoir été jeté à terre par une jeune fille qui avait sans doute passé la plus grande partie de sa vie à apprendre des tours de lutte ? Elle avait reçu des leçons de Mack. Elle pouvait raconter à Mack tout ce qu'elle voulait, Mack y voyait sûrement clair, Karl le savait, bien qu'il ne l'eût jamais appris formellement. Mais il savait aussi que si Mack lui donnait des leçons à lui, il ferait de bien plus grands progrès que Clara ; il reviendrait alors un jour, sans invitation très probablement, commencerait d'abord tout naturellement par examiner les lieux dont la connaissance exacte avait été un des grands avantages de Clara, empoignerait ladite Clara et lui épousseterait l'échine sur le canapé où elle l'avait jeté aujourd'hui.

Pour le moment, il ne s'agissait que de retrouver le chemin de la salle et le chapeau qu'il devait avoir laissé quelque part. Il se munirait d'une bougie, mais, même avec une lumière, il n'était pas facile de découvrir sa route. Il ne savait pas, par exemple, si sa chambre se trouvait au même étage que la salle. Clara l'avait tellement tiraillé tout le long du chemin qu'il n'avait pas pu regarder où il passait. M. Green et les domestiques qui portaient les candélabres avaient aussi distrait sa pensée ; bref il ne savait même plus maintenant s'ils avaient monté un étage, ou deux, ou n'avaient pas monté. A en juger d'après la vue, la chambre devait être assez haut et c'était ce qui le poussait à s'imaginer qu'ils avaient gravi un escalier ; mais il avait fallu déjà en monter un pour arriver à la porte de la maison ; pourquoi cette partie du bâtiment ne serait-elle pas surélevée comme la première ? Ah ! si l'on avait pu du moins voir filtrer n'importe où un rayon de lumière, entendre la moindre voix, si loin, si bas que ce fût !...

Sa montre de poche, un cadeau de l'oncle, marquait onze heures, il prit la bougie et sortit dans le couloir. Il laissa la porte ouverte pour pouvoir retrouver sa chambre au cas où ses recherches seraient vaines, et, au pis, d'après cette chambre, situer la porte de Clara. Pour plus de sûreté, il la cala avec une chaise afin de l'empêcher de se refermer. Dans le couloir un courant d'air malencontreux se mit à souffler.

Karl avait pris naturellement à gauche dans la direction opposée à celle de la porte de Clara ; — le courant d'air était léger mais aurait quand même pu éteindre la lumière, de sorte qu'il était obligé de la protéger avec la main et même de s'arrêter souvent pour laisser la flamme se relever. C'était une avance pénible et le chemin en paraissait doublement long. Karl avait déjà abattu un grand parcours sans trouver de portes ; on n'imaginait pas ce qu'il pouvait y avoir derrière ces murs interminables. Et puis, soudain, tout n'était plus que portes et il chercha à en ouvrir plusieurs ; elles étaient fermées et donnaient sur des pièces évidemment inhabitées. C'était un gaspillage d'espace sans égal ; Karl ne put s'empêcher de songer à ces quartiers de l'est de New York que son oncle avait promis de lui montrer et où, prétendait-il, la même petite chambre servait d'asile à plusieurs familles dont le foyer consistait en un angle où les enfants s'attroupaient autour des parents, alors qu'ici il y avait tant de pièces vides qui n'étaient là que pour sonner creux quand on frappait ! M. Pollunder semblait à Karl trompé par de faux amis, fou de sa fille et donc gangrené. L'oncle l'avait certainement bien jugé et son principe de ne jamais influencer le jugement de Karl était sûrement seul coupable de cette visite et de ces divagations dans les couloirs. Karl voulait le dire le lendemain à son oncle, sans plus de formes car, d'après le même principe, l'oncle aimerait connaître aussi le jugement de son neveu à son sujet. Et puis ce principe était peut-être la seule chose qui ne plût pas à Karl chez son oncle ; encore n'était-ce pas absolu.

Soudain le mur cessa d'un côté du couloir et fit place à une glaciale balustrade de marbre. Karl posa la bougie à côté de lui et pencha prudemment la tête par-dessus la rampe. Un vide obscur lui souffla au visage. Si c'était le hall de la maison — la lumière de la bougie faisait apparaître un morceau de voûte — pourquoi n'était-on pas entré par là ? A quoi pouvait servir cet espace profond sur lequel on restait penché comme sur la nef d'une église ? Karl regrettait presque de ne pouvoir rester jusqu'au lendemain dans cette maison, il aurait aimé se faire promener partout par M. Pollunder à la lumière du jour et se faire renseigner sur tout.

D'ailleurs la rampe n'était pas longue ; il fut bientôt repris par le couloir fermé. A un tournant il se cogna de tout son poids contre la muraille et seul le soin constant avec lequel il crispait sa main sur la bougie la préserva de tomber et de s'éteindre. Comme le couloir ne voulait pas finir, que nulle fenêtre ne permettait de voir dehors et que rien ne remuait ni en haut ni en bas, Karl pensa qu'il passait son temps à se promener en circuit fermé et il espérait déjà retrouver la porte de sa chambre, mais ni elle ni la balustrade ne revinrent.

Jusque-là il s'était abstenu de crier fort, car il ne voulait pas faire de bruit chez des étrangers à une heure aussi tardive, mais il avait fini par reconnaître qu'il n'y avait pas de mal à cela dans cette maison sans lumière et il allait se mettre en devoir de pousser des deux côtés du couloir un cri d'appel retentissant quand il aperçut dans la direction d'où il était venu une petite lumière qui s'approchait. Ce ne fut qu'alors qu'il put mesurer la longueur de ce couloir rectiligne. La maison ne pouvait plus s'appeler une villa ; c'était une vraie forteresse. La joie de Karl fut si grande à la vue de cette lumière qui le sauvait qu'il en oublia toute prudence et se mit à courir vers elle. Au premier bond sa bougie s'éteignit. Il n'y fit pas attention, car il n'en avait plus besoin ; un domestique venait, avec une lanterne, qui lui indiquerait le bon chemin.

— Qui êtes-vous ? interrogea ce serviteur en tenant sa lanterne sous le nez de Karl, ce qui eut pour effet d'éclairer aussi son propre visage.

Ses traits semblaient un peu rigides à cause d'une longue barbe blanche qui ne commençait à développer ses boucles de soie qu'à hauteur de la poitrine. « Il faut que ce soit un bien fidèle serviteur pour qu'on lui permette une telle barbe ! » pensa Karl en considérant fixement et la largeur et la longueur de cet ornement, sans se sentir troublé par l'examen auquel on le soumettait lui-même. Il répondit d'ailleurs immédiatement à la question du domestique qu'il était un invité de M. Pollunder sorti de sa chambre pour aller à la salle à manger et qu'il ne retrouvait pas son chemin.

— Eh ! oui, dit le domestique, nous n'avons pas encore l'électricité.

— Je sais, dit Karl.

— Ne voulez-vous pas allumer votre bougie à ma lampe ? demanda le domestique.

— Merci, avec plaisir, dit Karl, et il le fit.

— Il y a un tel courant d'air dans ce couloir, dit le domestique, qu'une bougie s'y éteint facilement, c'est pourquoi je porte une lanterne.

— En effet, la lanterne est plus pratique, dit Karl.

— Vous êtes déjà tout couvert de taches de cire,

dit le domestique en projetant sa lumière sur le complet de Karl.

— Je ne m'en étais pas aperçu, s'écria Karl, fort affligé, car c'était ce costume noir dont l'oncle lui avait dit qu'il lui allait mieux que tout autre.

Il se rappela sa dispute qui ne devait pas avoir contribué à améliorer ses vêtements. Le domestique eut la complaisance de réparer les dégâts dans la mesure où la hâte le permettait ; à tout instant, Karl se tournait vers lui et lui montrait encore ici ou là une tache que l'autre enlevait docilement.

— Pourquoi ce courant d'air ? demanda Karl quand ils se furent remis en marche.

— C'est qu'il reste encore beaucoup à bâtir, dit le domestique, on a bien commencé déjà, mais ça marche très lentement. Maintenant, par-dessus le marché, les ouvriers du bâtiment font grève, comme vous le savez peut-être. On a beaucoup d'ennuis avec ces constructions. On vient encore d'ouvrir deux grandes brèches que personne ne mure et qui font passer un courant d'air dans toute la maison. Si je ne me bourrais pas les oreilles de coton je ne pourrais pas y tenir.

— Il me faut donc parler plus fort ? demanda Karl.

— Non, vous avez la voix très nette, dit le domestique. Mais, pour en revenir à ces travaux, c'est surtout ici près de cette chapelle, qu'il faudra absolument séparer par la suite du reste de la maison, que le courant d'air est insupportable.

— La rampe devant laquelle on passe dans le couloir donne donc sur une chapelle ?

— Oui.

— Je l'ai pensé tout de suite, dit Karl.

— Elle est très curieuse, dit le domestique ; sans

elle, M. Mack n'aurait sans doute pas acheté la maison.

— M. Mack? s'enquit Karl, je croyais que la maison appartenait à M. Pollunder!

— Sans doute, dit le domestique, mais c'est M. Mack qui a fait conclure l'affaire. Vous ne connaissez pas M. Mack?

— Oh! si, dit Karl. Mais qu'est-il donc à M. Pollunder?

— Le fiancé de Mademoiselle, répondit le domestique.

— Ça, non, je ne savais pas! dit Karl en s'arrêtant.

— Cela vous étonne-t-il à ce point? demanda le domestique.

— Je cherche seulement à m'y faire. Quand on ignore de tels détails on peut commettre les pires bévues, répondit Karl.

— Je suis étonné qu'on ne vous en ait rien dit, dit le domestique.

— Oui, en effet, dit Karl vexé.

— Sans doute aura-t-on pensé que vous le saviez, dit le domestique, ce n'est pas récent. D'ailleurs, nous voici rendus.

Et il ouvrit une porte derrière laquelle un escalier montait droit à la porte du fond de la salle, toujours brillamment éclairée.

Avant que Karl entrât dans la pièce d'où parvenaient sans aucun changement, comme deux heures auparavant, les voix de M. Green et de M. Pollunder, le domestique dit à Karl : « Si vous voulez, je vous attendrai ici pour vous ramener à votre chambre. Il est toujours difficile de se retrouver le premier soir. »

— Je n'y retournerai pas, dit Karl sans savoir pourquoi cette phrase le rendait triste.

— Ce ne sera pas si terrible ! dit le domestique d'un ton un peu condescendant, en souriant et en lui tapotant le bras.

Il avait sans doute compris que Karl voulait passer toute la nuit dans la salle à manger à causer et à boire avec ces messieurs ; Karl ne voulait pas se livrer pour le moment à des confessions ; de plus il pensait que ce domestique, qui lui plaisait plus que tous les autres de la maison, pourrait lui indiquer ensuite la route de New York, et il lui dit en conséquence :

— Si vous voulez m'attendre ici ce sera très aimable à vous et j'accepte avec reconnaissance. En tout cas je sortirai dans un petit instant et je vous dirai ce que je ferai alors. Je pense déjà que votre aide me sera nécessaire.

— Bien, dit le domestique.

Il posa la lanterne à terre, près de lui, et s'assit sur un petit piédestal qui avait dû rester inoccupé par suite des restaurations de la maison.

— J'attendrai donc ici. Laissez-moi votre lumière, ajouta-t-il en voyant que Karl s'apprêtait à faire son entrée avec sa bougie allumée.

— Suis-je distrait ! dit Karl en tendant la bougie au domestique qui se contenta d'incliner la tête sans qu'on pût savoir s'il le faisait intentionnellement ou si c'était simplement parce qu'il caressait sa barbe.

Karl ouvrit la porte qui cliqueta bruyamment ; il n'y avait pas de la faute du jeune homme, car la porte n'était composée que d'une seule glace qui se pliait presque quand on ouvrait et qui n'était maintenue que par la serrure. Karl, qui avait voulu faire une entrée particulièrement discrète, lâcha la poignée avec effroi. Sans se retourner il remarqua encore que le domestique, ayant quitté son piédestal, refermait précautionneusement sans faire le moindre tapage.

— Excusez-moi de vous déranger, dit-il aux deux messieurs qui le regardaient avec un grand air d'étonnement.

Mais en même temps il parcourait toute la salle d'un coup d'œil pour essayer de voir son chapeau. Le chapeau n'apparut nulle part, la table était complètement desservie ; peut-être avait-on emporté le chapeau à la cuisine, ce qui était bien ennuyeux.

— Où avez-vous donc laissé Clara ? demanda M. Pollunder.

Ce dérangement n'avait pas l'air de lui être désagréable, car il changea immédiatement de position dans son fauteuil pour faire entièrement face à Karl. M. Green joua l'indifférence, sortit de sa poche un portefeuille qui, pour la taille et l'épaisseur, était un monstre dans son genre, et sembla chercher dans les deux soufflets une pièce déterminée, mais lut aussi, tout en cherchant, d'autres papiers qui lui tombaient sous la main.

— J'aurais une prière à vous adresser, et je ne voudrais pas que vous l'interprétiez mal, dit Karl en allant vivement vers M. Pollunder et posant une main sur un bras du fauteuil pour se trouver tout près de lui.

— Quel genre de prière est-ce donc ? demanda M. Pollunder en regardant Karl avec des yeux qui exprimaient une franchise sans réserve. Naturellement je vous donne déjà cause gagnée.

Passant son bras autour de Karl, il attira le jeune

garçon entre ses jambes. Karl supporta le geste de bon gré bien qu'il se sentît trop adulte pour être traité de cette façon en général. Mais sa prière devenait évidemment plus difficile à formuler.

— Comment vous trouvez-vous chez nous ? demanda M. Pollunder. Ne pensez-vous pas vous aussi qu'à la campagne on se sent comme libéré quand on arrive de la ville ? En général — caché par Karl, il laissait couler vers M. Green un regard de biais auquel on ne pouvait se méprendre — en général j'éprouve cette sensation tous les soirs.

— Il parle, pensa Karl, comme s'il ne savait rien de ces interminables couloirs, de la chapelle, des pièces vides et du noir qui règne partout.

— Alors, dit M. Pollunder, cette demande !

Et il secoua amicalement Karl qui restait là sans mot dire.

— Je vous en prie, dit Karl sans pouvoir éviter —, si bas qu'il s'efforçât de parler —, que Green assis là, à côté, n'entendît tout, alors qu'il aurait tant aimé en sa présence taire cette requête qui pouvait être interprétée comme une offense à M. Pollunder, je vous en prie, laissez-moi retourner chez moi cette nuit.

Puis, comme le pire était lâché, le reste vint d'autant plus vite et il dit sans le moindre mensonge des choses auxquelles, dans le fond, il n'avait pas pensé du tout auparavant.

— Je voudrais rentrer à tout prix. Je reviendrai avec plaisir car je me trouve bien où vous êtes. Mais aujourd'hui je ne peux pas rester ici. Vous savez que mon oncle ne m'a pas donné volontiers la permission de venir. Il avait pour cela de bonnes raisons comme pour tout ce qu'il fait et je me suis permis de lui arracher littéralement cette permission qui contrecarrait son idée, plus autorisée que la mienne. J'ai tout simplement abusé de son affection pour moi. Pourquoi cette visite lui donnait-elle à penser, cela n'importe pas ici, je sais seulement de façon très certaine qu'il n'y avait rien dans son hésitation qui pût vous blesser vous, Monsieur Pollunder, qui êtes le meilleur de ses amis, de tous ses amis. Nul ne peut, de si loin que ce soit, se comparer à vous dans l'amitié de mon oncle. C'est aussi, bien qu'insuffisante, la seule excuse de mon indocilité. Vous n'avez peut-être pas une idée exacte de mes rapports avec mon oncle, je ne parlerai donc que de ce qu'il y a de plus clair. Tant que mes études d'anglais ne seront pas terminées et que je n'aurai pas une expérience pratique suffisante du commerce, j'en resterai réduit aux bontés de mon oncle, dont, il est vrai, j'ai le droit de jouir en qualité de parent. Il ne faudrait pas vous imaginer que je puisse déjà gagner mon pain honnêtement — et Dieu me garde de le gagner autrement ! Mon éducation a été malheureusement bien trop théorique pour cela. J'ai passé quatre ans dans un lycée d'Europe où j'étais un élève moyen : c'est moins que rien quand il s'agit de gagner de l'argent, car nos lycées sont très en retard dans leurs programmes. Je vous ferais rire si je vous racontais ce que j'ai appris. Quand on pousse plus loin ses études, qu'on va jusqu'au bout au lycée et qu'on fréquente ensuite les cours d'une faculté, tout finit sans doute par s'équilibrer et on a, au bout du compte, une formation cohérente qui permet d'entreprendre quelque chose et vous donne de la résolution pour gagner de l'argent. Mais j'ai été malheureusement arraché à ces études suivies. Je pense parfois que je ne sais rien, et ce que je pourrais savoir, malgré tout, serait encore insuffisant en Amérique. On fonde maintenant dans ma patrie ici ou là des lycées d'un nouveau genre où l'on enseigne les langues modernes et peut-être aussi les sciences commerciales. Quand j'ai quitté l'école primaire cela n'existait pas encore. Mon père voulait bien me faire faire de l'anglais, mais, d'abord, je ne pouvais prévoir le malheur qui fondrait sur moi, ni savoir que j'aurais besoin de l'anglais; ensuite j'étais obligé d'étudier beaucoup pour le lycée, de sorte qu'il ne me restait guère de temps pour autre chose. Je rappelle tout cela pour vous montrer à quel point je dépends de mon oncle et combien je lui suis obligé. Vous m'accorderez volontiers que dans de telles conditions je ne puis me permettre la moindre chose à l'encontre de sa volonté, même s'il la laisse à peine pressentir. Aussi, pour réparer — et encore bien peu — la faute que j'ai commise envers lui, il me faut rentrer tout de suite.

Pendant ce long discours de Karl, M. Pollunder avait écouté attentivement; souvent, surtout quand on mentionnait l'oncle, il avait pressé Karl contre lui, si imperceptiblement que ce fût, et regardé, comme dans l'attente de quelque chose, Green qui continuait à s'occuper de son portefeuille. Mais plus Karl, à mesure qu'il discourait, prenait conscience de sa situation vis-à-vis de son oncle, plus il devenait impatient, et il cherchait involontairement à s'arracher au bras de Pollunder. Tout l'oppressait ici; la voie qui débouchait dans la maison de l'oncle en passant par la porte vitrée, l'escalier, l'allée, les routes, les faubourgs et la grande artère lui apparaissaient comme un chemin préparé pour lui et qui le réclamait impérieusement. La bonté de M. Pollunder et la noirceur de M. Green se perdaient dans un lointain vague, et il ne demandait plus à cette pièce enfumée que la permission de partir. Sans doute sentait-il qu'avec M. Pollunder il en avait fini, et avec M. Green il était prêt à combattre ; et cependant une vague angoisse dont les poussées brouillaient ses yeux l'envahissait dans cette ambiance. Il recula d'un pas et se trouva dès lors à égale distance de M. Green et de M. Pollunder.

— Ne voulez-vous pas lui dire quelque chose ? demanda M. Pollunder à M. Green en lui prenant la main comme pour une prière.

— Je ne vois pas ce que j'aurais à lui dire, déclara M. Green qui avait enfin tiré une lettre de sa poche et l'avait posée sur la table.

— C'est très louable de sa part de vouloir retourner chez son oncle, et, pour autant qu'on puisse humainement prévoir, ce retour causerait une grande joie à M. Jacob. A moins que l'indocilité de Karl ne l'ait déjà par trop fâché, ce qui est également possible. Évidemment, dans ce cas, il vaudrait mieux rester. Il est difficile de dire quelque chose de précis ; nous sommes bien tous deux des amis de son oncle, et on aurait peine à trouver des différences de degré entre mon amitié pour lui et celle de M. Pollunder, mais nous ne pouvons pas voir au fond de son âme, surtout à la distance immense qui nous sépare de New York.

— Monsieur Green, dit Karl en faisant un effort sur lui-même pour se rapprocher de son interlocuteur, je lis dans vos paroles que vous pensez aussi que le mieux est de revenir tout de suite.

— Je n'ai pas dit cela du tout, déclara M. Green

en se plongeant dans la contemplation de la lettre dont il caressait les bords des deux doigts.

Il semblait vouloir indiquer par là que c'était M. Pollunder qui l'avait interrogé et à lui qu'il avait répondu, mais qu'avec Karl il n'avait rien à faire.

Cependant M. Pollunder s'était avancé vers Karl et l'avait entraîné doucement loin de M. Green dans l'embrasure d'une des grandes fenêtres.

— Cher Monsieur Rossmann, dit-il en se penchant vers l'oreille de Karl — et il promenait son mouchoir sur sa face, s'arrêtant au nez pour se moucher, — cher Monsieur Rossmann, n'imaginez pas que je veuille vous retenir ici contre votre volonté. Il n'en est pas question. Je ne peux évidemment pas mettre l'auto à votre disposition : elle est loin d'ici, dans un garage public, car je n'ai pas encore eu le temps d'en faire installer un dans cette villa où rien n'est encore qu'en train de se faire. Le chauffeur ne couche pas non plus à la maison, mais dans le voisinage du garage, je ne sais trop où. Et enfin son service n'exige pas qu'il soit ici en ce moment, il n'a qu'à amener l'auto à temps le matin. Mais rien de tout cela ne s'opposerait encore à votre retour immédiat, puisque si vous persistiez dans votre intention, je vous accompagnerais tout de suite jusqu'à la prochaine station du métro ; malheureusement elle est si éloignée que vous ne pourriez arriver chez vous beaucoup plus tôt qu'en profitant demain matin de mon auto, car nous partirions à sept heures.

— J'aimerais tout de même mieux, Monsieur Pollunder, répondit Karl, partir par le prochain métro. Je n'y avais pas pensé. Mais vous dites vous-même que j'arriverais plus tôt qu'en auto.

— Oui, mais la différence est infime.

— Quand même, quand même, Monsieur Pollunder, dit Karl, j'aimerais d'ailleurs toujours revenir ici en souvenir de votre amabilité, à supposer naturellement que vous teniez à m'inviter encore après mon attitude d'aujourd'hui. Peut-être saurai-je mieux dire bientôt pourquoi j'accorde tant d'importance à la moindre minute d'avance que je puisse prendre pour revoir mon oncle.

Et, comme s'il eût déjà reçu la permission de s'en aller, il ajouta :

— Ne m'accompagnez en aucun cas. C'est inutile. Il y a à la porte un domestique qui me conduira volontiers jusqu'à la station. Mais il me faut encore chercher mon chapeau. Et, sur ces mots, il parcourut la pièce pour tenter hâtivement une dernière fois de voir s'il retrouverait sa coiffure.

— Une casquette vous rendrait-elle service ? dit M. Green en en tirant une de sa poche. Peut-être vous ira-t-elle par hasard.

Karl, ahuri, cessa son va-et-vient et dit : « Je ne vais pourtant pas vous enlever votre casquette ! Je peux très bien aller tête nue. Je n'ai besoin de rien. »

— Ce n'est pas ma casquette, prenez.

— Merci donc, dit Karl pour en finir plus vite, et il prit la casquette.

Il la mit sur sa tête, et rit, car elle lui allait parfaitement ; il la reprit à la main et la considéra, mais sans pouvoir trouver ce qu'il y cherchait de particulier ; c'était une casquette entièrement neuve. « Elle va très bien », dit-il.

— Eh bien, elle va ! dit Green en frappant sur la table.

Karl se dirigeait vers la porte pour aller prendre le domestique, quand M. Green se leva, s'étira comme un homme qui vient de manger beaucoup et de se reposer longuement, frappa fortement sa poitrine et dit sur un ton qui tenait le milieu entre celui de l'ordre et celui du conseil :

— Avant votre départ il faut prendre congé de Mlle Clara.

— Il le faut, dit M. Pollunder qui s'était levé également.

On sentait à sa voix que les mots ne lui venaient pas du cœur, il laissa tomber mollement ses mains sur la couture de son pantalon et ne cessa de boutonner et de déboutonner sa veste, qui était très courte à la mode d'alors ; elle arrivait à peine aux hanches, ce qui habillait très mal les messieurs de son embonpoint. D'ailleurs, quand on le voyait debout à côté de M. Green, on avait la nette impression que cette corpulence n'était pas saine. Le dos était un peu voûté dans son ensemble, le ventre paraissait mou et lâché, un vrai fardeau, le visage blafard et torturé. M. Green, debout, était peut-être encore plus gros que son ami, mais cette épaisseur consistait en un embonpoint cohérent dont les parties se soutenaient réciproquement ; les pieds étaient au garde-à-vous, il portait la tête droite et la balançait un peu. Il faisait l'impression d'un grand gymnaste, d'un moniteur.

— Allez donc, poursuivit M. Green, auprès de Mlle Clara. Cela vous fera certainement plaisir et m'arrange dans l'emploi de mon temps. Je dois vous dire, en effet, avant votre départ, quelque chose d'intéressant qui peut sans doute être décisif pour votre retour. Malheureusement, par ordre supérieur, je suis tenu de ne rien vous révéler avant minuit. Vous pouvez bien penser que j'en suis fâché moi-même ; cela contrarie mon sommeil, mais j'exécute la consigne. En ce moment, il est onze heures et quart ; j'ai donc encore le temps de finir de discuter mes affaires avec M. Pollunder, en quoi votre présence ne saurait que nous déranger, et vous, vous pourrez passer un bon moment avec Mlle Clara. A minuit juste, présentez-vous ici où vous apprendrez le nécessaire.

Karl pouvait-il éluder cette invitation qui n'exigeait de lui que la moindre des politesses, le moindre des actes de reconnaissance à l'égard de M. Pollunder, et qui lui était faite par un homme brutal, indifférent à l'ordinaire, alors que M. Pollunder, celui que l'affaire regardait, observait la plus grande retenue dans ses paroles et ses regards ? Et quelle pouvait bien être cette chose intéressante que Karl n'aurait le droit d'apprendre qu'à minuit ? Si elle ne devait pas avancer son retour des trois quarts d'heure dont il le reculait maintenant, elle le laissait assez froid. Mais il se demandait s'il devait aller trouver Clara alors qu'elle était son ennemie.

S'il avait eu du moins le traquet que son oncle lui avait donné comme presse-papiers ! La chambre de Clara risquait fort d'être une dangereuse caverne. Malheureusement il était impossible de rien dire contre Clara : M. Pollunder était son père, et Mack, comme Karl venait de l'apprendre, son fiancé. Elle n'aurait eu qu'à modifier d'un rien son attitude pour que Karl l'admirât ouvertement en raison de ses relations sociales. Il en était encore à peser tout cela quand il s'aperçut que ce n'était pas ce qu'on lui demandait, car Green ouvrait déjà la porte et disait au domestique, qui quitta son socle d'un bond :

— Conduisez ce jeune homme chez Mlle Clara.

— Voilà comment on exécute un ordre ! pensa Karl en voyant le vieux domestique, tout haletant de faiblesse qu'il était, prendre ses jambes à son cou pour l'amener chez Mlle Clara.

En passant devant sa propre chambre, dont la porte était ouverte, Karl voulut entrer un instant, peut-être pour se tranquilliser. Le serviteur ne le permit point.

— Non, dit-il, vous devez aller chez Mademoiselle. Vous l'avez entendu vous-même.

— Je ne m'arrêterai qu'un instant, dit Karl qui songeait à se jeter quelques minutes sur le canapé, pour changer d'exercice, afin que le temps passât plus vite jusqu'à minuit.

— Ne me rendez pas plus pénible l'exécution de ma consigne, dit le domestique.

— Il a l'air de considérer cette visite obligatoire comme une punition, pensa Karl en avançant d'abord de quelques pas, puis en s'arrêtant de nouveau par bravade.

— Venez donc, jeune homme, dit le domestique, puisque vous êtes déjà là. Je sais bien que vous vouliez vous en aller cette nuit, mais tout ne se fait pas comme on veut ; je vous avais bien dit tout de suite que ça n'irait sans doute pas.

— Je veux m'en aller et je m'en irai, dit Karl, je désire simplement prendre d'abord congé de Mlle Clara.

— Ah ! c'est ça, dit le domestique — et Karl voyait bien que cet homme ne croyait pas un mot de ce qu'il avait dit. — Pourquoi hésitez-vous donc à prendre congé ? Venez !

— Qui est dans le couloir ? demanda soudain la voix de Clara.

La jeune fille se penchait à une porte voisine. Elle portait une grande lampe surmontée d'un abat-jour rouge.

Le serviteur vola au-devant de sa maîtresse, et Karl le suivit lentement.

— Vous venez bien tard, dit Clara.

Sans relever, provisoirement, l'observation, Karl dit au domestique à voix basse, mais sur le ton d'un ordre sévère, car il connaissait déjà son caractère : « Attendez-moi tout près de cette porte. »

— J'allai déjà me coucher, dit Clara en posant la lampe sur la table.

(Comme en sortant de la salle à manger, le domestique referma doucement la porte du dehors.) Il est déjà plus de onze heures et demie.

— Plus de onze heures et demie ? répéta Karl interrogativement, comme terrifié par ce chiffre. Alors il faut que je vous dise adieu tout de suite, ajouta-t-il, car à minuit précis je dois me trouver de retour dans la salle à manger.

— Quel homme affairé ! fit Clara en arrangeant distraitement les plis de son vêtement de nuit, qui était lâche.

Son visage brûlait et elle souriait continuellement. Karl crut voir qu'il ne risquait plus de se disputer avec elle.

— Ne pourriez-vous donc me faire un peu de piano, comme papa me l'a promis hier, et vous aujourd'hui !

— Mais n'est-il pas déjà trop tard ? demanda Karl.

Il aurait bien voulu lui faire plaisir, car elle se montrait maintenant tout autre que précédemment, comme reprise par l'ambiance supérieure de Pollunder et de M. Mack.

— Oui, il est déjà tard, dit-elle.

L'envie de la musique semblait lui avoir déjà passé.

— Et puis le moindre bruit ici se répercute dans toute la maison ; je suis sûre que, si vous jouez, les domestiques dans la mansarde vont tous être réveillés.

— Alors je laisse là la musique ; d'autant plus que j'espère fermement revenir bientôt ; d'ailleurs, si cela ne vous dérange pas trop, venez donc voir un jour mon oncle et profitez de l'occasion pour jeter un coup d'œil chez moi. J'ai un piano magnifique. C'est mon oncle qui me l'a donné. Je vous jouerai tous mes petits morceaux si vous voulez ; ils ne sont pas nombreux, hélas, et ils ne conviennent pas non plus à ce grand instrument qui ne devrait être touché que par des virtuoses ; c'est quand même un plaisir que je pourrai vous offrir si vous m'avisez à temps de votre visite, car mon oncle va bientôt engager pour moi un célèbre professeur et vous pouvez imaginer le plaisir que j'en éprouve. Sa musique vaudra la peine qu'on vienne me voir pendant la leçon. Pour être franc, je dois convenir que je suis content qu'il soit trop tard pour vous jouer quelque chose parce que je ne sais encore rien du tout ; vous seriez surprise de voir combien je sais peu. Là-dessus permettez-moi de prendre congé de vous ; après tout il est déjà l'heure de dormir.

Et, comme Clara le regardait avec bienveillance sans lui garder rancune de la dispute, il ajouta en souriant tandis qu'elle lui tendait la main :

— Chez moi, on a coutume de dire : Dors bien et fais de beaux rêves.

— Attendez, dit-elle sans prendre sa main, peut-être devriez-vous me jouer quand même quelque chose.

Et elle disparut par une petite porte latérale à côté de laquelle se trouvait le piano.

— Qu'y a-t-il donc ? pensa Karl ; si aimable qu'elle soit, je ne peux pas attendre longtemps. On frappa à la porte du couloir, et le domestique, n'osant pas ouvrir complètement, lui chuchota par l'entrebâillement : « Excusez-moi, on vient de m'appeler à l'instant et je ne peux plus attendre. »

— Allez donc, dit Karl qui se faisait fort maintenant de retrouver tout seul le chemin de la salle à manger. Laissez seulement la lanterne à la porte. Quelle heure est-il, d'ailleurs ?

— Minuit moins le quart bientôt, répondit le domestique.

— Que le temps passe lentement ! s'exclama Karl.

Le domestique allait déjà refermer, quand Karl se souvint qu'il ne lui avait pas encore donné de pourboire.

Il prit un shilling dans la poche de son pantalon (car c'était là qu'il avait l'habitude de mettre sa monnaie en vrac, à la mode américaine, réservant le gousset aux billets), et tendit la pièce au domestique en lui disant : « Pour vos bons offices. »

Clara était déjà rentrée, la main sur son indéfrisable, lorsque Karl songea qu'il n'aurait pas dû congédier le domestique : qui le mènerait maintenant à la station du métro ? Après tout, M. Pollunder dénicherait bien un serviteur ; peut-être d'ailleurs était-ce à la salle à manger qu'on avait appelé celui-ci ; on l'y trouverait immédiatement.

— Je vous en prie, faites-moi tout de même un peu de musique. On en entend si rarement ici qu'on s'en voudrait de laisser passer une occasion.

— Alors il est grand temps, dit Karl.

Et il s'assit aussitôt au piano.

— Voulez-vous une partition ? demanda Clara.

— Merci, je ne sais même pas lire parfaitement les notes, répondit Karl qui jouait déjà.

C'était une petite chanson qui eût demandé, il le savait bien, à être jouée assez lentement pour être comprise, surtout d'une oreille étrangère, mais il l'abattit sur un air de marche en deux temps et trois mouvements. Quand ce fut fini, le calme troublé de la maison vint reprendre sa place comme en foule. On restait assis là, gêné, sans oser remuer un doigt.

— Très gentil, dit Clara.

Mais il n'y avait pas de formule jolie qui pût flatter Karl après cette musique.

— Quelle heure est-il ? demanda-t-il.

— Minuit moins le quart.

— Alors j'ai encore une minute, fit-il en songeant à part soi : « Il faut choisir. Je ne suis pas obligé de jouer les dix chansons que je sais, mais je peux bien en donner une. »

Et il se mit à jouer la chanson qu'il aimait. C'était une chanson de soldats. Il la jouait si lentement que le désir de l'auditeur, à peine éveillé de sa torpeur, souffrait déjà d'attendre la note suivante que Karl retenait très longtemps et ne lâchait qu'avec effort. Il devait, en effet, comme toujours, chercher les notes du regard sur le clavier, et il sentait un autre chant monter en lui, qui cherchait, sans la rencontrer, sa propre fin par-delà celle de l'autre.

— Je ne sais vraiment rien, dit Karl après avoir fini, en regardant Clara avec des larmes aux yeux.

On entendit alors de la chambre voisine venir de bruyants applaudissements. « Il y a encore quelqu'un qui écoute ! » s'écria Karl en sursautant. « Mack », lui dit Clara à voix basse. Et déjà on entendait Mack qui appelait : « Karl Rossmann, Karl Rossmann. »

Karl sauta à pieds joints le banc du pianiste et ouvrit la porte. Il aperçut Mack à demi couché sur un grand lit à baldaquin ; la couverture était jetée en désordre sur ses jambes. Le ciel de soie bleu était le seul faste un peu féminin de ce lit simple, anguleux et de bois dur. Sur la petite table de nuit brûlait une bougie unique, mais les draps et la chemise de Mack étaient d'une telle blancheur que la lumière de la bougie qui les frappait en revenait presque éblouissante ; le baldaquin brillait aussi, du moins au bord, et sa soie un peu lâche ondulait légèrement. Mais, derrière Mack, le lit sombrait dans une ténèbre complète. Clara s'appuya au montant et n'eut plus d'yeux que pour son fiancé.

— Votre serviteur, dit Mack en tendant la main à Karl. Vous jouez vraiment fort bien, je ne connaissais jusqu'ici que vos talents de cavalier.

— Je connais aussi mal la musique que l'équitation, dit Karl. Si j'avais su que vous écoutiez, je n'aurais certainement pas joué. Mais votre... demoiselle...

Et il s'interrompit : il avait hésité à dire « votre fiancée », puisque, de toute évidence, Mack et Clara couchaient déjà ensemble.

— Je m'en doutais bien, dit Mack. Aussi a-t-il

fallu que Clara vous attire ici ; sans quoi je ne vous aurais jamais entendu jouer. Vous le faites en vrai débutant ; même dans ces chansons que vous avez étudiées, et qui sont d'une facture très primitive, vous avez commis quelques fautes ; mais en dehors de ces considérations, j'ai été très heureux de voir que je ne méprise le jeu de personne. Ne voulez-vous pas vous asseoir et rester encore un moment près de nous ? Clara, donne-lui donc un siège.

— Je vous remercie, dit Karl en bégayant. Je ne puis rester, quelque plaisir que j'en aurais. J'apprends trop tard qu'il y a des pièces si confortables dans cette maison.

— Je fais tout rebâtir sur ce plan, dit Mack.

A ce moment, douze coups de cloche sonnèrent, si rapidement que chacun d'eux frappait encore dans le son du précédent. Karl sentit passer sur ses joues le souffle de ce branle immense. Quel village était-ce là pour avoir de telles cloches ?

— Il est grand temps, dit Karl.

Il tendit simplement les mains à Mack et à Clara sans prendre les leurs et sortit à toute vitesse. Dans le couloir il ne retrouva pas la lanterne et regretta d'avoir donné trop tôt son pourboire au domestique. Il chercha à regagner la porte de sa chambre en tâtant le mur du couloir, mais il était à peine à la moitié du chemin quand il vit venir à lui M. Green, qui avançait hâtivement en se balançant sur les hanches et en brandissant une bougie. Dans la main qui tenait la bougie, M. Green portait aussi une lettre.

— Rossmann, pourquoi ne venez-vous donc pas ? Pourquoi me faites-vous attendre ? Qu'avez-vous donc fait chez Mlle Clara ?

— Que de questions ! pensa Karl, et, pour comble, le voilà qui m'accule au mur.

En effet, M. Green se tenait tout contre Karl qui s'appuyait à la cloison. Green prenait dans ce couloir une grandeur ridicule et Karl se demandait en riant s'il n'avait pas mangé par hasard le brave M. Pollunder.

— Vous n'êtes pas un homme de parole. Vous promettez de descendre à minuit et, au lieu de le faire, vous rôdez à pas de loup autour de la porte de Mlle Clara. Tandis que moi qui vous ai promis pour minuit quelque chose d'intéressant, je suis déjà là avec ma surprise.

Sur quoi il remit la lettre à Karl. Sur l'enveloppe, on pouvait lire : « A remettre en mains propres à minuit à Karl Rossmann où qu'il se trouve. »

— Après tout, dit M. Green pendant que Karl ouvrait la lettre, il me semble qu'il est déjà méritoire d'être venu pour vous de New York jusqu'ici et vous auriez bien pu me dispenser de vous courir après dans les couloirs.

— De mon oncle ! dit Karl dès le premier coup d'œil. Je m'y attendais, ajouta-t-il en se tournant vers M. Green.

— Que vous vous y attendissiez ou non, voilà qui me laisse colossalement indifférent. Lisez seulement, dit M. Green en plaçant la bougie sous l'angle favorable.

Karl lut alors :

« Mon cher neveu,

« Comme tu as dû t'en apercevoir au cours de notre vie commune, beaucoup trop brève malheureusement, je suis un homme de principes, fait très ennuyeux et très triste non seulement pour mon entourage mais aussi pour moi. C'est cependant à mes principes que je dois tout ce que je suis et personne ne saurait me demander de désavouer mon existence. Personne, même toi, mon cher neveu, qui serais cependant le premier admis s'il me venait à l'idée d'autoriser contre moi cette attaque générale. Mais comme rien n'indique pour le moment que cela puisse arriver quelque jour, je suis obligé de te chasser après l'incident d'aujourd'hui, et je te prie instamment de ne pas essayer de me voir ni de chercher à me toucher soit par lettre, soit par des intermédiaires. Tu as décidé contre mon gré de me quitter ce soir, garde donc cette résolution toute ta vie. C'est à ce prix seulement qu'elle aura été virile. J'ai choisi, pour te porter cette nouvelle, mon meilleur ami, M. Green. Il trouvera sûrement à ton intention les formules apaisantes qui ne me viennent vraiment pas à l'esprit en ce moment. C'est un homme influent, et, quand ce ne serait que pour l'amour de moi, il aidera de ses conseils et de ses actes tes premiers pas dans l'indépendance. Pour concevoir cette séparation, qui me paraît incompréhensible au moment où je termine cette lettre, je suis obligé de me répéter sans cesse qu'il ne me vient jamais rien de bon de ta famille, mon cher Karl. Si M. Green oubliait de te rendre ta valise et ton parapluie, rappelle-lui de le faire.

« Mes meilleurs vœux pour le succès de ton existence ultérieure.

« Ton dévoué oncle Jacob. »

— Avez-vous fini ? demanda M. Green.

— Oui, dit Karl. M'avez-vous apporté la valise et le parapluie ?

— Voici, dit Green en posant sur le sol, auprès de Karl, la petite valise qu'il avait tenue jusque-là, de la main gauche, cachée derrière son dos.

— Et le parapluie ? demanda encore Karl.

— Tout est là, dit M. Green en montrant le parapluie qu'il avait suspendu à une poche de son pantalon. C'est un certain Schubal, chef mécanicien de la Hambourg-Amérique, qui a rapporté ces objets ; il prétend les avoir trouvés sur le bateau, vous pourrez le remercier à l'occasion.

— J'aurai donc du moins retrouvé mes vieilles affaires, dit Karl en posant le parapluie sur la valise.

— Mais il faudra mieux veiller sur elles à l'avenir ; c'est M. le Sénateur qui vous le fait dire, remarqua M. Green qui demanda ensuite, et visiblement par curiosité personnelle : Qu'est-ce donc que cette étrange malle ?

— C'est le coffre qu'emportent les conscrits dans ma patrie quand ils entrent au régiment, répondit Karl ; c'est le vieux coffre de soldat de mon père. Et il ajouta en souriant :

— Il est très pratique, à condition naturellement de ne pas l'oublier quelque part.

— Après tout la leçon a été suffisante, dit M. Green ; vous n'avez probablement pas un deuxième oncle en Amérique. Voici un billet de troisième pour San Francisco. J'ai décidé ce voyage pour vous parce que d'abord vous trouverez plus facilement à gagner votre vie là-bas, et puis parce que ici, dans toutes les entreprises où vous pourriez envisager d'entrer, votre oncle a plus ou moins la main et qu'il faut absolument éviter une rencontre.

A San Francisco vous travaillerez en toute liberté ; commencez au bas de l'échelle et essayez de vous élever, petit à petit, par votre labeur.

Karl ne pouvait voir dans ces mots aucune espèce de méchanceté ; la mauvaise nouvelle que Green avait portée tout le soir était transmise : Green devenait donc un personnage inoffensif avec lequel on pouvait peut-être parler plus franchement qu'avec tout autre. Le meilleur garçon du monde, dès qu'on le choisit sans qu'il y ait de sa faute pour messager d'une décision si mystérieuse et si cruelle, paraît nécessairement suspect tant qu'il ne l'a pas communiquée.

— Je vais, dit Karl, attendant de M. Green l'approbation d'un homme d'expérience, quitter cette maison sur-le-champ, car je n'y suis reçu qu'en tant que neveu de mon oncle : en qualité d'étranger, je n'ai rien à y chercher. Auriez-vous l'amabilité de m'indiquer la sortie et de me mettre sur la voie de l'auberge la plus proche ?

— Mais vite alors ! dit Green. Que de désagréments !

Voyant le grand pas dont partait M. Green, Karl demeura, car cette hâte était suspecte. Il saisit Green par le pan de sa veste et dit, subitement éclairé sur la vraie nature de la question :

— Il faut que vous m'expliquiez encore quelque chose. Sur l'enveloppe de la lettre que vous deviez me remettre, je lis seulement qu'il faut me la donner à minuit où que je sois. Pourquoi m'avez-vous donc retenu ici quand je voulais partir à onze heures et quart ? Vous outrepassiez votre mission !

Green préluda à sa réponse par un geste de la main qui démontrait exagérément l'inutilité de la remarque de Karl ; après quoi il déclara :

— Est-il donc écrit sur l'enveloppe que je doive m'user les pieds pour vous jusqu'à la cheville ? et le contenu du message donne-t-il à entendre que la suscription de l'enveloppe doive s'interpréter ainsi ? Si je ne vous avais pas retenu, j'aurais dû vous remettre la lettre sur la grand-route.

— Non, dit Karl très sûr de lui, ce n'est pas tout à fait cela. On a écrit sur l'enveloppe : « A remettre après minuit. » Si vous étiez trop fatigué, vous n'auriez peut-être pas pu me suivre, ou bien, ce qu'à la vérité M. Pollunder ne croyait pas, j'aurais déjà été à minuit chez mon oncle ; mais c'eût été votre devoir, après tout, de me ramener dans votre auto, puisque j'étais si pressé de revenir. Pourquoi n'a-t-on plus parlé d'elle ? La suscription ne dit-elle pas nettement que minuit marquait la dernière limite ? C'est vous qui êtes responsable de mon retard.

Regardant Green d'un air sévère, il vit bien que l'humiliation d'être démasqué luttait en lui avec la joie d'avoir fait triompher son dessein. Mais Green se ressaisit enfin et dit : « Pas un mot de plus » du même ton que si Karl, qui se taisait pourtant depuis longtemps, l'eût interrompu en plein discours, ensuite il le poussa dehors, cantine et parapluie compris, par une petite porte qu'il ouvrit en face de lui.

Karl étonné se retrouva au grand air. Il était au sommet d'un escalier sans rampe qui descendait le long du mur. Il n'eut qu'à le prendre, puis à tourner un peu à droite pour se trouver dans l'allée conduisant à la route. Il entendit au milieu du jardin les aboiements des chiens qui couraient en liberté sous les arbres ténébreux. Dans le silence que coupaient leurs seuls cris, on les entendait nettement, au bout de leurs énormes bonds, s'abattre sur l'herbe des pelouses.

Karl sortit du jardin sans qu'ils l'eussent inquiété. Il ne put décider avec certitude de quel côté se trouvait New York. Il avait prêté à l'aller trop peu d'attention aux détails qui auraient pu lui servir maintenant. Il finit par se dire qu'après tout rien ne l'obligeait à aller à New York où personne ne l'attendait et où quelqu'un, en revanche, ne l'attendait sûrement pas. Il choisit donc une direction quelconque et se mit en route.

CHAPITRE IV

SUR LA ROUTE DE RAMSÈS

Dans la petite auberge où Karl arriva au bout d'un instant, et qui ne constituait à vrai dire qu'une dernière minuscule station de la circulation new-yorkaise, — aussi n'y couchait-on que rarement, — Karl demanda le lit le moins cher, car il pensait qu'il fallait dès maintenant commencer à économiser. L'aubergiste, se mettant à la hauteur de l'exigence, lui indiqua du doigt, comme à un domestique, le sommet de l'escalier où il fut accueilli par une vieille femme en guenilles, furieuse d'être dérangée dans son sommeil et qui, sans presque l'écouter, le conduisit avec mille exhortations dans une chambre dont elle ne ferma la porte qu'après lui avoir soufflé dans le nez un dernier « chut ! ».

Karl se demanda d'abord, tant la pièce était noire, si les rideaux de la fenêtre étaient baissés ou s'il n'existait pas de fenêtre ; mais il finit par découvrir une petite lucarne derrière une toile qu'il écarta, ce qui fit entrer un peu de lumière. La chambre avait deux lits, occupés tous les deux. Karl y aperçut deux jeunes gens plongés dans un profond sommeil et qui n'inspiraient pas confiance parce qu'ils dormaient habillés sans motif compréhensible. L'un d'eux avait même gardé ses souliers.

Au moment où Karl écarta le rideau, l'un des dormeurs leva un peu les bras et les jambes, ce qui offrit un tel spectacle qu'en dépit de tous les soucis, Karl ne put s'empêcher de pouffer en lui-même.

Il ne tarda pas à se rendre compte que, même sans l'absence totale de tout sofa, canapé ou autre couchette, il ne pourrait jamais dormir dans cette pièce, car il ne voulait pas exposer au danger la cantine qu'il venait à peine de retrouver et l'argent qu'il portait sur lui. Mais il ne voulait pas non plus quitter la place, n'osant repasser tout de suite devant la femme et l'aubergiste pour abandonner la maison. Après tout cette chambre était peut-être aussi sûre que la grand-route ! Il y avait pourtant quelque chose de frappant : aucun moyen de découvrir dans toute la pièce, autant que le permît la pénombre, un seul bagage de voyageur. Mais peut-être, et très vraisemblablement, les deux jeunes gens étaient-ils des domestiques qui devaient se lever souvent pour les clients et dormaient tout habillés. Dans ce cas, si ce n'était pas un grand honneur de partager leur dortoir, du moins n'y avait-il pas de risque. Il s'agissait seulement, tant que ce n'était pas absolument certain, de ne se coucher à aucun prix.

Au pied du lit étaient posées une bougie et des allumettes que Karl alla chercher à pas de loup. Il n'avait pas scrupule à faire de la lumière car, après la décision de l'aubergiste, la chambre lui appartenait aussi bien qu'aux deux autres, qui avaient d'ailleurs déjà goûté une demi-nuit de sommeil et se trouvaient incomparablement avantagés par rapport à lui par la possession des deux lits.

D'ailleurs, marchant précautionneusement et mesurant ses moindres gestes, il se donnait tout le mal possible pour ne pas éveiller les dormeurs.

Il voulut commencer par explorer sa cantine afin d'avoir un aperçu général de ses affaires qu'il ne se rappelait qu'imparfaitement et dont la plus précieuse part pouvait bien s'être perdue. Car, dès que Schubal mettait la main sur la moindre chose il y avait peu d'espoir qu'on la retrouvât intacte. A vrai dire, Schubal avait dû attendre de l'oncle un gros pourboire qui contrebalancerait la tentation; mais, d'autre part, s'il voulait tricher, il pouvait justifier l'absence de certains objets en accusant M. Butterbaum, le véritable gardien du coffre.

Au premier coup d'œil sur le coffre ouvert, Karl se sentit terrifié. Que d'heures n'avait-il pas employées pendant la traversée à mettre son bagage en ordre! Maintenant tout formait un si affreux gâchis que le couvercle sauta tout seul dès que la serrure fut ouverte. Mais, à sa grande joie, Karl s'aperçut bientôt que le désordre provenait seulement de ce qu'on avait emballé après coup le costume qu'il portait pendant la traversée et qui n'était pas prévu dans le contenu initial. Il ne manquait pas la moindre chose. La poche secrète de la veste contenait toujours non seulement le passeport, mais aussi l'argent que Karl avait emporté de chez lui, de sorte qu'avec celui qu'il avait déjà, il était pour l'instant suffisamment muni. Le linge qu'il avait sur lui en arrivant était là aussi, propre et bien repassé. Il mit tout de suite sa montre et son argent dans sa fidèle poche secrète. La seule chose à regretter était que le saucisson de Vérone, présent à l'appel également, eût communiqué son odeur à tous les objets de la cantine. S'il n'y avait pas moyen d'y remédier, Karl avait la perspective de se promener des années enveloppé de ce parfum. Pendant qu'il retirait quelques objets du fond, une Bible de poche, du papier à lettres et la photographie de ses parents, sa casquette tomba dans la cantine. Dans son ancienne ambiance il la reconnut tout de suite ; c'était bien sa casquette, la casquette que sa mère lui avait donnée à son départ. Il avait évité de la mettre sur le bateau, sachant qu'en Amérique tout le monde porte cette coiffure, et ne voulant pas user la sienne avant d'arriver.

Maintenant M. Green s'en servait pour se divertir à ses dépens ! Savoir si l'oncle l'en avait chargé aussi ? Dans un mouvement de rage involontaire il attrapa le couvercle de la cantine qui se referma avec fracas.

Il n'y avait plus rien à faire ; les deux dormeurs s'étaient réveillés. L'un d'eux se mit à s'étirer et à bâiller, l'autre l'imita aussitôt. Et presque tout le contenu de la cantine était répandu sur la table... Si ces hommes étaient des voleurs, ils n'avaient plus qu'à s'avancer et à choisir. Pour parer à cette éventualité, et aussi pour éclaircir la situation sur-le-champ, Karl, armé de sa bougie, se dirigea vers les lits et expliqua de quel droit il se trouvait là. Les deux garçons ne semblaient pas s'être attendus à cette explication, car, encore beaucoup trop endormis pour pouvoir parler, ils se contentèrent de regarder sans aucun étonnement. C'étaient deux très jeunes gens, mais le labeur ou la misère avaient fait saillir prématurément les angles osseux de leurs visages ; des barbes hirsutes hérissaient leurs mentons ; leurs cheveux n'étaient plus qu'une broussaille et, dans leur besoin de sommeil, ils se mirent à frotter de leurs doigts leurs yeux caves.

Karl, voulant exploiter leur faiblesse momentanée, leur dit : « Je m'appelle Karl Rossmann et je suis Allemand. Dites-moi aussi votre nom, s'il vous plaît, et votre nationalité, puisque nous avons la même chambre. Je vous avise tout de suite que je ne réclame pas de lit : je suis arrivé trop tard et je n'ai d'ailleurs pas l'intention de dormir. Ne vous offusquez pas de mon beau costume, je suis parfaitement pauvre et j'ai tout risque de le rester. »

Le plus petit des deux — c'était celui qui avait gardé ses souliers — montra des bras, des jambes et du visage que rien de tout cela ne l'intéressait et que ce n'était surtout pas le moment de faire des phrases ; il se recoucha et se rendormit aussitôt ; l'autre, un homme à la peau brune, se recoucha lui aussi, mais dit avant de s'endormir, en étendant négligemment la main : « Lui, il s'appelle Robinson : c'est un Irlandais ; moi, je m'appelle Delamarche, je suis Français, et maintenant je vous demande la paix. »

Là-dessus il souffla la bougie, l'éteignit et retomba sur l'oreiller.

— Voici donc un danger conjuré pour le moment, se dit Karl en revenant à sa table.

Si leur besoin de sommeil n'était pas joué tout allait bien. Le seul ennui était cet Irlandais. Karl ne savait plus au juste dans quel livre il avait lu une fois chez lui qu'en Amérique il fallait se méfier des Irlandais. Pendant son séjour chez son oncle, il aurait eu évidemment mille occasions d'élucider cette question de la nocivité irlandaise, mais, se croyant à l'abri pour toujours, il avait négligé ce souci. Il alla regarder son Irlandais de plus près à l'aide de la bougie qu'il venait de rallumer, et cet examen révéla que le Français avait l'air plus inquiétant que l'autre. Les joues de l'Irlandais avaient même conservé une certaine trace de rondeur et il souriait très gentiment dans son sommeil, pour autant que Karl pût le constater de si loin, en se dressant sur la pointe des pieds.

Cependant, fermement décidé à ne pas dormir, il s'assit sur l'unique chaise de la chambre, remit à plus tard le soin de fermer sa cantine — il avait encore toute la nuit — et feuilleta un peu sa Bible sans la lire. Il prit ensuite la photographie de ses parents : le petit homme qu'était son père se tenait tout droit sur cette image tandis que la mère restait prostrée dans un fauteuil. Le père posait une main sur le dossier du siège et l'autre, le poing fermé, sur un livre illustré qui était ouvert à côté de lui, sur un fragile guéridon. Karl avait bien une autre photographie, qui le montrait avec ses parents; on les voyait fronçant le sourcil pour l'obliger à regarder l'appareil comme le demandait le photographe; mais il n'avait pas pris cette photo avec lui.

Il n'en regardait que plus attentivement celle qu'il avait sous les yeux, et cherchait à capter le regard de son père en la tournant sous divers angles. Mais il avait beau la tourner, et modifier la position de la bougie, le père refusait de vivre; sa grosse moustache horizontale ne ressemblait pas à la réalité, ce n'était pas une bonne photo. La mère, en revanche, était un peu mieux réussie; elle pinçait la bouche comme une femme outragée qui se serait contrainte à sourire. Il semblait tellement à Karl que ce détail devait frapper ceux qui regardaient la photo que la violence de cette impression lui paraissait presque anormale. Comment une photo pouvait-elle donner si fortement la conviction définitive d'un sentiment caché sous les traits du visage ? Il détourna ses yeux de l'image. Quand il y revint il fut frappé par l'aspect de la main de sa mère qui pendait sur le bras du fauteuil, au premier plan, si près qu'on eût pu l'embrasser. Il se demanda s'il ne serait pas bon qu'il écrivît à ses parents comme ils le lui avaient demandé (le père surtout, à Hambourg, en dernier lieu, très sévèrement). Jadis, sans doute, ce soir horrible où sa mère lui avait appris, à la fenêtre, qu'il faudrait partir pour l'Amérique, il s'était bien juré ses grands dieux de ne jamais leur envoyer un mot, mais que valait maintenant, ici, dans sa nouvelle situation, ce serment d'un petit garçon ! Il eût aussi bien pu jurer de devenir général de la milice fédérale ! Et maintenant il se trouvait en compagnie de deux voyous dans la mansarde d'une auberge de New York, et devait s'avouer, pour comble, qu'il y était vraiment à sa place !!! Il examina en souriant la physionomie de ses parents comme s'il eût pu lire en elle s'ils avaient toujours le désir de recevoir des nouvelles de leur fils.

A force de regarder, il ne tarda pas à s'apercevoir qu'il était très fatigué et ne pourrait que difficilement veiller encore jusqu'au matin. La photo s'échappa de ses doigts ; il appuya sa joue sur elle ; cette fraîcheur lui fit du bien et il s'endormit sur une sensation agréable.

Il fut réveillé de bonne heure par un chatouillement sous l'aisselle. C'était le Français qui se permettait cette familiarité. Mais l'Irlandais s'était déjà campé aussi devant la table et les deux garçons ne le regardaient pas avec moins d'intérêt que Karl n'en avait apporté à les examiner pendant la nuit. Il ne s'étonna pas qu'ils ne l'eussent pas éveillé : ils n'avaient pas nécessairement pris de perfides précautions, Karl dormait si profondément !

Des salutations eurent lieu, non sans un certain cérémonial, et Karl apprit qu'il avait affaire à deux mécaniciens qui n'avaient pu trouver de travail à New York, ce qui les avait fait sombrer assez profondément. Robinson ouvrit sa veste pour prouver ce dénuement, et l'on put voir en effet qu'il n'avait pas de chemise ; il eût d'ailleurs été facile de le constater au flottement de son faux col, fixé par-derrière à la veste même. Ils avaient l'intention de se rendre à pied dans la petite ville de Butterford à deux jours de marche de New York ; on y trouvait, paraît-il, du travail. Ils ne voyaient aucun inconvénient à ce que Karl les accompagnât et lui promirent de porter son coffre de temps en temps, puis, s'ils trouvaient une place, de le faire engager comme apprenti, ce qui serait des plus facile pourvu qu'il y eût de l'embauche. Karl avait encore à peine approuvé qu'ils lui donnaient déjà le conseil amical de retirer son beau costume qui le desservirait pour trouver une place. Il y avait justement dans la maison, dirent-ils, une excellente occasion de se débarrasser de ce costume, car la patronne faisait commerce d'habits. Ils aidèrent Karl hésitant à retirer son vêtement qu'ils emportèrent. Resté seul, et encore légèrement endormi, Karl se reprocha, tout en passant ses vieilles hardes, d'avoir vendu un vêtement qui, sans doute, pouvait lui causer des désagréments s'il cherchait une place d'apprenti, mais ne saurait jamais que l'aider s'il en voulait une meilleure, et il ouvrit la porte pour rappeler les deux hommes quand ils se heurtèrent à lui ; ils étaient déjà de retour. Ils avaient reçu un demi-dollar et le déposèrent sur la table, mais en faisant si joyeuse mine qu'on ne pouvait se persuader qu'ils n'y eussent trouvé leur profit, ni que ce bénéfice fût mince.

Ce n'était d'ailleurs pas le moment de régler la question, car la femme arrivait déjà, aussi endormie que dans la nuit, pour les chasser tous trois dans le couloir en expliquant qu'on devait préparer la chambre pour recevoir de nouveaux hôtes. Naturellement il ne s'agissait pas du tout de cela, elle n'en faisait rien que par méchanceté. Karl, qui s'apprêtait à refaire sa malle, dut voir la femme attraper ses affaires à deux mains et les jeter dans le coffre avec la même violence qu'elle eût employée pour réduire des animaux récalcitrants à se coucher à ses pieds. Les deux mécaniciens s'occupèrent bien d'elle, lui tiraillèrent sa robe, lui frappèrent dans le dos, mais s'ils avaient l'intention de venir en aide à Karl, ils se trompaient étrangement. Quand la femme eut fermé le coffre, elle en mit la poignée dans la main de Karl, se débarrassa des mécaniciens et chassa de la chambre les trois compagnons en les menaçant de les priver de café s'ils ne voulaient pas obéir. Elle devait visiblement avoir oublié que Karl ne faisait pas partie du groupe depuis le début, car elle les traitait tous comme des gens de la même clique. Il est vrai que les mécaniciens lui avaient vendu les habits de Karl et qu'ils avaient prouvé ainsi une certaine communauté avec lui.

Dans les couloirs, il y eut encore bien des allées et venues. Le Français, qui s'était accroché à Karl, ne cessa de jurer tout le temps, menaçant l'aubergiste de le mettre knock-out s'il avait le toupet de se présenter. C'était sans doute pour se préparer à ce combat qu'il se frottait constamment les poings l'un contre l'autre. Mais il ne vint finalement qu'un jeune garçon inoffensif qui avait encore besoin de s'étirer, quand il tendit la cafetière au Français. Il n'y avait, hélas ! que cette cafetière et on ne put faire comprendre au garçon qu'on désirait aussi des verres. De la sorte chacun dut boire séparément, les autres attendaient en regardant. Karl n'avait pas envie de liquide, mais ne voulant pas blesser ses compagnons, il resta sans rien avaler lorsque son tour fut arrivé, la cafetière au bord des lèvres.

En guise d'adieu, l'Irlandais jeta le récipient sur le dallage. Ils quittèrent la maison sans que personne les vît, et pénétrèrent dans le brouillard épais et jaune du matin. Ils allaient l'un à côté de l'autre, sans souffler mot, sur le bord de la route. Karl devait porter seul son coffre, les autres ne le relaieraient sans doute que sur sa demande. De temps en temps une auto sortait du brouillard comme un éclair et ils tournaient la tête vers ces voitures énormes, si curieuses d'architecture et si rapides dans leur apparition qu'on n'avait pas le temps de remarquer si elles contenaient quelqu'un. Plus loin ils virent commencer les files de véhicules qui ravitaillaient New York. Elles occupaient par rangées de cinq toute la largeur de la route et défilaient en colonnes si pressées que personne n'eût pu songer à passer entre elles. De temps en temps, l'avenue s'élargissait pour former une place au milieu de laquelle un policier allait et venait sur une plate-forme pour dominer le trafic et régler avec un petit bâton la circulation de la grande artère et des rues qui s'y vidaient, circulation qui restait ensuite sans surveillance jusqu'à la place et au policier suivants, mais que les cochers et les chauffeurs, muets et attentifs, maintenaient spontanément normale. C'était ce calme général qui étonnait le plus Karl. Sans le cri des bêtes qu'on menait insouciantes à l'abattoir, on n'aurait peut-être entendu que le claquement des sabots et le crissement des antidérapants. Naturellement la vitesse n'était pas toujours la même. Lorsque, sur certains points, par suite de la pression trop forte des ailes du défilé, il fallait opérer des modifications, toutes les rangées stoppaient pour ne plus avancer ensuite que pas à pas, mais repartaient parfois à toute allure jusqu'à ce que ce train s'adoucît comme sous l'action d'un frein universel. Cependant, il ne montait pas la moindre poussière de la route, tout évoluait dans l'air le plus pur. Il n'y avait pas un piéton ; on ne voyait pas les paysannes se rendre au marché une par une comme dans le pays de Karl, mais de grands camions non bâchés surgissaient de temps en temps, et chacun d'eux portait une vingtaine de femmes chargées de hottes, des marchandes par conséquent, qui tendaient le cou pour dominer le trafic et y puiser l'espoir d'aller plus vite. D'autres camions passaient aussi sur lesquels on voyait des hommes se promener les mains dans les poches. Sur l'un du même genre, chargé d'inscriptions, Karl lut soudain en sursautant : « On demande des débardeurs pour les transports Jacob. » Le véhicule passait justement très lentement et un petit homme vif et voûté invita nos trois promeneurs à le rejoindre. Karl se réfugia derrière les deux mécaniciens comme si son oncle pouvait se trouver sur le camion et l'apercevoir. Il fut heureux que ses compagnons éludassent l'invitation, mais se sentit un peu blessé de la mine arrogante avec laquelle ils le firent. Il ne fallait pas qu'ils se crussent trop bons pour entrer au service de l'oncle. Sans le leur dire expressément il le leur donna à entendre. Sur quoi Delamarche le pria de ne pas se mêler des affaires qu'il ne comprenait pas, lui expliqua que cette façon de racoler les gens était une ignominieuse escroquerie et que la firme Jacob souffrait d'une très mauvaise réputation dans tous les États-Unis. Karl ne répondit pas mais se rangea désormais du côté de l'Irlandais. Il le pria de lui porter un peu son coffre, ce que l'autre se fit répéter mais accepta finalement. Ce ne fut pas sans se plaindre constamment jusqu'au moment où on comprit qu'il avait seulement l'intention de soulager le coffre du saucisson de Vérone qui avait sans doute, dès l'hôtel, agréablement frappé ses esprits. Karl dut sortir la mortadelle, le Français la prit en main pour la dépecer avec un couteau qui avait la forme d'un poignard et la mangea presque toute à lui seul. Robinson n'en eut qu'une rondelle, de loin en loin ; Karl, obligé de se recharger du coffre, ne toucha absolument rien ; on le traita comme s'il avait eu sa part d'avance. Il lui sembla mesquin de mendier un morceau, mais sa bile en fut remuée.

Le brouillard s'était dissipé, une haute montagne brillait au loin dont l'arête ondulée allait se perdre à l'horizon dans les vapeurs que faisait lever le soleil ; sur le bord de la route, des champs mal cultivés s'étendaient autour de grandes fabriques qui se dressaient, noires de suie, en pleine nature. De hautes maisons de rapport, vraies casernes éparpillées au petit bonheur, montraient des fenêtres moirées de frissons et de reflets de mille sortes, et sur leurs petits balcons grêles s'affairaient des femmes et des enfants autour desquels, les recouvrant et les cachant, des torchons, des serviettes qui séchaient sur des cordes se gonflaient violemment dans le vent du matin. Si le regard quittait les maisons, il découvrait des alouettes qui volaient au plus haut du ciel et des hirondelles qui rasaient presque la tête des passants.

Bien des choses ici rappelaient le pays à Karl et il se demandait s'il faisait bien de quitter New York pour l'intérieur. A New York, il y avait la mer, la possibilité constante de retourner dans la patrie. S'arrêtant donc, il déclara que l'envie le reprenait de rester à New York. Delamarche voulut l'entraîner ; il refusa de se laisser faire en disant qu'il avait bien le droit de décider lui-même de son sort. Il fallut que l'Irlandais s'entremît et déclarât que Butterford était beaucoup mieux que New York, mais il fallut supplier Karl pour qu'il se résolût à se remettre en route. Encore ne l'eût-il point fait s'il ne s'était dit qu'il valait peut-être mieux aller dans une ville d'où il lui serait moins facile de revenir chez lui, car, ne s'y trouvant entravé par aucun souci superflu, il y travaillerait et réussirait mieux.

Ce fut lui, désormais, qui entraîna les deux autres. Ils furent si heureux de son zèle subit qu'ils lui portèrent alternativement son coffre, sans même qu'il les en eût priés, à telle enseigne que Karl se demandait comment il avait pu leur causer pareille joie. Ils parvinrent à une montée, et ils pouvaient voir en se retournant New York étaler à leurs pieds un panorama de plus en plus vaste. Le pont de Brooklyn pendait comme une petite chose grêle au-dessus de l'East River et frémissait quand on fermait un peu les yeux. Il semblait complètement vide, l'eau inanimée s'allongeait au-dessous de lui pareille à un ruban lisse. Les deux gigantesques villes semblaient être plantées là comme un décor inutile et désert. Il n'y avait presque pas de différence entre les grandes maisons et les petites. Dans l'insondable profondeur des rues la vie se poursuivait probablement comme d'ordinaire, mais au-dessus on ne pouvait rien voir qu'une légère vapeur, qui ne s'agitait pas à vrai dire, mais paraissait s'en aller sans effort. Même dans le port, le plus grand du monde, le calme s'était introduit ; de temps à autre seulement, sous l'influence, sans doute, de quelque souvenir puisé dans une contemplation moins lointaine, on croyait voir passer un instant un navire ; mais on ne pouvait le suivre longtemps, il échappait vite au regard et on ne le retrouvait plus.

Delamarche et Robinson découvraient bien plus de choses : ils montraient ceci ou cela à droite, à gauche, et décrivaient de leurs mains tendues des gestes au-dessus de places, de jardins dont ils énuméraient les noms. Ils ne pouvaient réussir à comprendre que Karl fût à New York depuis plus de deux mois et n'eût guère vu de toute la ville qu'une rue. Ils lui promirent de l'y mener quand ils auraient suffisamment d'argent et de lui en montrer toutes les curiosités, plus spécialement certains endroits où l'on s'amusait, disaient-ils, jusqu'à la pure félicité. Et Robinson se mit là-dessus à entonner à pleine voix une chanson que Delamarche accompagna en battant des mains et que Karl reconnut pour un air d'opérette qui provenait de sa patrie, mais qui, dans le texte anglais d'ici, lui fit beaucoup plus d'impression. On eut donc en plein air une petite représentation à laquelle tout le monde prit part ; seule, la ville, qui était censée s'amuser à leurs pieds de cette chansonnette, semblait n'en rien savoir du tout.

Karl demanda subitement où se trouvaient les transports Jacob et il vit aussitôt les doigts de Delamarche et de Robinson se tendre vers des points qui étaient peut-être les mêmes, mais qui étaient peut-être aussi séparés par des milles. Quand ils se furent remis en marche Karl demanda encore à quel moment ils auraient gagné assez d'argent pour pouvoir revenir à New York. Delamarche déclara qu'un mois pouvait fort bien suffire, car on manquait d'ouvriers à Butterford et les salaires y étaient gros. Naturellement, tous les bénéfices seraient déposés dans une caisse commune pour compenser les différences de gain qui pouvaient se produire entre les camarades. Cette caisse commune ne dit rien de bon à Karl qui était pourtant destiné, en sa qualité d'apprenti, à gagner moins que des spécialistes. De plus Robinson rappela que, s'il n'y avait pas de travail à Butterford, il faudrait naturellement pousser plus loin et s'engager dans quelque ferme ou filer en Californie pour laver l'or, ce qui, à en juger par sa prolixité constituait son projet préféré.

— Pourquoi vous êtes-vous donc fait mécanicien si vous voulez aller maintenant chercher l'or en Californie ? demanda Karl qui n'aimait pas entendre parler de la nécessité de voyages aussi lointains et incertains.

— Pourquoi je me suis fait mécanicien ? demanda Robinson. Certainement pas pour faire crever de faim le fils de ma mère. Avec les prospecteurs on gagne de l'argent.

— On en a gagné, corrigea Delamarche.

— On en gagne encore, dit Robinson, et il cita nombre de gens de sa connaissance que ce travail avait enrichis. (Ils étaient restés là-bas mais n'y faisaient naturellement plus rien de leurs dix doigts tout en restant prêts, comme il allait de soi, à aider les camarades à faire fortune.)

— Nous réussirons bien de force à trouver des places à Butterford, dit Delamarche, rendant ainsi nettement la pensée de Karl, mais ce n'était pas ainsi qu'il eût fallu parler.

De toute la journée ils ne s'arrêtèrent qu'une fois, dans une auberge devant laquelle ils mangèrent en plein air, — sur une table de fer à ce que pensa Karl, — une viande presque crue que le couteau ne réussissait pas à couper mais seulement à déchirer. Cette pitance était accompagnée d'un liquide noir qui brûlait le gosier, et qui dut plaire cependant à Delamarche et Robinson, car ils levèrent souvent leurs verres à l'accomplissement de divers vœux, les choquant entre eux et les maintenant un instant en l'air l'un contre l'autre. Des ouvriers à la table voisine étaient assis dans des blouses tout éclaboussées de chaux et buvaient tous le même liquide. Les autos aspergeaient la table de nuages de poussière. On se passait des journaux immenses, on parlait avec excitation de la grève des ouvriers du bâtiment, le nom de Mack revenait souvent. Karl se renseigna à ce sujet et apprit que ce Mack était le père de celui qu'il connaissait et le plus grand entrepreneur de constructions de New York. La grève lui coûtait des millions et allait peut-être jusqu'à menacer sa position dans les affaires. Karl ne crut pas un mot de ce bavardage de gens malveillants et mal informés.

Le dîner fut d'ailleurs gâté dans l'esprit de Karl par le problème ardu de savoir qui paierait. Le plus naturel eût été que chacun fournît son écot, mais Delamarche aussi bien que Robinson venaient de faire la remarque que leur dernière nuit d'hôtel avait absorbé leurs suprêmes ressources. On ne voyait sur eux ni montre, ni bague, ni quoi que ce fût de vendable. Et Karl ne pouvait cependant leur remontrer qu'ils avaient gagné quelque chose à la vente de ses hardes, c'eût été les offenser et prendre congé d'eux pour toujours. Mais ce qu'il y avait d'étonnant, c'était que ni Robinson ni Delamarche ne semblaient être le moins du monde inquiets de l'idée du paiement ; ils étaient même d'assez belle humeur pour chercher à nouer relation le plus souvent possible avec la bonne, qui allait et venait d'un pas fier et pesant parmi les tables. Sa coiffure se défaisait un peu sur le front et les tempes, et elle ramenait à chaque instant ses cheveux en arrière d'un geste de la main. Enfin, au moment où on s'attendait à quelque parole amicale, elle s'avança vers la table, s'appuya dessus des deux poings et demanda : « Qui est-ce qui paie ? » Jamais mains n'avaient volé plus rapidement que ne le firent celles de Robinson et du Français pour indiquer leur compagnon. Karl n'en sursauta pas, car il l'avait prévu et ne voyait pas de mal à ce que des camarades, dont il attendait lui aussi des avantages, lui fissent payer quelques bagatelles, bien qu'il eût trouvé plus convenable de régler nettement la question avant le moment inéluctable. Le seul ennui était l'obligation de retirer l'argent de la poche secrète. Son intention primitive avait été de se réserver une certaine somme pour le cas de suprême nécessité et de se mettre ainsi provisoirement sur le même plan que ses amis. L'avantage qu'il tirait sur eux de cet argent et surtout du fait qu'il en taisait l'existence n'était pas de trop pour compenser leurs longues années de séjour en Amérique, leurs expériences, leur ignorance d'une condition meilleure. Ces intentions de Karl au sujet de son argent ne devaient pas être nécessairement contrariées par le paiement de la note, car il pouvait se passer d'un quart de dollar ; il n'avait par conséquent qu'à le poser sur la table et déclarer que c'était sa seule richesse et qu'il était prêt à le sacrifier dans l'intérêt commun pour le voyage de Butterford. Si on y allait à pied, cette somme suffisait largement. Mais il ne savait s'il aurait assez de petite monnaie, et, de plus, cette petite monnaie se trouvait avec le paquet de billets de banque dans quelque recoin ignoré des profondeurs de la poche secrète où l'on ne pouvait guère aller chercher quelque chose qu'en secouant tout sur la table. En outre, il était des plus inutile que les camarades apprissent quoi que ce fût de cette poche secrète. Ils paraissaient heureusement s'intéresser beaucoup plus à la bonne qu'à la façon dont Karl réunirait son argent. Delamarche, en la priant de leur dresser l'addition, l'avait attirée entre lui et Robinson, et elle ne put repousser leurs assauts qu'en leur posant les mains à plat sur la figure pour les éloigner de son corps. Pendant ce temps, Karl, empourpré de hâte, réunissait dans une main, sous la table, l'argent qu'il allait, de l'autre, pêcher dans la poche secrète et sortir sou à sou. Quand il crut enfin — bien que peu familier avec la monnaie américaine, — d'après le nombre de pièces réunies, avoir une somme suffisante, il posa cette somme sur la table. Le son de l'argent interrompit aussitôt les badinages. Au grand dépit de Karl et à l'étonnement de tous on s'aperçut qu'il y avait là près d'un dollar. Nul ne s'enquit, à la vérité, de la raison pour laquelle Karl n'avait pas encore parlé de cet argent qui eût suffi pour payer le train à tout le monde jusqu'à Butterford, mais le jeune homme fut très embarrassé. Le repas payé, il ramassa lentement la monnaie, Delamarche lui prit dans la main une pièce et l'ajouta au pourboire de la bonne qu'il embrassa et pressa sur son cœur avant de lui donner l'argent qu'il lui tendait de sa main libre.

Karl leur sut gré de ne pas parler de cette histoire quand ils eurent repris leur marche et songea même pendant un temps à leur avouer toute sa fortune, mais, l'occasion ne se présentant pas, il renonça à son projet. Ils arrivèrent sur le soir dans une contrée plus agricole et plus fertile. On voyait à l'entour des champs qui se tenaient tous et recouvraient de leur vert naissant de molles ondulations de terrain; de riches villas bordaient la route et ils longèrent pendant des heures des grilles dorées et des jardins; ils passèrent à plusieurs reprises sur un fleuve qui coulait lentement et ils entendirent souvent des trains tonner au-dessus d'eux sur des viaducs aux cambrures hardies.

Le soleil était juste en train de se coucher derrière la bordure rectiligne des forêts lointaines quand ils se jetèrent dans l'herbe, sur une élévation de terrain, au milieu d'un petit groupe d'arbres, pour se reposer de leur fatigue. Delamarche et Robinson gisaient là et s'étiraient de toutes leurs forces. Karl était assis, la tête levée, et regardait en contrebas la rue où les autos continuaient, comme pendant toute la journée, à défiler d'une course légère, comme si l'un des horizons les eût lâchées en nombre exact et que l'horizon opposé les attendît en même nombre. De tout le jour, depuis le grand matin, Karl n'avait pas vu s'arrêter une seule automobile ni descendre un seul passager.

Robinson proposa de passer la nuit là, disant qu'ils étaient tous bien assez fatigués, qu'ils n'en repartiraient que plus tôt le lendemain et ne pourraient trouver avant le soir un hôtel moins cher ni mieux situé. Delamarche était du même avis et Karl seul se crut obligé de faire remarquer qu'il avait assez d'argent pour payer l'hôtel à tout le monde. Delamarche déclara que cet argent leur ferait besoin plus tard et qu'il n'avait qu'à le garder soigneusement. Il ne cacha pas le moins du monde qu'on comptait déjà sur la somme. Comme sa première proposition avait été acceptée, Robinson expliqua encore qu'ils devaient tous manger un bon morceau avant de dormir, pour prendre des forces, et qu'il fallait que l'un d'entre eux allât chercher le repas à l' « Hôtel Occidental », dont on voyait briller l'enseigne près de la route. Comme il était le plus jeune et que personne ne s'offrait, Karl n'hésita pas à proposer ses services et se rendit au restaurant après avoir pris la commande : lard, pain et bière.

Il fallait qu'il y eût une grande ville par là, car la première salle où pénétra Karl était emplie d'une foule bruyante, et au buffet, qui occupait toute la longueur de la façade, d'innombrables garçons couraient incessamment, avec de grands tabliers blancs à bavette, sans pouvoir arriver pourtant à satisfaire l'impatience des clients qui faisaient entendre constamment un peu partout des jurons et de grands coups de poing. Nul ne s'apercevait de la présence de Karl ; dans la salle même il n'y avait pas de garçon ; les clients, installés autour d'étroites tables que trois buveurs suffisaient à cacher, allaient eux-mêmes se servir au buffet. Sur chacune des petites tables se dressait une grande bouteille pleine d'huile, de vinaigre ou d'autre chose de ce genre dont on arrosait tous les mets. Pour parvenir jusqu'au buffet où les véritables difficultés ne feraient pourtant que commencer, surtout avec une grosse commande, Karl fut obligé de se faufiler à travers les tables, ce qui, même avec toutes les précautions du monde, ne pouvait se faire sans bousculer grossièrement les clients. Ceux-ci le laissèrent d'ailleurs passer sans protester, même lorsque Karl — poussé lui-même par un autre — faillit renverser une table. Il s'excusa, mais on ne le comprit pas et il ne saisit pas non plus un seul mot de ce qu'on lui cria.

Au buffet il finit par trouver péniblement une petite place libre où la vue lui resta bouchée pendant longtemps par les coudes de ses voisins. Il semblait, d'ailleurs, que ce fût ici une coutume générale de mettre les coudes sur la table et de poser la tête entre ses poings ; Karl ne put s'empêcher de penser à son professeur de latin, le docteur Krumpal, qui détestait tant cette tenue et qui venait toujours en sourdine ramener inopinément dans le rang les coudes de ceux qui s'oubliaient, au moyen d'un méchant coup de règle. Karl se pressait contre le comptoir, car on venait de dresser une table derrière lui et l'un des clients qui s'y étaient assis l'effleurait de son grand chapeau pour peu qu'il renversât la tête en discourant. Et pourtant peu d'espoir de se faire servir, même quand les deux gros voisins furent partis ! Il parvint à plusieurs reprises à saisir par-dessus le comptoir un garçon par le tablier, mais les garçons se débarrassaient toujours de lui d'un air agacé. On ne pouvait en arrêter aucun. Ils couraient tous comme des dératés. S'il y avait eu seulement à proximité de Karl quelque chose de convenable à boire et à manger, il s'en fût emparé, en eût demandé le prix, eût posé l'argent sur le comptoir, et fût parti avec plaisir. Mais il n'y avait justement devant lui que des espèces de harengs dont les écailles noires se doraient sur les bords. Ils risquaient d'être fort chers et de ne rassasier personne. On pouvait attraper aussi de petites bouteilles de rhum, mais il ne voulait pas en apporter à ses camarades ; ils avaient de toute façon l'air de n'aimer en toute circonstance que l'alcool le plus concentré et il ne voulait pas favoriser ce goût.

Il ne restait donc plus à Karl qu'à chercher une autre place et à recommencer. Mais le temps avait vite passé. A l'autre bout de la salle, la pendule dont on pouvait encore, en regardant bien, distinguer l'aiguille dans la fumée, indiquait plus de neuf heures, et aux autres endroits du buffet la presse était encore plus grande qu'à celui-ci qui se trouvait un peu à l'écart. En outre, la salle s'emplissait de plus en plus à mesure que l'heure passait. De nouveaux clients ne cessaient d'entrer avec de grands cris par la porte principale. A maints endroits ils débarrassaient le zinc d'autorité, s'asseyaient dessus et se portaient des santés : c'étaient les meilleures places ; elles permettaient de dominer toute la brasserie.

Karl s'avança dans la cohue, mais il avait abandonné tout véritable espoir d'obtenir quelque chose. Il se fit reproche de s'être offert pour exécuter cette commission alors qu'il ignorait les us de l'endroit ; ses camarades le gronderaient à juste titre et penseraient que s'il ne rapportait rien ce n'était que pour garder son argent. Il se trouvait maintenant dans un coin où on mangeait à toutes les tables des plats de viandes chaudes avec de belles pommes de terre dorées. Il ne parvint pas à comprendre comment les gens se les procuraient.

Il aperçut alors à quelques pas de lui une femme d'un certain âge qui faisait certainement partie du personnel et riait avec un client. Tout en parlant elle ne cessait de fourrager dans sa coiffure avec une épingle à cheveux. Karl prit aussitôt la résolution de faire sa commande à cette femme qui constituait dans cette salle le seul élément de silence et de repos au milieu de l'agitation et du vacarme général ; elle représentait d'ailleurs le seul employé qu'on pût atteindre, à supposer évidemment qu'elle ne disparût pas au premier mot qu'on lui adresserait. Ce fut le contraire. Karl ne lui avait pas encore parlé, il l'examinait seulement depuis un instant lorsqu'elle jeta les yeux sur lui en regardant de biais comme il arrive souvent au cours d'une conversation et interrompit son discours pour lui demander amicalement s'il cherchait quelque chose, dans un anglais aussi clair qu'un exemple de grammaire.

— Sans doute, dit Karl, mais je n'arrive pas à me faire servir.

— Alors venez avec moi, petit, dit-elle en prenant congé de son ancien interlocuteur qui la salua chapeau bas, ce qui faisait figure ici d'une politesse incroyable.

Elle prit Karl par la main, se rendit au buffet, repoussa un client, ouvrit une porte du comptoir, traversa l'espace qui longeait le zinc — il fallait faire attention aux garçons car ils ne cessaient de courir et ouvrit enfin une portière : ils se trouvaient dans un grand office où il faisait frais. « Voilà un mécanisme qu'il faut connaître », se dit Karl.

— Eh bien, que voulez-vous maintenant? demanda-t-elle en se penchant vers lui complaisamment. Elle était très grosse, sa poitrine ballottait, mais son visage avait — toutes proportions gardées — quelque chose de presque délicat. A l'aspect de toutes les victuailles qui étaient disposées avec soin sur les rayons et sur les tables, Karl éprouva la tentation de composer rapidement une commande plus recherchée; tentation d'autant plus forte qu'il pouvait s'attendre à une petite réduction de prix de la part de cette femme influente; mais finalement, ne trouvant rien qui fît l'affaire, il se contenta de demander du lard, du pain et de la bière.

— Pas autre chose ? demanda la femme.

— Non, merci, dit Karl, mais pour trois personnes. La femme s'étant enquise des deux autres, Karl lui dit quelques mots de ses camarades; il éprouvait un certain plaisir à se sentir un peu questionné.

— Mais c'est un menu de prisonniers! dit la femme, attendant visiblement un supplément de commande. Karl se mit à redouter qu'elle ne voulût pas accepter l'argent et se tut.

— Nous allons voir ça tout de suite, dit la femme.

Elle se dirigea aussitôt vers une table avec une agilité surprenante pour une personne aussi grosse, coupa à l'aide d'un long couteau mince semblable à un coupe-papier un gros morceau de lard avec beaucoup de maigre, prit une miche de pain sur un rayon, ramassa par terre trois bouteilles de bière et déposa le tout dans une corbeille légère qu'elle tendit à Karl. Entre-temps elle lui expliqua qu'elle l'avait fait passer par là parce que les marchandises du comptoir étaient constamment exposées à la fumée et à toutes les autres émanations de la salle où elles avaient tôt fait de perdre leur fraîcheur malgré la rapidité de la consommation. C'était bien assez bon, d'ailleurs, pour les gens qui étaient là : Karl, dès lors, se tut complètement, ne sachant à quoi attribuer ce traitement de faveur. Il songeait que ses camarades ne seraient peut-être pas parvenus jusque dans l'office du restaurant, quelque expérience qu'ils eussent de l'Amérique, et qu'ils auraient dû se contenter des victuailles défraîchies du comptoir. Nul bruit ne parvenait de la salle ; il fallait que les murs fussent très épais pour entretenir cette fraîcheur sous ces voûtes. Bien qu'il tînt déjà la corbeille en main depuis un moment, Karl n'avait pas encore pensé à payer et restait là sans un geste. Ce ne fut que lorsque, après coup, la femme voulut ajouter une bouteille semblable à celles de la salle qu'il la remercia avec effroi.

— Vous avez encore longtemps à marcher ? demanda-t-elle.

— Jusqu'à Butterford, répondit Karl.

— C'est encore bien loin, dit la femme.

— Encore un jour, dit Karl.

— Pas plus ? demanda la femme.

— Oh non, dit Karl.

La femme remit un peu d'ordre sur la table ; un garçon entra et chercha des yeux autour de lui ; la femme lui indiqua un grand plat chargé d'un gros tas de sardines agrémenté de persil, il le prit et l'emporta à bout de bras dans la salle.

— Pourquoi voulez-vous donc passer la nuit dehors ? demanda la femme. Nous avons de la place ici, couchez donc chez nous à l'hôtel.

C'était d'autant plus séduisant pour Karl qu'il avait très mal passé la nuit précédente.

— Mes affaires sont dehors, dit-il en hésitant et non sans un brin de vanité.

— Vous n'avez qu'à les apporter, dit la femme, ce n'est pas un empêchement.

— Mais mes camarades ! dit Karl, s'apercevant alors que c'était là le véritable obstacle.

— Ils n'ont qu'à venir, dit la femme. Ne vous faites pas prier comme ça.

— Mes camarades sont de braves garçons, dit Karl. Seulement ils ne sont pas très propres.

— Vous n'avez donc pas vu la saleté du café ? demanda la femme en faisant la grimace. Le pire guenilleux peut venir chez nous sans se gêner. Je vais tout de suite vous faire préparer trois lits. Ce ne sera que dans la mansarde, car l'hôtel est plein comme un œuf, et j'ai dû m'y installer aussi, mais c'est toujours mieux que dehors.

— Je ne peux pas amener mes camarades, dit Karl.

Il se représentait le raffut que ses deux compagnons se mettraient à faire dans les couloirs de cet hôtel si bien ; il voyait déjà Robinson souillant tout ce qu'il toucherait et Delamarche entreprenant immanquablement cette femme.

— Je ne vois pas pourquoi ce serait impossible, dit la femme, mais si vous n'y tenez pas vous n'avez qu'à laisser vos camarades dehors et à venir tout seul.

— Cela ne se peut pas, dit Karl ; ce sont mes camarades, je dois rester avec eux.

— Que vous êtes entêté ! dit la femme en détournant les yeux ; on vous veut du bien, on cherche à vous rendre service et vous résistez de toutes vos forces.

Karl reconnaissait bien tout cela mais, ne trouvant pas d'échappatoire, il se contenta de dire en fin de compte : « Merci infiniment de votre amabilité. »

Puis il se rappela qu'il n'avait pas payé et demanda ce qu'il devait.

— Vous me paierez en rapportant la corbeille, dit la femme. Il me la faut pour demain matin au plus tard.

— C'est entendu, répondit Karl.

Elle ouvrit une porte qui donnait directement sur la route et dit au jeune garçon, pendant qu'il s'en allait, en lui faisant une petite courbette : « Bonne nuit, mais vous avez tort. »

Il s'était déjà éloigné de quelques pas quand elle lui cria encore : « Au revoir, à demain matin. »

A peine fut-il au grand air qu'il entendit de nouveau le vacarme de la salle auquel venaient de s'ajouter les sons d'un orchestre de cuivres. Il fut content de n'avoir pas été obligé de sortir par là. Les cinq étages de l'hôtel étaient éclairés et illuminaient toute la largeur de la rue. On voyait encore rouler, bien qu'en procession moins suivie, des automobiles qui arrivaient de l'horizon plus rapidement que de jour ; elles tâtaient tout le sol de la rue des longs rayons blancs de leurs phares et coupaient la zone lumineuse de l'hôtel avec des lumières plus pâles qui se réveillaient dans les ténèbres ultérieures.

Karl retrouva ses camarades plongés dans un profond sommeil, il était resté trop longtemps. Il s'apprêtait à disposer sur des papiers, d'une façon appétissante, les victuailles de la corbeille, se proposant de ne réveiller ses camarades que lorsque tout serait préparé, quand il s'aperçut à son grand effroi que le coffre qu'il avait laissé fermé et dont il portait les clefs dans sa poche était grand ouvert devant lui et la moitié de son contenu répandu tout autour dans l'herbe.

— Levez-vous, cria-t-il. Pendant que vous dormiez il y a des voleurs qui sont venus.

— Manque-t-il donc quelque chose ? demanda Delamarche.

Quant à Robinson, mal réveillé, il attrapait déjà la bière.

— Je ne sais pas, cria Karl, mais le coffre est ouvert. Vous êtes bien imprudents de vous coucher pour dormir en laissant ce coffre sans garde.

Delamarche et Robinson se mirent à rire et le premier lui dit : « Il ne faudra plus rester si longtemps. L'hôtel est à dix pas d'ici et vous mettez trois heures pour aller et venir. Nous avons eu faim, nous avons cru que vous aviez peut-être quelque chose à manger dans votre coffre et nous avons chatouillé la serrure jusqu'à ce qu'elle s'ouvre. D'ailleurs, il n'y avait rien dedans et vous n'avez qu'à tout rentrer. »

— Vraiment, dit Karl en regardant d'un œil rond la corbeille qui se vidait rapidement et en écoutant l'étrange glouglou que Robinson produisait en buvant, car le liquide, après s'être engagé dans les profondeurs de sa gorge, revenait avec une sorte de sifflement pour ne rouler qu'ensuite à grands flots dans des abîmes définitifs.

— Avez-vous déjà fini de manger? demanda-t-il dans un instant où ils s'arrêtaient pour reprendre haleine.

— N'avez-vous donc pas déjà dîné à l'hôtel? demanda Delamarche pensant que Karl voulait réclamer sa part.

— Si vous voulez manger encore, dépêchez-vous, dit Karl en allant à son coffre.

— On dirait qu'il a des visions..., dit Delamarche à Robinson.

— Je n'ai pas de visions, dit Karl, mais pendant que je ne suis pas là, vous faites sauter le couvercle de mon coffre, vous jetez tout aux quatre vents et vous trouvez que c'est régulier? Je sais bien qu'entre camarades il faut se passer bien des choses et je m'y suis toujours tenu prêt, mais c'en est trop. Je vais passer la nuit à l'hôtel et je n'irai pas à Butterford.

— Tu vois, Robinson, c'est comme ça qu'on parle, dit Delamarche. C'est comme ça que parlent les gens chics. C'est bien un Allemand! Tu m'avais mis en garde contre lui, mais j'ai été un brave idiot et je l'ai pris quand même avec nous. Nous lui avons accordé notre confiance, nous l'avons traîné tout un jour en notre compagnie, nous y avons perdu au moins une demi-journée et maintenant, pour je ne sais qui, qui l'a attiré à l'hôtel, il s'en va, il nous quitte tout simplement, bonsoir. Mais, en fourbe Allemand qu'il est, il ne le fait pas ouvertement, il va chercher le prétexte du coffre, et, en grossier Allemand qu'il est, il ne saurait s'en aller sans nous blesser dans notre honneur et sans nous traiter de voleurs pour une petite plaisanterie.

Karl, qui repliait son bagage, répondit sans se retourner : « Continuez à parler ainsi, vous facilitez mon départ. Je sais très bien ce qu'on doit à la camaraderie, j'ai eu des amis en Europe et nul d'entre eux ne peut me reprocher d'avoir été hypocrite ou grossier à son égard. Maintenant évidemment, nous n'avons plus de contact, mais si je reviens en Europe, tous me recevront gentiment et me reconnaîtront pour leur ami. Et vous autres, vous, Delamarche et Robinson, je vous aurais trahis alors que vous aviez eu l'amabilité — je ne chercherai pas à le nier — de vous occuper de moi et de me faire espérer une place d'apprenti à Butterford ? Mais il s'agit de tout autre chose. Vous n'avez rien, ce qui ne vous diminue pas le moins du monde à mes yeux, mais vous m'en voulez de mon petit avoir et vous cherchez à m'humilier : c'est ce que je ne saurais souffrir. Et maintenant que vous m'avez fait sauter le couvercle de ma cantine, au lieu de chercher un mot d'excuse, vous trouvez le moyen de m'injurier et d'insulter toute ma nation : cela m'empêche entièrement de demeurer avec vous. D'ailleurs, ce que je dis ne vous vise pas, vous, Robinson, je n'ai rien à vous reprocher sinon d'être l'esclave de Delamarche.

— Enfin, dit Delamarche en avançant sur Karl et en lui donnant un petit renfoncement comme pour attirer son attention, enfin, voilà que vous jetez le masque. Vous avez passé la journée à courir derrière moi, à me tenir par le pan de ma veste, à suivre chacun de mes mouvements et à ne pas dire un seul mot ; mais maintenant que vous vous sentez un abri dans l'hôtel vous commencez les grands discours. Vous êtes un petit roué et je me demande si nous devons prendre la chose si gentiment et si nous ne devrions pas exiger de vous un paiement pour tout ce que vous avez appris en nous regardant toute la journée. Tu vois, Robinson, il se figure que nous sommes jaloux de ce qu'il a. Un jour de travail à Butterford — sans parler de la Californie — et nous aurons dix fois plus que vous ne nous en avez montré et que vous ne pouvez en avoir de caché dans la doublure de votre veste. Par conséquent, gare à votre gueule !

Karl avait lâché son coffre pour se relever et regardait arriver Robinson encore à moitié endormi mais que la bière animait un peu. « Si je m'éternisais ici, se dit-il, il pourrait bien m'arriver d'autres surprises. Ils ont bien l'air d'avoir envie de me rosser. »

— La plus grande patience a des bornes, dit Robinson.

— Vous feriez mieux de vous taire, Robinson, répondit Karl sans quitter des yeux Delamarche. Dans votre for intérieur vous me donnez raison, mais vous ne voulez pas avoir l'air de lâcher Delamarche.

— Auriez-vous l'intention de le corrompre ? demanda Delamarche.

— A Dieu ne plaise, déclara Karl. Je suis bien trop content de partir et je ne veux plus rien avoir à faire avec aucun de vous deux. Il ne me reste qu'une chose à vous dire : vous m'avez reproché d'avoir de l'argent et de vous le cacher. En admettant que ce soit vrai, ne devais-je pas agir ainsi avec des gens que je ne connais que depuis quelques heures et ne confirmez-vous pas par votre attitude présente le bien-fondé d'une telle conduite ?

— Reste tranquille, dit Delamarche à Robinson, encore qu'il n'eût pas fait un geste.

Puis il demanda à Karl :

— Puisque vous êtes si cyniquement sincère, poussez donc jusqu'au bout cette sincérité tant que nous sommes là bien gentiment ensemble et avouez-nous pourquoi vous voulez aller à l'hôtel.

Karl fut obligé de reculer d'un pas derrière la cantine tant Delamarche s'était rapproché de lui. Mais Delamarche n'en eut cure, il poussa le coffre de côté, fit un pas en avant, qui amena son pied sur le plastron d'une chemise blanche restée dans l'herbe, et répéta sa question.

Comme en réponse arriva de la route un homme armé d'une lampe de poche dont la lumière était éblouissante ; il se dirigea vers le groupe. C'était un garçon de l'hôtel. A peine eut-il aperçu Karl qu'il lui dit :

— Voilà près d'une demi-heure que je vous cherche, j'ai déjà exploré tous les talus des deux côtés de la route. Madame la cuisinière en chef vous fait dire qu'elle a absolument besoin de la corbeille qu'elle vous a prêtée.

— La voici, dit Karl d'une voix que l'émotion rendait incertaine.

Delamarche et Robinson s'étaient effacés, jouant la modestie, comme ils le faisaient toujours devant les étrangers distingués. Le garçon prit la corbeille et dit :

— Madame la cuisinière en chef vous fait demander aussi si vous n'avez pas réfléchi et si vous ne voudriez pas passer la nuit à l'hôtel ; les deux autres messieurs seront les bienvenus si vous voulez les amener avec vous. Les lits sont déjà prêts. Je sais bien que la nuit est chaude, mais il n'est pas sans danger de dormir sur cette rampe; on y trouve souvent des serpents.

— Puisque Madame la cuisinière en chef est si aimable j'accepterai donc son invitation, dit Karl en attendant un mot de ses camarades.

Mais Robinson restait là, abruti, et Delamarche, les mains dans ses poches, considérait les étoiles. Ils espéraient tous deux sans doute que Karl les prendrait sans plus de façons.

— Dans ce cas, dit le garçon, je suis chargé de vous amener à l'hôtel et de porter votre bagage.

— Alors, attendez-moi un instant s'il vous plaît, dit Karl en se penchant pour rentrer dans le coffre les quelques objets qui étaient encore dispersés.

Mais soudain, il se redressa, la photographie manquait. Il l'avait posée sur le dessus et il ne pouvait la trouver nulle part. Tout était au complet moins la photographie.

— Je ne peux pas trouver la photographie, dit-il alors à Delamarche, avec une prière sous-entendue.

— Quelle photographie ? demanda celui-ci.

— Celle de mes parents, dit Karl.

— Nous ne l'avons pas vue, dit Delamarche.

— Il n'y en avait pas dans le coffre, Monsieur Rossmann, confirma aussi Robinson.

— Mais c'est impossible, dit Karl, dont le regard semblait chercher une aide, ce qui fit rapprocher le garçon. Elle était posée sur le dessus, et voilà qu'elle est disparue. Vous auriez bien pu vous dispenser de vous amuser avec cette cantine.

— Aucune erreur n'est possible, dit Delamarche, il n'y avait pas de photographie dans la cantine.

— Elle avait plus de prix pour moi que tout le reste, dit Karl au garçon qui tournait en cherchant dans l'herbe. Je ne pourrai jamais retrouver la même.

Et quand le garçon eut cessé ses vaines recherches, il dit encore : « C'était la seule photographie que je possédais de mes parents. »

Là-dessus le garçon déclara à haute voix, sans se gêner le moins du monde : « Peut-être pourrions-nous encore fouiller les poches de ces messieurs ? »

— Oui, dit Karl aussitôt, car il faut que je retrouve cette photographie. Mais avant de procéder à cette opération, je déclare encore que je donne le coffre avec tout ce qu'il contient à celui qui me rendra spontanément la photo.

Puis, au bout d'un instant de silence général, il dit encore au garçon : « Mes camarades veulent donc de toute évidence qu'on fouille leurs poches, mais même maintenant je promets toute la cantine à celui dans la poche duquel on trouvera la photographie. Je ne peux pas faire mieux. »

Le garçon se mit aussitôt à fouiller Delamarche qui lui paraissait plus difficile à manier que Robinson : il confia celui-ci à Karl en lui faisant remarquer qu'il fallait les fouiller tous deux en même temps pour empêcher qu'aucun d'entre eux pût faire disparaître la photographie en cachette. Du premier coup, Karl découvrit dans la poche de Robinson une cravate qui lui appartenait, mais il ne la prit pas et cria au garçon : « Tout ce que vous pourriez trouver sur Delamarche, laissez-le-lui, s'il vous plaît. Je ne veux que la photographie, la photographie seulement. »

En explorant les poches intérieures de la veste, la main de Karl toucha la poitrine chaude et huileuse de Robinson et l'idée lui vint qu'il commettait peut-être une grande injustice envers ses camarades. Il fit donc du plus vite qu'il put. D'ailleurs tout fut vain : ni sur Robinson ni sur Delamarche, on ne trouva la photographie.

— Ça n'a servi à rien, dit le garçon.

— Ils auront sans doute déchiré la photo et jeté les morceaux, dit Karl. Je pensais que c'étaient des amis, mais ils ne cherchaient qu'à me nuire en cachette. Pas Robinson : il n'aurait pas eu l'idée que cette photographie eût pour moi une telle valeur, mais Delamarche a de la malice pour deux.

Karl ne voyait devant lui que le garçon dont la lanterne posait un rond de lumière sur l'herbe, laissant tout le reste, Robinson et Delamarche y compris, dans une profonde obscurité.

Il n'était naturellement plus question de pouvoir les amener tous deux à l'hôtel. Le garçon chargea la cantine sur son épaule. Karl prit la corbeille à la main et ils s'en allèrent ensemble. Ils étaient déjà sur la route lorsque, interrompant le cours de ses réflexions, Karl s'arrêta et cria dans l'ombre : « Écoutez, si l'un de vous avait encore la photo et me la rapportait à l'hôtel, il toucherait encore la cantine en paiement, et je jure que je ne le dénoncerais pas. » Nulle réponse ne revint, on n'entendit qu'un lambeau de parole, un appel, sans doute, que Robinson avait commencé de lancer mais que Delamarche avait dû étouffer en lui fermant aussitôt la bouche. Karl attendit encore un bon moment pour voir s'ils ne finiraient pas par changer de décision. Il cria par deux fois, à de longs intervalles : « Je suis toujours là. » Mais rien ne répondit ; une fois seulement une pierre vint dévaler la pente : c'était peut-être par hasard, ou, peut-être aussi, par erreur.

CHAPITRE V

HÔTEL OCCIDENTAL

A l'hôtel, Karl fut introduit tout de suite dans une sorte de bureau où la cuisinière en chef, un carnet de notes à la main, dictait une lettre à une jeune dactylographe. La dictée extrêmement précise et les petits coups de touches, élastiques et décisifs, ne laissaient entendre que par instants le tic-tac de l'horloge qui marquait déjà près de onze heures et demie. « Ah ! ah ! » dit la cuisinière en chef en refermant son carnet qui claqua ; la dactylo se leva d'un bond et rabattit le couvercle de bois sur la machine, automatiquement, sans quitter Karl des yeux. Elle avait encore l'air d'une écolière ; son sarrau était repassé avec soin, bien froncé sur les épaules, la coiffure montait très haut, et on était un peu surpris, quand les yeux quittaient ces détails, de voir à la jeune fille un visage si sérieux. Elle tira sa révérence à la cuisinière, puis à Karl, et s'éloigna tandis que le jeune homme adressait involontairement à la cuisinière un regard d'interrogation.

— Enfin ! vous êtes tout de même venu ! dit cette femme. A la bonne heure !... Et vos camarades ?

— Je ne les ai pas amenés, dit Karl.

— Ils partent sans doute de très grand matin, dit la cuisinière en chef, comme pour expliquer la chose.

— Ne devrait-elle pas croire que je pars avec eux ? se demanda Karl qui dit en conséquence, pour éviter tout malentendu :

— Nous nous sommes quittés brouillés.

La cuisinière en chef sembla prendre cette annonce pour une nouvelle agréable.

— Vous êtes donc libre ? demanda-t-elle.

— Libre ? oui ! dit Karl, et rien ne lui semblait plus négligeable.

— Vous ne voudriez pas une place dans cet hôtel ?

— Très volontiers, dit Karl, mais je suis terriblement ignorant. Je ne sais même pas taper à la machine.

— Ce n'est pas l'essentiel, dit la cuisinière en chef. On ne vous donnerait en effet qu'un tout petit poste pour débuter ; à vous de vous débrouiller par la suite pour monter en grade et prendre du galon. Mais je crois de toute façon qu'il vaudrait beaucoup mieux pour vous vous installer quelque part à demeure que de trimarder sur les routes. Vous ne m'avez pas l'air fait pour ça.

— Voilà de l'oncle tout pur ! se dit Karl en approuvant d'un hochement de tête.

En même temps il lui venait à l'esprit qu'il ne s'était même pas présenté à cette personne qui s'occupait tant de lui. « Veuillez m'excuser, lui dit-il, de ne m'être pas encore présenté, je m'appelle Karl Rossmann. »

— Vous êtes Allemand, n'est-ce pas ?

— Oui, dit Karl, il n'y a pas longtemps que je suis en Amérique.

— D'où êtes-vous donc ?

— De Prague, en Bohême, dit Karl.

— Voyez-vous ça ! s'écria la cuisinière dans un allemand fortement influencé par la prononciation anglaise et en levant presque les bras. Mais nous sommes presque pays ! Je m'appelle Grete Mitselbach et je suis de Vienne ! Je connais Prague comme ma poche, j'ai été placée six mois à *L'Oie d'Or* sur la place Saint-Venceslas. Mais voyez-vous ça !...

— Quand était-ce ? demanda Karl.

— Il y a des années et des années.

— *L'Oie d'Or* d'autrefois, dit Karl, a été abattue, il y a deux ans.

— Eh oui ! dit la cuisinière en chef, tout absorbée par les souvenirs du temps passé.

Mais tout à coup, revenant à elle, elle s'écria en saisissant les mains de Karl : « Maintenant que vous savez que nous sommes pays, il ne faut partir à aucun prix. Il ne faut pas me faire ça. Aimeriez-vous être groom d'ascenseur ? Vous n'avez qu'à dire oui. Quand vous aurez un peu roulé votre bosse vous verrez que ces places-là ne s'obtiennent pas si facilement ; il n'y a pas de meilleur début, vous fréquentez tous les clients, on vous a tout le temps sous les yeux, on vous confie de petites missions, bref il ne se passe pas de jour qui ne vous fournisse la possibilité d'arriver à quelque chose de mieux. Quant au reste, j'en fais mon affaire. »

— J'aimerais fort être groom d'ascenseur, dit Karl au bout d'un moment.

Il eût été parfaitement dénué de sens d'objecter cinq ans de lycée au poste de groom d'ascenseur. Il y aurait plutôt eu sujet de rougir ici, en Amérique, de ces cinq années de lycée. D'ailleurs les grooms d'ascenseur avaient toujours plu à Karl, ils lui étaient toujours apparus comme l'ornement des hôtels.

— On ne demande pas de connaître des langues ? demanda-t-il encore.

— Vous parlez allemand, et un très bon anglais, cela suffit parfaitement.

— Je n'ai appris l'anglais qu'en Amérique, en deux mois et demi, dit Karl.

Il pensait ne pas devoir taire le seul avantage qu'il eût.

— Cela parle déjà suffisamment pour vous, dit la cuisinière en chef ; quand je songe aux difficultés que j'ai éprouvées avec l'anglais !... Il y a de cela trente ans à vrai dire. J'en parlais juste hier encore. C'était mon cinquantième anniversaire.

Et elle chercha en souriant à lire sur la mine de Karl l'impression que produisait sur lui la majesté d'un tel âge.

— Je vous souhaite beaucoup de bonheur, dit Karl.

— Ça peut toujours servir, dit-elle en secouant la main de Karl et en redevenant triste au son de cette vieille expression de son pays qui lui était revenue en parlant allemand.

— Mais je vous retiens là, s'écria-t-elle ensuite, et vous êtes sûrement fatigué ? D'ailleurs ce sont des questions que nous traiterons bien mieux de jour. Le plaisir d'avoir retrouvé un compatriote me fait perdre toute idée. Je vais vous conduire à votre chambre.

— J'ai encore quelque chose à vous demander, Madame, dit Karl en apercevant le téléphone sur la table. Il est possible que demain et même de très bonne heure, mes anciens camarades m'apportent une photographie dont j'ai grand besoin. Auriez-vous la bonté de téléphoner au portier de m'envoyer ces jeunes gens ou de me faire appeler ?

— Certainement, répondit la cuisinière en chef, mais ne suffirait-il pas qu'il leur prenne la photographie ? Quelle photo est-ce donc là si je ne suis pas indiscrète ?

— Celle de mes parents, dit Karl ; non, il faut que je leur parle personnellement.

La cuisinière n'ajouta rien et téléphona au portier l'ordre demandé, ce qui apprit à Karl que le numéro de sa chambre allait être le 536.

Ils sortirent par une porte opposée à l'entrée et se trouvèrent dans un petit couloir où un jeune groom s'endormait contre la grille d'une cage d'ascenseur. « Nous pouvons nous servir nous-mêmes », dit la cuisinière à voix basse en faisant entrer Karl dans la cabine. « Dix à douze heures de travail, c'est un peu trop pour un garçon de cet âge-là », ajouta-t-elle pendant qu'ils montaient. « Mais c'est une chose bien américaine. Voilà par exemple un gamin qui est arrivé avec ses parents il n'y a pas dix mois ; c'est un Italien ; maintenant on dirait qu'il ne va plus pouvoir supporter le travail, il a les joues complètement décharnées et il s'endort dans son service, quoiqu'il soit naturellement très complaisant ; mais attendez qu'il ait encore travaillé six mois ici, ou n'importe où en Amérique, et il supportera tout facilement. Dans cinq ans, ce sera un costaud. De ces exemples je pourrais vous en citer dix mille. D'ailleurs je ne pense pas à vous quand je raconte ces choses-là, car vous êtes un garçon solide. Vous avez dix-sept ans, n'est-ce pas ? »

— J'en aurai seize le mois prochain, dit Karl.

— Seize seulement ! dit la cuisinière, mais c'est merveilleux ! Courage alors.

En haut, elle conduisit Karl dans une chambre mansardée qui avait une cloison en pente mais qui, à la lueur de deux lampes puissantes, apparaissait très confortable. « Ne vous effrayez pas de cette installation », dit la cuisinière en chef, « ce n'est pas une chambre de voyageur, mais une pièce de mon appartement, qui en comprend trois, de sorte que vous ne me gênez pas le moins du monde. Je ferme la porte de communication, vous serez là donc comme chez vous. Demain, en qualité d'employé, vous aurez naturellement votre petite chambre personnelle. Si vous étiez venu avec vos camarades, je vous aurais fait coucher dans le dortoir des domestiques, mais puisque vous êtes seul je pense que vous vous trouverez mieux ici bien que vous n'y voyiez qu'un sofa pour dormir. Et maintenant, dormez bien, prenez des forces pour le service. Il ne sera d'ailleurs pas encore bien terrible demain. »

— Je vous remercie mille fois de votre amabilité.

— Attendez, dit-elle au moment de sortir, vous seriez vite réveillé ici.

Et, se dirigeant vers une porte latérale, elle frappa et cria : « Thérèse ! »

— Oui, Madame, lança la voix de la petite dactylographe.

— Quand tu viendras me réveiller demain matin, tu passeras par le couloir, ici j'ai un invité qui dort. Il est moulu de fatigue.

Et, ce disant, elle sourit à Karl. « As-tu compris ? »

— Oui, Madame.

— Alors, bonne nuit.
— Bonne nuit.
— Voilà des années, expliqua la cuisinière, que je dors effroyablement mal. Maintenant ma place me satisfait et je n'ai plus besoin de me tracasser : ce sont sans doute mes vieux soucis qui me causent ces insomnies. C'est une chance quand je dors à trois heures. Mais comme il me faut être rendue à cinq, ou, au plus tard à cinq et demie, je suis obligée de me faire réveiller, et avec toutes sortes de précautions pour que ça ne me rende pas plus nerveuse. Alors c'est Thérèse qui me réveille. Mais je crois que vous n'avez plus rien à apprendre maintenant et je m'éternise dans cette chambre !
Et malgré son poids, elle disparut comme un souffle.

Karl était content de pouvoir dormir car sa journée avait été très dure. Pour le long sommeil qu'il se proposait, il n'aurait pu trouver ambiance plus confortable. La pièce n'était pas destinée, à vrai dire, à faire une chambre à coucher, c'était plutôt un petit salon ou une salle de réception de Madame la cuisinière en chef ; on y avait même ajouté une table de toilette spécialement à cause de lui, et cependant il n'éprouvait nullement la sensation d'être un intrus, bien au contraire il ne s'en trouvait que mieux soigné. Son coffre avait été posé comme il fallait et ne s'était certainement pas trouvé de longtemps dans un endroit aussi sûr. Un petit meuble à tiroirs couvert d'une dentelle de laine à grandes mailles supportait diverses photographies encadrées sous verre. En procédant à l'examen de la pièce, Karl s'arrêta là et les regarda. C'étaient pour la plupart de vieilles photographies qui représentaient des jeunes filles vêtues d'habits surannés et gênants ; elles étaient coiffées de petits chapeaux perchés sur les cheveux et qui montaient très haut en l'air ; elles reposaient leur main droite sur une ombrelle et tournaient les yeux vers le spectateur qui ne pouvait cependant croiser leur regard. Parmi les portraits d'hommes celui qui frappa le plus Karl fut la photo d'un jeune soldat qui avait posé son képi sur une petite table et se tenait là, tout raide, sous une forêt de cheveux noirs, réprimant un grand sourire de fierté. Les boutons de son uniforme avaient été dorés après coup sur la photo. Tous ces portraits devaient venir d'Europe, on aurait pu sans doute s'en assurer en lisant au dos des photographies, mais Karl ne voulait pas y toucher. Il eût aimé, dans sa chambre future, avoir l'image de ses parents exposée comme celles-ci.

Après s'être lavé soigneusement tout le corps, toilette qu'il s'était efforcé d'exécuter le plus silencieusement possible pour ne pas réveiller sa voisine, il était en train de s'étirer sur son canapé et de savourer l'avant-goût du sommeil quand il crut entendre frapper faiblement à la porte : laquelle ? sur le moment il ne put le préciser. Peut-être aussi n'était-ce qu'un bruit fortuit ; il ne se renouvela d'ailleurs pas tout de suite et Karl était déjà presque endormi quand le bruit se reproduisit. Maintenant il n'y avait plus de doute, on frappait, et c'était à la porte qui donnait chez la dactylo. Karl y alla sur la pointe des pieds et demanda, si bas qu'il n'eût pu réveiller sa voisine même si, malgré tout, elle avait dormi : « Que désirez-vous ? »

— Ne pourriez-vous ouvrir la porte ? La clef est de votre côté.

— Mais oui, dit Karl ; attendez seulement que je me rhabille.

Il y eut un temps, puis la voix dit : « Ce n'est pas la peine. Ouvrez et couchez-vous, j'attendrai un moment. »

— Bien, dit Karl en faisant comme on le lui disait, à ceci près que, par surcroît, il tourna le bouton électrique. « Je suis au lit », ajouta-t-il un peu plus haut. Déjà la petite dactylographe sortait de l'obscurité de sa chambre encore vêtue comme au bureau ; elle n'avait pas dû songer de tout ce temps à se mettre au lit.

— Excusez-moi, je vous en prie, dit-elle, un peu penchée vers Karl, et n'allez pas me trahir. Je ne veux pas vous déranger longtemps, je sais que vous êtes mort de fatigue.

— Ce n'est pas si grave que ça, dit Karl, mais il aurait peut-être mieux valu que je m'habille.

Il était forcé de rester étendu sous ses draps et de ramener ses couvertures jusqu'au cou, car il n'avait pas de chemise de nuit.

— Mais je ne reste qu'un instant ! dit-elle en cherchant une chaise. Puis-je m'asseoir sur le canapé ?

Karl fit un signe affirmatif. Elle s'assit alors si près de lui qu'il dut reculer jusqu'au mur pour la voir. Elle avait un visage rond et régulier, le front seul surprenait par sa hauteur singulière, mais cela tenait peut-être à sa coiffure qui ne lui allait pas très bien. Ses habits étaient très propres et nets. Elle écrasait un mouchoir dans sa main gauche.

— Resterez-vous longtemps ici ? demanda-t-elle.

— Ce n'est pas encore bien fixé, répondit Karl, mais je pense que je resterai.

— Ce serait très bien, dit-elle en passant son mouchoir sur sa figure, je me trouve si seule ici.

— Vous m'étonnez, répondit Karl, Madame la cuisinière en chef est très gentille avec vous. Elle ne vous traite pas comme une employée. Je m'imaginais déjà que vous étiez parentes.

— Oh non, dit-elle, je m'appelle Thérèse Berchtold, je suis de Poméranie.

Karl se présenta à son tour. Là-dessus elle le regarda pour la première fois à fond, comme si, du fait qu'il s'était nommé il lui était devenu un peu plus étranger. Ils se turent pendant un instant. Puis elle dit : « Je ne voudrais pas que vous me croyiez ingrate; sans Madame la cuisinière en chef je serais dans une situation bien pire. J'ai débuté comme fille de cuisine à l'hôtel, et j'étais en grand danger d'être congédiée car je ne pouvais pas suffire à un travail aussi pénible. On demande beaucoup aux employées ici. Il y a un mois une fille de cuisine s'est évanouie de surmenage et elle a dû faire quinze jours d'hôpital. Pour moi qui ne suis pas très forte, j'ai eu beaucoup à souffrir, ce qui a bien retardé ma croissance : vous ne croiriez pas que j'ai dix-huit ans! Mais maintenant je deviens plus solide. »

— Le service doit être vraiment très pénible, dit Karl. J'ai vu en bas un groom d'ascenseur qui dormait debout.

— Ce sont pourtant eux qui sont le mieux, dit-elle, ils se font de belles sommes avec les pourboires, il s'en faut de beaucoup qu'ils aient autant de mal que les gens de la cuisine. Mais j'ai vraiment eu de la chance. Madame la cuisinière en chef a eu besoin, un jour, de quelqu'un pour lui préparer les serviettes d'un banquet et elle a envoyé chercher du renfort à la cuisine, où nous étions cinquante femmes ; je me suis trouvée sur le chemin et l'ai très bien contentée car je me suis toujours entendue à disposer les serviettes ; c'est depuis ce jour qu'elle m'a gardée auprès d'elle et qu'elle m'a formée petit à petit pour devenir sa secrétaire. Cela m'a fait apprendre beaucoup.

— Y a-t-il donc tant à écrire dans ce poste ? demanda Karl.

— Des masses, dit-elle, vous ne pouvez sûrement pas vous en faire une idée. Vous avez bien vu qu'aujourd'hui j'ai travaillé jusqu'à près de minuit, et encore ce n'était pas jour de presse. D'ailleurs, je n'écris pas tout le temps, j'ai beaucoup de commissions à faire en ville.

— Comment s'appelle donc la ville ? demanda Karl.

— Vous ne le savez pas ? dit-elle, Ramsès.

— Est-ce une grande ville ? demanda Karl.

— Très grande, répondit-elle, je n'aime pas à y aller. Mais vous ne voulez vraiment pas dormir ?

— Non, non, répondit Karl, je ne sais même pas encore pourquoi vous êtes venue.

— Parce que je ne peux parler avec personne ; je ne suis pas mélancolique mais quand on n'a vraiment personne à qui parler on est contente de trouver quelqu'un qui vous écoute. Je vous avais déjà vu dans la salle, j'arrivais juste pour chercher Madame la cuisinière en chef quand elle vous a conduit à l'office.

— Quelle effroyable salle de café, dit Karl.

— Je n'y fais déjà plus attention, répondit-elle ; ce que je voulais vous dire c'est qu'effectivement Madame la cuisinière en chef est aussi bonne pour moi que l'a été ma mère. Mais il y a tout de même entre nos positions une trop grande différence pour que je puisse lui parler librement. Chez les filles de la cuisine, j'ai eu autrefois de très bonnes amies, mais il y a longtemps qu'elles sont parties, et c'est à peine si je connais les nouvelles. Et puis j'ai souvent l'impression que mon travail de maintenant me fatigue beaucoup plus que l'ancien, que je ne peux pas le faire aussi bien que l'autre et que Madame la cuisinière en chef ne me conserve ma situation que par pitié. Après tout, il faut avoir fréquenté l'école beaucoup plus longtemps que moi pour faire une secrétaire ! C'est peut-être un péché de le dire, mais j'ai souvent peur de devenir folle. Pour l'amour de Dieu, ajouta-t-elle soudain en précipitant son débit et en saisissant l'épaule de Karl qui tenait ses mains sous la couverture, pour l'amour de Dieu pas un mot de cela à Madame la cuisinière en chef, sans quoi je suis vraiment perdue ! Si j'allais lui causer une peine en plus de tous les embarras que je lui donne par mon travail, ce serait vraiment un comble.

— Je ne lui dirai rien, c'est tout naturel, répondit Karl.

— Alors, c'est bien, dit-elle, et tâchez de rester, je serais contente que vous restiez et que nous puissions nous parler quand vous voudrez. Du premier instant que je vous ai vu j'ai eu confiance en vous. Et cependant — voyez comme je suis mauvaise ! — j'ai craint aussi que Madame la cuisinière en chef vous prenne à ma place comme secrétaire et me donne congé. Il n'y a qu'après être restée longtemps ici pendant que vous étiez en bas au bureau que j'ai fini par me dire qu'il serait excellent que vous assumiez mon travail, car vous vous y entendriez sûrement mieux que moi. Si vous ne vouliez pas faire les commissions en ville, je pourrais continuer à m'en occuper. Mais pour tout le reste, je serais certainement bien plus utile à la cuisine, d'autant plus que je me suis un peu fortifiée ces derniers temps.

— La chose est déjà réglée, dit Karl, je serai groom d'ascenseur et vous resterez secrétaire. Mais si jamais vous faisiez à Madame la cuisinière en chef la moindre allusion à vos projets, je lui révélerais tout le reste de ce que vous m'avez dit aujourd'hui, quelque peine que j'en aurais.

Cet accent émut tellement Thérèse qu'elle se jeta au pied du lit et plongea sa tête dans ses bras en gémissant.

— Je ne rapporterai rien, dit Karl, mais de votre côté il ne faudra rien dire.

Maintenant il ne pouvait plus rester complètement caché sous sa couverture, il lui caressa un peu le bras mais ne trouva rien de bien à lui dire et se contenta de penser que la vie était amère en ce pays. Il finit pourtant par la tranquilliser suffisamment pour qu'elle rougît de ses larmes ; elle regarda Karl avec reconnaissance, lui conseilla de dormir longtemps le lendemain matin, et lui promit, si elle trouvait une minute, de venir à huit heures le réveiller.

— C'est un art où vous excellez, dit Karl.

— Oui, il y a des choses que je sais bien faire, dit-elle en promenant, pour prendre congé, sa main sur les couvertures ; et elle disparut dans sa chambre.

Le jour suivant Karl persista à demander à prendre tout de suite son service bien que la cuisinière en chef voulût lui donner vacances ce jour-là pour visiter la ville de Ramsès. Mais Karl déclara franchement que cette occasion se retrouverait et que, pour le moment, le plus important pour lui était de commencer son travail, car il avait déjà interrompu inutilement ses études en Europe et débutait comme groom d'ascenseur à un âge où les autres, les plus sérieux du moins, se trouvaient normalement près d'accéder à une meilleure situation. Il était très juste, il en convenait, qu'il débutât comme groom d'ascenseur, mais il était tout aussi juste qu'il se hâtât particulièrement. Il n'aurait, dans ces conditions, aucun plaisir à visiter la ville. Il ne put même pas se décider à faire les trois pas que Thérèse lui demandait. Il était hanté par l'idée que s'il ne travaillait pas il pourrait fort bien tourner aussi mal que Robinson et Delamarche.

On lui essaya, chez le tailleur de l'hôtel, l'uniforme des grooms d'ascenseur qui était d'apparence fastueuse, avec boutons et galons d'or, mais qu'il ne mit qu'avec une légère répugnance, car la tunique, surtout sous les aisselles, était froide, raide, et en même temps irréparablement humide de la sueur de tous les grooms qui l'avaient portée. Il fallut l'élargir notamment de la poitrine, aucune des dix qu'on avait sous la main ne pouvant lui convenir, même momentanément. Malgré les travaux de couture qui furent alors nécessaires, et bien que le maître tailleur fît l'effet d'être très minutieux — il renvoya deux fois l'uniforme à l'atelier — tout fut réglé en cinq minutes et Karl sortit de là en groom avec un pantalon collant et une tunique très étroite quoique le maître tailleur affirmât le contraire : ce vêtement incitait Karl à d'incessants exercices du thorax, car il voulait toujours chercher à se rendre compte qu'il lui était encore possible de respirer.

Il se présenta ensuite au gérant sous les ordres duquel il devait se trouver, un bel homme svelte avec un grand nez, qui devait avoir passé la quarantaine. Ce gérant n'avait pas le temps d'accorder le moindre entretien à Karl ; il se contenta de sonner un groom qui se trouva être celui que le jeune homme avait aperçu la veille. Le gérant ne l'appelait que par son prénom : « Giacomo » — ce que Karl n'apprit que plus tard, car, en anglais, le mot était méconnaissable —. Ce jeune garçon reçut la mission de mettre Karl au courant du service de l'ascenseur, mais il était si craintif et si pressé que Karl put à peine apprendre de lui les éléments indispensables, qui étaient bien peu de chose pourtant. D'ailleurs ce Giacomo devait être fâché : c'était pour Karl, de toute évidence, qu'il lui fallait quitter l'ascenseur et aller aider aux femmes de chambre, ce qui lui semblait déshonorant à la suite de certaines expériences qu'il tenait secrètes. La grande déception de Karl était de voir qu'un liftier n'avait affaire avec le mécanisme même de l'appareil que pour presser sur un bouton, que les réparations restaient le monopole des mécaniciens de l'hôtel, et que Giacomo, par exemple, malgré ses six mois d'ascenseur, n'avait jamais rien vu lui-même des machines de la cave ni du mécanisme intérieur, quelque plaisir qu'il en aurait eu. D'ailleurs le service était monotone, et si pénible, avec ses roulements de douze heures, tantôt de jour, tantôt de nuit, qu'on n'aurait pas pu y tenir, comme Giacomo le disait lui-même, si l'on n'avait su dormir debout une minute de temps à autre. Karl ne fit aucune remarque à ce sujet, mais comprit bien que c'était là un art qui avait coûté sa place à Giacomo.

Il fut heureux de voir que l'ascenseur dont il avait à assurer la marche ne desservait que les étages supérieurs, ce qui lui épargnerait les exigences des gens trop riches. Il y apprendrait moins qu'autre part, mais c'était assez pour un début.

Dès la fin de la première semaine, il comprit qu'il était parfaitement à la hauteur de sa tâche. Son appareil avait les cuivres les mieux astiqués de tous — nul des trente autres ne pouvait rivaliser avec lui à cet égard —, et peut-être aurait-il été encore plus éblouissant si Karl avait eu un collègue tant soit peu plus travailleur et qui ne se fût pas senti soutenu dans sa négligence par le zèle de son camarade. C'était un Américain de naissance, glabre, coquet, du nom de Renell, qui avait des yeux noirs et des joues un peu creuses. Il possédait un costume civil fort élégant qu'il mettait pour sortir en ville, les soirs libres, en grande hâte et parfumé ; il demandait de temps en temps à Karl de le remplacer pour des affaires de famille qui étaient censées l'appeler au-dehors : peu lui importait que sa tenue contredît de telles déclarations. Cependant Karl avait de l'amitié pour lui et il aimait, ces soirs de sortie, que Renell s'arrêtât devant lui, à la porte de l'ascenseur, dans son fameux costume civil, et s'excusât encore un peu, avant de partir, en enfilant ses gants.

D'ailleurs, en remplaçant Renell, il ne voulait que lui témoigner une complaisance toute naturelle au début envers un collègue plus âgé : il ne songeait nullement à faire de ces remplacements une institution régulière : le service de l'ascenseur suffisait bien à le fatiguer, surtout le soir où il n'y avait jamais une minute d'interruption.

Il ne tarda pas à apprendre non plus les grandes

courbettes rapides qu'on exigeait des grooms d'ascenseur et sut cueillir le pourboire au vol. L'argent disparaissait tout de suite dans son gousset, personne n'eût pu lire sur son visage s'il y en avait beaucoup ou peu. Pour les dames, il ouvrait la porte avec un petit supplément de galanterie et entrait lentement derrière elles car elles craignaient toujours pour leurs robes, leurs chapeaux et leurs fanfreluches. Pendant le transport, adoptant la position la plus discrète, il se tenait tout près de la porte, le dos tourné vers les voyageurs et la main sur la poignée du battant, prêt à le tirer, dès qu'on arriverait, d'un geste bref et qui pourtant n'effraierait pas les passagers. Quelquefois, mais rarement, l'un d'eux lui frappait sur l'épaule pour lui demander quelque petit renseignement; il se retournait alors d'un seul coup comme s'il s'y fût attendu et répondait d'une voix sonore. Souvent, malgré tous les ascenseurs, il y avait une telle affluence à l'heure de la rentrée des théâtres ou à l'arrivée de certains express, qu'à peine parvenu en haut il devait se précipiter au rez-de-chaussée pour prendre ceux qui attendaient. Pour accélérer la vitesse normale il lui suffisait de tirer sur un câble métallique qui traversait l'appareil; à vrai dire, le règlement interdisait ce geste dangereux. Aussi ne le faisait-il jamais quand il transportait des clients, mais lorsqu'il les avait déposés et que d'autres l'attendaient en bas, il oubliait toute prudence et tirait sur son câble à grands coups réguliers comme un matelot sur un navire. Il savait d'ailleurs que les autres grooms en faisaient autant et ne voulait pas abandonner les voyageurs. Certains clients, de ceux qui restaient longtemps à l'hôtel, ce qui était assez fréquent dans la maison, témoignaient de temps à autre par un sourire qu'ils considéraient Karl comme leur groom habituel. Il accueillait cette amabilité d'un air sérieux mais avec plaisir. Quand la circulation ralentissait un peu, il pouvait parfois se charger de certaines petites commissions comme d'aller chercher dans une chambre une bagatelle oubliée par un client qui ne voulait pas se déranger pour si peu ; il fallait le voir voler alors vers l'ascenseur où il était encore plus à l'aise lorsque la cabine était vide ; il pénétrait comme un éclair dans la mystérieuse chambre où d'étranges objets qu'il n'avait jamais vus gisaient à terre ou pendaient à des marionnettes, il respirait l'odeur caractéristique d'un savon, d'un parfum ou d'une eau dentifrice qu'il ne connaissait pas, et sans s'arrêter une seconde, revenait en hâte avec l'objet qu'il trouvait la plupart du temps malgré le vague des indications. Il y avait fréquemment aussi des commissions plus importantes qu'il regrettait de ne pouvoir accepter car elles revenaient de droit à certains garçons et à certains grooms qui les faisaient à bicyclette ou même à moto. Karl ne pouvait s'employer, lui, si l'occasion était favorable, qu'à faire l'agent de liaison entre les chambres et le restaurant ou les salles de jeu.

Quand il abandonnait le service après sa journée de douze heures, qui commençait trois jours à six heures du matin et les trois autres à six heures du soir, il se trouvait si fatigué qu'il s'en allait droit à son lit sans s'inquiéter jamais de personne. Ce lit se trouvait dans le dortoir commun à tous les grooms d'ascenseur ; la cuisinière en chef, dont il s'était peut-être exagéré l'influence le premier soir, s'était bien efforcée de lui faire avoir une petite chambre à lui. Elle y eût peut-être même réussi ; mais Karl vit les difficultés que la question soulevait et la fréquence des coups de téléphone que la cuisinière en chef échangeait, — surtout avec le supérieur de Karl, ce gérant absorbé par tant d'occupations —. Il renonça donc à l'affaire et persuada la cuisinière du sérieux de ce renoncement en lui expliquant qu'il ne voulait pas être jalousé par les autres pour un avantage qu'il n'aurait pas dû à son mérite.

Le dortoir n'était pas une chambre paisible. Car, chacun employant ses douze heures de liberté à manger, dormir, s'amuser ou à se faire un peu d'argent supplémentaire au moment qui lui allait le mieux, il y régnait toujours la plus grande agitation. Certains dormaient, tirant sur eux leur couverture jusqu'aux oreilles pour ne laisser venir aucun bruit; mais si l'on réveillait l'un d'eux il hurlait si furieusement que les autres dormeurs se réveillaient aussi. Presque tout le monde avait sa pipe; on en faisait un luxe spécial; Karl en acheta une à son tour et ne tarda pas à y prendre goût. Mais comme nul n'avait le droit de fumer en service, il s'ensuivait que chacun le faisait au dortoir. Chaque lit était donc enveloppé de son nuage particulier et l'ensemble se trouvait plongé dans une vapeur générale. Malgré le désir de la majorité, il était impossible d'obtenir que la lumière ne brûlât pendant la nuit qu'à une des extrémités de la salle. Si cette condition avait été réalisée, ceux qui voulaient dormir auraient pu le faire tranquillement dans la moitié obscure de la pièce — qui avait 40 mètres de long — tandis que les autres auraient joué aux dés, aux cartes et fait tout ce qui demandait de la lumière dans l'autre moitié. Si l'un de ceux dont le lit se trouvait dans la partie éclairée avait voulu se coucher il n'aurait eu qu'à prendre un des lits de la moitié obscure, car il y en avait toujours assez de vides et personne ne trouvait à redire à ce qu'un autre se servît ainsi de son lit provisoirement. Mais il ne se passait pas de nuit que cette disposition ne fût contrariée. Il se trouvait toujours, par exemple, deux grooms pour avoir envie de jouer aux cartes sur un plateau posé entre leurs lits, quand ils avaient dormi un peu ; ils allumaient alors la lampe la plus proche et elle réveillait en sursaut les voisins dont le visage était tourné vers elle. Les voisins se roulaient quelque temps dans leur lit, mais en fin de compte ils ne trouvaient rien de mieux à faire que d'entamer à leur tour une partie avec d'autres, en allumant une nouvelle lampe. Et toutes les pipes, naturellement, de se remettre à faire des nuages. Il y avait bien quelques garçons qui voulaient dormir à tout prix — Karl en était la plupart du temps — et qui s'enveloppaient la tête de l'oreiller ou le posaient sur leur visage, mais comment rester endormi quand votre voisin immédiat se lève au beau milieu de la nuit pour aller s'amuser un peu en ville avant le service, se lave à grand bruit, en éclaboussant tout, dans la cuvette placée au chevet de votre propre lit, se chausse non seulement avec bruit mais en tapant systématiquement de grands coups de talon sur le plancher pour mieux entrer dans ses souliers — malgré la forme des chaussures américaines, presque tous portaient des bottines pointues — et lorsque finalement, pour retrouver une bagatelle qui lui manque, il vient farfouiller sous votre oreiller d'où, à vrai dire, vous n'attendiez depuis longtemps que ce moment pour lui sauter dessus ? Or tous ces garçons étaient des sportsmen, de jeunes gaillards, robustes pour la plupart, qui ne voulaient négliger aucune occasion de bataille. Et l'on pouvait être assuré que si l'on était réveillé en sursaut par quelque vacarme nocturne, on trouverait au pied de son lit deux lutteurs couchés sur le plancher, toutes les ampoules allumées et un cercle d'experts en chemise et en caleçon juchés sur tous les meubles d'alentour. Une fois, à l'occasion d'un de ces matches nocturnes, l'un des boxeurs tomba sur le lit de Karl qui dormait, et la première chose que vit le jeune homme en ouvrant les yeux fut le sang qui coulait du nez du pugiliste et avait inondé les draps avant qu'on eût pu rien y faire. Il passait souvent presque tout son temps libre à essayer vainement de dormir quelques heures malgré l'envie qu'il aurait eue de s'amuser avec les autres ; mais il lui semblait toujours que ces autres avaient sur lui dans la vie une avance qu'il devait rattraper par un supplément de zèle et quelque renoncement. Quoique son sommeil lui tînt donc plus que jamais à cœur, surtout à cause de son travail, il ne se plaignait ni à Thérèse ni à la cuisinière en chef de la situation au dortoir, car, d'abord, tous les autres grooms en souffraient autant que lui, en gros, sans s'en plaindre sérieusement, et puis cet ennui faisait partie du lot de groom qu'il avait accepté avec reconnaissance des mains de Madame la cuisinière en chef.

Une fois par semaine à chaque changement du tour de rôle, il avait vingt-quatre heures libres qu'il employait en partie à rendre une ou deux visites à la cuisinière en chef et à échanger, n'importe où, dans un coin, dans un corridor, quelques propos avec Thérèse, qu'il ne voyait que rarement dans sa chambre et qu'il tâchait de saisir au vol à l'un de ses rares moments de liberté. Parfois, il la suivait en ville pour l'aider à faire les commissions ; elles devaient être exécutées avec la plus grande vitesse. Ils couraient presque, Karl portant le sac de la petite, à la première station de métro ; le voyage passait comme un éclair, comme si le train se fût trouvé emporté sans résistance ; et déjà ils en sortaient, faisant claquer leurs semelles tout le long de l'escalier au lieu d'attendre l'ascenseur que leur hâte trouvait trop lent, et grimpaient par les grands carrefours (d'où les rues rayonnaient comme des branches d'étoile), puis émergeaient et provoquaient un remous dans le grand trafic rectiligne qui arrivait de tous côtés ; mais Karl et Thérèse, étroitement unis, se hâtaient de se rendre dans les divers bureaux, les blanchisseries, les magasins et les entreprises pour lesquels les commissions ou les réclamations ne pouvaient pas se régler facilement par téléphone. Thérèse s'aperçut bientôt que l'aide de Karl n'était pas à dédaigner et qu'on allait bien plus vite avec lui. Jamais en sa compagnie elle n'était forcée d'attendre, comme si souvent autrefois, que les commerçants, pressés de toute part, voulussent bien lui prêter l'oreille. Il s'avançait tout de suite au comptoir et tapait du doigt sur la planche jusqu'à ce que quelqu'un vînt. Il appelait à travers la foule dans son anglais encore un peu livresque qu'on eût reconnu entre cent, il allait chercher les gens sans la moindre hésitation si loin qu'ils se fussent orgueilleusement retirés dans les profondeurs des plus longues salles. Il ne le faisait pas par bravade et comprenait les résistances, mais il sentait sa position sûre et savait les droits qu'elle lui donnait : l'Hôtel Occidental était une pratique dont il ne fallait pas se moquer, et, malgré toute son expérience professionnelle, Thérèse avait quand même besoin qu'on la secourût.

— Vous devriez toujours m'accompagner, lui disait-elle souvent avec un rire joyeux quand ils revenaient d'une expédition particulièrement heureuse.

Au cours des six semaines qu'il demeura à Ramsès, Karl ne vit que trois fois Thérèse un peu longtemps dans sa chambre. Cette pièce était naturellement plus petite qu'aucune de celles de la cuisinière en chef; les quelques objets qui s'y trouvaient campaient en quelque sorte autour de la fenêtre, mais, après les expériences qu'il avait faites au dortoir commun, Karl comprenait déjà tout le prix d'une pièce à soi et relativement tranquille, et, bien qu'il ne le dît jamais formellement, Thérèse voyait bien que la sienne lui plaisait. Elle n'avait pas de secrets pour lui, ce qui eût été d'ailleurs difficile après sa visite du premier soir. Elle était fille illégitime d'un contremaître qui travaillait dans le bâtiment et qui avait rappelé de Poméranie l'enfant et la mère auprès de lui; mais, comme s'il eût estimé que son devoir finissait là ou qu'il eût attendu d'autres personnes que la femme usée et la chétive fillette qu'il avait reçues au débarcadère, il était parti peu après pour le Canada sans explications superflues, et les autres n'avaient plus reçu de lui ni lettre ni aucune nouvelle, ce qui s'expliquait d'ailleurs assez car elles étaient complètement perdues dans le quartier populeux de l'ouest new-yorkais.

Une fois — Karl se tenait aux côtés de la jeune fille et regardait dans la rue — Thérèse parla de la mort de sa mère. Elle raconta comment ce jour-là, un soir d'hiver, — elle pouvait avoir cinq ans, — elles se hâtaient toutes deux, de rue en rue, portant leurs petits baluchons, à la recherche d'un asile pour la nuit. Et la mère, au commencement, avait tenu Thérèse par la main ; la neige tombait en tempête et on n'avançait que très péniblement ; et puis la main de la maman était devenue raide de froid ; elle avait laissé la petite se débrouiller par ses propres moyens sans jeter un regard sur elle qui se donnait maintenant grand mal pour rester cramponnée aux jupes de sa maman. Elle trébuchait, et tombait même souvent, mais la mère était comme folle et ne s'arrêtait jamais. Et ces rafales dans les longues rues rectilignes de New York ! Karl n'avait pas encore senti l'hiver new-yorkais. Quand on marche contre le vent et qu'il tourbillonne on n'arrive pas à ouvrir les yeux ; le vent ne cesse de vous piler de la neige sur la face, on court, et on n'avance pas, et c'est quelque chose de désespéré. Les enfants, naturellement, sont mieux partagés que les adultes, ils passent mieux à travers le vent et s'amusent même un peu de tout cela. Aussi Thérèse n'avait-elle pas pu comprendre complètement sa mère ce jour-là, et elle était fermement convaincue que si elle s'était comportée plus sagement — elle était si petite à l'époque ! — sa maman n'aurait pas trouvé une mort aussi lamentable. La mère, sans travail depuis quarante-huit heures, n'avait plus un sou devant elle. Elles avaient passé la journée dehors, sans une seule bouchée de pain, à traîner ces baluchons qui ne contenaient que des haillons qu'elles n'osaient jeter, peut-être par une sorte de superstition. On avait fait envisager à la mère la possibilité de trouver du travail le lendemain, mais, comme elle avait cherché à l'expliquer à Thérèse pendant toute la journée, elle craignait de ne pouvoir profiter de cette aubaine, lasse à mourir qu'elle se sentait : car le matin déjà, pour l'effroi des passants, elle avait, au cours d'un accès de toux, craché beaucoup de sang dans la rue, et elle n'avait plus qu'un rêve : trouver un endroit chaud, quelque part que ce fût, et se reposer sérieusement. Or, ce soir-là, précisément, on ne pouvait rien trouver nulle part. Quand elles n'étaient pas chassées par le concierge dès l'entrée, où elles auraient pu malgré tout se reposer un peu du vent et de la neige, elles traversaient d'étroits couloirs glacés, gravissaient de hauts étages, contournaient des terrasses et frappaient au hasard à des portes, et tantôt n'osaient parler à personne, tantôt suppliaient tous ceux qui passaient ; une ou deux fois à bout de souffle, la mère s'accroupit même sur une marche d'escalier pour prendre Thérèse, qui se défendait presque, et l'embrasser en appuyant douloureusement sa bouche sur elle. Plus tard, quand on sait que ce furent là les derniers baisers, on ne comprend pas qu'on ait pu être si aveugle que de ne pas s'en apercevoir, quelque petit qu'on fût alors. Dans certaines pièces, devant lesquelles elles passaient, les gens avaient ouvert la porte pour faire sortir un air étouffant, et, des vapeurs fuligineuses qui s'exhalaient comme d'un incendie, on voyait se détacher une silhouette quelconque qui se tenait campée sur la porte et démontrait par sa présence muette ou par une brève parole l'impossibilité de trouver un gîte là-dedans. Il semblait maintenant à Thérèse, en se souvenant, que sa mère n'avait cherché sérieusement que pendant les premières heures, car, aussitôt minuit passé, elle n'avait plus parlé à personne, bien qu'ayant continué de courir jusqu'à l'aube, à part de courtes interruptions, et bien que dans toutes les maisons dont les portes ne ferment jamais, la vie ne cesse de circuler avec les gens qu'on trouve à chaque pas. Elles n'allaient plus bien vite maintenant, elles marchaient sur leurs dernières forces, disons plutôt qu'elles rampaient. Thérèse ne pouvait pas se rappeler non plus si de minuit à cinq heures du matin, elles étaient entrées dans vingt maisons, ou dans deux ou dans une seule. Les corridors de ces immeubles sont établis sur des plans habiles faits pour utiliser le maximum d'espace, mais non pour faciliter l'orientation des visiteurs : combien de fois n'avaient-elles pas certainement repris les mêmes ! Il semblait bien à Thérèse se souvenir obscurément d'un moment où elles avaient quitté un immeuble déjà exploré à maintes reprises, mais il lui semblait aussi qu'à peine dans la rue elles étaient revenues encore se jeter dans la même maison. Pour l'enfant, naturellement, c'était une peine indicible que de se traîner à la suite de sa mère, tantôt tenue, tantôt se cramponnant, sans le moindre mot de consolation ; aux yeux de son inintelligence, tout cela ne pouvait avoir qu'un motif : sa mère voulait l'abandonner. Aussi Thérèse redoublait-elle de crispations, même quand sa maman la tenait par la main, pour se cramponner à ses jupes, et par moments elle poussait de grands sanglots. Elle ne voulait pas rester perdue ici, au milieu des gens qui montaient les marches à grand fracas devant les deux femmes, ou qui s'approchaient par-derrière, sans qu'on pût encore les voir, dans un tournant de l'escalier, ou qui se disputaient aux portes et se repoussaient dans les pièces. Des ivrognes rôdaient à travers la maison en chantant d'une voix caverneuse, et la mère eut encore la chance de pouvoir se glisser à temps avec Thérèse à travers ces groupes bachiques au moment où ils fusionnaient. Sans doute, à une heure avancée de la nuit, quand la surveillance se relâche et qu'on n'y regarde plus d'aussi près, auraient-elles pu se glisser dans un de ces dortoirs que louent des entrepreneurs et devant plusieurs desquels elles passèrent ; mais Thérèse ne le savait pas et la mère ne s'arrêtait plus. Le matin, au début d'une belle journée d'hiver, elles s'étaient appuyées toutes deux contre le mur d'une maison et avaient peut-être dormi là un peu, à moins qu'elles n'y fussent restées les yeux ouverts à regarder fixement autour d'elles. Il apparut que Thérèse avait perdu son baluchon et la mère se mit en devoir de la battre pour la punir de sa négligence, mais Thérèse n'entendit et ne sentit aucun coup. Elles poursuivirent leur chemin à travers les rues qui s'animaient, — la mère du côté du mur, — passèrent un pont le long duquel la mère ne cessa de tenir la main sur le garde-fou, et se trouvèrent enfin justement devant le chantier de construction où la mère était convoquée pour ce matin-là. — A ce moment le fait avait frappé Thérèse, maintenant elle ne comprenait plus son étonnement d'alors. — La mère ne dit pas à Thérèse si elle devait attendre ou partir et Thérèse comprit ce silence comme un ordre d'attendre là, puisque aussi bien cette interprétation répondait mieux à ses désirs. Elle s'assit donc sur un tas de briques et regarda sa mère ouvrir son baluchon, en tirer un bout d'étoffe bigarrée et le nouer autour du fichu qu'elle avait porté toute la nuit sur la tête. La petite était trop fatiguée pour que l'idée pût lui venir d'aider sa mère. Sans s'annoncer selon l'usage dans la cabane du contremaître, et sans demander rien à personne, la mère se mit à monter une échelle comme si elle avait déjà connu le travail qui lui revenait. Thérèse s'en étonna, car les femmes, d'ordinaire, n'étaient occupées qu'en bas, à éteindre la chaux, à faire passer des tuiles ou à d'autres travaux de la même simplicité. Elle pensa donc que sa mère voulait faire ce jour-là un travail mieux payé et, dans le sommeil qui l'envahissait, lui lança d'en bas un sourire. La bâtisse n'allait pas haut, le rez-de-chaussée était à peine construit bien que les grandes perches d'échafaudage, — encore sans plates-formes, — des étages suivants plongeassent déjà dans le bleu du ciel. En haut, la mère contournait adroitement les maçons qui posaient briques sur briques, et, fait étrange, la laissaient faire sans l'interroger ; elle se tenait prudemment d'une main légère à une barre de bois qui servait de garde-fou, et Thérèse, en bas, du fond de sa torpeur, admirait cette habileté ; il lui semblait que sa mère, encore, lui adressait un regard d'amitié. Mais maintenant, sur sa passerelle, la mère arrivait à un petit tas de briques où le garde-fou finissait, et, sans doute aussi, la plate-forme ; elle ne s'arrêta pas à si peu, elle marcha droit sur le tas de briques, son adresse sembla l'avoir abandonnée, elle bascula sur le tas et piqua la tête dans le vide. Nombre de briques la suivirent dans sa chute et, pour finir, au bout d'un grand moment, une lourde poutre se détacha on ne sait d'où et tomba sur elle en craquant. Le dernier souvenir que Thérèse garda de sa mère fut celui d'une femme étendue, les jambes écartées, dans la robe à carreaux qui datait de Poméranie, avec cette poutre brutale placée en travers de son corps, qui la recouvrait presque toute ; les gens accouraient de partout et du haut de l'échafaudage un homme criait un juron.

Il était tard quand Thérèse eut achevé son histoire. Elle avait tout raconté en détail, à l'encontre de son habitude, et c'était précisément aux passages sans importance, — comme pour la description des perches d'échafaudage, qui s'élevaient chacune à part au fond du ciel —, qu'elle avait dû s'arrêter, les larmes aux yeux ; elle savait, au bout de dix ans, le détail des moindres choses qui s'étaient passées alors, et comme le tableau de sa mère se promenant sur la passerelle en haut du rez-de-chaussée à moitié terminé était le dernier souvenir qu'elle eût conservé de cette mère vivante et qu'elle ne pouvait le transmettre trop fidèlement à son ami, elle voulut y revenir après la fin de son histoire, mais alors elle s'arrêta court, cacha dans ses mains son visage et n'ajouta pas un seul mot.

Il y avait pourtant des moments plus gais dans la chambrette de Thérèse. Karl y avait découvert à sa première visite un manuel de correspondance commerciale qu'elle lui avait prêté sur sa prière. Il avait été convenu tout de suite que Karl exécuterait les devoirs proposés dans l'ouvrage et les ferait corriger par Thérèse, qui avait déjà étudié tout le livre, dans la mesure où ses petits travaux le nécessiteraient. Karl passait donc des nuits entières, les oreilles bouchées avec du coton, sur le lit du dortoir commun, dans toutes les positions possibles, à lire le livre et griffonner des devoirs. Il se servait d'un stylographe que lui avait donné la cuisinière en chef pour le récompenser d'un état d'inventaire qu'il lui avait disposé d'une façon très pratique et relevé avec le plus grand soin. Il arrivait à profiter de la plupart des dérangements que lui causaient les autres grooms en se faisant donner chaque fois de petits conseils sur la langue anglaise, jusqu'à ce que les autres en eussent assez et le laissassent en repos. Il s'étonnait souvent de voir qu'ils avaient l'air complètement satisfaits de leur situation momentanée et semblaient ne pas ressentir son caractère provisoire — passé vingt ans c'était fini ; — ils ne voyaient pas la nécessité de choisir encore leur futur métier et, malgré l'exemple de Karl, ne lisaient jamais au plus que quelques romans policiers dont on se passait de lit à lit les lambeaux crasseux.

Maintenant, pendant les entrevues, Thérèse corrigeait les devoirs avec un excès de minutie. Il se produisait des débats au cours desquels Karl prenait à témoin son grand professeur de New York, mais Thérèse n'accordait pas plus d'autorité à cette sommité new-yorkaise qu'aux opinions grammaticales des jeunes grooms. Elle prenait le stylo de la main de Karl, et lui barrait tout le passage que ses convictions désapprouvaient. Mais par conscience, dans les cas litigieux, Karl biffait à son tour les ratures de Thérèse, bien que le passage incriminé ne dût, en général, jamais tomber sous les yeux d'une compétence supérieure à celle de la jeune fille. La cuisinière en chef venait voir quelquefois, mais elle décidait toujours en faveur de sa protégée, ce qui n'avait rien de probant puisque Thérèse était sa secrétaire. D'ailleurs elle donnait en même temps le signal de la réconciliation, car alors on faisait du thé, on allait chercher des gâteaux et Karl devait parler de l'Europe. La cuisinière l'interrompait à chaque instant. Elle questionnait et s'étonnait, ce qui faisait comprendre à Karl combien les choses se modifiaient outre-Atlantique dans un temps relativement court, combien elles avaient dû changer et changeaient encore tous les jours depuis l'époque de son départ.

Il pouvait y avoir un mois qu'il se trouvait à Ramsès lorsque Renell lui dit un soir qu'il avait été interpellé devant l'hôtel par un nommé Delamarche qui lui avait fait subir un questionnaire à son sujet ; n'ayant aucune raison de cacher quoi que ce fût, Renell avait répondu, conformément à la vérité, que Karl était groom d'ascenseur, mais que la protection de la cuisinière en chef lui permettait d'espérer une tout autre situation. Karl remarqua combien Delamarche avait traité Renell avec égards, l'invitant même à dîner pour le soir.

— Je n'ai plus rien à faire avec Delamarche, dit Karl, méfie-toi de lui, toi aussi.

— Moi ? dit Renell en s'étirant.

Et il partit d'un pas rapide. C'était le plus joli garçon de l'hôtel, et le bruit courait chez les grooms, sans qu'on sût qui l'avait lancé, qu'une dame fort distinguée, qui était là depuis longtemps, l'avait au moins embrassé dans l'ascenseur. Pour qui connaissait ce potin c'était une chose fort piquante que de voir passer devant soi cette dame hautaine dont l'extérieur n'eût jamais laissé supposer la possibilité d'une telle conduite quand elle allait dans l'hôtel de son pas sûr et léger, avec sa taille corsetée sévèrement. Elle logeait au premier étage et n'avait pas à prendre l'ascenseur de Renell, mais on ne pouvait pas en refuser l'entrée à une pareille cliente quand il n'y avait plus de place dans les autres. C'est ainsi qu'elle se trouvait utiliser de temps à autre l'ascenseur de Karl et Renell, et toujours, effectivement, quand c'était

Renell qui était de service. Il se pouvait que ce fût un hasard, mais personne n'y voulait croire, et quand l'ascenseur partait avec eux, il se produisait chez les grooms une agitation mal réprimée qui avait déjà provoqué l'intervention de l'un des gérants. En tout cas, que la dame ou le bruit en fût cause, Renell avait sûrement changé, il était devenu encore plus hautain, laissait tout le souci de l'astiquage à Karl, — qui n'attendait plus pour s'en expliquer que l'occasion la plus prochaine, — et ne paraissait plus jamais au dortoir. Nul autre ne s'était jamais aussi complètement éloigné de la communauté des grooms, car, en général, ils se tenaient tous, au moins pour les questions de service, et formaient une association reconnue par la direction.

Karl repassait tout cela dans sa tête avec l'histoire de Delamarche en faisant son service comme toujours. Vers minuit, il y eut une petite diversion, car Thérèse, qui lui faisait assez souvent des surprises, lui apporta une grosse pomme et une tablette de chocolat. Ils s'entretinrent un instant, à peine dérangés par les interruptions que provoquait le transport des clients. Delamarche vint sur le tapis, et Karl se rendit compte alors qu'il s'était laissé influencer par Thérèse en le tenant depuis quelque temps pour un garçon dangereux, car la jeune fille le voyait ainsi à travers ce qu'il en disait. Karl, lui, ne le prenait au fond que pour un pauvre diable qui s'était laissé dépraver par le malheur et avec lequel il y avait tout de même moyen de se tirer d'affaire. Mais Thérèse contredit vivement cette opinion et parla longuement pour obtenir de Karl la promesse qu'il ne dirait jamais plus un mot à Delamarche. Au lieu de promettre, Karl la pressa d'aller se coucher, minuit ayant sonné depuis longtemps, et, voyant qu'elle refusait, il la menaça de quitter son poste pour la ramener à sa chambre. Quand elle s'y décida enfin, il lui dit avant de la laisser partir : « Pourquoi te faire des soucis superflus ? Si cela doit te permettre de mieux dormir, je te promets bien volontiers que je ne parlerai jamais à Delamarche que quand je ne pourrai l'éviter. » Là-dessus le service devint très absorbant, le groom de l'ascenseur voisin ayant été appelé autre part et Karl devant faire double tâche. Des clients parlèrent de désordre, et un monsieur qui accompagnait une dame toucha même Karl du bout de sa canne pour l'inviter, avertissement bien superflu, à se presser ! Si les clients, voyant pourtant bien qu'un groom manquait à l'un des ascenseurs, étaient du moins venus prendre celui de Karl ! Mais ils n'en faisaient rien, ils se rendaient vers l'autre et restaient là, la main sur la poignée, à moins qu'ils n'entrassent seuls dans l'appareil, ce que les grooms devaient éviter à tout prix d'après les plus sévères paragraphes du règlement. Karl se trouva donc obligé de se livrer à des allées et venues extrêmement fatigantes, sans y gagner malgré toute sa peine la conscience d'avoir rempli son devoir. Il fut donc très heureux de voir revenir son collègue, auquel il lança quelques mots de reproche à cause de sa longue absence, bien que le jeune homme n'en fût probablement pas coupable. Pour comble, vers trois heures du matin, un commissionnaire, un vieil homme qui était un peu de ses amis, était venu lui demander un service que Karl n'avait pas pu lui rendre parce que des clients attendaient aux portes des deux ascenseurs ; il fallait même beaucoup de présence d'esprit pour se décider rapidement entre l'un et l'autre groupe. Passé quatre heures, la situation se calma un peu, mais il était vraiment grand temps. Karl s'appuya lourdement à la rampe à côté de son ascenseur, consomma lentement la pomme qui, dès le premier coup de dents, dégagea un violent parfum, et regarda au-dessous de lui, dans une sorte de puits ténébreux entouré par les hautes fenêtres de l'office, derrière lesquelles on voyait encore les grandes masses pendantes des bananes qui brillaient dans l'obscurité.

CHAPITRE VI

LE CAS ROBINSON

A ce moment quelqu'un lui frappa sur l'épaule. Karl, pensant que c'était un client, rentra vite la pomme dans sa poche et vola vers l'ascenseur sans même regarder l'homme.

— Bonsoir, Monsieur Rossmann, dit alors le nouveau venu, c'est moi Robinson.

— Vous avez bien changé, dit Karl en hochant la tête.

— Oui, je ne suis pas mécontent, dit Robinson en jetant un coup d'œil sur son costume qui se composait d'éléments assez luxueux, mais si disparates qu'il en avait l'air miteux.

Ce qui frappait le plus dans ce vêtement c'était un gilet blanc, avec quatre petites poches serties de noir qu'il portait sûrement pour la première fois et sur lequel il cherchait à attirer l'attention en bombant la poitrine.

— Vous avez des habits qui coûtent cher, dit Karl en dédiant une pensée fugitive à son complet de la cantine, ce complet si simple et si beau, dans lequel, même à côté de Renell, il aurait fait si bonne figure et que ses deux méchants amis avaient vendu.

— Oui, dit Robinson, il ne se passe pas de jour que je n'achète quelque nouvelle bagatelle... Que dites-vous de ce gilet ?

— Très bien, dit Karl.

— Ce ne sont pas de vraies poches, elles ne sont là que pour faire bien, dit Robinson en s'emparant de la main de Karl pour le faire tâter lui-même. Mais Karl recula car la bouche de Robinson exhalait une insupportable odeur d'eau-de-vie.

— Vous vous remettez à boire beaucoup, dit Karl revenant à sa rampe.

— Non, dit Robinson, pas beaucoup.

Et il ajouta sans songer qu'il venait de parler de sa brillante situation : « Qu'a-t-on d'autre sur cette terre ? » L'entretien fut interrompu par un client qui voulait monter, et Karl était à peine de retour qu'il recevait un coup de téléphone l'invitant à aller chercher le médecin de l'hôtel pour une dame du septième étage qui venait de s'évanouir. Sur le chemin, il espérait en secret que Robinson partirait pendant ce temps, car il ne voulait pas se faire voir avec lui, ni, par amitié pour Thérèse, risquer d'entendre parler de Delamarche. Mais Robinson l'attendait encore dans la raideur d'une ivresse complète et un monsieur du haut personnel de l'hôtel passa justement à ce moment, en redingote noire et en haut-de-forme ; par bonheur, il n'accorda pas grande attention à Robinson.

— Ne viendrez-vous pas nous voir un de ces jours, Rossmann ? demanda Robinson ; nous vivons maintenant comme des coqs en pâte.

Et il regardait Karl comme pour le tenter.

— Est-ce vous qui m'invitez ou bien Delamarche ? demanda Karl.

— Moi et Delamarche. Nous sommes d'accord, dit Robinson.

— Alors, voilà ce que j'ai à déclarer pour que vous le répétiez à Delamarche, si ce n'est pas encore bien clair : nos adieux ont été définitifs. Vous m'avez fait deux fois plus de mal que n'importe qui. Vous seriez-vous mis dans la tête de vouloir m'ennuyer encore ?

— Ne sommes-nous donc pas vos camarades ? dit Robinson, les yeux mouillés par les larmes d'une ivresse répugnante. Delamarche vous fait dire qu'il veut vous dédommager pour le passé. Nous habitons maintenant avec Brunelda, une cantatrice splendide.

Et, par association d'idées, il allait entonner un chant à haute voix si Karl ne lui eût soufflé à temps : « Vous allez vous taire tout de suite ; ne savez-vous donc pas où vous êtes ? »

— Rossmann, dit alors Robinson, refroidi du côté du chant, vous pouvez dire ce que vous voulez, je suis tout de même votre camarade. Vous qui avez ici une si belle situation, ne pourriez-vous pas me prêter quelque argent ?

— Pour le boire encore ? dit Karl ; j'aperçois dans votre poche je ne sais quelle bouteille d'alcool dont vous avez sûrement fait usage pendant mon absence, car, au moment de notre entretien, vous étiez quand même un peu plus d'aplomb.

— Mais non, ce n'est que pour prendre des forces quand je suis en route, dit Robinson à titre d'excuse.

— Je ne cherche plus à vous amender, dit Karl.

— Mais l'argent... dit Robinson en écarquillant les yeux.

— Delamarche vous a donc chargé de lui rapporter de l'argent ? C'est bien, je vais vous en donner, mais seulement à la condition que vous partirez sur-le-champ et que je ne vous reverrai plus ici. Si vous avez quelque chose à me dire, écrivez-moi à l'adresse suivante : « Karl Rossmann, groom d'ascenseur, Hôtel Occidental », cela suffira. Mais je vous défends, je vous le répète, de venir me chercher ici. J'y suis en service et je n'ai pas le temps de recevoir des visites. Voulez-vous l'argent à ces conditions ?

Et, décidé à sacrifier ses pourboires de la nuit, il mit la main au gousset. Robinson hocha la tête et poussa un grand soupir. Karl s'y méprit et demanda encore : « Oui ou non ? »

Robinson lui fit alors signe d'approcher et lui souffla avec des tortillements qui étaient déjà très caractéristiques par eux-mêmes : « Rossmann, Rossmann, je vais très mal. »

— Au diable ! ne put s'empêcher de dire Karl, en le traînant des deux mains jusqu'à la rampe.

Mais déjà, le trop-plein de la bouche de Robinson s'épanchait vers les profondeurs. Perdu, il tendait dans le vide ses mains vers Karl entre deux hoquets.

« Vous êtes vraiment un brave garçon », disait-il ensuite, ou encore : « Voilà qui est fini ! » ce qui était loin d'être vrai ; ou bien : « Les brutes ! quelle est la saleté qu'ils ont donc versée dans ma bouteille ! » Karl n'y tenant plus d'inquiétude et de dégoût s'était mis à faire les cent pas. Dans ce coin, près de l'ascenseur, Robinson était un peu caché, mais qu'arriverait-il si quelqu'un le remarquait, s'il venait à être découvert par l'un de ces riches clients grincheux qui ne cherchent qu'à se plaindre aux employés de l'hôtel ? Le gérant ferait retomber ensuite sa furie sur toute la maison ! Et s'il venait à passer un de ces détectives qu'on change tout le temps dans les hôtels, qui ne sont connus que de la direction, et qu'on pressent dans tout passant qui vous scrute un peu du regard, peut-être par simple myopie ? Ne suffirait-il pas qu'en bas quelqu'un, sortant d'un restaurant qui fonctionnait toute la nuit, voulût aller chercher quelque chose à l'office, pour que, surpris par la chose terrible qui s'étalait au fond de la cour, il demandât à Karl au téléphone ce qui pouvait bien, au nom du ciel, se passer là-haut ? Karl pourrait-il alors renier Robinson ? Et s'il le faisait, Robinson n'irait-il pas précisément, dans sa bêtise et son désespoir, se recommander de son ami au lieu de décliner des excuses ? Et Karl ne serait-il pas chassé immédiatement quand on verrait qu'il était arrivé cette chose inouïe qu'un groom d'ascenseur, le plus infime et le plus inutile employé dans la hiérarchie formidable du personnel de cet hôtel, avait laissé souiller le palace par un camarade, jetant l'effroi chez les clients ou causant même leur départ ? Supporterait-on plus longtemps un groom d'ascenseur qui avait de tels amis et qui se permettait pour comble de les recevoir pendant les heures de service ? Cela n'obligeait-il pas à penser qu'un pareil groom était lui-même un triste ivrogne ou même quelque chose de pire ? Car ne venait-il pas forcément à l'esprit de supposer qu'il suralimentait ses amis avec les provisions de l'hôtel jusqu'à ce que les autres en vinssent à exécuter, au premier endroit venu, dans ce palace si merveilleusement tenu, des choses comme celles qu'avait faites Robinson ? Et pourquoi un pareil groom se contenterait-il après tout de piller des victuailles, quand il avait mille occasions, étant donné la négligence des clients, d'aller voler dans tous les coins, avec les armoires ouvertes partout, les bijoux qui traînaient sur toutes les tables, les cassettes qu'on ne fermait pas, les clefs qu'on jetait n'importe où sans méfiance ?

Justement Karl vit arriver des clients qui revenaient d'un cabaret artistique dont la séance venait de finir. Il se mit au garde-à-vous devant son appareil, sans oser se retourner vers Robinson de peur de ce qu'il pourrait voir. D'ailleurs, il n'entendait pas venir le moindre bruit du coin où se tenait l'Irlandais. Pas un soupir... Ce n'était pas pour le rassurer. Il voitura donc ses clients, il les monta, les descendit, mais ne put jamais arriver à dissimuler complètement sa distraction : il s'attendait à chaque descente à découvrir en bas une surprise pénible.

Enfin, il put prendre un moment pour aller voir ce que faisait l'autre : il le trouva accroupi dans un coin, le menton sur les genoux et le melon en arrière.

— Maintenant, filez, lui dit-il à voix basse mais sur un ton décidé, voici l'argent. Si vous vous dépêchez, j'aurai encore le temps de vous montrer le plus court.

— Je ne pourrai pas m'en aller, dit Robinson en s'essuyant le front avec un mouchoir minuscule. Je vais mourir ici. Vous n'avez pas idée de ce que je souffre. Ils m'emmènent dans toutes les boîtes chics, mais je n'arrive pas à supporter cette mijaurée, je le dis tous les jours à Delamarche.

— Vous ne pouvez pas rester ici, répéta Karl. Songez à l'endroit où vous êtes ! Si on vous trouve ici, vous serez puni et moi je perdrai mon poste. Est-ce que c'est ce que vous cherchez ?

— Je ne peux pas partir, répéta Robinson, j'aime mieux sauter tout de suite par là, et il montrait la cage de l'ascenseur à travers les barreaux de la rampe. Quand je suis assis comme ça, j'arrive encore à me tenir, mais je ne peux pas me lever, j'ai déjà essayé quand vous n'étiez pas là.

— Alors je vais chercher une voiture pour qu'on vous porte à l'hôpital, dit Karl en lui secouant les jambes.

Mais Robinson se laissait faire avec une telle passivité qu'il manquait tomber à chaque secousse. Pourtant, au seul mot d'hôpital d'horribles images avaient dû se présenter à son esprit car il s'était mis à sangloter bruyamment et à tendre vers Karl des mains suppliantes pour implorer son pardon.

— Assez, dit Karl, en les lui rabattant d'une tape.

Il courut chercher le groom qu'il avait remplacé pendant la nuit, lui demanda de lui rendre un instant le même service, revint à Robinson du plus vite qu'il put, le redressa à grands coups dans les reins malgré ses soupirs d'agonie, et lui chuchota à l'oreille : « Si vous voulez que je m'occupe de vous, vous allez faire tous vos efforts pour marcher droit quelques secondes. Je vais vous coucher dans mon lit, vous pourrez y rester jusqu'à ce que vous alliez mieux, cela viendra beaucoup plus vite que vous ne croyez. Mais maintenant, comportez-vous raisonnablement, car on croise partout des gens dans les couloirs, et mon lit se trouve lui-même dans notre dortoir général. Pour peu que vous vous fassiez remarquer, je ne pourrai plus rien pour vous. Et puis, il faut ouvrir les yeux, je ne peux pas vous promener comme un agonisant !

— Je veux bien faire, dit Robinson, tout ce que vous jugerez bon, mais vous ne pourrez pas me conduire tout seul. Voulez-vous aller chercher Renell ?

— Renell n'est pas là, dit Karl.

— Ah oui, c'est vrai, dit Robinson. Il est avec Delamarche, puisque ce sont eux qui m'ont envoyé vous chercher. Je brouille déjà tout.

Karl utilisa le temps que prirent ce soliloque et d'autres moins compréhensibles qui suivirent, pour pousser le jeune homme en avant ; ils finirent par parvenir sans trop d'accrocs jusqu'au coin où un couloir éclairé plus faiblement conduisait au dortoir des grooms. L'un d'entre eux arrivait sur eux à toute allure, mais il passa sans rien remarquer. D'ailleurs, jusque-là, les rencontres avaient été inoffensives ; de quatre à cinq heures, en effet, c'était la période la plus calme, et Karl avait déjà calculé que, s'il n'arrivait pas à faire sortir Robinson à ce moment-là, dans le crépuscule du matin, au moment du début de l'activité journalière, il ne faudrait plus y songer.

Dans le dortoir, à l'autre bout de la salle, on était juste en train de se livrer à quelque match sensationnel ou à toute autre cérémonie ; on entendait des bans rythmés, des piétinements d'excitation et des exclamations sportives. Du côté le plus près de la porte on ne pouvait voir dans les lits que bien peu de grooms en train de dormir ; les autres, couchés sur le dos, regardaient le plafond du dortoir ; de temps en temps l'un d'eux sautait hors de son lit, comme il était, avec ou sans habits, pour aller voir comment les choses se passaient à l'autre extrémité de la salle. C'est ainsi que Karl put amener, sans trop éveiller l'attention, Robinson, qui entre-temps s'était un peu fait à la marche, jusque dans le lit de Renell qui se trouvait près de la porte et, par bonheur, inoccupé, alors que dans son propre lit, comme il s'en aperçut de loin, un jeune garçon qu'il n'avait jamais vu était en train de dormir à poings fermés. A peine Robinson eut-il senti le matelas sous lui, qu'il s'endormit, une jambe dans le vide. Karl lui ramena la couverture sur le visage et pensa être délivré de tout souci pour quelque temps, car Robinson ne se réveillerait certainement pas avant six heures du matin : à ce moment, Karl, de retour, trouverait bien avec Renell quelque moyen de l'expédier. Les inspections de dortoir ne se produisaient jamais que dans des cas extraordinaires, les grooms d'ascenseur ayant obtenu depuis six ans déjà la suppression de l'ancienne revue réglementaire : de ce côté-là il n'y avait donc rien à craindre.

De retour à son palier Karl vit son appareil qui démarrait en même temps que l'ascenseur voisin. Il attendit impatiemment que cette énigme s'expliquât. Son ascenseur fut le premier à revenir, et il en vit sortir le garçon qu'il venait de croiser courant dans le couloir.

— Où étais-tu donc passé, Rossmann ? demanda le groom. Pourquoi es-tu parti ? Pourquoi ne l'as-tu pas dit ?

— Mais j'avais demandé qu'on me remplace un instant, répondit Karl en montrant le groom de l'ascenseur voisin qui arrivait sur ces entrefaites... Je l'ai bien remplacé moi-même deux heures au moment de la plus grande presse.

— Tout cela est très joli, dit l'autre, mais ça ne suffit pas. Tu ignores donc qu'en service il faut annoncer la moindre absence au bureau du gérant ? Pourquoi t'a-t-on mis le téléphone ici ? Je n'aurais pas demandé mieux que de te remplacer, mais tu sais bien que ce n'est pas si facile que ça. Il y avait juste aux deux ascenseurs de nouveaux clients de l'express de 4 h 30. Je ne pouvais pourtant pas commencer par ton lift et laisser mes clients en plan, j'ai commencé par le mien !

— Et alors ? demanda Karl anxieusement en voyant les deux grooms se taire.

— Eh bien, dit le collègue de l'ascenseur voisin, voilà juste le gérant qui passe, qui voit les clients abandonnés devant ton appareil, qui se monte, qui m'appelle, — j'arrive —, et me demande où tu peux bien être fourré ; je n'en sais rien puisque tu ne m'as pas dit où tu allais, et alors le voilà qui téléphone tout de suite au dortoir pour faire venir un remplaçant !

— Je t'ai encore trouvé dans le couloir, dit celui-ci.

Karl fit oui de la tête.

— Naturellement, assura l'autre groom, j'ai tout de suite dit que tu m'avais demandé de te remplacer, mais si tu te figures qu'il écoute ce qu'on lui dit ! Tu ne le connais sans doute pas encore. Il nous a chargés de te faire venir tout de suite à son bureau. Ne t'arrête pas, ça vaudra mieux, cours-y. Peut-être qu'il te pardonnera puisque tu n'es vraiment pas resté plus de deux minutes. Ne te gêne pas pour te réclamer de moi, en disant que tu m'as demandé de te remplacer. Mais il vaut mieux que tu ne dises pas que tu m'avais remplacé toi-même, laisse-moi te donner un conseil ; moi, il ne peut rien m'arriver puisque j'avais la permission, cela ferait mauvais effet d'aller lever un autre lièvre et de mêler cette affaire à l'autre avec laquelle elle n'a rien à voir.

— C'est la première fois, dit Karl, que je quitte mon poste !

— C'est toujours comme ça, mais on n'y croit jamais, dit l'autre en courant à son lift, car il voyait des clients approcher.

Le remplaçant de Karl, un garçon d'environ quatorze ans qui avait visiblement pitié de son malheur, lui expliqua :

— Il s'est déjà produit beaucoup de cas de ce genre pour lesquels on a pardonné. En général, on vous change de travail. Autant que je sache, il n'y a jamais eu qu'un groom qu'on ait renvoyé pour un motif comme le tien. L'essentiel, c'est une bonne excuse. Ne dis surtout pas que tu t'es trouvé subitement malade, il se moquerait de toi. Le mieux serait de déclarer qu'un client t'a chargé d'une commission très pressée pour un autre, que tu ne sais plus quel était le premier, et que tu n'as pas trouvé le second.

— Baste, dit Karl, ça n'ira pas si loin !

Mais, après tout ce qu'il avait entendu, il ne croyait plus que l'affaire s'arrangeât. D'ailleurs, même si sa négligence devait lui être pardonnée, Robinson restait dans l'hôtel comme le vivant remords de Karl et, avec le caractère coléreux du gérant, il n'était que trop vraisemblable qu'on ne se contenterait pas d'une enquête superficielle et qu'on finirait par dénicher l'Irlandais. Il n'y avait à vrai dire aucune prescription qui interdît expressément de loger des étrangers au dortoir, mais c'était surtout justement parce qu'on ne défend pas l'inconcevable.

Lorsque Karl pénétra dans le bureau du gérant,

celui-ci attaquait son petit déjeuner. Après avoir avalé chaque gorgée, il regardait dans les registres que venait vraisemblablement de lui apporter le portier en chef qui se trouvait là lui aussi. Ce portier était un homme de haute taille, son uniforme cossu et luxueusement chamarré le rendait plus large d'épaules que la nature ne l'avait fait ; des aiguillettes et des galons lui serpentaient sur les épaules et lui descendaient sur les bras ; sa moustache noire et luisante, à grandes pointes comme celle des Hongrois, sa moustache noire restait raide, si vite qu'il tournât le chef. D'ailleurs, le fardeau de ses habits lui rendait tout mouvement pénible et il ne se tenait jamais autrement que les jambes écartées afin de bien répartir son poids.

Karl était entré rapidement et d'un air dégagé, comme il s'y était habitué à l'hôtel, car la lenteur et la circonspection qui sont politesse chez les autres se trouvent imputées à paresse aux grooms. Et puis il fallait éviter qu'on lût sur lui dès son entrée la conscience de sa culpabilité. Le gérant avait bien jeté un coup d'œil sur la porte quand elle s'était ouverte mais sans plus s'inquiéter de Karl. Quant au portier, peut-être se sentait-il gêné par la présence du jeune homme, peut-être avait-il quelque nouvelle confidentielle à annoncer, quelque secrète prière à adresser au chef, en tout cas il jetait à chaque instant sur Karl un regard plein d'irritation en inclinant raidement la tête pour se retourner ensuite du côté du gérant quand il avait (comme il le désirait sans doute ?) rencontré le regard de Karl. Mais le jeune garçon pensait que, maintenant qu'il était entré, s'il quittait le bureau sans ordre cela ferait mauvaise impression. Malheureusement le gérant continuait à éplucher le registre tout en grignotant son gâteau dont il secouait le sucre de temps en temps sans s'arrêter dans sa lecture. A un certain moment, une feuille tomba du livre : le portier n'essaya même pas de la ramasser, il savait qu'il n'y arriverait pas. Ce n'était d'ailleurs pas nécessaire, Karl était déjà sur les lieux et tendait la feuille au gérant qui la lui cueillait dans la main comme si elle était remontée toute seule. Ce menu service n'avait servi à rien, car le portier ne cessa pas de rouler des yeux courroucés.

Cependant Karl s'était un peu repris ; le gérant accordait si peu d'importance à l'affaire, cela pouvait s'interpréter comme symptôme encourageant : et n'était-ce pas naturel au fond ? Évidemment, un groom n'est rien et ne peut donc rien se permettre, mais justement parce qu'il n'est rien, il ne peut rien faire non plus de particulièrement grave. Après tout, le gérant lui-même avait été groom d'ascenseur dans sa jeunesse, — ce qui faisait encore l'orgueil de cette génération de grooms — c'était lui qui les avait organisés pour la première fois et il lui était sûrement arrivé, à lui aussi, de quitter son poste sans permission, bien qu'à vrai dire personne ne pût l'obliger maintenant à s'en souvenir et qu'il fallût tenir compte aussi de ce que, précisément en qualité d'ancien groom, il devait se faire un devoir de maintenir l'ordre dans leurs rangs en exerçant de temps à autre une sévérité sans égale. Mais Karl fondait d'autre part son espoir sur la marche rapide du temps. A la pendule du bureau, il était déjà plus de cinq heures et quart. Renell pouvait revenir à tout moment, peut-être était-il même déjà là, ayant sans doute trouvé bizarre que Robinson fût encore absent.

D'ailleurs — Karl y songeait maintenant — il était forcément resté avec Delamarche à proximité de l'Hôtel Occidental, sans quoi Robinson n'aurait jamais pu en trouver le chemin dans le piteux état où il s'était mis. Si donc Renell découvrait l'Irlandais dans son lit, ce qui devait nécessairement se produire, tout allait bien. Pratique comme l'était Renell, surtout lorsqu'il s'agissait de ses intérêts, il trouverait bien un moyen d'éloigner tout de suite Robinson de l'hôtel. La chose se ferait d'autant plus facilement que Robinson se serait un peu retapé entre-temps et que Delamarche l'attendait certainement tout près pour le recevoir. Or, Robinson une fois parti, Karl pouvait affronter le gérant avec beaucoup plus de liberté d'esprit et s'en tirer, peut-être, cette fois, avec une simple mercuriale. Il s'entendrait alors avec Thérèse pour savoir s'il devrait dire la vérité à la cuisinière en chef — il n'y voyait pour sa part nul obstacle — et si cet aveu était possible l'affaire serait liquidée sans trop de dégât.

Karl venait juste de réussir à se rassurer un peu à l'aide de ces considérations et s'apprêtait à recompter secrètement ses pourboires de la nuit, qui lui semblaient avoir été particulièrement copieux, quand le gérant reposa le registre sur la table en déclarant : « Féodor, attendez encore un peu », se leva d'un bond élastique et se mit à accabler Karl d'une telle série de vociférations que celui-ci, terrorisé, ne put d'abord que regarder avec des yeux ronds de surprise dans le grand trou noir de cette bouche qui hurlait.

— Tu as quitté ton poste sans permission : sais-tu ce que cela signifie ? La porte ! Je ne veux pas écouter d'excuse, tu peux garder tes mensonges pour toi, il me suffit parfaitement de savoir que tu n'étais pas à ton poste. Si je tolère et si je pardonne ça une fois, les quarante grooms des ascenseurs s'échapperont demain en plein service et je pourrai monter tout seul mes cinq mille clients sur les bras.

Karl se tut. Le portier s'était rapproché et tirait vers le bas la tunique de Karl qui faisait quelques plis, pour attirer spécialement sans aucun doute sur ce léger désordre du costume du groom l'attention de son supérieur.

— Tu ne te serais pas trouvé subitement malade, par hasard ? demanda perfidement le gérant.

Karl le scruta des yeux et lui répondit :

— Non.

— Tu n'étais donc même pas malade ? hurla le gérant de plus belle. Il faut donc que tu aies trouvé quelque mensonge fantastique ! Quelle est ton excuse ? Sors-la-nous !

— Je ne savais pas, répondit Karl, qu'il fallait demander la permission par téléphone.

— Ça ne manque évidemment pas de saveur, dit le gérant en attrapant Karl par le col et en le portant presque au vol devant un règlement des liftiers qui était affiché au mur.

Le portier les suivit jusque devant le papier. « Eh bien, lis ! » dit le gérant en indiquant un paragraphe. Karl crut qu'il fallait lire tout simplement des yeux, mais le gérant commanda : « A voix haute ! »

Au lieu de lire à haute voix, Karl, espérant par là mieux calmer le gérant, lui dit : « Je connais bien le paragraphe ; on m'a donné le règlement et je l'ai lu avec soin. Mais les points comme celui-là, dont on n'a jamais besoin, sont justement ceux qu'on oublie. Voilà deux mois que j'ai pris mon service et je n'ai jamais quitté mon poste. »

— Ça va compenser ! dit le gérant.

Et il retourna à la table et reprit le registre en main ; on eût dit qu'il voulait continuer à le lire, mais il le jeta sur le bureau comme un inutile chiffon et se mit à arpenter la pièce, le front et les joues en feu. « Et c'est à cause d'un garnement de cet acabit qu'il faut avoir tout ce mal ! Des ennuis pareils dans le service de nuit ! » souffla-t-il à plusieurs reprises. « Savez-vous », ajouta-t-il en s'adressant au portier, « savez-vous qui voulait monter quand cet oiseau-là a quitté son lift ? »

Et, au seul nom qu'il proféra, le portier, qui connaissait et pouvait juger tous les gros clients, fut pris d'un tel frisson d'effroi qu'il jeta sur Karl un rapide coup d'œil comme pour se convaincre vraiment que le porteur d'un pareil nom avait dû vainement attendre un certain temps à la porte d'un ascenseur dont le groom s'en était allé.

— C'est effrayant, dit le portier. Et il hochait lentement la tête avec une inquiétude sans bornes en regardant Karl qui le contemplait tristement et songeait que ce serait à lui de payer maintenant pour la stupéfaction de cet homme. « Je te connais déjà, d'ailleurs », dit le portier en tendant vers lui un grand index gros et raide. « Tu es le seul groom qui ne me salue systématiquement pas. Qu'est-ce que tu te figures donc ? Tous ceux qui passent devant la loge ont à me saluer. Avec les autres portiers, tu peux faire comme tu veux, mais moi j'exige qu'on me salue. Je fais bien quelquefois comme si je ne voyais pas, mais tu peux être bien certain que je sais parfaitement qui me salue ou ne me salue pas, espèce de grossier personnage ! » Et il se détourna de Karl pour s'avancer en se redressant vers le gérant qui d'ailleurs, au lieu de donner son opinion sur cette affaire, s'occupait de terminer son déjeuner et de parcourir un journal qu'un domestique venait de déposer dans la pièce.

— Monsieur le portier en chef, dit Karl, qui voulait du moins profiter de l'inattention du gérant pour arranger l'histoire du portier — car il comprenait bien que si les reproches de cet homme n'étaient pas de taille à lui nuire beaucoup, son hostilité pouvait, elle, lui causer de gros embarras, — Monsieur le portier en chef, dit-il, je vous assure que je vous salue. Je ne suis pas en Amérique depuis longtemps et viens d'Europe, où vous savez qu'on salue bien plus qu'il n'est nécessaire. Naturellement, je n'ai pas pu m'en déshabituer complètement et il n'y a pas deux mois qu'à New York, où je fréquentais par hasard des milieux très distingués, on me conseillait à toute occasion de cesser ces politesses exagérées. Et vous voudriez que vous, je ne vous aie pas salué ? Je vous salue plusieurs fois par jour, mais naturellement pas toutes les fois que je vous vois, puisque je passe cent fois par jour devant la loge.

— Tu as à me saluer toutes les fois sans exception, tu as à tenir ton calot à la main pendant tout le temps que tu me parles, tu as à me parler à la troisième personne en m'appelant toujours « Monsieur le portier en chef ». Et tout ça, toutes les fois, sans aucune exception !

— Toutes les fois ? répéta Karl à voix basse sur un ton d'interrogation.

Il se rappelait maintenant que, depuis qu'il était à l'hôtel, le portier n'avait cessé de le regarder d'un air de reproche sévère, surtout depuis ce premier matin où, encore mal entré dans la peau de son rôle de subordonné, il lui avait demandé un peu trop librement et avec beaucoup d'insistance si deux hommes n'étaient pas venus s'enquérir de lui et n'avaient pas laissé une photographie à son adresse.

— Tu vois maintenant où mène une pareille conduite, dit le portier qui était revenu tout près de Karl et indiquait du doigt le gérant en train de lire comme si cet homme eût été l'exécuteur de sa vengeance. Tu sauras à ton prochain poste qu'il faut saluer tout le temps le portier, même si c'est, comme tu le risques fort, dans une misérable gargote.

Karl voyait bien que sa place était déjà perdue : le gérant l'avait déjà dit, le portier en chef l'avait répété comme on constate un fait acquis, et il n'était sûrement pas nécessaire que le renvoi fût confirmé par la direction de l'hôtel dans le cas d'un malheureux groom. Tout s'était passé, à vrai dire, plus vite qu'il n'avait pensé, car, après tout, il y avait deux mois qu'il travaillait déjà pour l'hôtel en toute conscience et sûrement mieux que maint autre. Mais ces choses-là n'entrent sans doute justement pas en ligne de compte au moment décisif en Amérique ni en Europe; les décisions sont prises comme la colère les dicte aux juges dans le premier moment. Peut-être le mieux eût-il été qu'il prît congé et s'en allât immédiatement; Thérèse et la cuisinière en chef dormaient peut-être encore; il pouvait, pour leur épargner — au moins pendant une rencontre personnelle — la déception et la douleur que leur causerait sa conduite, leur adresser ses adieux par écrit, il pouvait faire rapidement sa malle et s'en aller discrètement. Si par contre il restait un jour de plus, — et il avait grand besoin de sommeil — il ne pouvait s'attendre qu'à voir son histoire grossir jusqu'au scandale, à essuyer des reproches de tous les côtés, à assister aux pleurs déchirants de Thérèse et peut-être de la cuisinière en chef, et à attraper — qui savait ? — une punition par-dessus le marché.

D'autre part, il était déconcerté par le fait qu'il devait faire face à deux ennemis et qu'il ne pourrait dire un mot sans que l'un ou l'autre y trouvât à blâmer ou à interpréter en mal ; aussi se tut-il pour jouir provisoirement du calme qui régnait dans la pièce, car le gérant continuait à lire le journal, et le portier en chef s'était mis à classer les feuilles volantes que l'autre avait éparpillées sur la table, ce qui lui donnait beaucoup de peine vu son évidente myopie.

Le gérant reposa enfin le journal en bâillant, s'assura d'un regard de la présence de Karl et pressa le bouton du téléphone sur la table. Il cria « allô » à plusieurs reprises mais personne ne répondit. « Personne ne répond », dit-il au portier en chef. Celui-ci observait ses gestes avec, à ce qu'il semblait à Karl, un intérêt particulier, et dit : « Il est déjà six heures. Elle est sûrement réveillée. Vous n'avez qu'à sonner plus fort. » A ce moment, sans autre appel, le téléphone répondit. « Ici le gérant Isbary », dit le gérant ; « bonjour, Madame la cuisinière en chef. Je ne vous ai pas réveillée ?... J'en suis très fâché. Oui, oui, il est déjà six heures moins le quart, mais je regrette sincèrement de vous avoir fait cette frayeur. Vous devriez décrocher le téléphone quand vous dormez. Non, non, je n'ai vraiment pas d'excuse, étant donné surtout l'insignifiance du cas dont j'ai à vous entretenir. Mais bien sûr, j'ai le temps, je vous en prie, je reste au téléphone si vous voulez. »

— Elle a dû venir en chemise, dit le gérant avec un sourire au portier en chef qui pendant tout ce temps s'était tenu courbé sur l'appareil avec l'expression de la curiosité la plus surmenée. Je l'ai vraiment arrachée au sommeil ; d'ordinaire, en effet, c'est la petite qui tape près d'elle à la machine qui vient la réveiller le matin, mais aujourd'hui exceptionnellement elle a dû oublier son rôle. Je suis fâché de lui avoir fait peur ; elle est assez nerveuse sans ça.

— Pourquoi ne revient-elle pas ?

— Elle est allée voir ce que fait la petite, répondit le gérant qui avait déjà repris le récepteur, car le téléphone venait de rappeler. « Elle se retrouvera bien », poursuivit-il dans l'appareil. « Il ne faut pas vous effrayer ainsi de tout. Vous avez réellement besoin d'un repos sérieux... Bien... Alors je passe à ma petite question. Il y a un groom du nom de... ? » — il se retourna interrogativement vers Karl qui lui fournit aussitôt son nom, car il faisait grande attention — « je disais donc du nom de Karl Rossmann. Si ma mémoire ne me trompe pas, vous lui portiez quelque intérêt ; malheureusement il a bien mal récompensé votre bonté ; il a quitté son poste sans permission et m'a causé par là d'énormes désagréments dont je ne veux pas prévoir encore toutes les conséquences ; je l'ai congédié sur-le-champ. J'espère que vous ne prenez pas la chose au tragique... Plaît-il ?... Mais oui, congédié, congédié. Mais puisque je vous dis qu'il a quitté son poste ! Non, je ne peux vraiment pas vous céder, chère Madame la cuisinière en chef. Il y va de mon autorité, l'enjeu est trop gros, un garçon comme celui-là me gâterait toute la bande. C'est justement sur les grooms qu'il faut le plus avoir l'œil... Non, non, dans ce cas, je ne peux pas vous satisfaire, quel que soit le plaisir que j'aie toujours à vous obliger. Et quand bien même je voudrais le garder ici, sans autre dessein que de maintenir ma bile en mouvement, quand bien même je voudrais le garder, je ne le pourrais pas à cause de vous ; à cause de vous, Madame la cuisinière en chef. Vous lui portez un intérêt qu'il ne mérite pas, et, comme je vous connais, je sais qu'il vous réserverait les pires déceptions, et je veux vous les épargner à tout prix. Je vous le dis bien franchement quoique cet endurci soit à quelques pas de moi... Il est chassé, non, non, Madame la cuisinière en chef, il est complètement chassé, on ne le changera pas de service, on ne peut l'employer nulle part. D'ailleurs, je ne suis pas le seul à m'en plaindre. Le portier en chef, par exemple... Oui, quoi ? vous dites ?... oui Féodor ; Féodor se plaint de l'impolitesse et de l'insolence de ce garçon... Comment, ça ne suffit pas ? Oh ! chère Madame la cuisinière en chef, je ne vous connaissais pas ainsi ! Non, n'insistez pas davantage. »

A ce moment, le portier se pencha à l'oreille du gérant et lui chuchota quelque chose. Le gérant le regarda d'abord avec étonnement puis se mit à parler si vite au téléphone que tout d'abord Karl ne le comprit pas et s'avança, pour mieux saisir, de deux pas sur la pointe des pieds.

— Chère Madame la cuisinière en chef, disait le gérant, je n'aurais jamais cru, pour parler franchement, que vous fussiez si mauvaise psychologue. J'apprends justement sur votre petit ange une chose qui modifiera complètement votre opinion, et je suis presque fâché que ce soit précisément à moi de vous la révéler. Ce garçon si bien élevé dont vous voulez faire un modèle n'a pas de nuit libre qu'il ne coure en ville et n'en revienne que le matin. Oui, oui, Madame la cuisinière en chef, c'est une chose prouvée par des témoins, oui, par des témoins impartiaux. Pourriez-vous me dire où il prend l'argent pour s'amuser ? Comment resterait-il attentif à son service ? Et vous voudriez peut-être encore que je vous décrive ce qu'il fait en ville ? Je vais me dépêcher de m'en débarrasser avec une hâte toute spéciale. Et vous, voyez là-dedans un avertissement, voyez comme il faut être prudent avec les gens qui viennent on ne sait d'où.

— Mais, Monsieur le gérant, s'écria alors Karl, soulagé par l'erreur grossière qui semblait s'être glissée là, et dont la rectification pourrait peut-être servir à retourner la situation d'une façon inattendue, il y a sûrement une confusion. Je crois que Monsieur le portier en chef vous a dit que je m'en allais toutes les nuits. Or, ce n'est pas vrai du tout, je passe toutes mes nuits au dortoir, tous les grooms peuvent le certifier. Quand je ne dors pas, j'étudie la correspondance commerciale, mais je ne sors jamais du dortoir. C'est une chose facile à prouver. Monsieur le portier en chef me confond certainement avec un autre, et maintenant je comprends aussi pourquoi il se figure que je ne le salue pas.

— Vas-tu te taire ? lui dit le portier en secouant son poing à l'adresse de Karl quand d'autres n'eussent remué qu'un doigt. Je t'aurais confondu avec quelqu'un d'autre ? Je ne peux donc plus être portier en chef si je confonds les gens entre eux maintenant ! Vous entendez, Monsieur Isbary, je ne peux plus être portier en chef si je confonds les gens maintenant ! Dans mes trente années de service, je n'ai pas encore confondu deux personnes une seule fois, comme des centaines de messieurs gérants que nous avons eus depuis lors peuvent le prouver ; et c'est avec toi, misérable garnement, que j'aurais commencé à confondre ? Avec ta sale tête sans un poil qu'on reconnaîtrait entre mille ? Qu'est-ce qu'il y a à confondre là ? Tu serais passé derrière moi toutes les nuits pour filer en ville, que rien qu'à ta tête, je certifierais que tu es une fripouille finie !

— Laisse, Féodor, dit le gérant dont l'entretien téléphonique avec la cuisinière en chef semblait avoir été brusquement interrompu. L'affaire est simple comme bonjour ; ce ne sont pas ses plaisirs nocturnes qui constituent le principal grief. Il voudrait avant de partir provoquer une grande enquête sur ses occupations de la nuit. Je m'imagine bien le plaisir qu'il y aurait. On ferait appeler les quarante grooms pour déposer, et naturellement ils auraient tous confondu aussi ; il faudrait donc faire témoigner petit à petit tout le personnel, le fonctionnement de l'hôtel serait arrêté un instant et quand on le flanquerait à la porte, il en aurait eu pour son argent. C'est une bêtise que nous ne ferons pas. Il a déjà dupé la cuisinière en chef, cette excellente femme, et cela suffit amplement. Je ne veux rien écouter de plus : tu es chassé de ton service immédiatement pour incurie. Voici un papier pour la caisse, ton salaire te sera payé jusqu'à aujourd'hui. Étant donné ta conduite, c'est d'ailleurs, entre nous soit dit, un pur cadeau que je te fais là, par égard pour Madame la cuisinière en chef.

La sonnerie du téléphone empêcha le gérant de signer le papier tout de suite. « Eh bien ! les grooms m'en donnent du travail aujourd'hui ! » cria-t-il dès les premiers mots qu'il entendit. « Ça, c'est inouï ! » s'exclama-t-il encore au bout d'un instant. Et, déposant le récepteur, il se tourna vers le portier : « Féodor, s'il te plaît, garde-moi ce garçon, nous aurons encore à lui parler. » Puis il cria dans le téléphone : « Arrive ici immédiatement. »

Le portier en chef eut alors tout loisir de donner libre cours à sa fureur, ce qu'il n'avait pu faire dans la conversation. Il saisit Karl par le haut du bras, mais non d'une poigne paisible qu'on eût pu tout de même supporter, non, de temps à autre, il le relâchait pour serrer ensuite de plus en plus fort, ce qui, vu sa grande vigueur, ne semblait devoir jamais finir et faisait passer un nuage devant les yeux du jeune garçon. Le concierge, d'ailleurs, ne se contentait pas de tenir son prisonnier comme s'il avait reçu l'ordre de le laisser sur le carreau ; il le soulevait concurremment et le secouait de temps à autre en répétant chaque fois au gérant : « Savoir si je le confonds maintenant ? savoir si je le confonds ? »

Ce fut une délivrance pour Karl quand le groom en chef s'avança, un certain Bess, un gros garçon qui était toujours en train de souffler et qui détourna un peu sur lui l'attention du gérant. Karl était si moulu qu'il eut à peine la force de saluer en voyant entrer derrière Bess, à son grand étonnement, une Thérèse cadavérique qui arriva sur la pointe des pieds avec des habits passés à la diable et des cheveux mal rattrapés. Elle fut tout de suite à ses côtés et lui souffla : « La cuisinière en chef le sait-elle déjà ? »

— Le gérant lui a téléphoné, répondit Karl.

— Alors, ça va, ça va, dit-elle rapidement avec des yeux qui s'animaient.

— Non, dit Karl, tu ne sais pas ce qu'ils ont contre moi. Il faut que je parte ; la cuisinière en chef en est déjà convaincue. Je t'en prie, ne reste pas là, remonte, j'irai te dire adieu.

— Mais qu'est-ce qui te prend donc, Rossmann ? Tu resteras avec nous tant qu'il te plaira. Le gérant fait tout ce que veut la cuisinière en chef ; il l'aime, je l'ai appris dernièrement. Sois donc tranquille.

— Je t'en prie, Thérèse, va-t'en maintenant. Je ne me défendrai pas si bien si tu restes là, et j'en ai besoin parce qu'on me reproche des choses fausses. Plus je ferai attention, mieux je saurai me défendre, et plus j'aurai d'espoir de rester. Allons, Thérèse...

Malheureusement, la douleur l'ayant lanciné subitement, il ne put s'empêcher d'ajouter à voix basse : « Si seulement ce portier me laissait ! J'ignorais complètement qu'il me voulait du mal ! Mais il me serre et il me tire tout le temps ! » « Pourquoi vais-je donc dire ça ! » pensait-il en même temps, « il n'y a pas de femme qui puisse écouter cela de sang-froid ! » Et effectivement, avant que le portier eût pu l'écarter de sa main libre, Thérèse s'était retournée vers lui : « Monsieur le portier en chef, lâchez tout de suite Rossmann, s'il vous plaît. Vous lui faites du mal. Madame la cuisinière en chef va venir en personne et on verra bien qu'on s'est trompé sur tout. Laissez-le, quel plaisir pouvez-vous avoir à le martyriser ? » Et elle attrapa la main du concierge. « C'est la consigne, ma petite demoiselle, c'est la consigne », dit le portier qui attira gentiment Thérèse à lui de sa main libre, tandis que de l'autre il redoublait d'efforts sur Karl, non comme pour lui faire simplement mal, mais comme s'il avait eu sur ce bras qui se trouvait en sa possession quelque dessein particulier encore loin d'être réalisé vraiment.

Il fallut quelque temps à Thérèse pour se dégager de l'étreinte du portier ; elle allait juste se tourner vers le gérant qui se faisait encore raconter des tas de choses par un Bess follement disert, quand la cuisinière en chef entra en coup de vent.

— Enfin, mon Dieu ! s'écria Thérèse et, au milieu du silence général, ces mots prirent une grande importance. Le gérant bondit sur ses pieds et repoussa Bess de côté.

— Vous venez donc vous-même, Madame la cuisinière en chef ? A cause de cette bagatelle ? Après notre coup de téléphone j'aurais pu m'y attendre en effet, mais je n'y croyais tout de même pas. Et cependant l'affaire de votre protégé ne cesse d'empirer à chaque instant. J'ai peur de n'avoir pas seulement à le chasser, mais à le faire incarcérer aussi. Écoutez plutôt.

Et il fit signe à Bess d'approcher.

— Je voudrais d'abord dire quelques mots à Rossmann, répondit la cuisinière en chef en s'asseyant, sur les instances du gérant.

— Karl, s'il te plaît, approche ici, ajouta-t-elle.

Karl approcha, ou, pour parler plus justement, fut traîné là par le portier en chef.

— Lâchez-le donc, dit-elle alors nerveusement, ce n'est tout de même pas un assassin ! Le portier en chef le lâcha bien, mais il lui serra le bras si roide avant de le faire que les larmes lui vinrent aux yeux de l'effort qu'il avait fourni.

— Karl, dit la cuisinière en chef, en posant tranquillement ses mains dans son giron et en penchant la tête pour le regarder — de sorte qu'on n'avait plus du tout l'impression d'un interrogatoire — Karl, avant tout je veux te dire que j'ai toujours la plus entière confiance en toi. Monsieur le gérant est un homme juste, lui aussi, et j'en réponds. Au fond, nous ne demandons pas mieux que de te garder ici tous deux.

Et elle jeta un coup d'œil sur le gérant comme pour le prier de ne pas l'interrompre : à quoi il déféra en effet.

— Oublie donc ce qu'on a pu te dire ici jusqu'à présent, et surtout Monsieur le gérant. Il ne faut pas prendre la chose trop au tragique. C'est un homme assez irritable, ce qui n'est pas étonnant avec tout son travail, mais il a aussi femme et enfants et sait qu'on ne doit pas tourmenter inutilement un garçon qui en est réduit à lui-même dans l'existence, parce que les autres s'en chargent assez.

Le plus grand silence s'était fait dans la pièce. Le portier en chef regardait d'un air interrogateur le gérant, qui de son côté regardait avec un hochement de tête Madame la cuisinière en chef. Le groom Bess, derrière le gérant, ricanait le plus bêtement du monde, et Thérèse, qui sanglotait secrètement de joie et de peine, avait fort à faire pour ne pas se laisser entendre.

Mais Karl, au lieu de regarder la cuisinière en chef dont les yeux cherchaient certainement les siens, observait fixement le plancher bien que cette attitude ne pût qu'être mal interprétée. Dans son bras, la douleur le tiraillait en tous sens, sa chemise collait aux stries, et il aurait voulu pouvoir ôter sa veste pour examiner le dégât. Ce que disait la cuisinière en chef partait évidemment de la plus affectueuse intention, mais il lui semblait malheureusement que l'attitude de cette brave femme devait faire ressortir par contraste qu'il ne méritait pas son intérêt, qu'il avait joui pendant deux mois de bienfaits qui se trompaient d'adresse et que le traitement qu'il avait subi des mains du concierge était la seule chose qui lui fût revenue de plein droit.

— Je dis cela, poursuivit la cuisinière, pour que tu puisses répondre maintenant sans te troubler, ce que, comme je te connais, tu aurais d'ailleurs fait de toute façon.

— Est-ce que je peux aller chercher le médecin en attendant ? intervint soudain le groom Bess, d'une façon fort polie mais qui tombait bien mal. L'hémorragie, pendant ce temps, pourrait très bien emporter l'homme !

— Oui, va, dit le gérant à Bess qui disparut immédiatement.

Puis, il se retourna vers la cuisinière en chef :

— Voici les faits, le portier en chef n'a pas tenu ce garçon pour rien. En bas, au dortoir des grooms d'ascenseur, on a découvert, dans un lit soigneusement recouvert, un homme complètement ivre et que personne ne connaît. Naturellement on l'a réveillé et on a voulu l'expédier. Mais cet homme s'est mis alors à faire le pire vacarme et à hurler à qui voulait que le dortoir appartenait à Karl Rossmann, qu'il était, lui, l'hôte de Rossmann, que Rossmann l'avait amené et punirait tous ceux qui oseraient le toucher. Qu'il était d'ailleurs obligé d'attendre lui-même Rossmann qui lui avait promis de l'argent et était sorti pour le chercher. Faites bien attention à ceci, s'il vous plaît, Madame la cuisinière en chef : qui lui avait promis de l'argent et qui était sorti pour aller le chercher... Tu peux y faire attention, toi aussi, ajouta-t-il accessoirement à l'adresse de Karl qui venait justement de se tourner vers Thérèse.

La petite regardait fixement le gérant, comme sous l'influence d'un charme, en écartant à chaque instant on ne savait quel cheveu de son front, à moins qu'elle ne fît le geste à vide.

— Mais peut-être ces événements te rappellent-ils quelque obligation ? L'homme du dortoir ajoutait, en effet, que vous deviez aller tous deux à ton retour faire une visite nocturne à je ne sais quelle chanteuse dont personne, à la vérité, n'a jamais pu saisir le nom, car l'homme n'arrivait à le dire qu'en chantant.

Le gérant s'interrompit là en voyant que la cuisinière en chef était devenue toute pâle et repoussait un peu sa chaise pour se lever.

— Je vous épargne la suite, dit le gérant.

— Non, je vous en prie, dit la cuisinière en chef en lui saisissant la main, non, continuez, je veux tout savoir, c'est pour cela que je suis ici.

Le portier en chef qui s'avançait en se frappant bruyamment la poitrine pour montrer qu'il avait tout deviné dès le début, fut en même temps rassuré et congédié par le gérant qui lui dit : « Mais oui, Féodor, vous aviez parfaitement raison. »

— Il n'y a plus grand-chose à raconter, ajouta le gérant. Étant donné le tempérament des grooms, ils ont commencé par se moquer de l'individu, puis par se disputer avec lui, et, comme on trouve toujours de bons boxeurs dans leurs rangs, l'homme est maintenant complètement knock-out, et je n'ai même pas osé demander par quels endroits il perd son sang, ni par combien, car ces garçons sont de terribles boxeurs et un homme ivre leur faisait la partie belle !

— Ah ! dit la cuisinière en chef en saisissant le dossier du fauteuil et en regardant la place qu'elle venait de quitter. Eh bien ! dis donc un mot, Rossmann ! ajouta-t-elle. Thérèse avait quitté sa place pour aller vers elle et s'était accrochée à son bras, ce que Karl ne lui avait jamais vu faire. Le gérant se tenait debout, juste derrière la cuisinière en chef et repassait lentement du doigt le modeste petit col de dentelle qu'elle portait et qui avait fait un léger pli.

Le portier en chef, près de Karl, dit à voix haute : « Allons, ça sort ? », mais ce n'était que pour masquer le coup qu'il lui flanquait en même temps dans le dos.

— C'est vrai, dit Karl, moins sûrement qu'il n'eût voulu, à cause du renfoncement qu'il venait de recevoir, c'est vrai que j'ai amené l'homme au dortoir.

— Nous n'en demandons pas plus long, dit le portier au nom de tous.

La cuisinière en chef se tourna sans mot dire vers le gérant, puis vers Thérèse.

— Il n'y avait pas d'autre moyen, dit Karl. Cet homme avait été autrefois mon camarade ; ne m'ayant pas vu depuis deux mois, il est venu me dire bonjour ici, mais il était dans une telle ivresse qu'il n'a pu repartir tout seul.

« Je suis donc coupable, dit Karl en faisant une

pause, comme s'il attendait de ses juges un mot gentil qui l'encourageât à poursuivre sa défense (et ce mot, d'ailleurs, ne vint pas), je suis coupable, mais seulement d'avoir amené cet homme au dortoir (il s'appelle Robinson et il est Irlandais). Tout ce qu'il a dit d'autre, il l'a dit par ivresse, et ses propos ne contiennent pas un mot d'exact.

— Tu ne lui as donc pas promis d'argent ? demanda le gérant.

— Si, dit Karl, fâché d'avoir oublié ce point par distraction et d'avoir exprimé trop catégoriquement son innocence. Je lui ai promis de l'argent parce qu'il m'en a demandé, mais je ne voulais pas aller chercher cet argent : je voulais lui donner mes pourboires de la nuit.

Et, tirant son argent de sa poche, il le montra, à titre de preuve, dans le creux de sa main.

— Tu t'embourbes de plus en plus, dit le gérant. Pour pouvoir arriver à te croire, il faudrait oublier tout le temps ce que tu viens de dire l'instant d'avant. D'abord, tu as seulement amené l'homme au dortoir, je ne te crois même pas quand tu dis qu'il s'appelle Robinson ; depuis que l'Irlande existe il n'y a jamais eu d'Irlandais de ce nom ; tu te serais donc d'abord contenté de l'amener au dortoir, ce qui suffirait amplement à te faire voler à la porte, mais sans lui promettre d'argent, et, quand on te pose une question qui te surprend, tu lui en as promis quand même. Mais nous ne sommes pas ici pour jouer au petit jeu des demandes et des réponses, nous voulons écouter ta justification. Tu commences donc par nous dire que tu ne voulais pas aller lui chercher d'argent, mais lui donner tes pourboires de la nuit, et là-dessus il apparaît que tu as encore cet argent sur toi et que, par conséquent, de toute évidence, tu voulais aller en chercher d'autre, ce que confirme par ailleurs ta longue absence. Au bout du compte, il n'y aurait rien de suspect à ce que tu aies voulu aller lui chercher de l'argent dans ta caisse; mais que tu le nies de toutes tes forces, voilà qui est assez caractéristique; tout comme, aussi, le fait que tu veuilles toujours taire que c'est toi qui as grisé cet homme à l'hôtel, ce qui ne fait pas le moindre doute, puisque tu as avoué toi-même qu'il est venu tout seul ici, mais n'a plus pu repartir sans aide, et puisqu'il criait lui-même au dortoir qu'il était ton invité à qui voulait l'entendre. Restent donc seulement deux questions auxquelles tu peux répondre toi-même si tu veux simplifier les choses, mais qu'on pourra de toute façon élucider aussi sans toi : 1° Comment t'es-tu procuré la clef de l'office ? 2° D'où provient l'argent que tu as pu réunir pour en faire cadeau ?

— Il n'y a pas moyen de se défendre si les autres n'y mettent pas de la bonne volonté, se dit Karl qui cessa dès lors de répondre au gérant, quelque peine que Thérèse en eût.

Il savait que tout ce qu'il dirait changerait d'aspect en sortant de sa bouche et qu'il restait uniquement réservé à l'esprit de l'interrogateur de trouver du blanc ou du noir.

— Il ne répond pas, dit la cuisinière en chef.

— C'est ce qu'il a de plus sage à faire, dit le gérant.

— Il trouvera bien encore quelque chose à inventer, dit le portier en chef, en caressant précautionneusement sa moustache du bout de ces doigts qui pouvaient faire si grand mal.

— Tais-toi, dit la cuisinière en chef à Thérèse qui

commençait à sangloter à ses côtés, tu vois bien qu'il ne répond pas ; que puis-je pour lui dans de telles conditions ? Après tout, c'est moi qui ai tort envers Monsieur le gérant. Dis-moi, Thérèse, ai-je négligé, à ton avis, de faire quoi que ce soit pour lui ?

Comment Thérèse pouvait-elle le savoir ? Et de quoi servait-il que la cuisinière en chef se pardonnât publiquement ses omissions en adressant cette prière à la jeune fille par-devant ces deux messieurs ?

— Madame la cuisinière en chef, dit Karl qui se ressaisit encore une fois, mais uniquement pour épargner la réponse à Thérèse, je ne pense pas vous avoir fait honte en quoi que ce soit, et après une enquête sérieuse, c'est le résultat auquel tout autre parviendrait.

— Tout autre ? fit le portier en chef en montrant du doigt le gérant, ça c'est une pointe contre vous, Monsieur Isbary.

— Allons, Madame la cuisinière en chef, dit celui-ci, il est six heures et demie, il commence à se faire bien tard. Je crois que le mieux est que vous me laissiez le dernier mot dans cette affaire, nous n'avons déjà procédé qu'avec beaucoup trop de douceur.

Le petit Giacomo entra et fit un pas dans la direction de Karl, mais, effrayé par le silence général, il s'arrêta et attendit.

Depuis les dernières paroles de Karl, la cuisinière en chef n'avait pas détaché ses yeux de lui et rien n'indiquait qu'elle eût entendu la réflexion du gérant. Ses yeux regardaient Karl fixement ; ils étaient grands et bleus, un peu troublés par l'âge et l'excès de fatigue. A la voir là, debout derrière son fauteuil et balançant légèrement le buste contre le dossier sur lequel elle appuyait ses bras, on aurait fort bien pu attendre à tout moment qu'elle déclarât quelque chose de ce genre : « Allons, Karl, à y bien réfléchir, tout cela ne me paraît pas encore très nettement établi, et il me semble, comme tu l'as dit avec raison, qu'il faudrait une enquête serrée. Et cette enquête, nous allons y procéder sur-le-champ, que les autres veuillent ou non, car la justice passe avant tout. »

Mais, au lieu de cela, la cuisinière en chef dit, au bout d'un instant de silence que personne n'osa interrompre (l'horloge seule avait sonné la demie de six heures pour confirmer les paroles du gérant, et, avec elle, comme chacun savait, toutes les autres horloges de l'hôtel, ce qui vous sonnait à la fois dans l'oreille et dans la pensée comme le second frémissement d'une seule et même grande impatience), la cuisinière en chef dit donc : « Non, Karl, non, non. Ne cherche pas à nous persuader. Les causes justes ont un air à elles que la tienne n'a pas du tout, je suis bien forcée d'en convenir. Je puis le dire, et je le dois aussi, car c'est moi qui étais ici la plus prévenue en ta faveur. Tu vois que Thérèse se tait aussi. » (Elle ne se taisait pas, elle pleurait.)

La cuisinière en chef s'arrêta sous l'impulsion d'une soudaine décision et dit : « Karl, arrive donc ici », et quand il fut près d'elle (le gérant et le portier en chef s'étaient réunis derrière lui pour un entretien animé), quand il fut là, elle l'entraîna de la main gauche par la taille, avec Thérèse qui suivait machinalement, au bout de la salle où elle dit, en allant et venant avec eux : « Il est possible, Karl, et c'est sans doute ce que tu escomptes, sans quoi je ne te comprendrais pas, il est possible qu'une enquête te donne raison sur quelques points de détail. Pourquoi pas ? Tu as peut-être salué effectivement le portier en chef. J'en suis même sûre, je sais moi-même ce que j'ai à penser de lui, tu vois que je te parle franchement. Mais ces petites justifications ne te servent de rien. Le gérant, dont j'ai appris à apprécier l'expérience des hommes au cours de bien des années et qui est l'être le plus sûr que je connaisse, a expliqué clairement ta faute : elle me semble, je dois le dire, irréfutablement établie. Peut-être n'as-tu agi que par irréflexion, mais peut-être aussi n'es-tu pas celui que j'avais cru, et cependant » — elle s'interrompit un peu pour jeter en arrière un coup d'œil sur les deux messieurs — « je ne saurais perdre si vite l'habitude de te tenir, au fond, pour un garçon sérieux. »

— Madame la cuisinière en chef ! Madame la cuisinière en chef ! avertit le gérant qui avait surpris son regard.

— Nous en avons fini tout de suite, répondit la cuisinière en chef en précipitant son débit. Écoute, Karl, comme je vois la chose, je m'estime encore heureuse que le gérant ne songe pas à provoquer une enquête, car s'il voulait le faire je devrais l'en empêcher dans ton propre intérêt. Il faut que personne ne sache où tu as pu prendre de quoi faire boire cet homme, qui ne peut d'ailleurs pas être un de tes anciens camarades comme tu le prétends, puisque tu t'étais disputé avec eux en les quittant, de sorte que tu n'irais pas maintenant le traiter à ta propre table. Ce ne peut donc être qu'un ami de rencontre avec lequel tu auras fraternisé la nuit, à la légère, dans quelque cabaret de la ville.

Comment donc, Karl, as-tu bien pu me dissimuler toutes ces choses ? Si le dortoir t'était devenu insupportable et que ce soit là l'innocente raison qui t'ait poussé les premiers temps à ces plaisirs nocturnes, pourquoi ne m'en as-tu donc jamais soufflé mot ? Tu sais bien que je voulais te donner une chambre à toi et que je n'y ai renoncé que sur tes prières. Les apparences ont bien l'air, maintenant, d'indiquer que tu n'as préféré le dortoir commun que parce que tu t'y sentais plus libre. Tu me faisais garder ton argent dans ma caisse. Tu m'apportais tes pourboires toutes les semaines, où donc, alors, pour l'amour de Dieu, as-tu pu prendre cet argent pour tes plaisirs et où voulais-tu aller chercher celui que tu destinais à ton ami ? Ce sont là naturellement des choses dont, pour le moment du moins, je ne puis rien dire au gérant, car une enquête en deviendrait peut-être inévitable. Il faut donc absolument que tu quittes l'hôtel, et le plus vite possible. Va tout de suite à la pension Brenner — tu y es allé déjà plusieurs fois avec Thérèse — on t'y recevra gratuitement avec cette recommandation — et, sans cesser de parler, la cuisinière en chef écrivit quelques lignes sur une carte de visite, à l'aide d'un porte-mine en or qu'elle avait tiré de sa blouse. — J'y ferai porter immédiatement ta cantine. Thérèse, cours au vestiaire des grooms et fais-lui sa malle tout de suite.

Mais Thérèse ne bougea pas ; de même qu'elle avait supporté toute la peine, elle voulait aussi savourer jusqu'au bout l'amélioration qui semblait s'annoncer en faveur de Karl, grâce à la bonté de la cuisinière.

Quelqu'un, sans se montrer, ouvrit un peu la

porte et la referma immédiatement. C'était sûrement pour Giacomo, car celui-ci s'avança et dit :

— Rossmann, j'ai une commission à te faire.

— Tout de suite, intervint la cuisinière en chef, en fourrant sa carte dans la poche de Karl qui l'avait écoutée tête basse ; provisoirement, je garde ton argent ; tu sais que tu peux me le confier. Pour aujourd'hui, reste chez toi et réfléchis à ton affaire ; demain, — ce soir je n'ai pas le temps, je me suis déjà beaucoup trop arrêtée ici — je viendrai à ta pension et nous examinerons ce que nous pourrons faire pour toi. Je ne t'abandonnerai pas, sache-le dès maintenant. Si tu t'inquiètes, que ce ne soit pas de ton avenir, mais bien plutôt des derniers événements.

Là-dessus, elle lui frappa légèrement sur l'épaule et retourna vers le gérant. Karl releva la tête et vit cette belle femme imposante qui s'éloignait de lui avec une calme aisance dans la démarche et dans le port.

— N'es-tu pas heureux, dit Thérèse qui était restée près de lui, que tout se soit si bien terminé ?

— Oh si ! dit Karl en lui souriant, mais sans savoir pourquoi il devait être heureux qu'on le renvoyât comme un voleur.

Les yeux de Thérèse resplendissaient de la plus pure joie, comme s'il lui était parfaitement indifférent que Karl eût commis un crime ou non et qu'il eût été jugé justement ou non, pourvu qu'il s'en tirât enfin, que ce fût avec honte ou honneur. Et c'était Thérèse qui se comportait ainsi, elle qui était si scrupuleuse pour ses propres affaires et retournait pendant des semaines dans son esprit le moindre mot un peu ambigu de la cuisinière en chef ! Il lui demanda intentionnellement : « Tu vas faire ma cantine et me l'expédier tout de suite ? » et il hocha involontairement la tête d'étonnement en voyant le naturel avec lequel Thérèse s'accommodait de la question ; elle était si convaincue qu'il y avait dans la cantine des choses qu'il fallait cacher à tous les yeux que, sans même regarder Karl ni lui tendre la main, elle lui chuchota seulement : « Évidemment, Karl, tout de suite », et déjà elle était partie.

Mais Giacomo n'en pouvait plus ; fatigué de sa longue attente, il cria à Karl à haute voix : « Rossmann, l'homme se tord en bas dans le couloir et il refuse de se laisser emmener ; on voulait le faire emporter à l'hôpital, mais il se défend et il dit que tu ne tolérerais pas qu'on l'y envoie ; qu'il faut prendre un taxi pour le ramener chez lui et que tu paieras. Est-ce que tu veux ? »

— Il a confiance en toi, cet homme, fit le gérant.

Karl haussa les épaules et remit son argent à Giacomo. « Je n'ai pas davantage », dit-il ensuite.

— Je suis chargé de te demander aussi si tu prends le taxi avec lui, demanda encore Giacomo, en faisant sonner la monnaie.

— Non, dit la cuisinière en chef, il ne prend pas le taxi avec lui.

— Rossmann, dit rapidement le gérant, sans même attendre que Giacomo fût dehors, tu es congédié sur-le-champ.

Le portier en chef hocha la tête à plusieurs reprises comme si c'eussent été là ses propres mots et que le gérant n'eût fait que les répéter.

— Je ne veux pas prononcer à haute voix les motifs de ton expulsion, car il faudrait que je te fasse arrêter.

Le portier jeta sur la cuisinière en chef un regard

d'une sévérité particulière, car il avait bien deviné que c'était elle qui était la cause de ces excès d'indulgence.

— Maintenant, va trouver Bess, change-toi, rends-lui ta livrée et quitte la maison sur-le-champ ; sur-le-champ, tu entends ?

La cuisinière en chef ferma les yeux pour tranquilliser Karl. Tandis qu'il s'inclinait devant elle avant de partir, il entrevit la main du gérant qui avait pris celle de sa protectrice et jouait avec elle en cachette. Le portier en chef accompagna Karl d'un pas pesant jusqu'à la porte qu'il ne lui laissa pas fermer mais maintint ouverte lui-même pour pouvoir encore crier de loin à Karl : « Dans quinze secondes, fais-y bien attention, je veux te voir passer devant moi à la grande porte. »

Karl se hâta le plus qu'il put pour éviter ces ennuis de la grande porte, mais tout se passa bien plus lentement qu'il n'eût voulu. Il ne put d'abord pas trouver Bess tout de suite, et puis à ce moment, celui du déjeuner, tous les couloirs étaient pleins de gens ; ensuite, il découvrit qu'un groom avait emprunté son vieux pantalon et il lui fallut le chercher dans les trois quarts des penderies avant de pouvoir le trouver, de sorte que cinq bonnes minutes s'étaient déjà écoulées avant qu'il fût à la grande porte. Juste devant lui, une dame passait avec quatre messieurs. Ils se dirigeaient tous vers une grosse auto qui les attendait et dont un domestique tenait déjà la portière ouverte, en tendant de côté, horizontalement, son bras gauche qui était libre, ce qui avait l'air des plus cérémonieux. Mais Karl avait espéré vainement pouvoir sortir inaperçu derrière ce groupe si distingué, déjà le portier en chef l'avait pris par la main et l'amenait à lui en le faisait passer entre deux messieurs auxquels il demanda pardon.

— C'est ça, quinze secondes? lui dit-il en le regardant de côté comme s'il examinait une mauvaise rencontre. Arrive ici, ajouta-t-il en l'entraînant dans la grande loge que Karl avait bien depuis longtemps l'envie d'observer mais dans laquelle, poussé par le concierge, il n'entra ce jour-là qu'avec défiance.

Il était déjà sur le seuil quand il se retourna pour tenter de repousser le portier et s'échapper.

— Non, non, par ici, dit le portier en chef en faisant pivoter Karl vers la porte.

— Je suis déjà renvoyé, dit Karl, voulant donner à entendre par là que personne n'avait plus rien à lui commander à l'hôtel.

— Tant que je te tiens, tu n'es pas dehors, dit le portier — ce qui, de fait, était également exact.

Tout compte fait, Karl ne trouva aucune raison de se défendre contre le portier; que pouvait-il lui arriver? Les murs de la loge n'étaient que de gigantesques vitres par lesquelles on voyait la foule qui défilait dans le vestibule aussi nettement que si l'on eût été au milieu de ces flots qui s'affrontaient. Il semblait même qu'il n'y eût là aucun coin où l'on pût se cacher aux yeux des gens. Quelque hâte que parussent avoir ces clients qui passaient, le bras tendu et la tête baissée, cherchant des yeux pour trouver leur chemin et brandissant des sacs de voyage, nul d'entre eux ne manquait de jeter un coup d'œil sur la loge, car toutes les vitres étaient ornées de nouvelles et de renseignements aussi importants pour les clients que pour le personnel. La loge communiquait, en outre, directement avec le vestibule par deux grandes fenêtres à guillotine derrière lesquelles se tenaient assis deux portiers sans aucun grade, constamment occupés à renseigner les clients sur les questions les plus diverses. C'étaient des gens littéralement surmenés et Karl aurait parié que le portier en chef, tel qu'il le connaissait, s'était arrangé au cours de sa carrière pour ne pas passer par ces postes-là. Les deux hommes avaient toujours — on ne pouvait pas s'en rendre bien compte du dehors — au moins dix têtes de clients qui interrogeaient à leur guichet. Et avec ces dix questionneurs qui changeaient à tout instant, les langues faisaient parfois un tel méli-mélo qu'on les eût crus tous députés par une région différente. Il y en avait toujours plusieurs qui interrogeaient à la fois et d'autres qui parlaient entre eux. La plupart désiraient prendre ou déposer quelque chose dans la loge, aussi voyait-on toujours surgir des mains qui s'agitaient impatiemment au-dessus du tas. L'un d'entre eux en voulait parfois à un journal qui se déployait alors subitement dans les airs, éclipsant un instant tous les visages de la fenêtre. Les deux portiers sans aucun grade devaient tenir tête à tout cela. Parler n'eût pas suffi pour cette tâche ardue : ils bavardaient comme des moulins à mots, surtout l'un d'entre eux, un homme sombre dont la barbe noire encadrait tout le visage et qui renseignait, renseignait, renseignait, sans jamais la moindre interruption. Il ne regardait ni la plaque du guichet sur laquelle il avait tout le temps à faire passer quelque chose, ni la tête des questionneurs ; il regardait fixement devant lui, visiblement pour ménager et concentrer toutes ses forces. D'ailleurs la barbe gênait un peu la netteté de son discours, et Karl, pendant l'instant qu'il resta près de lui, ne put saisir que fort peu de ses paroles : peut-être était-ce d'ailleurs de langues étrangères que l'employé s'était servi, bien qu'elles sonnassent assez anglais. Ce qui ajoutait à la confusion, c'était que les renseignements se suivaient de si près qu'ils débordaient les uns sur les autres et que les questionneurs restaient parfois un bon moment à écouter encore avec une attention passionnée, pensant qu'il s'agissait toujours de leur affaire, pour s'apercevoir à la fin qu'elle était déjà liquidée. Il fallait s'habituer aussi à la méthode du portier sans aucun grade qui ne se faisait jamais répéter les questions, même si elles étaient inintelligibles dans leur ensemble et que le doute de l'auditeur ne pût porter que sur un détail ; un imperceptible hochement de tête trahissait seul, alors, que le portier sans barbe n'avait pas l'intention de répondre à cette question, et c'était affaire au client de découvrir sa propre erreur et de mieux formuler la demande. C'était surtout là ce qui faisait passer tant de temps à bien des gens devant le guichet. Pour aider les portiers sans grade, on leur avait attribué à chacun un groom qui allait leur chercher au galop, sur les rayons ou dans diverses caisses, ce dont ils avaient besoin sur le moment. C'étaient les postes les mieux payés mais aussi les plus fatigants que les jeunes garçons pussent trouver à l'hôtel ; ils étaient même plus pénibles en un sens que ceux des portiers sans aucun grade, car les portiers sans aucun grade n'avaient qu'à réfléchir et à parler alors que les grooms devaient courir en même temps qu'ils réfléchissaient. S'ils n'apportaient pas ce qu'on avait demandé, le portier sans aucun grade ne pouvait naturellement pas, avec les clients qui pressaient, perdre son temps à donner aux grooms des explications minutieuses, il jetait tout simplement par terre, d'un revers de main, ce que le groom avait déposé sur la table. Ce qui était très intéressant, c'était la relève de ces portiers, à laquelle Karl put assister quelques instants après son entrée. Elle devait naturellement se faire assez fréquemment, au moins dans la journée, car personne n'aurait pu sans doute tenir plus d'une heure derrière le guichet. Une cloche sonnait pour l'annoncer et on voyait pénétrer aussitôt, par une porte latérale, les deux portiers sans aucun grade dont le tour de rôle était venu, chacun escorté de son groom. Ils se postaient passivement près du guichet et considéraient un moment les gens qui attendaient dehors pour savoir exactement où en étaient les réponses. Dès que l'instant leur paraissait propice, ils frappaient sur l'épaule du portier à relever qui comprenait immédiatement, bien qu'il ne se fût occupé en rien jusque-là de ce qui se passait derrière lui. Tout cela se déroulait si rapidement que les clients en étaient souvent surpris et que parfois ils reculaient presque de peur à la vue du nouveau visage qui surgissait devant eux.

Les deux hommes relevés s'étiraient fortement, puis arrosaient d'eau leur tête brûlante sur deux cuvettes préparées à l'avance. Les deux grooms relevés n'avaient pas encore, eux, le droit de s'étirer, ils devaient d'abord s'occuper un instant de ramasser et de remettre en place les objets qui avaient été jetés sur le sol pendant leur service.

Karl avait observé tout cela en quelques minutes avec une attention passionnée et suivait sans mot dire, en proie à un léger malaise, le portier en chef qui le menait plus loin. Le portier en chef avait sûrement remarqué aussi la grande impression qu'avait produite sur Karl cette méthode de distribution des renseignements, car il lui saisit soudain la main et lui dit : « Tu vois, voilà comment on travaille ici ! » Karl n'avait évidemment pas traîné une vie de paresseux dans cet hôtel, mais il n'avait quand même pas soupçonné un tel labeur, et, oubliant presque totalement que le portier en chef était son grand ennemi, il leva ses regards vers lui et hocha sans mot dire la tête en témoignage d'admiration. Mais, aux yeux du portier en chef, ce geste parut trahir un excès d'estime pour les portiers sans aucun grade et peut-être, par ricochet, une impertinence à son égard à lui, car, faisant semblant d'avoir voulu se moquer de Karl, il s'écria sans s'inquiéter de savoir si on l'entendait : « Naturellement, c'est le travail le plus stupide de tout l'hôtel. Quand on a écouté une heure, on connaît à peu près toutes les questions qui peuvent se poser, et le reste on n'a pas besoin d'y répondre. Si tu n'avais pas été insolent et mal élevé, si tu n'avais pas menti, vagabondé, fait l'ivrogne et volé l'hôtel, j'aurais peut-être pu te faire placer derrière un de ces guichets. »

Karl n'entendit même pas l'injure qui lui était faite, tant il était indigné de voir que, loin de rencontrer l'estime qu'on lui devait, l'honorable et dur travail des portiers sans aucun grade ne provoquait que raillerie ; le plus blessant était que ces sarcasmes provenaient d'un homme qui, s'il eût osé s'installer lui-même à la place d'un de ces hommes, aurait dû la quitter au bout de quelques minutes sous les risées de tous les questionneurs.

— Laissez-moi, dit Karl. Sa curiosité pour la loge était satisfaite à l'excès. Je ne veux plus jamais avoir affaire avec vous.

— Cela ne suffit pas pour partir, dit le portier en chef en lui serrant le bras à l'en paralyser et en l'emportant littéralement à l'autre bout de la loge. Les gens, dehors, ne voyaient-ils donc pas ces violences du portier en chef ? Et, s'ils les voyaient, comment admettaient-ils que personne ne s'en occupât ou ne vînt tout au moins frapper à la vitre pour montrer au portier en chef qu'il était observé et n'avait pas le droit de traiter Karl à sa fantaisie ?

Mais Karl cessa bientôt d'espérer tout secours du vestibule car, le portier en chef ayant tiré une corde, des rideaux noirs se refermèrent jusqu'en haut, à la vitesse de l'éclair, sur la moitié du vitrage de la loge. Il y avait bien aussi des gens dans le coin de la pièce ainsi isolée, mais ils étaient tous en plein travail et n'avaient ni yeux ni oreilles pour ce qui n'était pas leur besogne. D'ailleurs, ils dépendaient tous du portier en chef et, loin de venir en aide à Karl, ils auraient plutôt aidé leur maître à cacher tout ce qu'il eût voulu. Il y avait là six portiers sans aucun grade en face de six téléphones. Ce service, on le voyait tout de suite, était organisé de telle sorte qu'il n'y eût jamais qu'un homme sur deux qui écoutât : c'était son voisin qui distribuait les commandes d'après les notes prises par le premier. Leurs appareils étaient de ce tout dernier modèle qui avait rendu la cabine superflue, car leurs sonneries ne faisaient pas plus de bruit qu'un grésillement de grillon ; il suffisait de chuchoter à l'appareil : grâce à certains amplificateurs électriques, la voix arrivait quand même à son but comme un tonnerre. Aussi entendait-on à peine les trois hommes qui parlaient dans l'appareil, on eût pu croire qu'ils observaient en murmurant quelque détail au fond de l'émetteur, alors que leurs trois voisins, comme étourdis par un bruit assourdissant (que d'ailleurs personne de leur entourage n'entendait) penchaient leur tête épuisée sur le papier qu'ils devaient noircir. Chacun des trois portiers sans grade qui parlaient avait aussi, comme ceux du guichet, un groom à sa disposition, et ces trois grooms ne faisaient rien d'autre que de tendre l'oreille vers leur chef, puis, comme piqués par une mouche, de plonger la tête dans de gigantesques livres jaunes pour y chercher des numéros de téléphone ; le bruit de ces masses de feuilles que l'on ouvrait et refermait dépassait de beaucoup celui des appareils.

Karl ne pouvait s'empêcher d'examiner tout cela, bien que le portier en chef, s'étant assis, le tînt prisonnier dans ses bras.

— Il est de mon devoir, dit le portier en chef en le secouant comme pour l'obliger simplement à le regarder, il est de mon devoir de revenir un peu, au nom de la direction de l'hôtel, sur ce que le gérant a négligé pour une raison ou pour une autre. Ici, chacun aide le voisin. C'est une chose indispensable dans une aussi grande entreprise. Tu vas peut-être m'objecter que je ne suis pas ton supérieur immédiat ? Eh bien ! c'est d'autant mieux de ma part de m'occuper de cette affaire qui resterait abandonnée sans moi. D'ailleurs, comme portier en chef, je suis placé en quelque sorte au-dessus de tout le monde, car j'ai la main sur toutes les portes de l'hôtel : sur la grande porte qui est ici, sur les trois portes ordinaires, et sur les dix portes auxiliaires, sans parler de toutes les petites portes et des sorties qui n'en ont pas. Naturellement ces grands honneurs m'imposent des obligations ; j'ai le devoir envers la direction de ne laisser sortir personne qui me paraisse tant soit peu suspect. Or, car tel est mon bon plaisir, tu me le parais énormément.

Et de félicité il en leva les mains, pour les laisser retomber ensuite si violemment qu'on entendit un claquement et qu'elles firent très mal à Karl.

« En passant par une autre porte, ajouta le concierge qui s'amusait royalement, tu aurais peut-être pu sortir inaperçu, car tu ne vaux naturellement pas qu'on transmette des ordres particuliers à ton sujet. Mais puisque je te tiens ici, je veux jouir de toi jusqu'au bout. Je n'ai jamais douté d'ailleurs que tu ne viennes au rendez-vous que nous nous étions donné à la grande porte : c'est une règle générale, les insolents et les récalcitrants cessent toujours d'exercer leur vice juste au moment où il leur servirait. Tu dois avoir eu souvent l'occasion d'en faire l'expérience par toi-même.

— Ne croyez pas, dit Karl, en humant malgré lui l'étrange odeur qu'exhalait le portier et qu'il n'avait jamais pu constater d'aussi près, ne croyez pas que je sois absolument en votre pouvoir, je peux crier.

— Et moi je peux te fermer la bouche, dit le portier en chef, avec autant de calme et de rapidité qu'il eût sans doute fait le geste en cas de besoin. Et te figures-tu que, si on devait avoir l'idée de venir ici en ton honneur, il pourrait se trouver quelqu'un qui te donnât raison contre moi, contre moi le portier en chef ? Tu vois donc bien la vanité de tes espérances. Quand tu étais encore en livrée, tu avais tout de même un peu plus l'air de quelque chose, mais dans ce falzar qui n'est vraiment possible qu'en Europe !...

Et il tiraillait le complet qui, de fait, bien que neuf, cinq mois auparavant, était maintenant fini, fripé et criblé de taches ; c'était le fait de l'incurie des grooms qui, pour nettoyer et cirer le plancher de leur dortoir suivant les règlements, évitaient par paresse de balayer vraiment. Ils préféraient arroser chaque jour le plancher d'une huile quelconque qui éclaboussait honteusement tous les vêtements des penderies. D'ailleurs, où qu'on mît ses habits, il se trouvait toujours quelqu'un qui, n'ayant pas les siens sous la main, allait vous dénicher les vôtres et les empruntait sans façon. Et rien n'empêchait l'emprunteur d'être justement de corvée de chambre ce jour-là et de vous les rendre ensuite, non seulement mouchetés mais arrosés d'huile du haut en bas. Seul le précieux costume de Renell était caché dans un endroit où on ne l'avait jamais trouvé, d'autant moins que si les grooms se servaient des habits du voisin, ce n'était pas par avarice ou méchanceté, mais par simple hâte et négligence : ils se servaient où ils trouvaient. Le complet de Renell lui-même portait d'ailleurs au beau milieu du dos une tache ronde d'huile rougeâtre qui avait permis en ville à un homme d'expérience de découvrir un jour le groom caché dans ce jeune homme élégant. Karl se disait, à ces souvenirs, qu'il avait bien souffert sa part dans ce métier, et que sa peine était pourtant perdue, car ce service des ascenseurs n'avait pas été le tremplin qu'il espérait pour se lancer vers une meilleure situation ; bien au contraire, il se trouvait beaucoup plus bas, il avait frôlé la prison. Et maintenant, pour comble d'infortune, il se voyait retenu par ce portier en chef qui devait être en train de réfléchir à la façon dont il pourrait encore l'humilier. Alors, oubliant complètement que le portier en chef n'était pas homme à se laisser convaincre, il s'écria en se frappant plusieurs fois le front de sa main libre : « Et quand bien même je ne vous aurais pas salué, comment un adulte peut-il donc garder une telle rancune pour un bonjour oublié ? »

— Je ne suis pas rancunier, dit le portier en chef, je veux simplement fouiller tes poches. Je suis convaincu, il est vrai, que je ne trouverai rien dedans, car tu as eu certainement la prudence de tout faire emporter petit à petit par tes amis, mais il faut que tu sois fouillé.

Et déjà sa main s'enfonçait dans une poche de la veste de Karl, avec une telle vigueur que les coutures éclatèrent sur le côté. « Rien dans celle-ci, et d'une ! » dit-il en épluchant sur le plat de sa main le contenu de cette poche : un calendrier réclame de l'hôtel, une feuille couverte d'un devoir de correspondance commerciale, quelques boutons de veste et de pantalon, la carte de visite de la cuisinière en chef, une lime à ongles qu'un client avait lancée une fois à Karl en faisant ses valises, un vieux mouchoir de poche que Renell lui avait donné pour le remercier d'une dizaine de remplacements et quelques autres bagatelles. « Rien de rien », répéta le portier en chef en jetant le tout sous la banquette comme s'il était tout naturel que la propriété de Karl, à moins d'avoir été volée, fût jetée à cet endroit-là.

— Maintenant, ça suffit, se dit Karl (son visage devait être écarlate).

Et comme le portier en chef, rendu imprudent par la convoitise, farfouillait dans la seconde poche, Karl sortit d'un coup de reins des manches de sa veste, repoussa assez violemment un portier de deuxième classe contre son appareil dans la fureur de sa lancée, et, trop lentement à son gré, bondit enfin vers la sortie. Il fut assez heureux pour se trouver dehors avant que le portier en chef eût seulement pu se relever sous le fardeau de sa capote. L'organisation de la surveillance ne devait pas être si parfaite qu'on avait bien voulu le dire : il y eut sans doute quelques sonneries, mais Dieu sait pourquoi l'on sonnait ! Des employés de l'hôtel étaient bien là aussi, qui allaient et venaient sous le porche — en tel nombre et en tant de sens qu'on aurait presque pu penser qu'ils poursuivaient secrètement le but de boucher l'entrée de l'hôtel, car on ne pouvait guère découvrir d'autre raison à ce va-et-vient — mais Karl fut bientôt à l'air libre ; il dut pourtant longer encore le trottoir, l'accès de la chaussée se trouvant interdit par une file ininterrompue d'autos qui avançaient au ralenti devant la porte principale. Ces autos, pour arriver le plus tôt possible vers leurs maîtres, s'étaient complètement emboîtées les unes dans les autres, chacune d'elles étant poussée par la suivante. Des piétons trop pressés de parvenir sur la chaussée traversaient parfois les autos d'un passage public sans s'inquiéter aucunement des occupants, que ce fussent des domestiques ou les gens les plus distingués. Mais cette conduite paraissait un peu excessive à Karl et il fallait sans doute une expérience complète pour oser des gestes pareils : il lui eût été trop facile de tomber sur une voiture dont les voyageurs prendraient mal la chose, le jetteraient en bas et provoqueraient un scandale, c'est-à-dire le pis qu'il eût à redouter, en qualité de groom renvoyé, d'employé suspect et d'individu en manches de chemise. Et puis, cette file d'autos ne durerait pas toujours, et il n'avait qu'à rester vers l'hôtel : c'était encore là qu'il était le moins suspect ; il finit effectivement par arriver à un endroit où, si la file continuait, elle devenait tout de même plus lâche et s'éloignait petit à petit du trottoir.

Il allait juste se glisser sur la chaussée où bien des gens circulaient en paix, qui avaient l'air plus suspects que lui, quand il s'entendit appeler. Il se retourna et vit deux grooms sortir d'une petite porte basse pareille à une entrée de caveau, soutenant à grand-peine un brancard sur lequel Karl reconnut Robinson, le visage et les bras bandés d'énormes pansements. Il n'était pas beau à regarder, essayant de sécher avec ses bras pansés les larmes que lui arrachaient ses blessures, ou quelque autre peine, ou peut-être la joie de revoir Karl.

— Rossmann, lui cria-t-il d'un ton de reproche, pourquoi me laisses-tu attendre si longtemps ? Voilà une heure que je bataille pour empêcher qu'on me transporte avant que tu viennes. Ces types-là (et il lançait une taloche à l'un des grooms comme si ses pansements pouvaient le protéger), ces types-là sont de vrais démons. Ah ! Rossmann, ma visite m'a coûté bien cher !

— Qu'est-ce qu'on t'a donc fait ? demanda Karl en s'approchant du brancard que les grooms déposèrent en riant pour se reposer.

— Tu me le demandes encore, soupira Robinson, et tu vois comment je suis fait ! Songe que je suis probablement estropié pour la vie. Je souffre horriblement depuis là jusque-là (et il montrait sa tête et ses orteils). J'aurais voulu que tu voies comment je saignais du nez. Mon gilet est tout abîmé, je l'ai laissé là-haut, mon pantalon est en lambeaux, et moi je suis en caleçon (et il releva un peu la couverture en invitant Karl à regarder). Que vais-je devenir maintenant ! Il va me falloir au moins plusieurs mois de lit et je dois te dire tout de suite que je n'ai personne d'autre que toi pour me soigner : Delamarche s'emporte trop. Rossmann ! mon petit Rossmann ! » (Et Robinson tendait la main vers Karl, qui reculait un peu, pour le gagner par des caresses.) « Pourquoi a-t-il fallu que je vienne te voir ! » répéta-t-il à plusieurs reprises afin d'empêcher Karl d'oublier la part de culpabilité qu'il avait dans cette infortune.

Karl avait bien vu tout de suite que les plaintes de Robinson n'étaient pas dues à ses blessures, mais au terrible mal aux cheveux qui l'accablait, car, à peine endormi dans une lourde ivresse, il avait été réveillé, boxé en sursaut jusqu'au sang et ne pouvait plus retrouver ses esprits. L'insignifiance de ses blessures éclatait dans la monstruosité des pansements dont on l'avait enveloppé, pour s'amuser, du haut en bas. Les deux grooms du brancard pouffaient de temps à autre, mais ce n'était pas le moment de rappeler Robinson à lui-même, car les passants défilaient en rafales sans s'inquiéter du groupe ni de cette civière que certains, assez fréquemment, sautaient d'un bond comme des gymnastes ; le chauffeur arrêté avec l'argent de Karl criait : « En avant ! en avant ! » Les grooms ramassèrent leurs dernières forces pour enlever le brancard, Robinson prit la main de Karl et lui dit en le cajolant : « Allons, Karl, viens donc avec moi. » Karl, dans la tenue où il était, ne serait-il pas plus en sûreté dans les ténèbres de l'auto ? Il prit donc place à côté de Robinson qui appuya sa tête sur lui. Les grooms qui restaient secouèrent cordialement la main du collègue qui partait, et la voiture vira pour prendre la chaussée. Il semblait que quelque malheur dût nécessairement arriver, mais la circulation qui engloutissait tout absorba tranquillement aussi la course rectiligne de cette voiture.

CHAPITRE VII

UNE VISITE

Ce fut en quelque lointain faubourg que l'automobile s'arrêta, car le calme régnait dans cette rue ; des enfants jouaient, accroupis sur le rebord du trottoir. Un homme qui portait sur l'épaule tout un paquet de vieux habits criait, en levant les yeux vers les fenêtres des maisons. Fatigué comme il l'était, Karl se sentit mal à l'aise en quittant l'auto et en posant le pied sur l'asphalte que le soleil du matin éclairait de rayons lumineux et chauds.

— Loges-tu vraiment là ? cria-t-il par la portière.

Robinson, qui avait dormi paisiblement pendant tout le trajet, grogna quelques vagues affirmations et parut attendre que Karl le transportât.

— Je n'ai donc plus rien à faire ici. Au revoir, dit Karl.

Et il s'apprêta à descendre la légère pente de la rue.

— Mais, Karl, qu'est-ce qui te prend donc ? s'écria Robinson que l'inquiétude fit lever d'un coup presque tout droit dans la voiture. (Ses genoux seuls vacillaient un peu.)

— Il me faut partir, parbleu, dit Karl à qui rien

n'avait échappé du prompt rétablissement de Robinson.

— En manches de chemise ? demanda celui-ci.

— Je gagnerai bien encore de quoi m'acheter une veste ! répondit Karl en faisant à Robinson un signe de tête plein de confiance.

Puis il le salua d'un geste de la main, et serait effectivement parti si le chauffeur ne lui eût crié : « Un petit instant de patience, Monsieur ! »

Il apparut désagréablement que le chauffeur réclamait un supplément pour l'attente devant l'hôtel.

— C'est vrai, ça ! cria Robinson du fond de son automobile, pour appuyer le bien-fondé de cette exigence. Je t'ai attendu pendant je ne sais combien de temps. Il faut lui donner quelque chose.

— Il ne manquerait plus que cela ! dit le chauffeur.

— Je ne demanderais pas mieux, dit Karl, si j'avais encore de quoi le faire.

Il porta la main à sa poche bien qu'il sût que son geste était vain.

— Je ne peux m'en prendre qu'à vous, dit le chauffeur en s'équilibrant sur ses jambes écartées, je ne peux rien demander au malade !

Un jeune garçon au nez rongé par un cancer sortit de l'ombre d'un portail, s'approcha et se mit à écouter à une distance de quelques pas. Un sergent de ville qui faisait sa tournée dans la rue pencha la tête de côté pour observer l'homme en manches de chemise et resta planté là aussi.

Robinson, qui l'avait remarqué, fit la bêtise de lui crier par l'autre fenêtre : « Ce n'est rien, ce n'est rien du tout ! » comme si l'on pouvait chasser un policeman comme une mouche. L'attention des enfants qui observaient l'agent se trouva attirée sur Karl et le chauffeur par l'arrêt de l'homme en uniforme et ils accoururent au trot. A la porte en face, une vieille femme, debout, fixait les yeux sur l'attroupement.

— Rossmann, cria alors une voix du haut des airs.

C'était Delamarche qui appelait du balcon du dernier étage. On ne pouvait l'apercevoir qu'assez indistinctement sur le fond bleu blanchâtre du ciel ; il était en robe de chambre et observait la rue à l'aide d'une lorgnette de théâtre. A côté de lui, un parasol rouge était ouvert sous lequel une femme semblait assise.

— Hep ! cria-t-il en se forçant tant qu'il pouvait pour arriver à se faire comprendre. Robinson est-il là aussi ?

— Oui, répondit Karl, vigoureusement soutenu par un deuxième « oui » que Robinson hurla du fond de la voiture.

— Hep, hep ! répondit la voix, j'arrive tout de suite.

Robinson se pencha à la portière.

— Ça c'est un homme, dit-il. Cet éloge de Delamarche s'adressait à Karl, au chauffeur, au policeman et à tous ceux qui voulaient l'entendre. En haut, sur le balcon — vers lequel on continuait à regarder par distraction bien que Delamarche l'eût quitté — une forte femme en peignoir rouge vif se leva, prit la lorgnette et observa les gens qui ne la quittèrent du regard que petit à petit. Karl, dans l'attente de Delamarche, examinait la porte cochère et voyait, dans le fond, une cour qui traversait une file presque ininterrompue de commis dont chacun portait sur l'épaule une petite caisse qui paraissait très lourde. Le chauffeur était revenu à sa voiture et, pour utiliser le temps, nettoyait les verres des phares avec un lambeau de chiffon. Robinson se tâta les membres, parut surprit du peu de douleur qu'il ressentait malgré toute son attention, et commença précautionneusement, en penchant la tête très bas, à détacher un des énormes pansements de ses jambes. Le policeman tenait son petit bâton noir devant lui et attendait posément avec la grande patience que doivent avoir les sergents de ville, qu'ils fassent le guet ou soient en service ordinaire. Le garçon au nez ravagé s'assit sur la borne d'un portail et étendit les jambes. Les enfants, à petits pas, se rapprochèrent insensiblement de Karl qui leur semblait, à cause de ses manches de chemise bleues, le plus important de tout le groupe, bien qu'il ne les regardât pas.

Au temps qui s'écoula jusqu'à l'arrivée de Delamarche on put imaginer la hauteur de la maison. Et pourtant, Delamarche avait fait au plus vite, sa robe de chambre était à peine refermée. « Vous voilà donc ! » s'écria-t-il d'un ton à la fois heureux et sévère. Comme il faisait de grands pas, on voyait à chaque instant la couleur de son linge. Karl ne comprit pas bien pourquoi ce garçon se promenait en pleine rue et dans cette gigantesque caserne aussi légèrement vêtu que s'il se fût trouvé dans sa villa particulière. Comme Robinson, Delamarche avait beaucoup changé. Son visage brun aux muscles épais, rasé de près, témoignait de soins minutieux et respirait une fierté qui inspirait le respect. L'éclat perçant de ses yeux qu'il tenait maintenant toujours un peu fermés causait un effet de surprise.

Sa robe de chambre violette était usée, tachée, et trop grande pour lui, mais on voyait sortir de ce vilain vêtement le bouffant d'une épaisse cravate de soie sombre.

— Eh bien ? demanda-t-il à tous.

Le policeman se rapprocha un peu et s'appuya sur le carter de l'auto. Karl expliqua brièvement :

— Robinson est légèrement éclopé, mais s'il veut se donner un peu de peine il pourra très bien monter l'escalier ; le chauffeur demande un supplément pour la course que j'ai déjà payée. Et maintenant, je m'en vais. Bonsoir.

— Non, tu ne t'en vas pas, assura Delamarche.

— C'est ce que je lui ai déjà expliqué, dit Robinson du fond de la voiture.

— Si, je pars, répondit Karl, et il fit quelques pas.

Mais Delamarche le rattrapa et le ramena avec violence.

— Je te dis de rester, cria-t-il.

— Laissez-moi donc ! répondit Karl, s'apprêtant à racheter sa liberté à coups de poing si les circonstances l'exigeaient, bien qu'il eût peu de chance de succès avec un homme comme Delamarche.

Il se sentait encouragé par la présence du policeman, du chauffeur et des groupes d'ouvriers qui passaient dans cette rue si calme d'ordinaire. Tolérerait-on que Delamarche lui fît mal ? Il n'aurait pas voulu se trouver seul avec lui dans une chambre isolée ; mais ici ? Delamarche payait maintenant le chauffeur qui empocha avec force révérences la somme excessive qu'on lui donnait et, mû par la reconnaissance, se rapprocha de Robinson pour discuter de son transport. Karl se vit inobservé, pensa que Delamarche le laisserait plus facilement partir s'il ne disait rien — si l'on pouvait éviter une dispute, c'était bien mieux évidemment — et traversa les rails du tramway pour filer le plus vite possible. Les enfants se rapprochèrent en foule de Delamarche afin de signaler cette fuite de Karl, mais le Français n'eut même pas à intervenir lui-même car le policier cria « halte ! » et allongea son bâton noir.

— Comment t'appelles-tu ? demanda-t-il en remettant le bâton sous son bras et en sortant lentement un carnet.

Karl l'observa alors de plus près : c'était un homme vigoureux, mais dont les cheveux étaient déjà presque tout blancs.

— Karl Rossmann, dit-il.

— Rossmann, répéta le policeman en homme consciencieux et posé.

Karl qui avait affaire pour la première fois aux autorités américaines pensa que cette répétition trahissait un certain soupçon. Et son cas, effectivement, ne devait pas être fameux, car, du fond de la voiture, Robinson, qui avait pourtant assez de ses propres embarras, pria lui-même Delamarche avec de grands gestes muets de donner un coup de main à Karl. Mais Delamarche refusa en secouant énergiquement la tête et observa passivement, les mains dans ses formidables poches. Le garçon assis sur une borne exposa à une femme, qui sortait à ce moment et n'avait encore rien vu, l'historique complet de l'affaire depuis son tout premier début. Les enfants avaient formé un demi-cercle derrière Karl et conservaient, sans souffler mot, les yeux levés sur le policeman.

— Fais voir tes pièces d'identité, dit le sergent de ville.

C'était une demande de pure forme, car sans veste on ne saurait avoir beaucoup de papiers dans sa poche. Karl se tut donc, se réservant de répondre copieusement à la question suivante pour compenser de son mieux le manque de pièces d'identité. Mais la question suivante fut : « Tu n'as donc pas de papiers d'identité ? » et Karl fut bien contraint de répondre : « Pas sur moi. »

— Voilà qui va mal, dit le policeman en regardant pensivement à la ronde et en frappant du bout de deux doigts sur la couverture de son carnet.

— Touches-tu un salaire quelconque ? demanda-t-il au bout d'un moment.

— J'étais groom d'ascenseur, dit Karl.

— Tu étais groom d'ascenseur ? Tu ne l'es donc plus ? Et de quoi vis-tu maintenant ?

— Je vais chercher un nouveau travail.

— Tu as donc été renvoyé dernièrement ?

— Oui, il y a une heure.

— Brusquement ?

— Oui, dit Karl en levant la main comme pour s'excuser.

Il ne pouvait tout de même pas raconter ici toute l'histoire, et, quand bien même la chose aurait été possible, il lui semblait complètement inutile d'essayer d'éviter une injustice menaçante par le récit d'une injustice passée. D'ailleurs, quand il avait eu tort aux yeux de la cuisinière en chef, qui était si bien portée pour lui, et du gérant qu'elle influençait, comment croire qu'il aurait raison en face de la société, ici au beau milieu de la rue ?

— Et on t'a relâché sans veste ? demanda le policeman.

— Eh oui, dit Karl.

Il constatait qu'en Amérique comme en Europe, les autorités s'attachent surtout à demander ce qu'elles voient de leurs propres yeux. Que ces interrogatoires avaient lassé son père lors de l'établissement de son passeport ! Il avait grande envie de filet et de se cacher n'importe où pour n'avoir plus rien à entendre ; mais maintenant le policeman en venait à la question que Karl avait redoutée le plus et dont l'attente lui avait fait faire, par anxiété, des imprudences.

— Dans quel hôtel étais-tu donc employé ?

Le jeune homme pencha la tête et ne répondit pas ; c'était une question à laquelle il ne voulait répondre à aucun prix. Il ne voulait pas revenir à l'Hôtel Occidental sous l'escorte d'un sergent de ville, pour aller ressubir des interrogatoires, essuyer des confrontations avec amis et ennemis, et faire perdre complètement à la cuisinière en chef les quelques restes de bonne opinion qu'elle pouvait garder de lui. Elle qui le croyait à la pension Brenner, le verrait-elle revenir dans les griffes de la police, en manches de chemise et sans sa carte de visite, tandis que le gérant hocherait simplement la tête d'un homme qui s'attendait à tout et que le portier en chef parlerait de la main de Dieu qui finit toujours par s'appesantir sur les canailles ?

— Il était employé à l'Hôtel Occidental, dit Delamarche en s'avançant vers le policier.

— Non ! ce n'est pas vrai ! s'écria Karl en frappant du pied.

Delamarche le regarda avec une moue ironique comme s'il pouvait trahir encore bien d'autres choses. L'excitation inattendue de Karl avait provoqué une grande émotion chez les enfants qui s'avancèrent du côté de Delamarche pour améliorer leur poste d'observation. Robinson avait passé entièrement la tête par la portière et restait muet d'attention. De temps à autre, il clignait de l'œil, c'était son unique mouvement. Le garçon au nez rongé, sous le portail, battait des mains de plaisir et la femme qui était près de lui lui donna un grand coup de coude pour le faire tenir tranquille. Les porteurs, qui faisaient la pause du déjeuner, apparurent tous avec de grands pots de café noir dans lesquels ils tournaient des baguettes de pain. Quelques-uns s'assirent sur le rebord du trottoir et tous déglutirent bruyamment leur café.

— Vous connaissez sans doute ce garçon ? demanda le policeman à Delamarche.

— Plus que je ne le voudrais, dit celui-ci. Je lui ai rendu pas mal de services à une époque, mais il m'en a bien mal remercié et vous m'en croirez facilement après la petite conversation que vous avez eue avec lui, si courte qu'elle ait été pourtant.

— Oui, dit le policeman, il a l'air bien endurci.

— Pour ça, oui, dit Delamarche, mais ce n'est encore pas le pire de ses défauts.

— Ah ? dit le policeman.

— Oui, répondit Delamarche qui était lancé en plein discours et qui, en faisant des gestes au fond de ses grandes poches, agitait toute sa robe de chambre d'un continuel va-et-vient. Oui ! oui ! c'est un fameux coco ! Je l'ai trouvé par hasard, avec mon ami, — qui est là-bas dans la voiture — en pleine misère, on l'a repêché ; il n'avait pas la moindre idée de l'Amérique ; il débarquait juste d'Europe où on n'avait rien pu faire de lui non plus. Bref, nous l'avons traîné avec nous, nous l'avons fait vivre avec nous, nous lui avons tout expliqué, nous voulions lui procurer une situation et nous pensions pouvoir arriver encore à faire de lui un homme utile malgré les indices les plus décourageants quand, un beau jour, il a disparu en pleine nuit : voilà, tout simplement, il avait décampé, et cela dans des circonstances dont j'aime mieux ne pas parler.

— Est-ce vrai, oui ou non ? demanda-t-il pour finir à Karl en le tirant par la manche.

— Arrière, les gosses ! cria le policeman aux enfants qui s'étaient avancés si près que Delamarche faillit trébucher sur l'un d'eux.

Entre-temps, les porteurs qui avaient jusque-là sous-estimé l'intérêt de cet interrogatoire étaient devenus attentifs et s'étaient réunis en demi-cercle serré derrière Karl. Il n'eût pu reculer d'un pas et se trouvait assourdi par le raffut de leurs voix qui tempêtaient, plutôt qu'elles ne parlaient, dans un anglais parfaitement incompréhensible, peut-être mêlé de mots russes.

— Merci de vos renseignements, dit le sergent de ville en saluant Delamarche. De toute façon, je vais l'emmener et le faire rendre à l'Hôtel Occidental.

Mais Delamarche dit alors : « Puis-je vous demander de me le confier provisoirement ? J'aurais quelques questions à régler avec lui, et je m'engage à le ramener ensuite moi-même à l'hôtel. »

— Je ne peux pas, dit le policeman.

Delamarche lui répondit : « Voici ma carte de visite », et il lui tendit un bristol.

Le policeman regarda le papier d'un air de considération, mais répéta avec un sourire courtois :

— Non, Monsieur, il n'y a pas moyen.

Si fort que Karl eût redouté jusqu'alors de tomber dans les mains de Delamarche, c'était en lui qu'il voyait maintenant sa seule planche de salut. Sans doute l'empressement du Français à le réclamer au policeman était-il tout à fait suspect, mais Delamarche, malgré tout, accepterait plus facilement que le policier de ne pas le ramener à l'hôtel. Et, même si Karl y revenait aux côtés de Delamarche, ce serait bien moins grave que sous l'escorte de l'agent. Mais pour le moment, naturellement, il ne devait pas laisser voir qu'il préférait la compagnie de Delamarche : autrement tout serait gâté, et il regardait avec inquiétude la main du sergent de ville qui menaçait de se lever à tout instant pour le saisir.

— Il faudrait tout au moins que j'apprenne pourquoi il a été congédié sur-le-champ, dit le policeman, tandis que Delamarche regardait de côté d'un air fâché en froissant sa carte de visite du bout des doigts.

— Mais il n'est pas renvoyé du tout! s'écria Robinson à l'étonnement général.

Et, se penchant, avec l'aide du chauffeur, le plus loin qu'il put par la portière, il ajouta : « Bien au contraire, il a là-bas un très bon poste ; au dortoir il est le grand chef, il peut faire entrer qui bon lui semble. Malheureusement, il est terriblement occupé et il faut attendre très longtemps quand on a quelque chose à lui demander. Il est toujours fourré chez le gérant ou avec la cuisinière en chef ; on le considère comme un homme de confiance. Il n'est pas congédié du tout, je ne sais pas pourquoi il le dit. Comment serait-il congédié ? Je me suis blessé gravement à l'hôtel et on lui a confié la mission de me ramener ; comme il était sans veste à ce moment-là, il m'a accompagné sans veste. Je ne pouvais pas attendre qu'il aille en chercher une !

— Vous voyez bien ! dit Delamarche en ouvrant les bras, avec un air de reprocher au policeman un manque de psychologie.

Et ces trois mots semblaient donner une irréfutable clarté aux fumeuses déclarations de Robinson.

— Mais est-ce vrai, ça aussi ? demanda le sergent de ville qui perdait du terrain. Et si c'est vrai, pourquoi ce garçon prétend-il avoir été mis à la porte ?

— Allons, réponds, dit Delamarche.

Karl regarda le policeman qui avait à assurer l'ordre au milieu de personnes étrangères dont chacune ne pensait qu'à soi, et, ne pouvant se retenir de participer un peu aux soucis généraux de cet homme, il ne voulut pas mentir et serra les poings derrière son dos.

Un contremaître apparut au portail et claqua des mains pour donner aux porteurs le signal de la reprise du travail. Les porteurs secouèrent le marc de leurs pots de café, leurs conversations s'éteignirent et ils rentrèrent d'un pas traînant dans la maison.

— Nous n'en sortirons pas, dit le policeman en avançant la main pour attraper Karl par le bras.

Karl recula un peu involontairement, sentit l'espace libre qui s'était ouvert à lui par suite du départ des porteurs, se retourna, prit son élan en quelques bonds, et se mit à courir tant qu'il put. Les enfants ne firent qu'un cri et le suivirent un instant au galop en allongeant leurs petits bras.

— Arrêtez-le ! criait le policeman le long de la longue rue presque vide.

Et il courait derrière Karl — en répétant son cri à

intervalles réguliers — à grandes foulées silencieuses qui trahissaient sa force immense et son entraînement sportif. Ce fut un bonheur pour le jeune homme que cette poursuite eût lieu dans un quartier ouvrier. Les ouvriers ne sont pas pour les autorités. Karl courait au milieu de la voie du tramway parce que c'était là qu'il rencontrait le moins d'obstacles ; il apercevait de temps en temps des ouvriers qui s'arrêtaient sur le trottoir pour l'observer tranquillement tandis que le policeman leur lançait son « Arrêtez-le ! » tout en restant intelligemment sur le trottoir lisse et en montrant le fuyard du bout de son bâton. Karl, qui n'avait plus que peu d'espoir, faillit en perdre complètement le dernier reste quand l'agent se mit à pousser des coups de sifflet littéralement assourdissants à l'approche des rues de traverse où patrouillaient certainement des policiers. Le seul avantage de Karl était dans son léger costume ; il dévalait à toute allure la pente de plus en plus accusée de la rue. Malheureusement son insomnie lui causait des distractions, il allongeait parfois trop sa foulée, ce qui lui faisait perdre du temps. Et puis le policeman gardait son but devant les yeux sans avoir à y réfléchir, tandis que la course n'était que secondaire pour Karl qui devait constamment choisir entre les possibilités et décider chaque fois à nouveau. Son plan assez désespéré consistait provisoirement à éviter les rues transversales dont il ignorait les dangers et où il risquait de tomber en plein dans un poste de police ; il voulait s'en tenir aussi longtemps que possible à cette rue où tout se voyait de très loin ; elle finissait au bas d'une pente par un pont qui se perdait tout de suite dans le brouillard que le soleil faisait monter sur les eaux.

Ayant pris cette décision, il s'apprêtait à ramasser toutes ses forces pour un sprint afin de dépasser le plus vite possible la première rue latérale, quand il aperçut près de là un policeman à l'affût dans l'ombre d'un renfoncement et prêt à lui bondir dessus. Il ne lui restait plus d'espoir que dans la rue transversale, et lorsque, arrivant à sa hauteur, il s'entendit appeler inoffensivement par son nom, il crut d'abord à une illusion car il n'avait cessé d'entendre un bourdonnement pendant tout le temps de sa course. N'hésitant plus un instant, il tourna à angle droit en pivotant sur un pied pour surprendre de son mieux les policemen.

A peine avait-il fait deux bonds dans cette rue — il avait déjà oublié qu'on venait de l'appeler et entendait siffler le second policier dont le souffle indiquait des forces toutes fraîches, et déjà de lointains passants semblaient accélérer l'allure — à peine avait-il fait deux bonds qu'une main, sortie d'une petite porte, le saisit et l'entraîna dans un couloir obscur tandis qu'une voix lui soufflait : « Pas un mot. » C'était celle d'un Delamarche haletant, les joues en feu et les cheveux collés de sueur à la tête. Il portait sa robe de chambre sur son bras et n'était plus vêtu que d'une chemise et d'un caleçon. Il referma immédiatement et ôta le crochet de la porte, qui n'était pas la grande entrée de la maison mais un simple petit passage.

— Un instant, dit-il en s'appuyant au mur, la tête renversée, avec une respiration pénible.

Karl était presque dans ses bras, et, à demi évanoui, pressait la tête sur sa poitrine.

— Voilà ces messieurs qui passent, dit Delamarche, l'oreille tendue, en montrant la porte du doigt.

Et on entendait, en effet, passer les deux sergents

de ville dont la course résonnait dans la rue vide comme un choc d'acier sur de la pierre.

— Tu as eu une fameuse secousse ! dit Delamarche à Karl qui étouffait encore et ne pouvait proférer le moindre mot. Delamarche l'assit prudemment sur le sol, s'agenouilla près de lui, lui caressa plusieurs fois le front et l'observa.

— Maintenant ça peut aller, dit Karl en se relevant péniblement.

— Alors, en avant, fit Delamarche qui avait remis sa robe de chambre.

Karl était encore si faible qu'il tenait la tête penchée, et le Français le poussait devant lui en le secouant pour le réveiller.

— Tu voudrais être fatigué, disait-il, toi qui pouvais courir comme sur une piste, alors que j'étais obligé de me traîner dans toutes ces cours et à travers ces sales couloirs ! Heureusement que je suis un coureur.

Et, de fierté, il allongea à Karl un grand coup de poing dans le dos. « Ces petites courses avec la police sont excellentes de temps en temps pour s'entraîner. »

— J'étais déjà fatigué, dit Karl, quand je me suis mis à courir.

— Une mauvaise course ne s'excuse pas, dit Delamarche. Sans moi il y a longtemps qu'ils t'auraient rattrapé.

— Je le pense aussi, répondit Karl. Je vous dois une fière chandelle.

— Tu peux le dire, fit Delamarche.

Ils passaient maintenant par un long couloir étroit pavé de dalles sombres. De temps à autre, à droite, à gauche, on découvrait l'entrée d'un escalier ou la perspective d'un grand corridor. On ne rencontrait pas d'adultes : des enfants seulement, occupés à jouer sur les marches d'escaliers vides. Contre une rampe, une petite fille pleurait, le visage brillant de larmes. A peine eut-elle aperçu Delamarche qu'elle se mit à grimper l'escalier en ouvrant la bouche toute grande afin de ne pas étouffer, et ne se calma qu'assez loin, après s'être souvent retournée pour se convaincre que personne ne cherchait à la poursuivre.

— Celle-là, j'ai failli l'écraser tout à l'heure en courant, dit Delamarche avec un rire en montrant le poing à la petite qui poussa un hurlement et monta encore plus haut.

Les cours par où ils passaient semblaient abandonnées aussi. De temps à autre seulement, on pouvait voir un garçon de magasin qui poussait devant lui une voiture à bras, une femme qui remplissait un broc d'eau à une pompe, un facteur en train de traverser toute la cour d'un pas égal, un vieil homme à moustaches blanches fumant sa pipe, les jambes croisées, devant une porte vitrée, ou des gens qui déchargeaient des caisses pour une entreprise de transports : les chevaux inoccupés tournaient la tête avec indifférence, et un homme en blouse surveillait le travail, un papier à la main.

Dans un bureau dont la fenêtre était ouverte, un employé assis à son pupitre détourna les yeux de son papier pour regarder pensivement au-dehors, là où passaient justement Karl et Delamarche.

— On ne peut pas souhaiter coin plus tranquille, dit celui-ci. Le soir il y a quelques heures de raffut, mais pendant toute la journée tout se passe d'une façon modèle.

Karl acquiesça d'un mouvement de tête, il trouvait même le calme trop grand.

— Je ne pourrais pas habiter autre part, dit Delamarche, car Brunelda ne supporte aucun bruit. Connais-tu Brunelda ? Tu vas la voir tout de suite. Je te recommande en tout cas de faire le plus doucement possible.

Quand ils arrivèrent à l'escalier qui conduisait chez Delamarche, le taxi était déjà parti et le garçon au nez rongé annonça, sans manifester le moindre étonnement de la réapparition de Karl, qu'il avait monté Robinson. Delamarche lui fit un simple signe de tête comme à un domestique qui vient de remplir un devoir tout naturel et entraîna Karl qui hésitait et regardait la rue ensoleillée. « Nous y sommes tout de suite », répéta-t-il souvent au cours de cette ascension ; mais cette prédiction ne s'accomplissait pas, il restait toujours un étage, un escalier de plus à grimper, dans une nouvelle direction à peine différente de la précédente. Karl s'arrêta même une fois, non par fatigue à proprement parler, mais il se sentait désarmé en face d'une pareille altitude.

— L'appartement est très haut, en effet, fit Delamarche quand ils furent repartis, mais ce n'est pas sans avantage. On sort peu, on passe toute la journée en robe de chambre ; c'est très pratique et très gentil. Naturellement, à cette hauteur-là, on ne reçoit pas de visites non plus.

— Et d'où viendraient-elles ? pensa Karl.

Enfin sur un palier Robinson apparut devant une porte fermée : ils se trouvaient à destination ; l'escalier ne finissait d'ailleurs pas là, il continuait à monter dans la pénombre sans que rien indiquât qu'il dût cesser bientôt.

— Je l'avais bien vu tout de suite, dit Robinson en parlant à voix basse comme si ses douleurs le faisaient souffrir encore. Je me disais : Delamarche va le ramener ! Rossmann, Rossmann, que serais-tu sans Delamarche !

Robinson se tenait là, en chemise et en caleçon, et cherchait à s'envelopper du mieux qu'il pouvait dans la petite couverture qu'on lui avait donnée à l'Hôtel Occidental ; on se demandait pourquoi il n'entrait pas au lieu de rester sur ce palier au risque de faire rire tous les gens qui passeraient.

— Dort-elle ? demanda Delamarche.

— Je ne crois pas, dit Robinson. J'ai quand même préféré attendre que tu viennes.

— Il faut d'abord voir si elle dort, dit Delamarche en se penchant vers le trou de la serrure.

Après avoir longtemps regardé sous tous les angles, il se releva et déclara : « On ne la voit pas bien, le store est baissé. Elle est assise sur le canapé, mais elle dort peut-être. »

— Est-elle donc malade ? demanda Karl en voyant Delamarche qui restait là comme pour chercher conseil.

Mais Delamarche riposta d'un ton tranchant : « Malade ? »

— Il ne la connaît pas, dit Robinson pour excuser Karl.

Quelques portes plus loin, deux femmes étaient sorties dans le corridor, et, tout en essuyant leurs mains sur leurs tabliers, elles regardaient Delamarche et Robinson dont elles semblaient s'amuser. Une toute jeune fille dont les cheveux blonds brillaient beaucoup sortit d'une porte et, se faufilant entre les deux commères, se pendit à leurs bras.

— Quelles sales femmes ! fit Delamarche à demi-voix — mais ce n'était évidemment que par égard pour le sommeil de Brunelda. — Je les dénoncerai le plus tôt possible à la police et j'aurai la paix pour longtemps. Ne les regarde pas, souffla-t-il à Karl, qui n'avait rien trouvé de mal à les examiner puisqu'il fallait de toute façon attendre dans le couloir le réveil de Brunelda. Karl secoua la tête avec irritation comme pour montrer qu'il n'avait pas d'avertissement à recevoir de Delamarche et il allait, pour le mieux prouver, se diriger du côté des trois femmes quand Robinson le retint par la manche en lui disant : « Rossmann, fais attention » ; Delamarche, déjà piqué par l'indocilité de Karl et rendu furieux par un éclat de rire de la petite, se lançait déjà sur les femmes en faisant voler bras et jambes ; chacune disparut chez elle comme emportée par un coup de vent.

— Je suis obligé, assez souvent, de nettoyer ainsi le couloir, dit Delamarche en revenant à pas lents.

Et, se rappelant alors la résistance de Karl, il ajouta :

— Quant à toi, j'attends que tu te conduises tout autrement, sinon tu pourrais faire avec moi de mauvaises expériences.

On entendit à ce moment une voix qui demandait de la chambre sur un ton doux et las : « Delamarche ? »

— Oui, répondit Delamarche en regardant la porte d'un air aimable ; nous pouvons entrer ?

— Oh oui, répondit la voix.

Delamarche ouvrit lentement la porte après avoir jeté un dernier regard sur les deux autres qui attendaient derrière lui.

On pénétra dans une obscurité complète. L'opaque rideau de la porte du balcon — il n'y avait aucune fenêtre — était tiré jusqu'au plancher, et d'autre part l'excès des meubles, et des habits pendus partout, contribuait énormément à l'obscurcissement de la pièce. L'air était lourd et l'on sentait littéralement la poussière qui avait dû s'accumuler dans des coins que nulle main ne pouvait sans doute atteindre. La première chose que vit Karl fut une enfilade de trois armoires rangées les unes derrière les autres.

La femme qui avait regardé du haut du balcon sous le parasol était étendue sur le canapé. Sa robe rouge avait un peu glissé sur le côté et retombait sur le sol en formant traîne ; on voyait les jambes presque jusqu'aux genoux ; la femme portait de gros bas de laine blanche. De chaussures, elle n'en avait point.

— Quelle chaleur, Delamarche ! dit-elle en détournant son visage du mur et en tendant indolemment sa main à Delamarche qui la saisit et la baisa.

Karl ne vit que son double menton qui roulait pour suivre la tête.

— Faut-il relever le rideau ? demanda Delamarche.

— Oh non, surtout pas ça ! dit-elle en fermant les yeux et comme au désespoir, ce serait encore pire.

Karl s'était avancé jusqu'au pied du canapé pour mieux la voir ; il s'étonnait de ces gémissements, car la chaleur n'avait rien d'excessif.

— Attends, je vais te mettre un peu à l'aise, dit Delamarche craintivement, en lui dégageant le cou et en ouvrant légèrement la robe, ce qui révéla le haut de la gorge et découvrit un délicat empiècement de dentelle de couleur jaunâtre.

— Qui est-ce ? dit soudain la femme en montrant Karl du bout du doigt, pourquoi me fixe-t-il ainsi ?

— Tu commences bien vite à faire le nécessaire, dit Delamarche en repoussant Karl de côté, tandis qu'il rassurait la femme en ces termes :

— Ce n'est que le garçon que je t'ai amené comme valet de chambre.

— Mais je ne veux personne, cria-t-elle, pourquoi m'amènes-tu des étrangers ici ?

— Tu disais pourtant ces derniers temps que tu voulais quelqu'un pour ton service, dit Delamarche en s'agenouillant, car, malgré toute la largeur du canapé, il n'y avait pas la moindre place près de Brunelda.

— Ah ! Delamarche, dit-elle, tu ne me comprends pas, tu ne me comprends jamais.

— Effectivement, je ne te comprends pas, dit Delamarche en lui prenant le visage entre les mains. Mais si tu veux, mettons que je n'aie rien fait, il va partir immédiatement.

— Puisqu'il est là, maintenant, qu'il reste, dit-elle alors, et Karl, dans sa grande fatigue, lui fut si reconnaissant de ce mot, dont l'intention n'avait pourtant rien d'amical, que, songeant toujours obscurément à ces escaliers infinis qu'il lui aurait peut-être fallu redescendre tout de suite, il s'avança, sauta le corps de Robinson qui sommeillait paisiblement sur sa couverture, et dit, malgré les signes courroucés de Delamarche :

— Je vous remercie de me permettre de rester encore un peu : il y a bien vingt-quatre heures que je n'ai pas dormi, ce qui ne m'a pas empêché de travailler mon soûl et d'essuyer pas mal de secousses ; je suis horriblement fatigué, je ne sais plus du tout où j'en suis. Mais quand j'aurai sommeillé quelques heures vous pourrez me renvoyer sans scrupule, je m'en irai volontiers.

— Mais non, reste tant que tu voudras, dit la femme.

Et elle ajouta ironiquement : « Tu vois bien, la place ne manque pas. »

— Allons, file, fit Delamarche, nous n'avons que faire de toi.

— Non, qu'il reste, dit la femme, sérieusement cette fois.

Et Delamarche dit à Karl, comme pour déférer à ce désir : « Alors couche-toi quelque part. »

— Il n'a qu'à s'étendre sur les rideaux, mais qu'il se déchausse d'abord pour ne pas les déchirer.

Delamarche montra à Karl la place dont elle voulait parler. Entre la porte et les trois armoires on avait jeté un grand tas de rideaux les plus divers. S'ils avaient été bien pliés, les plus lourds dessous, les plus légers dessus, et si l'on avait retiré les barres et les anneaux de bois, c'eût été là une couchette supportable, mais tels qu'ils étaient empilés, ils n'arrivaient à constituer qu'une masse branlante et glissante; Karl se coucha cependant sur-le-champ, car il était trop fatigué pour se livrer à des préparatifs spéciaux et devait aussi se garder, à cause de ses hôtes, de faire trop de cérémonies.

Il dormait presque quand il entendit un cri aigu et, se soulevant, aperçut Brunelda qui, assise sur le canapé, ouvrait démesurément les bras pour embrasser Delamarche agenouillé devant elle. Gêné par ce spectacle, il se renversa sur le dos et se replongea dans ses rideaux pour continuer à dormir. Il voyait nettement qu'il ne pourrait jamais arriver à tenir deux jours dans cet endroit, il ne lui en était que plus nécessaire de commencer par se reposer à fond pour recouvrer sa lucidité avant de prendre, et promptement, une décision judicieuse.

Mais Brunelda avait remarqué les yeux de Karl, ces yeux dilatés de fatigue qui l'avaient déjà effrayée, et s'écriait : « Delamarche, j'étouffe ! Je ne peux plus y tenir ! Il fait trop chaud, je brûle, il faut que je me déshabille, que je prenne un bain, fais-les sortir tous deux de la chambre où tu voudras, dans le couloir, sur le balcon, qu'enfin je ne les voie plus ! On n'est plus chez soi ! Si j'étais seule avec toi, Delamarche ! Ah ! mon Dieu ! ils sont encore là ! Ce Robinson qui se couche en caleçon en présence d'une dame, quelle honte ! et cet étranger qui m'a regardée il y a un instant avec des yeux de sauvage et qui se recouche pour donner le change ! Chasse-les, Delamarche, ils m'oppressent, ils me pèsent sur la poitrine ; si je meurs maintenant ce sera à cause d'eux ! »

— Ils vont sortir immédiatement. Tu peux commencer à te déshabiller, dit Delamarche qui alla trouver Robinson, lui posa le pied sur la poitrine et le secoua du bout de ce pied.

En même temps, il criait à Karl : « Rossmann, debout, et tous les deux sur le balcon ! Et malheur à vous si vous rentrez avant qu'on vous appelle ! Et maintenant, oust, Robinson ! » — et il le secouait plus fort — « Et toi, Rossmann, fais attention que je n'aie pas à venir te chercher » ; et il frappa deux fois dans ses mains.

— Que c'est long ! criait Brunelda sur le canapé.

En s'asseyant elle avait écarté largement les jambes pour donner plus de jeu à son énorme corps : elle ne pouvait réussir à se pencher — à grand renfort de muscles, de soupirs et d'exclamations — que juste autant qu'il le fallait pour saisir le haut de ses bas et les rabaisser légèrement ; elle ne pouvait pas les retirer complètement, c'était affaire à Delamarche qu'elle attendait maintenant avec impatience.

Abruti de fatigue, Karl s'était laissé glisser du haut du tas et se dirigeait lentement vers la porte du balcon ; un morceau de rideau était resté entortillé à sa cheville et il le traînait avec une mollesse découragée. Il dit même, dans sa distraction, en passant devant Brunelda : « Je vous souhaite une bonne nuit. » Delamarche lui ouvrit le rideau de la porte vitrée et Karl pénétra sur le balcon. Robinson suivait, non moins endormi, car il bredouillait d'un air ahuri : « C'est toujours la même chose ! C'est toujours les mêmes brimades ! Si Brunelda ne nous suit pas, je ne vais pas sur le balcon. » Mais, malgré cette affirmation, il sortit sans nulle résistance, et, comme Karl était déjà tombé dans le fauteuil, il s'étendit sur la pierre.

Quand Karl se réveilla c'était déjà le soir, les étoiles étaient au ciel, et derrière les hautes maisons de la rue transversale d'en face le clair de lune montait déjà. Karl regarda autour de lui cet endroit qu'il ne connaissait pas et il lui fallut respirer quelques bonnes bouffées de cet air rafraîchissant pour se rendre compte du lieu où il se trouvait. Qu'il avait été imprudent ! Négligeant tous les conseils de la cuisinière en chef, tous les avertissements de Thérèse, et toutes ses craintes personnelles, il était là, assis tranquillement sur le balcon de Delamarche après avoir dormi la moitié de la journée comme s'il n'y avait pas eu son grand ennemi derrière ces rideaux fermés. Sur le sol, Robinson se roulait paresseusement ; il tirait Karl par la cheville, et c'était même lui qui avait dû le réveiller ainsi, car il lui dit :

— Tu en as un de ces sommeils, Rossmann. C'est l'effet de l'insouciante jeunesse. Combien de temps veux-tu dormir encore ? Je t'aurais bien laissé faire plus longtemps, mais je m'ennuie tellement sur cette dalle ! Et puis, j'ai une faim de loup. Je t'en prie, lève-toi un peu, j'ai mis là sous le fauteuil quelque chose pour manger. Je voudrais bien aller le chercher. Tu en auras un peu, toi aussi.

Et Karl, s'étant levé, vit alors Robinson s'avancer sur le ventre, allonger les mains sous le fauteuil et en tirer un petit plateau argenté comme ceux dans lesquels on dépose les cartes de visite. Il y avait là-dessus la moitié d'une saucisse toute noire, quelques minces cigarettes, une boîte de sardines ouverte mais encore bien garnie, et débordante d'huile, et une quantité de bonbons, écrasés pour la plupart, qui s'étaient collés en boule. On vit ensuite apparaître un grand morceau de pain et une sorte de bouteille de parfum mais qui semblait contenir tout autre chose, car Robinson la montra avec une satisfaction particulière et leva la tête vers Karl en faisant claquer sa langue.

— Tu vois, Rossmann, lui disait-il en engloutissant sardine sur sardine et en essuyant de temps en temps l'huile de ses doigts sur un chiffon de laine que Brunelda avait dû oublier sur le balcon, tu vois, Rossmann, voilà comment il faut garder ici son repas si l'on ne veut pas mourir de faim. Je suis complètement mis de côté. Et quand on est toujours traité comme un chien, on finit par penser qu'on en est vraiment un. Une bonne affaire que tu sois là, au moins j'ai quelqu'un pour parler ! Dans l'immeuble personne ne me parle. On nous déteste.

Et tout cela à cause de la Brunelda. C'est une femme superbe, je ne dis pas... Écoute... — et il faisait signe à Karl de rapprocher l'oreille pour pouvoir lui parler tout bas — une fois je l'ai vue toute nue. Alors tu sais..., au souvenir de cette joie, il se mit à serrer les jambes de Karl et à taper dessus jusqu'à ce que l'autre s'écriât : « Mais tu es fou, Robinson ! » et lui saisît les mains pour le faire cesser.

— Ah ! tu n'es qu'un enfant, Rossmann, dit Robinson.

Et, sortant un poignard qu'il portait attaché à son cou, sous sa chemise, par un lacet, il en ôta la gaine et coupa la saucisse. « Tu as encore beaucoup à apprendre. Mais chez nous tu es bien tombé. Assieds-toi donc. N'as-tu pas envie de manger un morceau ? Allons, l'appétit te viendra peut-être en me regardant. Tu ne veux pas boire non plus ? Mais tu ne veux donc rien de rien ? Tu n'es pas bien loquace non plus. Mais peu importe après tout avec qui l'on est sur le balcon pourvu qu'il y ait quelqu'un. Car je m'y tiens très souvent, ça amuse tant la Brunelda. Il n'a qu'à lui passer une idée par la tête — une fois c'est qu'il fait froid, une fois c'est qu'il fait chaud, une fois elle veut dormir, une autre, elle veut se peigner, une autre encore, elle veut retirer son corset ou bien il lui prend l'envie de s'habiller — et aussitôt me voilà expédié sur le balcon. Parfois, elle fait vraiment ce qu'elle dit, mais la plupart du temps, elle reste couchée comme auparavant, sans bouger, sur son canapé. Autrefois, j'écartais souvent un petit peu le rideau, comme ça, pour regarder, mais une fois — je sais bien qu'il ne voulait pas le faire, mais Brunelda le lui a demandé — Delamarche m'a donné quelques coups de fouet sur la figure — tu vois les stries ? — et depuis je n'ose plus regarder. Alors je reste couché sur le balcon et je n'ai pas d'autre distraction que de manger. Avant-hier en me voyant là, étendu tout seul, sur ce balcon — j'avais encore l'élégant costume que j'ai perdu dans ton hôtel — ces chiens qui vous arrachent du corps des habits aussi coûteux ! — en me voyant donc là tout seul et en regardant par la grille dans la rue, je me suis senti tellement triste que je me suis mis à pleurer. Alors, sans que je l'entende venir, Brunelda est venue, par hasard, vers moi dans sa robe rouge — c'est celle qui lui va le mieux de toutes — elle m'a un peu regardé et elle m'a dit finalement : " Mon petit Robinson, pourquoi pleures-tu ? " Et puis, elle a levé sa robe et m'a séché les yeux avec l'ourlet. Qui sait ce qu'elle eût encore fait si Delamarche ne l'avait pas appelée et si elle n'avait pas été obligée de retourner dans la chambre ! Naturellement, j'ai pensé tout de suite que c'était mon tour qui était venu et j'ai demandé à travers le rideau si je pouvais rentrer déjà. Eh bien ! Que penses-tu qu'elle ait dit, la Brunelda ? " non " elle a dit, et " qu'est-ce qui te prend ? " Voilà ce qu'elle m'a répondu.

— Pourquoi restes-tu donc ici, demanda Karl, si on te traite de cette façon ?

— Excuse-moi, Rossmann, répondit Robinson, mais tu poses des questions bien bêtes. Tu resteras bien toi aussi, et même si on te traite plus mal. D'ailleurs on ne me traite pas si mal.

— Non ! dit Karl, moi je m'en irai, et dès ce soir s'il y a moyen, je ne resterai pas chez vous.

— Comment t'arrangerais-tu donc pour partir ce soir, par exemple ? demanda Robinson qui avait coupé la mie de son pain et la trempait soigneusement dans l'huile de la boîte à sardines. Comment veux-tu partir quand tu ne peux même pas entrer dans la chambre ?

— Pourquoi n'avons-nous donc pas le droit d'entrer ?

— Voilà, tant qu'on n'a pas sonné, nous n'avons pas le droit d'entrer, dit Robinson qui consommait son pain huilé en ouvrant démesurément les mâchoires et en recueillant dans le creux de sa main l'huile qui dégouttait du pain pour pouvoir tremper de temps en temps la mie qui lui restait encore dans ce creux de main qui faisait office de réservoir.

— C'est devenu bien plus sévère qu'autrefois. Au début, il n'y avait qu'un mince rideau ; on ne voyait pas à travers, mais le soir on pouvait reconnaître les ombres. Ça déplaisait à Brunelda ; alors j'ai dû lui retailler un de ses manteaux de théâtre pour en faire un rideau qu'on m'a fait pendre à la place de l'ancien ; maintenant, on ne voit plus rien ; et puis autrefois, j'avais encore le droit de demander si je pouvais entrer et on me répondait oui ou non, suivant les circonstances ; mais j'en ai sans doute abusé. J'ai dû demander trop souvent. Brunelda ne pouvait pas supporter cela : malgré sa forte apparence, elle est très délicate, elle a très souvent la migraine, et de la goutte dans les jambes presque tout le temps. Et alors on a décidé que je ne devrais plus demander et qu'on me sonnerait, quand je pourrais entrer, avec le timbre de la table. Mais, il fait un tel bruit qu'il me réveille moi-même — j'avais un chat pour me distraire sur le balcon, il est parti de peur en l'entendant et il n'est jamais revenu.

« Tranquillise-toi, le timbre n'a pas encore sonné, je n'ai pas seulement le droit de rentrer, je suis obligé de le faire quand ça sonne ; et quand ça se met à ne pas sonner comme cette fois-ci, ça peut durer encore longtemps.

— Vraiment, dit Karl, mais ces prescriptions sont faites pour toi, elles ne me visent pas encore nécessairement. Elles ne s'adressent d'ailleurs qu'à ceux qui veulent bien se laisser faire.

— Comment cela ? s'écria Robinson, pourquoi te figures-tu qu'elles ne vaillent pas pour toi ? Bien sûr que si, elles te concernent tout comme moi. Attends ici avec moi qu'on sonne. Tu essaieras de voir si tu peux t'en aller.

— Mais pourquoi ne t'en vas-tu donc pas ? Simplement parce que Delamarche est ton ami, ou plutôt parce qu'il l'a été ? Est-ce une vie que tu mènes là, ne serais-tu pas mieux à Butterford ? Ou même en Californie où tu possèdes des amis ?

— C'est vrai, dit Robinson, qui aurait pu prévoir ?

Et, avant de reprendre le fil de son discours, il dit encore : « A ta santé, mon cher Rossmann », en buvant un long coup à la bouteille de parfum. « Nous étions dans de bien vilains draps quand tu nous as si grossièrement lâchés. Les premiers jours nous n'avons pas pu trouver de travail, d'ailleurs Delamarche n'en voulait pas ; on lui en aurait bien donné, mais c'est toujours moi qu'il envoyait chercher et je n'ai jamais eu de chance. Il travaillait par-ci par-là, mais la journée y passait toute et il n'a rapporté qu'un porte-monnaie de dame. Un très beau porte-monnaie par exemple, en perles, il en a fait cadeau à Brunelda depuis, mais il n'y avait presque rien dedans. Et puis il a dit qu'il fallait aller mendier dans les maisons, cela permet naturellement de trouver bien des choses utiles ; nous sommes donc allés mendier et j'ai chanté devant les portes pour que ça ait meilleure façon. Avec la chance que Delamarche a toujours, nous n'avions pas fait deux maisons que nous nous trouvons devant un riche rez-de-chaussée ; nous chantons notre petite chanson sur le trottoir à la cuisinière et au domestique et voilà juste que la dame arrive pour monter l'escalier du perron, la propriétaire de l'appartement, Brunelda. Il n'y avait que deux ou trois marches, mais elle était peut-être trop serrée, car elle ne pouvait pas monter. Mais qu'elle était belle, Rossmann ! Elle avait une robe toute blanche et une belle ombrelle rouge. A la croquer, elle était, à la boire ! Non, ce qu'elle pouvait être belle, cette femme ! Ah ! grands dieux ! qu'elle était jolie ! Dis-moi comment il peut se faire qu'il y ait vraiment une femme comme ça ? Naturellement, la bonne et le domestique sont venus tout de suite à sa rencontre et l'ont presque portée jusqu'en haut. Nous autres, nous nous sommes mis de chaque côté de la porte, et nous avons salué quand elle est arrivée, c'est comme ça qu'on fait ici. Elle s'est arrêtée un instant parce qu'elle ne pouvait pas encore bien respirer, et alors, je ne sais pas comment cela s'est fait, la faim devait me troubler l'esprit, et puis de près elle était encore plus belle, et large, large, large... et ferme, ferme, ferme de partout, à cause d'un corset exprès que je te ferai voir dans l'armoire..., bref, je l'ai un peu touchée par-derrière, mais à peine tu sais, juste comme ça, effleurée. Naturellement, on ne peut pas tolérer ça ! Si les mendiants se mettaient à toucher les dames riches !... Ce n'était presque pas un contact, à vrai dire, mais après tout c'en était un quand même. Qui sait ce qui aurait pu m'arriver si Delamarche ne m'avait pas tout de suite donné une gifle, mais alors une telle gifle que j'ai eu besoin immédiatement de mes deux mains pour mes joues !

— Eh bien, vous en faisiez ! dit Karl, complètement captivé par l'histoire.

Et il s'assit sur la dalle du balcon.

— Et alors c'était Brunelda ?

— Ma foi, oui, c'était Brunelda.

— Ne m'avais-tu pas dit une fois qu'elle était cantatrice ? demanda Karl.

— Certainement, elle est cantatrice, et une grande cantatrice, répondit Robinson qui retournait sur sa langue un énorme grumeau de bonbons en faisant rentrer de temps à autre avec son doigt les morceaux que la pression chassait de sa bouche. Mais naturellement, nous ne le savions pas encore à ce moment-là, nous voyions seulement que c'était une dame riche et distinguée. Elle a fait comme si de rien n'était et peut-être même n'avait-elle rien senti, car je ne l'avais vraiment touchée qu'une demi-seconde du bout du doigt. Mais elle ne cessait pas de regarder Delamarche qui la regardait droit dans les yeux, comme il sait si bien le faire, tu sais. Et là-dessus, elle lui a dit : « Entre donc un instant », en lui faisant voir du bout de son ombrelle l'appartement où il devait la précéder. Alors ils sont entrés tous deux et les domestiques ont refermé la porte derrière eux. Moi, ils m'ont oublié dehors ; j'ai pensé que ce ne serait pas tellement long et je me suis assis sur l'escalier pour attendre Delamarche. Mais au lieu de Delamarche, c'est un domestique qui est venu et qui m'a apporté une pleine soupière de soupe : une attention de Delamarche, je l'ai bien vu. Le domestique est resté encore avec moi un moment, pendant que je mangeais, à me raconter quelques petites choses sur Brunelda, et alors j'ai bien vu l'importance que cette visite pouvait avoir pour nous. Car Brunelda était une femme divorcée, elle avait une grosse fortune et elle était complètement indépendante ! Son ancien mari, un fabricant de cacao, l'aimait bien toujours, mais elle ne voulait absolument rien savoir de lui. Il venait souvent à la maison, toujours très élégamment mis, comme pour une noce — et c'est rigoureusement exact, je le connais personnellement — mais le domestique, malgré ses énormes pourboires, n'osait pas demander à Brunelda si elle voulait le recevoir, car il l'avait déjà fait à plusieurs reprises, et chaque fois Brunelda lui avait jeté à la figure la première chose qui lui tombait sous la main. Elle lui avait même lancé une fois sa grande bouillotte pleine d'eau et lui avait cassé une dent de devant ! Hein ! Rossmann, voilà qui t'étonne ?

— D'où connais-tu donc son mari ? demanda Karl.

— Il monte quelquefois ici, dit Robinson.

— Il monte ici ? dit Karl étonné en frappant légèrement la dalle de la main.

— Tu peux bien t'étonner, continua Robinson, je me suis étonné moi-même, quand le domestique m'a raconté tout ça. Pense donc, quand Brunelda n'était pas à la maison le mari se faisait conduire par le domestique dans sa chambre et chaque fois il emportait quelque bibelot en souvenir, et il laissait pour Brunelda quelque objet très chic et très cher, en défendant sévèrement au domestique de dire d'où cela venait. Mais une fois qu'il avait apporté — c'est le domestique qui l'a dit, et je le crois — je ne sais quoi en porcelaine qui coûtait les yeux de la tête, Brunelda a dû s'apercevoir que la chose venait de lui, elle l'a jetée sur le sol et piétinée tant qu'elle a pu, elle a craché dessus et je ne sais quoi encore, si bien que le domestique, de dégoût, n'osait même plus l'emporter.

— Qu'est-ce que son mari a bien pu lui faire ? demanda Karl.

— Je ne sais pas, dit Robinson, rien de bien particulier, je crois, du moins il ne sait pas lui-même, j'en ai déjà parlé plusieurs fois avec lui, il m'attend tous les jours là-bas au coin de la rue ; quand je viens, il faut que je lui raconte les nouvelles ; si je ne peux pas venir, il m'attend une demi-heure et il repart. Cela m'a fait de jolis bénéfices, car il paie très généreusement les informations, mais depuis que Delamarche le sait, je suis obligé de lui donner tout, alors j'y vais moins souvent.

— Que cherche-t-il donc ? demanda Karl, il sait pourtant qu'elle ne veut pas de lui !

— Eh oui ! dit Robinson en poussant un soupir.

Il alluma une cigarette et chassa la fumée avec de grands gestes du bras. Puis il sembla changer d'idée, et dit : « Que m'importe ? Mais je sais bien qu'il donnerait beaucoup d'argent pour avoir le droit de coucher comme nous sur ce balcon. »

Karl se leva, s'appuya sur la grille et regarda en bas dans la rue. La lune était déjà montée, mais sa lumière n'avait pas encore atteint les dernières profondeurs de cette artère. La rue, si vide dans le jour, était maintenant pleine de monde, surtout devant les portes ; et tous ces gens se remuaient avec une lenteur pesante ; les manches de chemise des hommes et les robes claires des femmes se détachaient légèrement de l'ombre, personne ne portait de chapeau. Tous les balcons des environs étaient occupés par les familles qui se réunissaient sous la lampe autour d'une petite table ou s'alignaient sur des fauteuils, suivant la grandeur du balcon ; les moins heureux passaient la tête par la porte. Les hommes étalaient leurs jambes, les pieds entre les montants de la grille, et lisaient des journaux qui tombaient jusqu'au sol, à moins qu'ils ne jouassent aux cartes, muettement pour des observateurs lointains, mais en frappant de grands coups sur la table ; les femmes avaient leur plein giron de couture à faire et ne perdaient que rarement un bref regard sur leur entourage ou sur la rue. Une blonde fragile, sur le balcon voisin, ne cessait de bâiller en renversant les yeux et en portant à sa bouche la pièce de lingerie qu'elle était en train de repriser ; jusque sur les plus petits balcons les enfants se couraient après, ce qui importunait beaucoup les parents. Dans bien des chambres, on avait installé des gramophones qui débitaient des romances ou des morceaux d'orchestre ; on ne s'occupait pas beaucoup de cette musique, mais de temps en temps le père de famille faisait un signe et quelqu'un se hâtait d'entrer dans la pièce pour changer le disque. A nombre de fenêtres on voyait des couples complètement immobiles ; juste en face de Karl l'un se tenait debout : le jeune homme avait passé son bras autour de la jeune fille et lui pressait la poitrine de la main.

— Connais-tu quelqu'un des gens d'à côté ? demanda Karl à Robinson, qui s'était levé lui aussi, et, sentant le froid, avait roulé autour de lui la couverture de Brunelda par-dessus la sienne.

— A peu près aucun, dit Robinson qui attira Karl auprès de lui pour pouvoir lui chuchoter à l'oreille :

— C'est bien ce qu'il y a de terrible ; autrement je n'aurais pas à me plaindre pour le moment. Brunelda a vendu tout ce qu'elle avait à cause de Delamarche et elle est venue s'installer ici avec toutes ses richesses dans cette maison de faubourg pour pouvoir se consacrer à lui sans être gênée par personne : c'était d'ailleurs aussi le désir de Delamarche.

— Et ses domestiques, dit Karl, elle leur a donné congé ?

— Parfaitement, dit Robinson. Où les logerait-on ici ? Ces domestiques sont des messieurs fort exigeants. Une fois chez Brunelda, Delamarche en a tout simplement sorti un de la chambre en le giflant à tour de bras ; les claques ont volé sans arrêt jusqu'à ce que le bonhomme soit dehors. Naturellement, les autres domestiques ont pris le parti de celui-là et sont venus faire du potin devant la porte ; alors Delamarche est sorti (à cette époque, je n'étais pas domestique, j'étais un ami de la maison, mais je me trouvais quand même avec les domestiques), et il a demandé : « Que voulez-vous ? » Là-dessus le plus vieux des serviteurs, un certain Isidore, lui a répondu : « Vous n'avez rien à nous dire ; notre maîtresse, c'est Madame. » Comme tu t'en aperçois sans doute, ils avaient beaucoup de respect pour Brunelda. Mais Brunelda, sans s'occuper d'eux, a volé auprès de Delamarche, elle n'était pas si lourde que maintenant, elle l'a embrassé devant tout le monde, elle l'a couvert de baisers, elle l'a appelé : « Mon très cher Delamarche », et elle lui a dit finalement : « Expédie-moi donc tous ces singes. » Les singes, c'étaient les domestiques. Imagine la tête qu'ils faisaient. Brunelda a mis elle-même la main de Delamarche dans la bourse qu'elle portait à la ceinture, Delamarche a puisé dedans et s'est mis en devoir de payer tout le monde. Brunelda n'a pris part au règlement qu'en restant là avec sa bourse ouverte. Delamarche était obligé d'y revenir souvent, car il distribuait l'argent sans compter et sans examiner les exigences. Quand la chose a été finie, il leur a dit : « Maintenant, puisque vous ne voulez pas parler avec moi, je vous le dis au nom de Brunelda, déguerpissez, et au galop. » Voilà comment ils ont été renvoyés, il y a eu quelques procès par la suite. Delamarche a même dû se présenter une fois en justice, mais là-dessus, je ne sais rien de bien précis. Tout de suite après leur départ, Delamarche a dit à Brunelda : « Maintenant tu n'as plus de domestiques. » Elle a dit : « Et Robinson ? » Alors, Delamarche m'a dit en me tapant un coup sur l'épaule : « Bon, alors Robinson, tu seras le domestique. » Et Brunelda m'a tapoté la joue. Si l'occasion s'en trouve, Rossmann, fais-toi tapoter la joue par Brunelda, tu n'imagines pas comme c'est bon.

— Tu es donc devenu le domestique de Delamarche ? résuma Karl.

Robinson comprit le regret que sous-entendait la question et répondit :

— Je suis domestique, mais il y a bien peu de gens qui s'en aperçoivent. Tu vois bien que toi-même, tu ne le savais pas, et tu es pourtant chez nous depuis une journée. Tu as vu, cette nuit, chez vous, comment j'étais habillé ! J'avais tout ce qu'il y a de beau dans ce qui se fait de plus beau. Est-ce que les domestiques sont habillés comme ça ? Le hic, c'est que, malheureusement, je ne peux pas sortir souvent ; il faut que je sois toujours à leur disposition car il y a toujours quelque chose à faire dans le ménage. Une personne ne suffit pas pour tout le travail. Comme tu l'as peut-être remarqué, nous avons beaucoup de choses dans la chambre ; tout ce que nous n'avons pas pu vendre au moment du grand déménagement, nous l'avons emporté avec nous. Naturellement, on aurait pu en faire cadeau, mais Brunelda ne fait pas de cadeaux. Imagine le travail qu'il y a eu pour monter tous ces meubles par l'escalier.

— Tu as tout monté, Robinson ! s'écria Karl.

— Qui l'aurait fait ? dit Robinson. J'avais bien un homme pour m'aider, une espèce de grand fainéant, mais j'ai dû faire presque tout seul. Brunelda se tenait en bas près de la voiture. Delamarche disait en haut où il fallait placer les choses, et moi je faisais le va-et-vient. Il a fallu deux jours, c'est long, tu ne trouves pas ? Mais tu n'as aucune idée du nombre de choses qu'il y a dans cette chambre ; les armoires sont pleines, et, derrière les armoires, tout est bourré jusqu'au plafond. Si l'on avait pris quelques déménageurs pour le transport tout aurait été vite fini, mais Brunelda ne voulait en confier le soin à personne d'autre que moi. C'était très gentil, mais à ce moment-là j'ai gâché ma santé pour toute mon existence ; et qu'avais-je d'autre que ma santé ? Si peu que je force maintenant, ça me donne des points ici, et ici là. Penses-tu que les grooms de l'hôtel, ces petits crapauds pour les appeler par leur vrai nom, auraient jamais réussi à me battre si j'avais été bien portant ? Mais, quoi que je souffre, je ne dirai rien à Delamarche et Brunelda, je travaillerai tant que ça ira, et, quand ça n'ira plus, je me coucherai pour mourir, et alors ils verront, trop tard, que j'étais malade et que je n'ai quand même pas cessé de travailler pour eux sans relâche et que je suis mort à peiner à leur service. Ah ! Rossmann ! dit-il pour finir en s'essuyant les yeux sur les manches de chemise de Karl.

Au bout d'un temps, il ajouta : « Ne sens-tu donc pas le froid, à rester là en chemise ? »

— Laisse-moi donc, dit Karl, tu ne cesses pas de pleurer. Je ne crois pas que tu sois si malade. Tu as l'air parfaitement bien portant, mais à rester toujours sur ce balcon, tu t'es monté un peu la tête. Tu as peut-être de temps en temps un point dans la poitrine, mais moi aussi, tout le monde en a. Et si tout le monde voulait pleurer comme toi pour la moindre bagatelle, tous ceux qui sont sur ces balcons seraient en train de verser des larmes.

— Tu te figures ça, dit Robinson qui s'essuyait maintenant les yeux avec le coin de sa couverture. L'étudiant qui habite à côté, chez la logeuse qui nous faisait autrefois la cuisine à nous aussi, m'a dit dernièrement, quand je rapportais les ustensiles : « Dites-moi, Robinson, vous n'êtes pas malade ? » Il m'est défendu de parler aux gens ; j'ai simplement posé ma vaisselle, et j'allais partir quand il est venu vers moi et m'a dit : « Écoutez, jeune homme, ne poussez pas la chose trop loin, vous êtes malade. — Et que dois-je donc faire, s'il vous plaît ? lui ai-je demandé. — Cela vous regarde », m'a-t-il dit, et il s'est retourné vers les autres qui se sont tous mis à rire autour de leur table ; nous n'avons ici que des ennemis, alors j'ai préféré partir.

— Alors, tu crois les gens qui se moquent de toi, et ceux qui te veulent du bien, tu ne leur fais aucun crédit ?

— Je sais bien ce que je sens ! dit Robinson avec un sursaut.

Mais il retomba tout de suite dans ses pleurs.

— Non, justement, tu ne sais pas ce que tu as : tu devrais te chercher un vrai travail au lieu de rester ici à faire le domestique de Delamarche, car autant que j'en puisse juger par tes récits et par ce que j'ai vu moi-même, ce n'est pas une vie de travail que tu mènes, c'est une existence d'esclave. Personne n'y tiendrait, je t'en crois aisément. Mais toi, parce que tu es l'ami de Delamarche, tu te figures que tu n'as pas le droit de le quitter. C'est faux. S'il ne se rend pas compte de ta vie misérable, tu ne lui as pas la moindre obligation.

— Tu crois donc réellement, Rossmann, que je me remettrai si je cesse de travailler ici ?

— Bien sûr ! dit Karl.

— Bien sûr ? demanda Robinson.

— Absolument, répondit Karl en souriant.

— Alors, je vais pouvoir commencer tout de suite à me reposer, fit Robinson en regardant Karl.

— Et comment ? demanda celui-ci.

— Mais parce que, répondit Robinson, tu vas assurer mon travail.

— Qui te l'a dit ? demanda Karl.

— C'est un projet déjà ancien. Il y a plusieurs jours que nous en parlons. C'est Brunelda qui a commencé en me querellant tout le temps, parce que je ne tenais pas la maison assez propre. Naturellement, j'ai promis de tout arranger sur-le-champ. Seulement c'est très difficile. Mon état ne me permet pas d'aller me glisser, par exemple, sous tous les meubles pour enlever la poussière ; déjà au milieu de la chambre on ne peut pas se remuer ; comment veux-tu qu'on le fasse dans les coins, au milieu des meubles et des provisions ? D'ailleurs, si l'on veut tout nettoyer parfaitement, on est bien obligé de déplacer les meubles, et il faudrait que je le fasse tout seul ? Et très doucement pour ne pas déranger Brunelda qui ne quitte presque jamais la chambre ? Bref, j'ai bien promis de tout nettoyer, mais en réalité, je ne l'ai pas fait. Quand Brunelda s'en est aperçue, elle a dit à Delamarche que cette situation ne pouvait pas durer et qu'on serait obligé de prendre une personne de plus. — « Je ne veux pas, Delamarche », a-t-elle dit, « que tu puisses jamais me reprocher d'avoir mal tenu le ménage. Je ne peux pas le faire moi-même, c'est trop pénible, tu le reconnais, et Robinson ne suffit pas. Au début, il était encore alerte et vif et il se débrouillait parfaitement ; rien ne traînait ; mais maintenant il est constamment fatigué et il passe la plupart du temps accroupi dans un coin de la chambre. Tu penses bien qu'une pièce comme la nôtre, avec tous les meubles qu'il y a, ne se tient pas propre toute seule ! » Là-dessus, Delamarche a réfléchi à ce qu'on pourrait faire, car on ne peut naturellement pas introduire n'importe qui dans un pareil ménage, même pas à l'essai, tout le monde nous épie ; mais, comme je suis ton bon ami et que j'ai appris par Renell tout le mal que tu devais te donner à l'hôtel, j'ai tout de suite pensé à toi. Delamarche a accepté immédiatement malgré ton impertinence de l'autre fois et j'ai été naturellement enchanté de pouvoir t'être si utile.

C'est, en effet, une situation qui a l'air d'avoir été faite pour toi. Tu es jeune, robuste et adroit, alors que moi je ne vaux plus rien. Cela ne veut évidemment pas dire que tu sois encore accepté. Si tu ne plais pas à Brunelda, nous n'avons que faire de toi. Mais tâche seulement de lui être agréable, je me charge du reste.

— Et que feras-tu, demanda Karl, quand je serai domestique ici ?

Il éprouvait une grande sensation de liberté ; la première frayeur que lui avaient causée les explications de Robinson était passée. Delamarche n'avait donc pas de pire intention que celle de faire de lui son domestique ? — S'il en avait eu, le bavard Robinson les aurait sûrement trahies. — Mais alors Karl se faisait fort de quitter la maison dans la nuit ! On ne peut obliger personne à accepter une situation ; après son renvoi de l'hôtel, il s'était inquiété de savoir s'il trouverait un poste convenable, et, si possible, au moins équivalent, assez vite pour être à l'abri de la faim ; maintenant, en comparaison de la situation qu'on lui destinait, n'importe quel travail lui aurait semblé bon ; il aurait même préféré à la situation de Robinson les pires misères du chômage. Mais il ne chercha même pas à le faire comprendre à l'Irlandais, surtout maintenant que Robinson avait le jugement complètement faussé par l'espoir de se voir délivré par Rossmann. « Je vais donc commencer demain », déclara Robinson, les coudes appuyés sur la rampe, en accompagnant son discours des gestes les plus satisfaits. « Je vais commencer par tout t'expliquer et par te montrer les provisions. Avec l'instruction que tu possèdes, tu as certainement une belle écriture et tu pourrais dresser tout de suite un catalogue de toutes les choses que nous avons là. Il y a longtemps que Brunelda en a envie. S'il fait beau demain matin, nous la prierons d'aller s'asseoir sur le balcon et nous pourrons alors travailler tranquillement dans l'appartement sans la déranger. Car c'est là l'essentiel, Rossmann : ne pas déranger Brunelda. Elle entend tout, c'est sans doute le chant qui lui a ainsi aiguisé les oreilles. Tu es, par exemple, en train de rouler le baril d'eau-de-vie qui est derrière les armoires pour le sortir de l'appartement, et, naturellement, tu fais un peu de bruit parce qu'il y a par là-bas toutes sortes de choses qui t'empêchent de le rouler d'un seul coup jusqu'à la porte ; pendant ce temps, disons que Brunelda est couchée sur le canapé et qu'elle travaille à attraper des mouches, car les mouches la gênent affreusement ; tu te figures donc qu'elle ne s'inquiète pas de toi, et tu continues à rouler ton tonneau, elle reste couchée tranquillement ; mais au moment où tu ne t'y attends plus, et où tu fais le moins de bruit, elle s'assied tout d'un coup et frappe le canapé jusqu'à ce qu'on ne se voie plus à force de poussière, — je n'ai pas battu le canapé depuis que nous sommes ici, je ne peux pas puisqu'elle est toujours couchée dessus, — et la voilà qui se met à pousser des cris horribles, des cris d'homme, des heures durant. Les voisins lui ont bien défendu de chanter, mais personne ne saurait l'empêcher de crier, il faut qu'elle crie ; d'ailleurs maintenant, c'est devenu moins fréquent car, avec Delamarche, nous nous surveillons sévèrement. Et puis, ces hurlements lui faisaient beaucoup de mal. Une fois, elle s'est évanouie et, comme Delamarche était justement là, j'ai dû appeler l'étudiant d'à côté qui l'a arrosée avec le liquide d'une grande bouteille ; il a parfaitement réussi, mais cette drogue avait une odeur insupportable qu'on sent encore en tournant le nez vers le canapé. Cet étudiant est certainement notre ennemi, comme tout le monde dans la maison ; aussi fais-y bien attention et ne te laisse aller à parler à personne.

— Mais, voyons, Robinson, dit Karl, voilà un service bien pénible ! Le joli poste pour lequel tu m'as recommandé là !

— Ne t'inquiète pas, dit Robinson en secouant la tête, les yeux fermés, pour dissiper tous les soucis de Karl. Le poste a des avantages que nul autre ne pourrait t'offrir. Tu t'y trouves constamment dans le voisinage d'une dame comme Brunelda, tu couches parfois dans la même chambre, et cela ne va pas, comme tu peux bien penser, sans quelques petits agréments. Tu seras payé royalement, ce n'est pas l'argent qui manque ici. Moi, comme ami de Delamarche, je ne touchais rien. Brunelda me donnait seulement un petit viatique pour mes sorties. Mais toi, évidemment, tu toucheras un salaire comme tout autre domestique, puisque tu n'es rien d'autre d'ailleurs. Et le plus agréable pour toi, c'est que je te soulagerai beaucoup. Évidemment, au début, je cesserai tout travail afin de me remettre d'aplomb, mais dès que je serai un peu reposé, tu pourras compter sur moi. Je conserverai tout le service de Brunelda, coiffure, habillage, etc., dans la mesure où ce n'est pas Delamarche qui s'en occupe. Tu n'auras à t'inquiéter que de faire la chambre, les commissions et les gros travaux.

— Non, Robinson, dit Karl, rien de tout cela ne me tente.

— Ne fais donc pas de bêtises, Rossmann, dit Robinson en s'approchant tout près de lui, ne te gâche pas à plaisir cette belle occasion. Où trouverais-tu un pareil poste immédiatement ? Qui te connaît ? qui connais-tu ? Delamarche et moi, nous sommes des hommes qui en avons vu déjà beaucoup, qui possédons une grande expérience, et nous avons passé des semaines à trimarder sans rien trouver ; ce n'est pas facile, c'est même désespérément dur.

Karl opina du bonnet, tout étonné de voir que Robinson pouvait parler si raisonnablement. Mais ces conseils n'étaient pas faits pour lui : il n'avait pas le droit de rester ici, il trouverait bien dans cette grande ville une petite place. Toute la nuit, il le savait, les hôtels regorgeaient de monde ; on avait besoin de personnel pour servir les clients et il avait déjà l'expérience de ce métier. Il aurait vite fait de s'adapter sans accroc dans un établissement quelconque ; il y avait, justement, dans la maison d'en face, un petit hôtel d'où sortait une musique mugissante. L'entrée principale n'en était fermée que par un grand rideau jaune qui venait flotter dans la rue quand un courant d'air l'agitait. Mais, en dehors du bruit du restaurant, la rue était devenue certainement bien plus calme. La plupart des balcons s'étaient replongés dans les ténèbres ; au loin seulement, par-ci par-là, une lumière brillait encore ; à peine, d'ailleurs, l'avait-on aperçue que les gens se levaient déjà et qu'un homme, attrapant le bouton pendant que les autres rentraient, éteignait la lampe du balcon après un bref coup d'œil dans la rue.

— Voici la nuit qui commence déjà, se dit Karl. Si je reste encore un peu ici je ne pourrai plus me séparer d'eux. Il se retourna pour ouvrir le rideau de l'appartement. Que veux-tu ? demanda Robinson en venant s'interposer entre Karl et le rideau.

— Partir, dit Karl, laisse-moi, laisse-moi.

— Tu ne vas pourtant pas aller les déranger ! s'écria Robinson. Qu'est-ce qui te prend subitement ? Et, se pendant au cou de Karl de tout son poids, il le fit tomber sur le sol en lui donnant un croc-en-jambe. Mais Karl avait un peu appris à se battre, avec les grooms ; il envoya à Robinson un coup de poing sous le menton, non sans grands ménagements d'ailleurs. Robinson eut encore le temps de lui frapper rapidement et sans aucun égard un grand coup de genou dans le ventre. Puis, portant ses deux mains à son menton, il se mit à gémir si fort qu'un homme sortit sur le balcon voisin et ordonna le silence en frappant frénétiquement dans ses mains. Karl resta encore couché un moment sans bouger pour laisser passer la douleur que lui avait causée le coup de Robinson Il se contenta de tourner la tête vers le rideau, qui pendait, immobile et lourd, devant la chambre sans lumière. Il semblait qu'il n'y eût plus personne dans la pièce ; peut-être Delamarche était-il sorti avec Brunelda ? Dans ce cas, Karl avait pleine liberté d'action, puisque Robinson, qui se comportait en véritable chien de garde, était définitivement déblayé.

Ce fut alors qu'on entendit au loin des flonflons de trompettes et des roulements de tambours qui arrivaient du bout de la rue. Les appels isolés d'un grand nombre de gens se réunirent bientôt en un cri général. Karl tourna la tête et vit tous les balcons s'allumer à nouveau. Il se redressa lentement, mais ne put pas se relever. Il s'appuya pesamment contre la grille. En bas, sur le trottoir, de jeunes garçons défilaient à grands pas, les bras tendus brandissant leurs casquettes et le visage tourné en arrière. La voie du tram restait encore libre. Certains portaient au bout de grandes perches des lampions entourés d'une fumée jaunâtre. Les tambours et les trompettes arrivaient juste à ce moment en rangs serrés, et Karl s'ébahissait de leur nombre lorsque, entendant des voix derrière lui, il se retourna et vit Delamarche en train de lever le lourd rideau. Il aperçut ensuite Brunelda qui sortait des ténèbres de la chambre en robe rouge, avec un châle de dentelle sur les épaules et un petit bonnet foncé sur ses cheveux dépeignés dont on voyait passer une mèche par-ci par-là. Elle tenait à la main un éventail ouvert ; mais elle ne le remuait pas, elle le pressait étroitement contre elle.

Karl s'effaça sur le côté le long de la grille pour leur faire place. Personne ne l'obligerait certainement à rester, et, quand bien même Delamarche chercherait à l'y contraindre, Brunelda le congédierait sûrement sur sa prière puisqu'elle ne pouvait pas le souffrir et qu'elle avait peur de ses yeux. Mais comme il faisait un pas vers la porte, elle l'aperçut et lui dit : « Où vas-tu, petit ? » Karl s'arrêta devant le regard sévère de Delamarche, et Brunelda le prit par le bras et l'attira vers elle. « Ne veux-tu donc pas regarder le défilé ? » demanda-t-elle en le poussant contre la grille. Il entendit qu'elle disait derrière lui : « Sais-tu de quoi il s'agit ? » et opéra sans succès un mouvement involontaire pour s'arracher à sa pression. Puis il regarda mélancoliquement dans la rue comme si le motif de sa tristesse se trouvait là.

Delamarche resta d'abord les bras croisés derrière Brunelda ; ensuite, s'élançant dans la chambre, il lui apporta la jumelle. En bas, derrière les musiciens, le gros du cortège apparaissait. Sur les épaules d'un géant se tenait juché un monsieur dont on ne distinguait, du haut de ce balcon, qu'une calvitie aux reflets mats au-dessus de laquelle il brandissait son haut-de-forme pour rester constamment en position de salut. Autour de lui des gens portaient des écriteaux qui paraissaient tout blancs à la distance de Karl ; ils s'étaient arrangés de telle sorte que ces écriteaux entourassent de tous côtés le monsieur qui surgissait très haut au milieu d'eux. Comme tout marchait, ce rempart d'écriteaux se défaisait et se reformait constamment. Toute la largeur de la rue — mais sur une faible longueur, pour autant qu'on en pût juger dans l'obscurité — était occupée par les partisans du monsieur qui frappaient tous des mains et proclamaient sur un air de litanie quelque chose de très bref mais d'incompréhensible qui était certainement son nom. Certains personnages adroitement répartis dans la foule portaient des phares d'automobiles extrêmement puissants dont ils promenaient lentement les rayons, de bas en haut et de haut en bas, sur les maisons qui bordaient la rue. A l'altitude où se trouvait Karl, la lumière ne gênait plus, mais, au-dessous, on voyait les gens se frotter hâtivement les yeux quand les rayons venaient les frapper.

Sur la prière de Brunelda, Delamarche s'enquit auprès des gens du balcon voisin du but de la manifestation. Karl était assez curieux de voir si on lui répondrait, et comment. Delamarche dut, de fait, s'y reprendre à trois fois avant d'obtenir une réponse. Il commençait déjà à se pencher dangereusement au-dessus de l'appui, et Brunelda, dont Karl sentait le genou contre lui, à trépigner légèrement de colère quand, finalement, une réponse arriva ; mais en même temps la société se mit à rire à haute voix sur le balcon qui était plein de gens, et Delamarche riposta en hurlant si fort que, sans le vacarme qui se produisit à ce moment-là dans la rue, tout le monde aurait écouté à la ronde avec le plus grand étonnement. Il obtint du moins le résultat de faire cesser les rires avant terme.

— On va élire demain un juge dans le quartier, dit Delamarche en revenant vers Brunelda avec le calme le plus parfait, et l'homme qu'on porte en bas est l'un des candidats.

Et il ajouta en tapotant affectueusement le dos de Brunelda : « Nous ne savons plus rien de ce qui se passe. »

— Delamarche, dit Brunelda en revenant à l'attitude des voisins, que j'aimerais déménager si ce n'était pas si fatigant ! Mais je ne peux malheureusement pas me permettre un pareil effort !

Et, tout en poussant de grands soupirs, inquiète, distraite, elle tiraillait la chemise de Karl qui s'efforçait constamment de repousser le plus discrètement possible ses petites mains grasses, à quoi il réussit assez facilement, car Brunelda ne songeait pas à lui ; elle était absorbée par de tout autres pensées.

Il finit d'ailleurs lui aussi par l'oublier et par admettre le fardeau qu'elle imposait à ses épaules, les événements de la rue prenant un tour qui accapara son attention. Sur le commandement d'un petit groupe d'hommes gesticulants qui précédaient immédiatement le candidat et dont les conversations devaient avoir une importance particulière — car on voyait de toutes parts les visages se tourner vers eux comme pour chercher un mot d'ordre — le défilé s'arrêta inopinément devant l'hôtel. L'un des hommes du groupe qui faisait autorité leva la main pour un signal qui s'adressait et à la foule et au candidat. La foule se tut et le candidat, après avoir cherché à plusieurs reprises à se redresser sur les épaules de son porteur et être retombé chaque fois sur le derrière, prononça un petit discours en agitant son gibus en tous sens à la vitesse de l'éclair. On ne perdit rien de ce tableau, car, pendant toute la harangue, les projecteurs restèrent braqués sur l'orateur, le plaçant au centre d'une étoile lumineuse.

On se mit alors à remarquer l'intérêt que toute la rue prenait à cette affaire. Sur les balcons occupés par des partisans du candidat, les gens accompagnaient ceux qui chantaient son nom, et, tendant leurs mains le plus loin possible au-dessus de la grille, applaudissaient mécaniquement. Sur les autres balcons, sur la majorité, un contre-chant puissant s'éleva, mais qui manquait d'une certaine unité, car il venait de partisans de divers autres candidats. En revanche, tous les ennemis de celui qui était là s'unirent un peu plus tard pour le siffler en chœur et on fit même fonctionner les gramophones. De balcon à balcon des querelles politiques se vidaient avec une excitation renforcée par l'heure nocturne. La plupart des électeurs, déjà habillés pour la nuit, s'étaient contentés de passer un pardessus sur leur chemise, les femmes s'enveloppaient dans de grands châles foncés ; les enfants qu'on ne surveillait plus grimpaient d'inquiétante façon sur les accoudoirs des balcons et sortaient en nombre de plus en plus grand des chambres sans lumière où ils dormaient déjà. De temps en temps, des électeurs particulièrement échauffés jetaient dans la direction de leurs adversaires des ustensiles que les ténèbres ne permettaient pas de discerner et qui frappaient parfois leur but, mais retombaient plus généralement dans la rue où ils provoquaient de fréquents hurlements de colère. Quand les chefs du défilé trouvaient le vacarme trop fort, les trompettes étaient chargés d'intervenir, et la sonnerie retentissante qu'ils reprenaient sans se lasser de toute la force de leurs poumons éteignait toutes les voix humaines jusqu'au toit des plus hautes maisons. Ils s'arrêtaient toujours si net qu'on croyait les entendre encore, et aussitôt la foule de la rue, entraînée sans doute de longue main, hurlait à pleine voix la chanson du parti dans le silence général qui intervenait un instant — à la lumière des projecteurs, on distinguait les bouches grandes ouvertes des chanteurs — jusqu'à ce que les adversaires, s'étant repris, hurlassent à tous les balcons et à toutes les fenêtres dix fois plus fort qu'auparavant et obligeassent le parti d'en bas à se taire complètement après sa brève victoire ; du moins, ne l'entendait-on plus à la hauteur de ce balcon.

— Qu'en dis-tu, petit ? demanda Brunelda qui se tournait et se retournait contre le dos de Karl pour ne rien laisser échapper aux prospections de sa lorgnette. Karl ne répondit que par un hochement de tête et remarqua accessoirement que Robinson faisait à Delamarche, probablement à son sujet, des déclarations affairées mais auxquelles l'autre ne semblait accorder aucune importance, car il ne cessait de chercher à l'écarter de la main gauche —

la droite ayant été passée autour de la taille de Brunelda.

— Ne veux-tu pas regarder à la jumelle ? demanda Brunelda en toquant de l'index sur la poitrine de Karl pour lui montrer que c'était à lui qu'elle s'adressait.

— J'y vois suffisamment, dit Karl.

— Essaie, fit-elle, tu verras mieux.

— J'ai de bons yeux, répondit Karl, je distingue tout.

Quand elle lui mit la jumelle sur le nez, il n'y vit pas une amabilité, mais un dérangement et, de fait, elle ne lui dit qu'un seul mot : « Toi ! » d'un ton mélodieux mais menaçant. Déjà Karl, armé de la jumelle, n'y voyait absolument plus.

— Je n'y vois rien, dit-il en cherchant à se débarrasser de la lorgnette.

Mais Brunelda la tenait solidement, il ne pouvait ni reculer ni déplacer sa tête sur le côté, enfoncée qu'elle était dans la poitrine de la grosse femme.

— Maintenant, tu vois, dit-elle en tournant la vis de la jumelle.

— Non, je n'y vois toujours rien, dit Karl constatant que, malgré lui, il avait effectivement débarrassé Robinson de Brunelda qui passait maintenant sur lui ses insupportables caprices.

— Quand finiras-tu donc par voir ? dit-elle en tournant un peu plus.

Et Karl sentit son visage plongé dans la lourde haleine de cette femme. « Maintenant ? » demanda-t-elle.

— Non, non, lui cria Karl bien qu'il distinguât tout, mais d'une façon encore fort trouble.

Heureusement Brunelda eut à ce moment-là on ne sait quoi à faire avec Delamarche, la jumelle se détacha un peu des yeux de Karl, et il put regarder dans la rue par-dessous sans attirer l'attention de son bourreau. Par la suite, elle n'insista pas et se servit de la jumelle pour elle-même.

Sur le seuil du restaurant, un garçon était sorti et prenait en hâte les commandes des chefs. On le voyait se hausser sur ses pieds pour dominer l'intérieur du café et faire venir le plus de collègues possible; pendant tous ces préparatifs, qui devaient servir probablement de prélude à une grande beuverie, le candidat ne cessait de parler. Son porteur, un homme gigantesque, opérait un quart de tour à la fin de toutes les phrases pour que le discours portât partout. La plupart du temps l'orateur se tenait tout recroquevillé et essayait de donner à ses mots le plus de force persuasive qu'il pouvait en faisant des gestes saccadés de sa main libre et du haut-de-forme qu'il tenait dans l'autre. Mais, parfois, à intervalles presque réguliers, il était pris d'un soubresaut et se levait, les bras grands ouverts; il ne parlait plus à un groupe particulier, mais à tout le monde à la fois, il parlait aux locataires jusqu'aux plus hauts étages des maisons et pourtant il était bien clair que, même aux étages inférieurs, personne ne pouvait l'entendre et que, même si on l'avait pu, personne ne l'aurait voulu, car il n'était fenêtre ni balcon qui n'engendrât aussi au moins un orateur en train de hurler comme lui. Cependant, quelques garçons apportèrent de l'hôtel un plateau de la taille d'un billard garni de verres brillants et pleins. Les chefs organisèrent la distribution qui s'opéra sous les apparences d'un défilé devant la porte du café. Mais quoiqu'on ne cessât de remplir les verres sur le plateau, ils ne suffisaient pas pour la foule, et deux rangées de garçons durent se glisser à droite et à gauche pour compléter la distribution. Le candidat avait naturellement cessé de discourir et profitait de la pause pour prendre de nouvelles forces. Son porteur le promenait lentement de long en large, un peu à l'écart de la foule et de la lumière trop crue, suivi seulement de quelques partisans qui levaient la tête pour parler à leur chef.

— Vois le petit, dit Brunelda, il en oublie où il se trouve.

Et, saisissant la tête de Karl entre ses mains, elle le fit tourner par surprise pour le regarder dans les yeux. Ce fut d'ailleurs bref, Karl dégagea tout de suite sa tête, et agacé de voir qu'on ne pouvait le laisser une minute en repos, plein du désir aussi de descendre dans la rue pour regarder les événements de près, il chercha de toutes ses forces à se délivrer du poids de Brunelda :

— Laissez-moi partir, s'il vous plaît.

— Tu resteras ici, dit Delamarche sans quitter la rue des yeux et en tendant seulement une main pour empêcher Karl de partir.

— Laisse, dit Brunelda, écartant cette main, il ne demande qu'à rester. Elle pressait Karl encore plus fort contre l'accoudoir, il aurait dû se battre pour se débarrasser d'elle. Et, quand il y eût réussi, à quoi serait-il parvenu ? A sa gauche il y avait Delamarche, à sa droite Robinson venait de se lever, il était littéralement prisonnier.

— Sois content qu'on ne te chasse pas, dit Robinson en passant sa main sous le bras de Brunelda pour tapoter amicalement l'épaule de Karl.

— Qu'on ne le chasse pas ! dit Delamarche. On ne chasse pas un voleur échappé, on le remet entre les mains de la police ! Et c'est ce qui pourrait fort bien lui arriver demain matin s'il ne veut pas se tenir tranquille.

Dès lors, Karl n'eut plus aucune joie à contempler le tableau de la rue. S'il se pencha un peu plus sur la grille, ce ne fut que contraint, parce que le poids de Brunelda l'empêchait de se relever. Tout soucieux, il regardait distraitement les gens d'en bas. Ils sortaient par groupes d'une vingtaine de la porte du restaurant, saisissaient les verres, se retournaient, les levaient vers le candidat (qui ne s'occupait plus maintenant que de lui-même) afin de lui porter un toast, lançaient le salut du parti, vidaient les verres et les reposaient sur le plateau (avec un fracas que l'on ne pouvait que deviner du haut du balcon) pour faire place à un nouveau groupe qui hurlait déjà d'impatience. Sur un ordre des chefs, la musique qui jouait à l'intérieur du restaurant était sortie dans la rue ; ses grands instruments à vent étincelaient au milieu de la foule noire, mais leur bruit se perdait dans le vacarme général. Maintenant, jusqu'à l'horizon, la rue était pleine de gens, du moins du côté de l'hôtel. Ils affluaient d'en haut, du côté par où Karl était venu le matin en taxi ; d'en bas, du pont, ils montaient par milliers, et les gens des maisons eux-mêmes n'avaient pu résister à la tentation de se mêler personnellement à l'affaire : sur les balcons et aux fenêtres, il ne restait guère que les femmes et les enfants, tous les hommes sortaient des portes. Maintenant la musique et la boisson avaient atteint leur but ; l'attroupement était suffisant ; un chef flanqué de deux phares d'auto fit signe à la musique de cesser, donna un coup de sifflet strident, et l'on vit alors le porteur, qui s'était égaré avec son candidat, accourir en toute hâte derrière un groupe du parti qui leur frayait le passage.

A peine à la hauteur de la porte du café, le candidat se mit à tenir son nouveau discours dans le cercle étroit des phares que l'on braquait sur lui. Mais les difficultés avaient bien augmenté ; le porteur n'avait plus la moindre liberté de mouvement, la presse était beaucoup trop grande. Les hommes les plus rapprochés, ceux qui cherchaient auparavant à renforcer par tous les moyens possibles l'effet de la harangue avaient peine à rester près de l'orateur ; il y en avait bien vingt qui se cramponnaient de toutes leurs forces au porteur. Mais cet homme si fort lui-même ne pouvait plus faire un pas à son gré, il ne fallait plus songer à influencer la foule par des demi-tours appropriés, des avances calculées ou des reculs savants. La masse déferlait sans méthode, chacun couché sur son voisin, personne ne se tenait plus droit, les adversaires semblaient avoir accru leur nombre d'un énorme afflux de public ; le porteur, qui était resté longtemps près de la porte du café, se laissait tirailler sans résistance, et le candidat continuait à parler mais on ne savait plus très bien si c'était pour exposer son programme ou pour appeler du secours ; à moins que tout ne trompât, il avait dû se trouver un contre-candidat, ou même plusieurs, car, çà et là, on voyait subitement dans un sursaut de lumière un homme que la foule soulevait et qui se mettait à tenir, la tête pâle et les poings fermés, un discours applaudi par de nombreuses voix.

— Que se passe-t-il donc ? demanda Karl.

Il s'était retourné, haletant, vers ses gardiens.

— Le petit est tout bouleversé, dit Brunelda à

Delamarche, en saisissant le menton de Karl pour attirer sa tête vers elle. Mais ce n'était pas ce que cherchait Karl, et les événements de la rue lui faisant perdre tous égards, il se secoua si fort que, non contente de le lâcher, Brunelda dut reculer et lui laisser libre champ. « Maintenant, tu en as assez vu », dit-elle, irritée sans doute de son attitude, « va dans la chambre, fais le lit et prépare tout pour la nuit ». Et elle lui montrait du doigt la direction. C'était bien celle que Karl cherchait depuis plusieurs heures ; aussi ne proféra-t-il pas un seul mot de protestation. Mais, juste à ce moment-là, on entendit dans la rue un fracas de verre brisé ; Karl ne put se retenir, il vola vers la grille pour jeter un dernier coup d'œil.

Les adversaires venaient de réussir une attaque, peut-être même une attaque décisive. Jusque-là les phares d'auto avec leur puissante lumière n'avaient cessé de tenir le public au courant des faits et gestes du candidat, continuant ainsi l'opposition dans une certaine mesure ; mais, maintenant, l'adversaire les avait tous cassés, et en même temps ; le candidat et son porteur n'étaient plus éclairés que par l'incertaine lumière de la rue qui donnait l'impression d'une ténèbre complète parce qu'elle venait de se diffuser trop subitement sur trop de terrain. On n'eût jamais pu dire où se trouvait l'orateur, et la confusion que créait l'obscurité était encore accrue par le bruit d'un chant ample et grave qui venait d'éclater en bas du côté du pont et s'approchait avec un parfait unisson.

— Ne t'ai-je pas dit ce que tu as à faire ? dit Brunelda.

« Dépêche-toi, je suis fatiguée, ajouta-t-elle en

s'étirant, ce qui donna à sa poitrine une courbe encore plus opulente. Delamarche, qui lui tenait la taille depuis le début, l'attira près de lui dans un coin du balcon. Robinson les suivit pour mettre de côté les derniers restes de son repas.

Il fallait que Karl profitât de cette occasion favorable ; ce n'était plus le moment de regarder en bas ; dans la rue il aurait le temps d'observer les événements, et mieux qu'ici. Il franchit en deux bonds la chambre qu'éclairait une lumière rougeâtre, malheureusement il trouva la porte close, et la clef était enlevée. Il s'agissait de la découvrir, mais où la prendre au milieu d'un pareil désordre dans le peu de temps dont il disposait ? Il aurait dû être déjà dans l'escalier à courir de toutes ses forces. Et il fallait chercher une clef ! Il fouilla dans tous les tiroirs accessibles, tripatouilla dans toutes les vaisselles qui s'accumulaient sur la table à côté d'un travail de broderie commencé, fut attiré par un fauteuil sur lequel s'amoncelait un paquet de vieux habits, mais il ne trouva rien et se jeta finalement sur le canapé, qui de fait sentait assez mauvais, pour fureter dans tous ses coins et toutes ses fentes. Sur quoi il abandonna la partie et s'arrêta au milieu de la chambre. Brunelda devait avoir attaché la clef à sa ceinture ; en tout cas il y avait tant de choses dans la pièce qu'il était inutile de continuer à chercher.

Il saisit alors deux couteaux qu'il enfonça comme un aveugle entre les battants de la porte, l'un en haut, l'autre en bas, pour avoir deux points d'appui éloignés l'un de l'autre. Mais à peine eut-il fait pression que les deux lames se cassèrent. C'était d'ailleurs ce qu'il voulait ; les tronçons, plus courts et plus forts, tiendraient mieux ; les bras largement écartés, les jambes aussi, il se mit à tirer de toutes ses forces, haletant, sans quitter la porte des yeux. Elle ne pourrait pas résister à la longue, il s'en aperçut avec joie en entendant les verrous qui cédaient ; plus c'était lent, mieux cela valait : il ne fallait pas faire sauter la serrure brusquement sous peine d'être entendu sur le balcon ; ce fut à quoi il s'employa en opérant toujours plus près.

— Voyez-vous ça ! entendit-il.

C'était la voix de Delamarche. Ils avaient tous les trois réintégré la pièce ; le rideau s'était déjà refermé derrière eux ; Karl n'avait pas entendu le bruit de leurs pas ; la vue des deux couteaux lui fit tomber les bras. Mais il n'eut pas le temps de proférer un seul mot d'excuse ou de justification ; dans un accès de fureur hors de toute proportion avec l'occasion de cette colère, Delamarche avait bondi sur lui tandis que la cordelière de sa robe de chambre se dénouait et décrivait une grande courbe dans l'air. Karl eut juste le temps de s'effacer ; il aurait pu arracher les couteaux de la porte pour essayer de se défendre, mais il ne le fit pas ; en revanche, s'étant baissé, puis se redressant subitement, il saisit par son immense col la robe de chambre de Delamarche, la remonta, la lui rabattit sur la tête — elle était, comme on le sait, trop grande pour son porteur — et le maintint ainsi solidement ; Delamarche, aveuglé et surpris, se mit à agiter les mains en l'air et à donner, mais avec gêne, des coups de poing dans le dos de Karl qui s'était jeté contre sa poitrine pour mettre son visage à l'abri. Karl supporta les coups de poing, bien qu'il se tordît de douleur et qu'ils se fissent de plus en plus violents ; mais comment ne pas être stoïque quand il voyait la victoire à portée ? Les pouces dans les yeux de Delamarche, il le faisait reculer devant lui vers le coin le plus encombré de la pièce et cherchait de la pointe des pieds à entortiller la cordelière de la robe de chambre autour des chevilles de l'adversaire pour essayer de le faire tomber.

Malheureusement, obligé de se consacrer entièrement à Delamarche dont la résistance augmentait et dont le corps se raidissait de plus en plus contre le sien, il oublia qu'il n'était pas seul avec lui. Il ne s'en aperçut d'ailleurs que trop tôt, car les pieds lui manquèrent soudain : Robinson qui s'était jeté sur le sol en hurlant les lui écartait de toutes ses forces. Karl poussa un soupir et lâcha Delamarche qui recula encore d'un pas. Brunelda s'était accroupie dans toute son ampleur au milieu de la chambre et suivait le combat avec des yeux brillants. On eût dit qu'elle y prenait part : elle respirait profondément, son regard visait, elle avançait lentement sur Karl. Delamarche rabattit son col, ce qui lui dégagea la vue, et désormais, il ne fut plus question de combat, mais simplement de punition. Il empoigna Karl par le plastron de sa chemise, le souleva presque du sol et le jeta, sans même, de mépris, le regarder, contre une armoire qui se trouvait à quelques pas, si violemment que Karl, dans le premier instant, pensa que les douleurs cuisantes qu'il ressentait dans la tête et dans le dos, en allant buter sur le meuble, provenaient encore de la main même de Delamarche. Des ténèbres montaient devant ses yeux étourdis. Il entendit encore l'exclamation « Crapule ! » que Delamarche lui lançait du fond de cette obscurité, et, tandis que l'épuisement l'abattait au pied de l'armoire, il crut saisir les mots « attends un peu » au fond d'un faible tintement.

Quand il reprit ses sens, il se trouvait dans le noir. La nuit devait être avancée ; un léger rayon de lune passait sous le rideau. On entendait la respiration régulière des trois dormeurs ; la plus forte, et de beaucoup, était celle de Brunelda ; elle soufflait dans le sommeil comme dans le discours ; mais il n'était pas facile de deviner le côté d'où venaient les bruits, car le mugissement remplissait toute la chambre. Ce ne fut qu'après avoir tâté un peu autour de lui que Karl pensa à sa propre personne et il eut très peur tout à coup, car, bien que raide et tordu de douleurs, il n'avait pas cru se faire une blessure sanglante. Il se sentait pourtant un fardeau sur la tête et quelque chose qui collait comme du sang sur son visage, sur son cou, et, sous la chemise, sur la poitrine. Il lui fallait s'approcher de la lumière pour savoir où il en était ; peut-être l'avait-on estropié pour la vie ; dans ces conditions, Delamarche le relâcherait volontiers, mais que ferait-il ? Il n'aurait plus rien à espérer. Il se rappela le garçon au nez rongé sous la porte cochère et plongea un instant son visage dans ses mains.

Il se retourna alors machinalement vers la porte et se dirigea vers elle à quatre pattes en tâtant pour trouver son chemin. Il ne tarda pas à sentir sous ses doigts un soulier puis une jambe. C'était Robinson ; qui d'autre que lui eût dormi chaussé ? On lui avait ordonné de se coucher en travers de la porte pour empêcher Karl de partir. Ne savait-on pas dans quel état il se trouvait ? Pour le moment, il ne songeait pas à s'enfuir, il voulait simplement aller à la lumière. Puisqu'il ne pouvait sortir par là, il fallait aller sur le balcon.

La table devait se trouver à un tout autre endroit que le soir ; le canapé, dont il s'approcha naturellement avec la plus grande circonspection, le canapé — ô surprise — était vide ; en revanche, au milieu de la chambre, il buta sur des effets, des couvertures, des rideaux, des coussins et des tapis entassés en couches pressées. Il pensa d'abord que ce n'était qu'un petit tas comme celui qu'il avait trouvé le soir sur le sofa et qui devait avoir roulé à terre, mais, à son grand étonnement, en continuant de ramper, il remarqua qu'il y avait là tout un déballage du même genre qu'on avait dû sortir, pour la nuit, des armoires où on le conservait pendant le jour. Il tourna autour et s'aperçut bientôt que le tout formait une sorte de lit en haut duquel, comme il s'en convainquit par des effleurements circonspects, Delamarche et Brunelda reposaient de tout leur long.

Sachant maintenant où chacun se trouvait, il se hâta de gagner le balcon. Là ce fut un tout autre monde. Dans l'air frais de la nuit, par un grand clair de lune, il alla et vint sur le balcon. Il regarda la rue où régnait un grand calme ; la musique jouait bien encore dans le café, mais les sons n'en sortaient qu'assourdis ; devant la porte, un homme balayait le trottoir, et, dans cette rue où le même soir on n'arrivait pas à entendre les hurlements d'un candidat tant le vacarme était assourdissant, on distinguait le grattement du balai sur l'asphalte.

Son attention fut attirée par le bruit d'une table qu'on déplaçait sur le balcon voisin ; quelqu'un, assis là, étudiait. C'était un jeune homme qui portait une petite barbe pointue ; il ne cessait de la tirailler en lisant et en marmottant. Il était assis face à Karl devant une table couverte de livres ; ayant détaché la lampe du mur pour l'équilibrer entre deux gros bouquins, il baignait dans une lumière crue.

— Bonsoir, Monsieur, dit Karl, pensant que le jeune homme avait regardé de son côté.

C'était sans doute une erreur ; le jeune homme ne semblait pas l'avoir encore aperçu ; il mit sa main en visière sur ses yeux pour ne pas être aveuglé par la lumière, chercha qui venait de le saluer et, ne voyant encore rien, leva la lampe pour éclairer un peu le balcon voisin.

— Bonsoir, dit-il ensuite à son tour.

Et il fixa ses regards sur le balcon, puis il ajouta : « Et après ? »

— Je vous dérange ? demanda Karl.

— Certainement, certainement, dit l'homme en reposant la lampe.

Ces mots coupaient évidemment toute conversation dans la racine, mais Karl n'en resta pas moins sur le coin du balcon le plus rapproché du jeune homme. Il le regardait muettement lire son livre, tourner les pages, saisir parfois, à la vitesse de l'éclair, un autre ouvrage dans lequel il cherchait quelque chose, et prendre des notes dans un cahier sur lequel il se penchait d'une façon surprenante.

Était-ce là un étudiant ? Il avait bien l'air d'étudier. N'était-ce pas ainsi que Karl, — mon Dieu, qu'il y avait donc longtemps ! — restait assis à la maison à la table de ses parents pour faire ses devoirs tandis que son père lisait le journal ou mettait à jour la correspondance d'une société et que la mère, occupée de quelque couture, levait l'aiguille en tirant le fil ? Pour ne pas déranger son père, Karl ne posait que son cahier et son encrier sur la table, laissant à droite et à gauche sur des chaises les livres dont il avait besoin. Comme ces veillées étaient calmes ! Qu'il y venait rarement d'étrangers ! Tout petit, Karl aimait déjà voir sa mère fermer à clef la porte de l'appartement quand le soir tombait. Elle n'imaginait pas alors que Karl dût en venir un jour à chercher à faire sauter les portes des autres avec des couteaux.

Et pourquoi, après tout, avait-il étudié ! Il ne savait plus rien ; s'il lui avait fallu continuer ses études ici, il y aurait eu beaucoup de peine. Il se souvenait qu'à la maison il avait été malade un mois ; quel mal ne lui avait-il pas fallu pour rattraper le temps perdu ! Et maintenant, il y avait si longtemps qu'il n'avait plus ouvert un livre, à part le manuel de correspondance commerciale anglaise !

— Dites-moi, jeune homme, entendit-il soudain, ne pourriez-vous pas vous mettre ailleurs ? Vous me gênez affreusement. A deux heures du matin, on a tout de même le droit de travailler tranquillement sur son balcon ! Avez-vous quelque chose à me demander ?

— Vous étudiez ? demanda Karl.

— Eh oui ! fit l'homme, profitant de cette minute perdue pour ranger ses livres.

— Alors, je ne veux pas vous déranger, dit Karl, d'ailleurs il faut que je rentre dans ma chambre. Bonne nuit.

L'autre ne répondit même pas ; pris d'une soudaine décision, il s'était replongé dans son travail après avoir liquidé l'incident et reposait son front pesant sur sa main droite.

Karl se rappela alors, juste devant le rideau, pourquoi il était venu là ; il ignorait complètement le degré de gravité de son état. Quel était ce poids qu'il sentait sur sa tête ? Il y porta la main et fut surpris de n'y pas trouver de plaie saignante, comme il l'avait redouté dans l'obscurité de la chambre ; il n'avait qu'un pansement en forme de turban qui était encore tout humide. A en juger d'après les restes de dentelle qui l'ornaient, ce bandage devait provenir d'une vieille chemise de Brunelda, et Robinson avait dû l'enrouler hâtivement.

Mais il avait oublié de le tordre, et toute l'eau s'était écoulée sur la chemise et la tête de Karl pendant son évanouissement, ce qui expliquait son effroi.

— Vous êtes toujours là ? dit l'homme, en lui jetant un coup d'œil.

— Non, maintenant je pars vraiment, dit Karl, je n'étais venu ici que pour regarder quelque chose ; il faisait trop noir dans la chambre.

— Qui êtes-vous donc ? demanda l'homme en reposant son porte-plume dans le livre ouvert devant lui et en s'approchant de la grille. Comment vous appelez-vous ? Comment se fait-il que vous soyez chez ces gens-là ? Y a-t-il longtemps que vous êtes ici ? Qu'est-ce que vous vouliez regarder ? Tournez le bouton de votre lampe, qu'on puisse vous voir.

Karl tourna le bouton, mais avant de répondre il prit le soin de refermer plus étroitement le rideau afin qu'on ne pût rien remarquer de la chambre. « Excusez-moi », chuchota-t-il ensuite, « excusez-moi de parler aussi bas ; si ceux de dedans m'entendaient, j'aurais encore un beau tapage ! »

— Encore ? demanda l'homme.

— Oui, dit Karl, nous avons déjà eu une grande dispute ce soir. Il doit me rester une bosse énorme.

Et il se tâtait l'occiput.

— Qu'était-ce donc que cette dispute ? demanda l'homme.

Et, comme Karl ne répondait pas tout de suite, il ajouta :

— Vous pouvez me confier en toute tranquillité ce que vous avez sur le cœur. Je les déteste tous les trois, à commencer par la bonne femme. Je serais d'ailleurs étonné qu'on ne vous eût pas déjà excité contre moi. Je m'appelle Josef Mendel, et je suis étudiant.

— On m'a bien parlé de vous, dit Karl, mais pas en mal. Vous avez soigné une fois Mme Brunelda, n'est-ce pas ?

— En effet, dit l'étudiant qui se mit à rire ; le canapé a-t-il gardé l'odeur de ces soins ?

— Oh, oui ! dit Karl.

— Voilà qui me fait plaisir, repartit l'étudiant en se passant la main dans les cheveux. Et pourquoi vous a-t-on fait des bosses ?

— On s'était disputé, dit Karl réfléchissant à la façon dont il devait expliquer la chose à l'étudiant. Mais il s'interrompit dans ses réflexions pour demander : « Est-ce que je ne vous dérange pas ? »

— Premièrement, dit l'étudiant, vous m'avez déjà dérangé et je suis malheureusement si nerveux qu'il me faudra très longtemps pour m'en remettre. Depuis que vous avez commencé à vous promener sur le balcon, je n'arrive plus à avancer dans mon travail. Mais, deuxièmement, je fais toujours une petite pause vers trois heures. Vous pouvez donc tout me raconter. Cela m'intéresse moi aussi.

— C'est bien simple, dit Karl, Delamarche veut faire de moi son domestique et moi je ne veux pas. J'aurais tenu à partir dès ce soir. Il a voulu m'en empêcher, il a fermé la porte, j'ai essayé de l'ouvrir quand même, et on en est venu aux coups. Je suis très malheureux d'être encore là.

— Avez-vous donc une autre place ? demanda l'étudiant.

— Non, dit Karl, mais peu m'importe, pourvu que je parte d'ici.

— Ça, par exemple ! dit l'étudiant, peu vous importe ? Et tous deux se turent un moment.

— Pourquoi ne voulez-vous pas rester chez eux ? demanda ensuite l'étudiant.

— Delamarche est un mauvais homme, répondit Karl, je l'ai déjà connu. Nous avons eu à faire route ensemble et j'ai été content d'être débarrassé de lui. Et maintenant je devrais me faire son domestique !

— Si tous les domestiques voulaient être aussi difficiles que vous dans le choix de leur patron !... dit l'étudiant avec l'air de sourire. Voyez-vous, moi, pendant le jour, je suis vendeur aux Galeries Montly, petit vendeur, saute-ruisseau, si vous voulez. Et ce Montly est certainement une fripouille ; mais voilà qui me laisse bien froid. Si je suis furieux c'est uniquement parce que je suis très mal payé. Prenez donc exemple sur moi.

— Comment ! dit Karl, vous êtes vendeur pendant le jour et étudiant pendant la nuit ?

— Oui, dit l'autre, c'est le seul moyen. J'ai déjà essayé de tout, mais c'est encore la meilleure méthode. Il y a déjà bien des années, j'étais uniquement étudiant, le jour et la nuit, vous comprenez, mais j'ai failli en crever de faim. Je dormais dans une caverne infecte, et je n'osais pas me montrer à l'amphi dans le costume que je portais. C'en est fini, heureusement.

— Mais quand dormez-vous ? demanda Karl, regardant l'étudiant avec étonnement.

— Dormir, dormir, dit l'étudiant, je dormirai quand j'aurai fini mes études. Pour le moment, je bois du café noir.

Et, se retournant, il sortit une grande bouteille de sous sa table, versa du café noir dans une petite tasse et l'envoya rapidement au fond de son gosier comme une médecine dont on essaie de sentir le goût le moins possible.

— Une fameuse chose, fit-il, le café noir ! Dommage que vous soyez si loin, je vous en aurais passé un peu.

— Je n'aime pas le café noir, dit Karl.

— Moi non plus, repartit l'étudiant en riant. Mais que ferais-je sans lui ? Sans café noir, Montly ne me garderait pas un instant. Je dis toujours Montly quoiqu'il ne soupçonne évidemment pas mon existence. Je ne sais pas comment je me comporterais au juste si je n'avais pas toujours là-bas, dans mon tiroir, une bouteille toute prête, de la même taille que celle-ci, car je n'ai encore jamais osé cesser de boire du café, mais, croyez-m'en, je ne tarderais pas à m'écrouler sur mon pupitre et à dormir. Malheureusement, on s'en doute et on m'appelle « café noir » au magasin, c'est une plaisanterie stupide qui m'a déjà gêné dans mon avancement.

— Et quand aurez-vous fini vos études ? demanda Karl.

— Ça ne va pas vite, ça ne va pas vite, dit l'étudiant en penchant la tête. Il lâcha la grille et retourna s'asseoir à sa table ; puis, les coudes sur son livre ouvert, il dit en se passant les mains dans les cheveux : « Il faudra peut-être encore un an ou deux. »

— Je voulais étudier aussi, avoua Karl, comme si cette circonstance lui donnait droit à plus de confiance que ne lui en avait déjà témoigné l'étudiant.

— Ah ! fit l'autre sans qu'on pût savoir s'il s'était déjà remis à lire ou s'il fixait seulement son livre distraitement. Estimez-vous heureux d'y avoir renoncé ! Voilà des années que je n'étudie plus que par esprit de suite. J'en retire peu de satisfaction et encore moins d'espérance. Quelles espérances pourrais-je avoir ? L'Amérique est pleine de faux docteurs.

— Je voulais devenir ingénieur, dit Karl en hâte à l'étudiant qui semblait ne plus lui accorder aucune espèce d'attention.

— Et maintenant, il vous faut être domestique chez ces gens-là, fit l'étudiant en lui jetant un rapide coup d'œil ; cela vous ennuie, naturellement.

Cette conclusion provenait sans doute d'une méprise, mais peut-être pouvait-elle servir Karl auprès de l'homme ; aussi demanda-t-il : « Ne pourrais-je pas trouver un poste dans votre magasin ? »

Cette question fit sursauter l'étudiant et l'arracha complètement à son bouquin ; il ne lui venait pas le moins du monde à l'esprit qu'il pût venir en aide à Karl à propos de cette candidature. « Essayez », dit-il, « ou plutôt n'essayez pas.

Quand j'ai trouvé cet emploi chez Montly, j'ai vu dans cette réussite le plus grand succès de ma vie. Entre mes études et ma place, c'est la place que je choisirais. Mes efforts ne tendent qu'à m'épargner la nécessité d'un tel choix. »

— Est-il vraiment si difficile d'obtenir une place dans cette maison ! se demanda Karl à voix haute.

— Vous en avez de bonnes ! déclara l'étudiant. Il est plus facile ici de devenir juge de paix qu'ouvreur de portes chez Montly.

Karl se tut. Cet étudiant qui avait plus d'expérience que lui, qui haïssait lui aussi Delamarche pour une raison ou pour une autre et qui ne lui voulait certainement pas de mal à lui, ne trouvait cependant pas un mot pour l'encourager à quitter Delamarche. Encore ne savait-il pas le danger qui menaçait Karl du côté de la police, danger dont le seul Delamarche pouvait le protéger un peu.

— Vous avez bien vu ce soir la manifestation ? N'est-ce pas ? Si on ne connaissait pas les choses, on devrait supposer que ce candidat — il s'appelle Lobter — a au moins quelque espoir d'entrer en ligne de compte ?

— Je n'entends rien à la politique, avoua Karl.

— C'est un tort, rétorqua l'étudiant ; mais que vous vous y entendiez ou non, vous avez des yeux et des oreilles. Cet homme avait, à n'en pas douter, des amis et des ennemis, cela ne saurait vous avoir échappé ; eh bien, maintenant, songez à ceci : à mon avis, ce Lobter n'a pas la moindre chance. Le hasard veut que je le connaisse à fond ; un de ses amis habite chez nous. Il est loin d'être un incapable et, d'après ses opinions et son passé politiques, ce serait même précisément le juge qu'il nous faudrait dans le quartier. Mais personne ne songe une seconde qu'il puisse être élu, il échouera aussi pompeusement que possible ; il aura jeté à l'eau tous les dollars de sa campagne électorale, et ce sera tout.

Karl et l'étudiant se regardèrent un instant en silence. L'étudiant hochait la tête en souriant et pressait des doigts ses yeux fatigués.

— Eh bien ! demanda-t-il ensuite, vous ne voulez pas aller dormir encore ? Moi, je dois me remettre à étudier. Voyez ce qu'il me reste à piocher.

Et il fit passer sur son pouce la moitié des pages d'un ouvrage pour donner à Karl une idée du travail qui l'attendait encore.

— Alors, bonne nuit, fit Karl en s'inclinant un peu.

— Venez donc nous dire bonjour au passage, dit l'étudiant qui s'était déjà remis à sa table ; si cela vous dit, naturellement. Vous trouverez toujours chez nous grande compagnie. De neuf à dix heures du soir, je serai libre pour vous.

— Vous me conseillez donc de rester chez Delamarche ? demanda Karl.

— Absolument, dit l'étudiant qui replongeait déjà la tête dans ses bouquins.

Il semblait que ce ne fût pas lui qui eût proféré ce dernier mot ; il sonnait aux oreilles de Karl comme le bruit d'une voix lointaine plus profonde que celle de cet être. Karl se dirigea lentement vers le rideau, jeta encore un regard sur le jeune homme qui restait assis maintenant, immobile dans sa lumière, au sein de la grande obscurité ; et il se glissa dans la chambre. Il y fut reçu par les haleines conjuguées des trois dormeurs. Le long du mur il chercha le canapé, et quand il l'eut trouvé, il s'étendit dessus comme sur son lit habituel. Puisque l'étudiant, qui connaissait bien Delamarche et la vie américaine, et qui était de plus un homme cultivé, lui avait conseillé de rester ici, il n'éprouvait provisoirement aucune préoccupation. Ses buts étaient moins hauts que ceux de son voisin; qui sait si, même dans sa patrie, il aurait pu venir à bout de ses études? Et si chez lui c'était déjà si difficile, personne ne pouvait exiger qu'il réussît dans cette voie à l'étranger. Il aurait plus de chance de trouver un poste où donner sa mesure et se faire considérer en proportion de ses mérites s'il acceptait provisoirement la situation de domestique chez Delamarche et attendait là en sûreté l'occasion la plus favorable. Il semblait, en effet, qu'il y eût dans cette rue bien des bureaux de second et même de dernier ordre qui ne se montreraient pas trop difficiles dans le choix de leur personnel. Au besoin il serait garçon de courses, mais peut-être était-il possible qu'on l'employât uniquement pour du vrai travail de bureau et qu'il pût un jour se trouver assis devant un vrai pupitre, en qualité de vrai employé de bureau, qu'il regardât un moment sans souci par la fenêtre ouverte comme ce commis qu'il avait vu le matin en traversant les cours. Au moment où il s'endormit, l'idée apaisante lui vint, qu'après tout il était jeune et que Delamarche finirait bien quelque jour par le laisser aller; ce ménage n'avait pas l'air d'être bâti pour l'éternité. Et si Karl arrivait à trouver ce fameux poste il se proposait bien de ne s'occuper de rien d'autre que de son travail de bureau et de ne pas disperser ses forces comme l'étudiant. S'il le fallait, il y consacrerait ses nuits, ce qu'on exigerait de lui de toute façon au début, vu les lacunes de son éducation commerciale. Il ne penserait qu'à l'intérêt de la maison qu'il devrait servir et accepterait toutes les besognes, même celles que les autres employés refuseraient comme indignes d'eux. Les bonnes intentions se pressaient dans sa tête comme si son futur chef s'était tenu là devant le canapé et les eût lues sur son visage.

Ce fut au sein de ces pensées qu'il s'endormit pour ne plus être dérangé qu'une fois, au début de son premier sommeil, par un grand soupir de Brunelda qui, tourmentée sans doute par des rêves oppressants, se retournait pesamment sur sa couche.

....

CHAPITRE VIII

LE THÉÂTRE DE LA NATURE D'OKLAHOMA

Karl aperçut au coin d'une rue une affiche qui disait ceci : « Sur le champ de courses de Clayton, on embauchera aujourd'hui de six heures du matin à minuit pour le théâtre d'Oklahoma. Le grand théâtre d'Oklahoma vous appelle ! Il ne vous appellera qu'aujourd'hui ; c'est la première et la dernière fois ! Qui laisse passer cette occasion la laisse passer pour toujours ! Si vous pensez à votre avenir vous êtes des nôtres ! Chacun est le bienvenu chez nous. Rêvez-vous de devenir artiste ? Venez ! Notre théâtre emploie tout le monde et met chacun à sa place. Êtes-vous décidé ? Nous vous félicitons. Mais hâtez-vous de vous présenter. Avant minuit ! Car à minuit, nous fermerons et nous n'ouvrirons plus jamais. Malheur à qui ne nous aura pas cru. Tout le monde debout ! En avant pour Clayton ! »

Il y avait bien des tas de gens devant l'affiche, mais elle n'avait pas l'air de provoquer grand enthousiasme. Il y a tant d'affiches ! On ne croit plus aux affiches. Et cette affiche était encore plus invraisemblable que les affiches ne le sont en général. Elle avait surtout un grand tort, elle ne disait pas un mot du paiement. S'il avait été tant soit peu digne d'intérêt, elle en aurait certainement fait mention ; elle n'aurait pas oublié le plus excitant des appâts. Personne ne cherche à devenir artiste, au lieu que tout le monde demande à être payé pour son travail.

Un mot pourtant séduisait Karl ; l'affiche disait : chacun est le bienvenu chez nous. Chacun, c'était aussi pour Karl. Tout ce qu'il avait fait jusqu'alors serait oublié complètement, personne ne le lui reprocherait. Il avait le droit de se présenter en vue d'une place qui n'était pas honteuse et pour laquelle on pouvait même, bien au contraire, embaucher les gens au grand jour ! Et c'était en public aussi qu'on lui promettait de l'engager ! Il ne demandait rien de mieux ; il ne cherchait qu'à débuter dans une carrière honorable, c'était peut-être là qu'elle l'attendait. Que les emphases de l'affiche fussent menteuses, que le grand théâtre d'Oklahoma ne fût qu'un petit cirque ambulant, ce qu'il y avait de sûr c'est qu'il voulait du personnel et cela suffisait à Karl. Il ne relut pas tout le texte, mais il chercha encore la phrase : « Chacun est le bienvenu chez nous. »

Il pensa d'abord à aller à pied à Clayton, mais c'était trois heures de dure marche, et il risquait d'apprendre au bout que toutes les places étaient prises. D'après l'affiche, évidemment, le nombre des engagements n'était pas limité, mais c'est toujours ainsi que ces offres d'emploi ont l'habitude de présenter les choses. Karl voyait bien qu'il fallait prendre le métro ou renoncer à obtenir une situation. Il fit le compte de son argent qui aurait suffi pour huit jours sans ce voyage ; il tournait et retournait sa monnaie dans le creux de sa main. Un monsieur qui l'avait observé lui frappa sur l'épaule et dit : « Bonne chance pour Clayton ! » Karl hocha la tête en silence et continua à calculer. Mais il fut vite décidé, il préleva l'argent du voyage et il courut jusqu'au métro.

A peine descendu à Clayton, il entendit un grand vacarme de trompettes ; c'était un vrai charivari ; les instruments ne s'accordaient pas ; on soufflait dedans à pleins poumons sans aucune espèce de scrupule. Mais cela ne gêna pas Karl ; il y vit, au contraire, la preuve que le théâtre d'Oklahoma était une grande entreprise. Et en sortant de la gare du métro, quand il découvrit le champ de courses, il s'aperçut que tout était encore plus colossal qu'il ne l'eût jamais imaginé. Il n'arrivait pas à comprendre comment on pouvait étaler un si gigantesque appareil rien que pour embaucher des gens. Devant l'entrée du champ de courses une longue plate-forme avait été aménagée sur laquelle des centaines de femmes déguisées en anges, avec des robes blanches et de grandes ailes, soufflaient dans des trompettes en or. Elles n'étaient d'ailleurs pas posées directement sur la plate-forme, chacune avait son piédestal particulier que dissimulait entièrement la longue robe mouvante du costume. Et comme les piédestaux étaient monumentaux — ils avaient peut-être parfois deux mètres — les silhouettes des femmes avaient l'air gigantesques ; seule la petitesse de la tête affaiblissait légèrement cette majestueuse impression ; les cheveux dénoués pendaient trop court et faisaient un effet un peu ridicule entre les grandes ailes. Pour éviter l'ennui de l'uniformité, on avait pris des piédestaux de tailles extrêmement différentes. Il y avait de toutes petites femmes, guère plus grandes que nature, mais d'autres se dressaient à côté d'elles à une telle hauteur qu'au moindre vent on les croyait en péril. Et toutes ces femmes soufflaient dans des trompettes.

Le public n'était pas nombreux. Une dizaine de garçons minuscules par rapport à ces immenses silhouettes, allaient et venaient devant la plateforme en levant le nez vers ces dames. Ils se montraient ceci ou cela l'un à l'autre, mais ils ne semblaient pas avoir la moindre intention de chercher à se faire embaucher.

Il n'y avait qu'un monsieur d'âge rassis ; il se tenait un peu à l'écart ; il avait amené sa femme et, dans une voiture, son enfant. La femme tenait la voiture d'une main et s'appuyait de l'autre sur l'épaule de son mari. Ils admiraient bien le spectacle, mais on voyait qu'ils étaient déçus. Ils devaient s'être attendus, eux aussi, à trouver une chance de travail, et cette fanfare les troublait.

Karl se sentait un peu comme eux. Il se rapprocha de l'homme, écouta un moment les trompettes, puis demanda :

— C'est bien ici qu'on embauche pour le théâtre d'Oklahoma ?

— Je le croyais aussi, dit l'homme, mais il y a déjà une heure que nous attendons et que nous n'entendons que des trompettes. Il n'y a pas une affiche, pas un crieur, personne pour vous donner le moindre renseignement.

Karl déclara : « Peut-être attend-on que le public augmente ; il est encore vraiment bien faible. »

— C'est possible, dit l'homme.

Ils se turent de nouveau. Il était d'ailleurs difficile de s'entendre dans le bruit des trompettes. Mais la femme souffla quelque chose à l'oreille de son mari qui fit « oui » de la tête ; sur quoi elle cria à Karl : « Vous ne pourriez pas aller voir sur le champ de courses et demander où se fait l'embauche ? »

— Si, dit Karl, mais il faudrait que je traverse la plate-forme entre les anges.

— Est-ce si difficile ? demanda la femme.

Pour Karl elle trouvait la chose facile, mais elle ne voulait pas envoyer son mari.

— Je veux bien y aller, dit Karl, si cela peut vous faire plaisir.

— Vous êtes très aimable, dit la femme.

Et ils lui serrèrent la main.

Les garçons accoururent tous pour voir de plus près Karl franchir la plate-forme. Il semblait que les femmes jouassent plus fort pour saluer le premier candidat.

Celles devant lesquelles il passait, ôtèrent la trompette de leur bouche et s'inclinèrent de côté pour suivre des yeux son chemin. Il vit à l'autre bout de la plate-forme un homme qui allait et venait impatiemment et qui attendait sans doute les gens pour leur donner tous les renseignements désirables. Karl allait déjà se diriger vers lui quand il s'entendit appeler par son nom :

— Karl ! criait l'ange.

Karl leva les yeux et se mit à rire dans la joie de la surprise. C'était Fanny.

— Fanny ! s'écria-t-il en lui envoyant un bonjour de la main.

— Viens donc ici ! cria Fanny, tu ne vas tout de même pas filer sans t'arrêter !

Et elle releva ses voiles, découvrant ainsi le piédestal et un petit escalier par lequel on accédait en haut.

— Est-il permis de monter ? demanda Karl.

— Qui nous empêcherait de nous serrer la main ? cria Fanny en regardant autour d'elle, l'air courroucé, de peur que quelqu'un n'essayât.

Karl montait déjà l'escalier.

— Plus lentement ! cria Fanny, autrement nous tomberons tous deux avec le socle.

Mais ce malheur n'arriva pas, Karl parvint sans accroc à la dernière marche. « Tu vois, lui dit Fanny après les premières salutations, tu vois le travail que j'ai trouvé ! »

— Il est magnifique, fit Karl en jetant les yeux autour de lui.

Toutes les femmes d'alentour, l'ayant déjà remarqué, étouffaient de petits rires.

— Tu es presque la plus grande, dit Karl en allongeant la main pour indiquer la hauteur des autres.

— Je t'ai vu tout de suite, expliqua Fanny, quand tu es sorti de la station ; je suis malheureusement au dernier rang, on ne me voit pas et je ne pouvais pas t'appeler non plus. J'ai bien joué le plus fort que j'ai pu, mais tu ne m'as pas reconnue.

— Laisse-moi essayer.

— Certainement, dit Fanny, et elle lui tendit la trompette ; seulement ne va pas saboter le chœur, autrement on me renverrait.

Karl se mit à souffler. Il s'était attendu à quelque grossière trompette, simplement destinée à produire du vacarme, mais il s'aperçut que l'instrument pouvait donner les plus subtiles nuances. Si toutes ces trompettes étaient aussi savantes, on en faisait un grand abus. Sans s'inquiéter du bruit des autres, il souffla à pleins poumons l'air d'une chanson qu'il avait entendue dans il ne savait plus quelle auberge. Il était heureux d'avoir retrouvé une vieille amie, de jouir publiquement du privilège de jouer de la trompette, et d'avoir une belle situation en perspective. Maintes femmes s'arrêtèrent pour écouter ; quand il cessa il n'y avait pas la moitié des instruments qui fussent encore en activité ; le raffut complet ne revint que petit à petit.

— Quel artiste ! lui dit Fanny lorsqu'il lui rendit l'instrument. Fais-toi engager comme trompette !

— Est-ce qu'on prend donc des hommes aussi ? demanda Karl.

— Oui, dit Fanny, nous jouons deux heures. Après quoi nous sommes relevées par des hommes déguisés en diables. La moitié joue de la trompette et l'autre moitié du tambour. C'est très beau, comme d'ailleurs tous les décors ici ; ils coûtent les yeux de la tête. Notre costume n'est-il pas joli lui aussi ?... Et les ailes ?...

Elle laissait glisser les yeux le long de ses voiles.

— Penses-tu, dit Karl, qu'on pourra m'employer ?

— Certainement, dit Fanny, c'est le plus grand théâtre du monde. Quelle chance ! Nous allons nous retrouver ! A vrai dire, cela dépend de la place que tu auras. Car il serait très possible aussi que nous ne puissions pas nous voir, même en travaillant ici.

— Est-ce si grand ? demanda Karl.

— C'est le plus grand théâtre du monde, répéta Fanny ; pour tout dire, je ne l'ai pas encore visité ; mais celles de mes collègues qui ont déjà été à Oklahoma disent qu'on n'en a jamais tout vu.

— Il n'y a pourtant pas beaucoup de gens qui se présentent, fit Karl en montrant au pied de la plate-forme les dix garçons et la petite famille.

— C'est vrai, reconnut Fanny, mais songe que nous embauchons dans toutes les villes, que notre équipe de racolage est toujours en route et qu'il y en a beaucoup comme celle-là.

— Le théâtre n'a-t-il donc pas encore été ouvert ? demanda Karl.

— Oh, si, dit Fanny, c'est un vieux théâtre, mais il ne cesse de s'agrandir chaque jour.

— Je suis étonné, dit Karl, qu'il ne s'annonce pas plus de monde.

— Oui, dit Fanny, c'est étrange.

— Peut-être, dit Karl, cet étalage d'anges et de diables effraie-t-il les gens plus qu'il ne les attire ?

— Où vas-tu chercher ça ? dit Fanny, après tout c'est possible. Dis-le au chef, peut-être lui rendras-tu service.

— Où est-il ? demanda Karl.

— Sur le champ de courses, dans la tribune du jury.

— Voilà encore qui m'étonne, dit Karl, pourquoi embauche-t-on sur le champ de courses ?

— Mais, dit Fanny, parce que nous faisons partout les plus grands préparatifs de façon à pouvoir recevoir le plus grand nombre de gens possible. C'est sur le champ de courses qu'on a le plus de place, et cela nous permet d'installer les secrétariats d'embauche dans les bureaux du pari. Il doit y avoir deux cents secrétariats différents.

— Mais, dit Karl, ce théâtre d'Oklahoma fait-il donc de telles recettes qu'il puisse entretenir un pareil service d'embauche ?

— Que nous importe ? dit Fanny, maintenant, pars vite pour ne pas rater l'occasion ; il faut que je me remette à jouer. De toute façon cherche à obtenir un emploi dans la troupe d'ici, et reviens tout de suite m'annoncer le résultat. Dis-toi bien que je t'attends avec grande impatience.

Elle lui serra la main, lui recommanda d'être prudent pour descendre, reporta la trompette à ses lèvres, mais ne se remit à jouer qu'après avoir vu Karl en sûreté sur le sol. Karl replaça les draperies de la robe d'ange sur l'escalier dans leur position primitive ; Fanny le remercia d'un signe de tête, et, retournant dans son esprit ce qu'il venait d'entendre là, Karl se dirigea vers le monsieur qu'il avait déjà vu d'en haut avec Fanny et qui s'était approché du piédestal pour l'attendre.

— Vous voulez donc entrer chez nous ? demanda le monsieur. Je suis le chef du personnel de cette troupe, et je vous souhaite la bienvenue. Il se tenait toujours un peu incliné, comme par politesse, dansottait sur place et jouait avec sa chaîne de montre.

— Je vous remercie, dit Karl. J'ai lu l'affiche de votre société, et je viens me présenter comme elle l'exige.

— Très bien, dit l'homme, approbateur, il est regrettable que tout le monde ne soit pas aussi correct.

Karl pensa que c'était peut-être le moment de faire remarquer à ce monsieur que les séductions déployées par la troupe d'embauche manquaient sans doute leur effet précisément par excès de faste. Mais il se tut à la réflexion, en se disant que cet homme n'était pas le directeur et qu'il eût été peut-être mal venu à proposer des améliorations avant même d'être engagé. Aussi déclara-t-il simplement : « Il y a encore quelqu'un qui attend pour se présenter et qui m'a envoyé en éclaireur. Puis-je aller le chercher dès maintenant ? »

— Naturellement, dit l'homme, plus il vient de monde, mieux ça vaut.

— Il a une femme avec lui, et un enfant dans une voiture. Faut-il les faire venir aussi ?

— Évidemment, répondit l'homme et il eut l'air de sourire de l'hésitation de Karl. Nous avons de l'embauche pour tous.

— Je reviens tout de suite, dit Karl, qui partit aussitôt et ne s'arrêta qu'au bord de la plate-forme. Là il fit un signe au ménage et cria que tout le monde pouvait venir. Puis il aida à monter la voiture d'enfant et ils repartirent de conserve. A cette vue les garçons tinrent conseil, puis les mains dans les poches, montèrent sur la plate-forme ; ils hésitèrent jusqu'au dernier moment, mais ils finirent par suivre Karl et la famille. Un nouvel arrivage de gens débarquait justement de la station du métro ; devant les anges et la plate-forme, ils levèrent les bras d'étonnement. Il semblait que les candidatures tendissent à se faire plus nombreuses, et Karl se réjouit d'être venu à temps ; peut-être même était-il le premier. Le ménage se montra inquiet et posa diverses questions pour savoir si l'on était très exigeant. Karl dit qu'il ne savait encore rien de précis, mais qu'il avait vraiment eu l'impression que tout le monde serait pris et qu'on pouvait être tranquille.

Le chef du personnel venait déjà au-devant d'eux ; il fut très satisfait de voir arriver tant de gens, se frotta les mains, salua chacun séparément d'une petite révérence et aligna tout le monde sur un rang ; Karl fut le premier, ensuite venait le ménage, et les autres après seulement. Quand ils furent tous bien alignés — les jeunes garçons avaient commencé par se bousculer et il fallut un petit moment avant que le calme se rétablît de leur côté — les trompettes firent silence et le chef du personnel déclara : « Au nom du théâtre d'Oklahoma, je vous salue. Vous êtes venus de bonne heure » (il n'était pas loin de midi) « et, l'affluence n'étant pas considérable, les formalités de votre engagement se trouveront promptement réglées. Vous avez naturellement vos papiers d'identité sur vous ? »

Les garçons sortirent aussitôt de leurs poches on ne sait quels papiers qu'ils brandirent dans la direction du chef du personnel. Le mari poussa du coude sa femme qui, passant la main sous le lit de plumes au fond de la voiture d'enfant, en extirpa tout un ballot de paperasses. Karl, lui, n'en avait pas, cela empêcherait-il son engagement ? Il savait par expérience que certaines prescriptions se laissent facilement tourner avec un peu de décision. Du moins pouvait-on l'espérer. Le chef du personnel examina la rangée, s'assura que tout le monde avait des papiers, et, comme Karl levait aussi la main, il admit, bien qu'elle fût vide, qu'il était en règle comme les autres.

— C'est bon, déclara-t-il ensuite, en faisant un signe aux jeunes garçons qui voulaient faire examiner immédiatement leurs documents, on va regarder vos pièces d'identité dans les services d'embauche. Comme vous l'avez déjà vu sur notre affiche, nous pouvons employer tout le monde ; mais il faut naturellement que nous connaissions les métiers que vous avez exercés d'abord pour vous placer au poste où vous pourrez le mieux utiliser vos connaissances.

— C'est bien un théâtre, pourtant ? pensa Karl. Il dressa l'oreille.

— Nous avons donc, poursuivit le chef du personnel, installé des secrétariats d'embauche dans les divers bureaux du pari ; il y en a un par profession. Chacun de vous va me dire son métier. Pour la famille, elle s'adressera toute au même secrétariat que le père. Je vous mènerai ensuite dans les bureaux où l'on contrôlera vos papiers et vos connaissances, ce sera un examen très bref, personne n'a besoin de s'en effrayer. Vous serez engagés là-bas immédiatement, et on vous donnera alors des instructions complémentaires. Commençons donc. Voici le premier secrétariat, qui est fait pour les ingénieurs comme vous le voyez sur l'écriteau. Y a-t-il des ingénieurs parmi vous ?

Karl se présenta ; il pensait que, n'ayant aucun papier, il devait justement tâcher d'expédier les formalités ; d'ailleurs, il était un peu fondé à répondre à l'appel puisqu'il avait voulu devenir ingénieur. Mais quand les jeunes garçons virent qu'il se présentait, ils furent jaloux et s'annoncèrent tous aussi ; tout le monde fut ingénieur. Le chef du personnel sursauta et demanda aux jeunes garçons : « Vous êtes ingénieurs ? » Ils baissèrent tous les mains. Karl persista ; le chef du personnel le regarda bien avec une certaine incrédulité, car il lui paraissait trop lamentablement vêtu et trop jeune pour être ingénieur, mais il n'insista pas, peut-être par gratitude, en pensant que c'était Karl qui avait amené les étudiants. Il se contenta de montrer le secrétariat d'un geste d'invite, et Karl entra tandis que le chef du personnel se retournait vers les autres.

Au secrétariat pour ingénieurs deux messieurs se tenaient assis de chaque côté d'un pupitre et comparaient deux grandes listes qu'ils avaient étalées devant eux. L'un lisait, l'autre cochait les noms. Quand ils virent Karl qui les saluait, ils mirent leur liste de côté et prirent d'autres grands registres qu'ils ouvrirent. L'un des deux, un simple secrétaire sans doute, lui dit : « Présentez-moi, s'il vous plaît, vos papiers d'identité. »

— Je ne les ai malheureusement pas sur moi, répondit Karl.

— Il ne les a malheureusement pas sur lui, dit le secrétaire à l'autre monsieur, tout en inscrivant la réponse dans son registre.

— Vous êtes ingénieur ? demanda alors l'autre, qui semblait être le directeur du secrétariat.

— Je ne le suis pas encore, dit Karl hâtivement, mais...

— Suffit, dit le monsieur encore plus hâtivement, ce n'est pas ici qu'il faut vous adresser. Voyez l'écriteau.

Karl serra les dents d'impatience, le monsieur le remarqua sans doute, car il dit : « Ce n'est pas une raison pour vous inquiéter, nous pouvons employer tout le monde. » Et il fit signe à l'un des domestiques qui promenaient leur désœuvrement le long des barrières.

— Conduisez ce monsieur au secrétariat pour gens possédant des connaissances scientifiques.

Le domestique prit l'ordre à la lettre et emmena Karl par la main. Ils passèrent devant un grand nombre de bureaux ; dans l'un d'entre eux, Karl aperçut l'un des garçons qui était déjà engagé et serrait la main au monsieur du secrétariat pour le remercier. Dans le service où on amena Karl, tout se passa — il l'avait prévu — comme dans le premier, à ceci près qu'ayant appris qu'il avait suivi les cours d'une école supérieure, on l'envoya au secrétariat pour anciens élèves d'école supérieure.

Mais lorsque Karl eut expliqué, dans cette nouvelle section, que l'école supérieure qu'il avait fréquentée était un établissement européen, on se déclara une fois de plus incompétent et on le fit conduire au secrétariat pour anciens élèves d'écoles supérieures européennes. C'était un box situé tout au bout du terrain, et non seulement plus petit, mais encore plus bas que les autres. Le domestique qui l'y avait amené était furieux d'un aussi long parcours et des nombreuses rebuffades dont il rejetait toute la responsabilité sur Karl. Ce secrétariat représentait d'ailleurs le suprême recours. A la vue du chef de bureau, Karl fut presque effrayé de la ressemblance de cet homme avec un de ses anciens professeurs qui enseignait sans doute encore à l'école réale de chez lui. La ressemblance n'était à vrai dire que dans le détail, comme on s'en convainquait tout de suite ; mais Karl resta quand même étonné un moment de ces lunettes qui chevauchaient ce large nez, de cette belle barbe blonde soignée comme une pièce d'exposition, de ce dos doucement voûté et de cette voix que des éclats inattendus venaient couper à tout moment. Heureusement, on ne lui demanda pas de bien grands efforts d'attention ; tout se passait plus simplement ici que dans les autres secrétariats. On nota bien l'absence de ses papiers d'identité, et le chef de bureau ne manqua pas de faire remarquer cette négligence incroyable, mais le secrétaire, qui menait tout, passa vite là-dessus et déclara Karl engagé dans l'instant même où son chef, après quelques menues questions, s'apprêtait à en poser une d'importance. Le chef se tourna la bouche ouverte vers le secrétaire, mais l'autre éluda d'un geste de la main, déclara : « Accepté », et porta immédiatement l'engagement dans le livre ; il trouvait visiblement si honteux le fait d'avoir été élève d'une école supérieure européenne qu'il pensait sans doute qu'on ne pouvait que croire sur parole tous ceux qui avouaient une telle référence. Karl n'avait rien à objecter à cette promptitude, il s'approcha du secrétaire et voulut le remercier. Mais il eut une hésitation quand on lui demanda comment il s'appelait. Il ne répondit pas tout de suite, il était effarouché à l'idée de dire son vrai nom et de le laisser inscrire dans le registre. Dès qu'il aurait la moindre place et qu'on serait content de lui, il le dirait, mais pas encore. D'ailleurs, maintenant il avait trop tardé. Il donna donc, nul autre ne lui venant à l'esprit, le nom de Negro, dont on l'appelait dans sa dernière place.

— Negro ? demanda le chef de bureau en se retournant et en faisant une grimace comme si Karl venait d'atteindre le maximum de l'invraisemblance.

Le secrétaire observa aussi le jeune homme un instant d'un air scrutateur, mais il finit par répéter Negro et par enregistrer le nom.

— Vous n'avez tout de même pas écrit Negro ? lui demanda le chef brutalement.

— Si, Negro, dit posément le secrétaire avec un mouvement de la main comme pour confier à son chef le soin de poursuivre l'entretien.

Le chef se maîtrisa, se leva et déclara : « Le théâtre d'Oklahoma vous... » — mais, incapable d'agir contre sa conscience, il n'en put dire plus long — il se rassit et affirma : « Il ne s'appelle pas Negro. »

Le secrétaire haussa alors les sourcils, se leva lui-même et dit : « C'est donc moi qui vous l'apprendrai : vous êtes engagé par le théâtre d'Oklahoma, et vous allez être présenté à notre directeur. »

On appela un nouveau domestique, qui mena Karl à la tribune du jury.

En bas de l'escalier, il aperçut alors le ménage qui redescendait avec la voiture d'enfant ; la femme portait le petit sur son bras.

— Êtes-vous pris ? demanda l'homme.

Il avait l'air plus dégagé qu'auparavant, et sa femme tournait la tête pour le regarder en souriant. Lorsque Karl répondit qu'on venait de l'embaucher et qu'il allait se présenter au directeur, l'homme lui dit : « Alors mes félicitations. Nous aussi nous venons d'être pris. Ce théâtre m'a d'ailleurs l'air d'une excellente entreprise ; il faut le temps de s'adapter, mais c'est partout ainsi. »

Ils se dirent encore au revoir, et Karl monta dans les tribunes. Il allait lentement, car les petits gradins du haut débordaient de gens et il ne voulait bousculer personne. Il s'arrêta même un instant pour regarder le panorama du grand hippodrome qui s'étendait de tous côtés jusqu'à de lointaines forêts. Il eut subitement envie de voir une course de chevaux. Il n'en avait pas encore eu l'occasion en Amérique. En Europe, petit garçon, il avait assisté une fois à un concours hippique, mais il ne se rappelait rien d'autre que d'avoir été traîné par sa mère à travers une foule de gens qui ne voulaient pas s'écarter. Il n'avait donc, au fond, jamais vu une seule course. Derrière lui, une mécanique se mit à grincer. Il se retourna et vit sur le tableau où l'on inscrit le nom des gagnants s'étaler l'inscription suivante : « Monsieur le négociant Kalla avec sa femme et son enfant. » C'était donc là qu'on communiquait aux secrétariats les noms de nouveaux embauchés.

Quelques messieurs armés de crayons et de carnets descendaient justement l'escalier en causant avec animation ; Karl se pressa contre la rampe pour les laisser passer, puis, les gradins s'étant un peu vidés, il remonta. Dans un coin de la plate-forme, qui était bordée d'une rampe en bois — on eût dit la terrasse d'une petite tour — un monsieur se tenait assis, les bras allongés sur l'accoudoir et la poitrine barrée d'une écharpe de soie blanche qui portait cette inscription : « Directeur de la dixième troupe d'embauche du théâtre d'Oklahoma. » A côté de lui, sur une petite table, se trouvait un appareil téléphonique qu'on devait employer pour les courses et grâce auquel il apprenait sans doute tous les détails nécessaires sur les nouveaux embauchés avant qu'on les lui présentât, car, sans rien demander à Karl, il expliqua à un monsieur qui était assis, penché vers lui, les jambes croisées et la main sous le menton : « Negro, un élève d'école supérieure européenne » ; ensuite, et comme si l'affaire de Karl, qui s'inclinait profondément, se trouvait par là réglée pour lui, il se mit à regarder vers le bas de l'escalier comme pour voir s'il venait quelqu'un. Personne ne se présentant, il lui arriva de prêter l'oreille à la conversation que l'autre monsieur avait engagée avec Karl ; mais la plupart du temps, il regardait le champ de courses en tambourinant sur l'accoudoir. Ses doigts délicats et cependant robustes, longs et vifs, attiraient parfois l'attention de Karl, si sévèrement qu'elle fût retenue par l'autre monsieur.

— Vous étiez sans place? avait d'abord demandé cet homme.

Presque toutes les questions qu'il posait étaient très simples, des moins captieuses; il ne contrôlait jamais les réponses, mais il s'entendait à interroger avec de grands yeux, à observer l'effet de ses demandes, le buste incliné en avant, à écouter ce qu'on lui disait, la tête penchée sur la poitrine, et à répéter parfois à haute voix, et il savait donner ainsi aux déclarations de l'interrogé une importance toute particulière, qu'on ne comprenait pas à vrai dire, mais dont le pressentiment vous rendait circonspect et gêné.

Il arrivait assez souvent que Karl voulût rattraper sa réponse et la remplacer par une autre qui appellerait peut-être plus d'estime, il se retenait pourtant chaque fois, car il savait la mauvaise impression que pouvait faire une pareille hésitation et voyait combien l'effet de ses réponses était imprévisible. Son engagement semblait être décidé et cette assurance le soutenait.

Quand on lui demanda s'il avait été sans place, il répondit par un simple « oui ».

— Où était votre dernier poste? demanda alors le monsieur.

Karl allait répondre quand l'autre leva l'index et répéta : « votre dernier ».

Karl avait d'ailleurs bien compris la première fois; il repoussa machinalement d'un mouvement de tête l'observation qui l'embrouillait et répondit : « Dans un bureau. »

C'était bien la vérité, mais si le monsieur demandait d'autres détails sur la nature de ce bureau, Karl se verrait contraint de mentir. Le monsieur ne demanda pas cela, il se contenta d'une question à laquelle il était facile de répondre franchement : « En étiez-vous content ? »

— Non, cria Karl si précipitamment qu'il faillit couper la parole au monsieur qui l'interrogeait.

Un regard de côté lui montra que le directeur souriait légèrement. Il regretta alors la hâte irréfléchie de sa réponse ; ce « non » avait été trop tentant ; Karl, pendant tout le temps de son dernier travail, avait passé sa vie à appeler de ses désirs un employeur étranger qui entrerait dans le bureau pour poser cette question. Maintenant il s'apercevait que sa réponse pouvait lui jouer un mauvais tour : le monsieur n'avait qu'à l'interroger sur les raisons de ce mécontentement. Mais il ne le fit pas et demanda simplement : « Pour quel genre de poste vous sentez-vous fait ? » Cette question pouvait vraiment contenir un piège : pourquoi la posait-on à Karl puisqu'il était déjà engagé comme acteur ? Cependant il avait beau voir l'écueil, il ne put se contraindre à déclarer qu'il se sentait particulièrement destiné à ce métier. Aussi tourna-t-il la question au risque d'une impertinence, et dit : « J'ai lu l'affiche dans la ville, et comme j'ai vu que tout le monde pouvait être employé chez vous, je me suis présenté. »

— Cela, nous le savons, dit le monsieur qui se tut, montrant par son silence qu'il maintenait sa question.

— Je suis engagé comme acteur, dit Karl avec hésitation, pour faire comprendre au monsieur la difficulté que posait pour lui cette demande.

— C'est exact, dit le monsieur, et il se tut à nouveau.

— Eh bien, dit Karl, ébranlé maintenant dans

son espoir d'avoir trouvé une situation, je ne sais pas si je suis bien fait pour être acteur. Mais je ferai tous mes efforts et je tâcherai d'exécuter tout ce qu'on me demandera.

Le monsieur se retourna vers le directeur ; ils inclinèrent tous deux la tête ; Karl semblait avoir trouvé la bonne réponse ; il reprit courage et attendit de pied ferme la question suivante. On lui demanda : « Quel genre d'études vouliez-vous donc faire au début ? »

Pour être très précis, le monsieur — qui attachait toujours beaucoup d'importance à la précision — ajouta : « En Europe, j'entends. »

En même temps, il lâchait son menton de la main et faisait un léger mouvement comme pour indiquer combien cette Europe était lointaine, et insignifiants les projets qu'on avait pu y former autrefois.

Karl répondit : « Je voulais devenir ingénieur. » Il lui répugnait bien un peu de répondre ainsi, car il lui semblait ridicule, après ce qu'avait été jusqu'alors sa carrière américaine, de réchauffer devant ces messieurs le souvenir de ses ambitions de jadis et de son rêve de devenir ingénieur. Y fût-il même parvenu en Europe ? Mais il ne pouvait pas trouver d'autre réponse, il était contraint de faire celle-là. Le monsieur la prit d'ailleurs au sérieux, comme tout le reste.

— Ma foi, dit-il, ingénieur, ingénieur... vous ne pouvez pas le devenir ici tout de suite ! Mais peut-être aimeriez-vous provisoirement vous occuper de quelque travail de mécanique subalterne.

— Certainement, dit Karl enchanté.

S'il acceptait, il cesserait évidemment de faire partie des acteurs pour tomber chez les machinistes ; mais il pensait sincèrement pouvoir faire beaucoup mieux dans ce nouveau rayon. D'ailleurs, il ne cessait de se le répéter, l'essentiel était moins d'obtenir tel ou tel poste que de se maintenir durablement quelque part.

— Êtes-vous assez fort pour les gros travaux ? demanda le monsieur.

— Oh oui ! dit Karl.

Là-dessus, le monsieur le fit venir près de lui et lui tâta le biceps.

— C'est un solide garçon, déclara-t-il ensuite en amenant Karl par le bras au directeur. Le directeur inclina la tête en souriant, tendit la main à Karl sans changer de position, et dit : « Voilà qui est donc réglé pour le moment, on verra tout ça à Oklahoma. Faites honneur à notre groupe d'embauche. »

Karl s'inclina pour prendre congé de lui, et s'apprêtait à dire adieu à l'autre monsieur, quand il s'aperçut que celui-ci faisait déjà les cent pas sur la plate-forme, la tête en l'air, comme si son travail était complètement terminé. En redescendant, il vit à droite de l'escalier l'inscription « Negro, machiniste », qui s'étalait maintenant sur le tableau des gagnants.

Comme tout redevenait normal, il n'eût plus été si fâché de lire son vrai nom sur la liste. Les dispositions étaient toutes prises avec le plus grand soin, car un domestique l'attendait déjà au bas de l'escalier pour lui attacher un brassard. En levant le bras pour lire ce qui était écrit dessus, il vit qu'on ne s'était pas trompé, le brassard portait bien « machiniste ».

Où qu'il dût aller maintenant, il voulait d'abord dire à Fanny combien tout s'était heureusement passé. Mais à son grand regret, il apprit par le domestique que les anges étaient déjà partis avec les diables pour annoncer l'arrivée de la troupe à la station suivante.

— C'est bien ennuyeux, dit Karl — c'était la première déception qui lui arrivait dans cet établissement. — J'avais une amie chez les anges.

— Vous la retrouverez à Oklahoma, dit le domestique, maintenant venez, vous êtes le dernier.

Il mena Karl le long du rebord postérieur de la plate-forme sur laquelle les anges s'étaient tenus. Mais il n'y avait plus que des socles vides. Karl s'aperçut qu'il s'était trompé en se figurant qu'il y aurait eu un plus grand nombre de candidats sans la musique des anges, car maintenant on ne voyait plus un seul adulte devant la plate-forme, seulement quelques enfants qui se disputaient une longue plume blanche tombée sans doute d'une aile de séraphin. L'un des gamins la brandissait et les autres cherchaient à lui rabattre la tête d'une main pour attraper la plume de l'autre.

Karl montra du doigt les enfants, mais le domestique dit sans regarder : « Dépêchez-vous ! Il a fallu bien longtemps pour vous prendre ! On devait se méfier ? »

— Je ne sais pas, dit Karl étonné.

L'idée ne lui en était pas venue. Même dans les cas les plus clairs, il se trouvait toujours quelqu'un pour essayer de vous donner des doutes. D'ailleurs, devant l'aimable aspect de la tribune des spectateurs où ils arrivaient maintenant, il eut vite fait d'oublier la réflexion du domestique. Sur cette tribune se trouvait, en effet, un long banc recouvert d'un drap blanc ; tous les nouveaux embauchés étaient assis sur cet immense siège, le dos tourné à la piste ; on leur servait à boire et à manger. Ils étaient tous joyeux et pleins d'entrain ; Karl arriva, inaperçu, et s'assit, le dernier, sur le banc ; à ce moment-là justement, nombre de nouveaux engagés étaient debout, le verre en main, et l'un d'entre eux portait un toast au directeur de la dixième troupe d'embauche qu'il appelait « le père des gens en quête de travail ». Quelqu'un fit remarquer qu'on pouvait le voir de là, et, de fait, on apercevait à une certaine distance les deux messieurs dans la tribune du jury. Tout le monde brandit alors son verre dans cette direction ; Karl saisit lui aussi celui qui se trouvait devant lui, mais si fort qu'on criât et qu'on cherchât à se faire remarquer, rien n'indiquait dans la tribune du jury que l'ovation fût aperçue ou qu'on eût tout au moins l'intention de la remarquer. Le directeur s'appuyait dans son coin comme avant et l'autre monsieur se tenait toujours près de lui, main au menton.

On se rassit un peu déçu ; de temps à autre quelqu'un se retournait encore vers la tribune, mais bientôt on ne s'occupa plus que du copieux dîner ; une énorme volaille, comme Karl n'en avait encore jamais vu, fit le tour de la compagnie ; les domestiques ne cessaient de verser du vin ; on ne s'en apercevait même pas ; vous restiez là, penché sur votre assiette, et le jet rouge coulait tout seul dans votre verre, et, si l'on ne voulait pas prendre part à la conversation générale, on pouvait regarder des vues du théâtre d'Oklahoma empilées à un bout de la table pour pouvoir passer de main en main. Cependant, on ne s'inquiétait pas beaucoup de ces images, et Karl, qui était le dernier de la rangée, n'en put voir qu'une ; mais, à en juger d'après cet unique échantillon, toutes devaient être très remarquables. Celle-ci représentait la loge du Président des États-Unis. Au premier abord, on eût pu croire que ce n'était pas une loge, mais la scène elle-même, tant l'accoudoir avançait dans la salle. L'appui était en or dans toutes ses parties. Entre les colonnettes de la balustrade qui semblaient avoir été découpées avec des ciseaux de fée, des médaillons représentaient parallèlement d'anciens présidents de la République. L'un d'entre eux avait un nez extraordinairement droit, des lèvres épaisses et des yeux fixes sous des paupières retombantes. Tout autour de la loge, du haut du plafond et des parois latérales, tombaient des rayons de lumière, et cette lumière, qui était blanche et pourtant douce, dévoilait littéralement tout le premier plan de la loge alors que le fond, sous le satin pourpre qui retombait en mille nuances, dirigé et drapé par des cordelières, formait un grand vide rougeâtre. On avait peine à imaginer des gens dans cette loge, tant tout y paraissait avoir sa fin en soi. Karl n'en oubliait pas de dîner, mais il avait posé l'image à côté de son assiette et il la regardait souvent.

Il aurait bien aimé aussi contempler au moins l'une des autres, mais il ne voulait pas aller la chercher lui-même parce qu'un domestique avait posé la main sur la pile de vues, sans doute pour faire respecter l'ordre de la série. Il ne regarda donc que les mains des convives afin de voir si l'une des images se rapprochait. Il remarqua alors à son grand étonnement — il n'y crut pas du premier coup — un visage qu'il connaissait bien parmi ceux qui plongeaient le plus bas dans les assiettes. C'était Giacomo. Il courut à lui.

— Giacomo ! cria-t-il.

Celui-ci, intimidé comme toujours lorsqu'il se trouvait surpris, se leva de table, se retourna dans le petit espace qui séparait les bancs, s'essuya la bouche de la main, puis témoigna une grande joie de revoir Karl et le pria de s'asseoir auprès de lui ou de lui faire place à ses côtés. Ils allaient tout se raconter et resteraient toujours ensemble. Mais Karl ne voulait pas déranger les autres ; chacun garderait donc provisoirement sa place, le dîner serait bientôt fini, et désormais, bien sûr, on ne se quitterait jamais. Malgré ce plan, Karl resta là pour le seul plaisir de regarder Giacomo. Que de souvenirs ! Où était la cuisinière en chef ? Que faisait Thérèse ? Pour Giacomo, il n'avait pas beaucoup changé ; les prédictions de la cuisinière qui déclarait qu'il ferait en six mois un Américain osseux et sanguin ne s'étaient pas réalisées. Il était resté délicat et ses joues étaient toujours creuses, bien qu'en ce moment elles fussent gonflées par un énorme morceau de viande dont il retirait lentement les os pour les jeter dans son assiette. Comme Karl le lut sur son brassard, Giacomo n'avait pas été non plus engagé comme acteur, mais comme liftier. Le théâtre d'Oklahoma semblait vraiment pouvoir employer tout le monde.

Abîmé dans la contemplation de son camarade, Karl resta longtemps loin de sa place. Il allait juste y revenir quand le chef du personnel arriva, monta sur l'un des bancs les plus haut placés, battit des mains et tint un petit discours pour lequel la plupart des assistants se levèrent ; ceux qui étaient restés assis, rivés au repas, en firent bientôt autant sous la poussée des autres.

— J'aime à croire, dit l'orateur — Karl était

retourné en hâte à sa place sur la pointe des pieds — j'aime à croire que vous êtes satisfaits de notre dîner de réception. En général, tout le monde est d'accord pour vanter les repas de nos équipes d'embauche. Malheureusement, je dois faire lever la table car le train qui vous mène à Oklahoma part dans cinq minutes. Le voyage est long, mais vous verrez qu'on a pris soin de vous. Je vous présente ici le monsieur qui dirigera votre transport ; vous lui devrez l'obéissance.

Un petit monsieur maigre grimpa sur le banc où se trouvait le chef du personnel, et, sans prendre le temps d'une inclination de tête, se mit aussitôt à montrer, en agitant des mains nerveuses, de quelle façon il fallait se rassembler, se mettre en ordre et prendre le départ. Mais on ne lui obéit pas tout de suite, car le nouvel embauché qui avait déjà porté un toast, frappa de la main sur la table et commença un long discours de remerciement, bien qu'on vînt de dire — Karl était très inquiet — que le train allait bientôt partir. L'orateur ne tint même pas compte de ce que le chef du personnel, occupé de donner diverses instructions au directeur des transports, n'écoutait pas sa harangue ; il énuméra tous les plats qu'on avait portés sur la table, jugea chacun et termina pour résumer en s'écriant : « Voilà, messieurs, comment on gagne notre cœur. » Tout le monde rit, sauf les harangués, mais il y avait dans les paroles de cet homme plus de sérieux que de plaisanterie.

On dut expier ce discours en faisant le chemin au pas de course. Ce ne fut d'ailleurs pas trop difficile car — c'est alors seulement que Karl s'en aperçut — personne ne portait de bagages ; le seul était, au fond, la voiture d'enfant qui maintenant, en tête de la troupe, exécutait des soubresauts de déhanché, poussée par le père de famille. Que de sans-le-sou et de gens suspects se trouvaient rassemblés ici, qu'on avait reçus comme des rois ! Le directeur des transports devait les porter vraiment dans son cœur, car il saisit lui-même d'une main la poignée de la voiture d'enfant, en levant l'autre pour encourager sa troupe ; tantôt on le voyait talonner le dernier rang, tantôt courir le long du flanc de la colonne ; il observait dans le tas ceux qui allaient le plus lentement et leur montrait en levant les bras comment il fallait se démener.

Quand ils parvinrent à la gare, le train s'apprêtait à partir. Les gens du quai se signalaient la troupe, on entendait des exclamations, des femmes disaient en les montrant : « Ils font tous partie du théâtre d'Oklahoma » ; cet établissement semblait beaucoup plus connu que Karl ne l'avait pensé — il est vrai qu'il ne s'était jamais occupé des choses du théâtre. — Un wagon entier était réservé spécialement à la troupe, le directeur des transports activa l'embarquement avec un zèle encore plus grand que celui de l'employé de la gare. Il regarda dans chaque compartiment, donnant par-ci, par-là, un conseil ou un ordre, et ne monta lui-même qu'après. Karl avait trouvé par hasard une place de coin du côté de la fenêtre et avait fait venir Giacomo auprès de lui. Ils restaient donc assis, serrés l'un contre l'autre, heureux tous deux au fond de se trouver dans ce train. Car ils n'avaient encore jamais voyagé aussi insouciamment en Amérique.

....

ADDITIF
AU TEXTE MÊME DU ROMAN [1]

Quand le convoi s'ébranla ils agitèrent leurs mains par la portière ; les jeunes gens qui leur faisaient face, trouvant leur geste ridicule, se donnaient des coups de coude pour en rire.

Ils roulèrent deux jours et deux nuits. Karl commençait à être frappé par la grandeur de l'Amérique. Il ne se lassait pas de regarder par la portière et Giacomo ne cessa d'essayer de l'y rejoindre jusqu'à ce que les jeunes gens, fatigués de son manège qui les gênait dans leurs jeux de cartes, lui eussent laissé volontairement l'autre place de coin. Karl les remercia — l'anglais de Giacomo ne suffisant pas avec tout le monde — et ils se firent petit à petit bien plus cordiaux, comme la chose est inévitable entre voisins de compartiment. Cette cordialité, d'ailleurs, ne laissait pas, elle non plus, d'être souvent importune : quand, par exemple, une carte à jouer tombait par terre et que pour aller la ramasser ils pinçaient de toute leur force le

1. Le texte ne figurait pas dans nos éditions précédentes. Il figurait dans le manuscrit de Kafka à la suite des dernières lignes qu'on a lues.

mollet de Karl ou de son compagnon. Giacomo, surpris chaque fois, poussait un cri et levait la jambe. Karl, lui, laissait faire, sans rien dire ; il n'essaya qu'une fois de riposter d'un coup de pied. Ce qui se passait dans le petit compartiment, rempli de fumée même quand la fenêtre était ouverte, ne présentait aucun intérêt auprès de ce qu'on voyait dehors.

Le premier jour ils traversèrent de hautes montagnes. De gigantesques masses de pierre d'un noir bleuâtre avançaient jusqu'au train ; on se penchait vainement par la portière pour essayer de voir leur sommet ; d'étroites vallées s'ouvraient, déchiquetées, ténébreuses ; on tendait le doigt dans la direction où elles se perdaient ; de larges torrents arrivaient, pareils à de hautes lames sur le fond montueux, rapides et marbrés de mille petites vagues d'écume, pour s'abîmer sous les arches des ponts sur lesquels passait le chemin de fer, et leur haleine glacée faisait frissonner la peau.

FRAGMENTS[1]

I

— Debout, debout, s'écria Robinson dès que Karl fit mine d'ouvrir les yeux.

La portière n'avait pas encore été tirée, mais le soleil passait par les fentes, et la régularité de la lumière montrait que la matinée était déjà fort avancée. Robinson s'affairait, le regard préoccupé, portant tantôt un essuie-main et tantôt un seau d'eau, tantôt du linge ou des vêtements, et, chaque fois qu'il passait devant Karl, il lui faisait un signe de tête pour l'encourager à se lever, en brandissant très haut l'objet qu'il transportait, afin de bien montrer à Karl tout le mal qu'il prenait à sa place, qu'il *voulait* bien prendre à sa place une dernière fois puisque, aussi bien, Karl ne pouvait dès le premier jour connaître à fond les détails du service.

Karl ne tarda pas à remarquer à qui s'adressaient tant de soins. Dans une partie de la pièce isolée par deux meubles et qui avait jusqu'alors échappé à ses regards, s'opérait un grand nettoyage. La tête de Brunelda dépassait les deux

1. Ce fragment et le suivant, *Le Départ de Brunelda,* ne figuraient pas dans les premières éditions allemandes de Kafka.

meubles, on voyait son cou nu, la naissance de sa nuque, ses cheveux rabattus sur le visage, et la main de Delamarche armée d'une grosse éponge qui surgissait par intervalles pour laver et frotter la femme en faisant gicler de l'eau partout. Des ordres brefs claquaient. Delamarche commandait, Robinson passait les objets, mais comme il ne pouvait le faire par l'accès normal de l'endroit, condamné pendant la séance, il devait les présenter à travers une petite fente entre un des meubles et le paravent, ce qui l'obligeait chaque fois à détourner la tête et à se distendre le bras.

— L'essuie-main ! l'essuie-main ! cria Delamarche.

Et Robinson qui cherchait autre chose sous la table, n'était pas remis de son effroi, il n'avait pas sorti la tête, qu'il entendait déjà hurler : « Où est l'eau, bon sang ? » et il voyait au-dessus de la caisse passer la tête d'un Delamarche furibond.

Tout ce dont on n'avait besoin qu'une fois, du moins selon l'idée de Karl pour habiller un corps humain, était ici demandé et apporté mille fois, et dans tous les ordres possibles. Une bassine chauffait constamment sur un petit réchaud électrique, et Robinson ne cessait de la transporter jusque dans le cabinet de toilette, en tenant les jambes largement écartées tant le fardeau était pesant. Face à tant de tâches, il était naturel qu'il ne s'en tînt pas toujours rigoureusement aux ordres, et une fois qu'on exigeait de lui un essuie-main déjà trop souvent réclamé, il se contenta de faire un bouchon d'une chemise qui était sur le lit et de la lancer pardessus les caisses.

Mais Delamarche n'avait pas moins de travail, et Robinson ne l'irritait peut-être si fort (il en oubliait totalement Karl) que parce que, de son côté, il ne pouvait satisfaire Brunelda.

— Ah ! criait-elle (et Karl lui-même en sursautait, bien qu'il fût étranger au drame), que tu me fais mal ! Va-t'en, j'aime mieux me laver toute seule que de supporter un tel supplice ! Ça y est encore, je ne peux plus lever le bras ! Tu me serres tellement que je me trouve mal. Je dois avoir le dos couvert de bleus, mais ce n'est pas toi qui me le diras, évidemment. Je vais les faire voir à Robinson, attends un peu ; ou au petit. Non, voyons, je ne le ferai pas, mais sois un peu plus délicat. Ménage-moi, je te le dis tous les jours, et chaque matin c'est la même chose.

Puis, brandissant une petite culotte de dentelle au-dessus de sa tête :

— Robinson, cria-t-elle soudain, au secours ! Regarde comme je souffre. C'est ce supplice qu'il appelle un bain, ce Delamarche ! Robinson, Robinson, où es-tu ? As-tu aussi peu de cœur que lui ?

Karl sans mot dire, fit un signe du doigt pour inviter Robinson à intervenir, mais Robinson hocha la tête : il savait à quoi s'en tenir.

— A quoi songes-tu ? chuchota-t-il dans l'oreille de Karl. Elle ne pense pas un mot de ce qu'elle dit. Je m'en suis mêlé une fois et je n'y reviendrai jamais. Ils m'ont empoigné tous les deux et m'ont plongé dans la baignoire jusqu'à ce que je sois à demi noyé. Et Brunelda a passé des jours à me reprocher d'être un individu lubrique. Elle ne cessait de me répéter : « Voilà longtemps que tu n'es pas venu me voir dans ma baignoire », ou : « Quand reviendras-tu me regarder dans mon bain ? » Il a fallu pour qu'elle se taise que je l'en prie à genoux plusieurs fois. Je ne suis pas près d'oublier ça.

Pendant ce temps, Brunelda continuait à crier : « Robinson ! Robinson ! Mais où a-t-il pu passer ? » Personne ne venait, personne ne répondait, Robinson s'était assis à côté de Karl et ils regardaient tous les deux, sans souffler mot, du côté des deux meubles au-dessus desquels apparaissait de temps à autre la tête de Brunelda ou celle de Delamarche, mais Brunelda n'en continuait pas moins à se plaindre tout haut :

— Voyons, Delamarche, criait-elle, je ne sens même plus que tu me laves ! Où as-tu ton éponge ? Frotte donc ! Ah ! si seulement je pouvais me baisser, si je pouvais bouger, je te ferais voir ce qui s'appelle laver ! Où est le temps de ma jeunesse quand j'allais chaque matin nager dans le Colorado, dans le domaine de mes parents ! J'étais la plus agile de toutes ! Et maintenant !... Quand donc apprendras-tu à me laver, Delamarche ? Tu agites l'éponge de tous côtés, tu te fatigues et je ne sens rien. Si je t'ai dit de ne pas m'écorcher, ce n'était pas pour que tu me laisses là, sans un mouvement, à prendre froid ! Tu vas voir, je vais sortir de l'eau et m'en aller comme ça, telle quelle.

Elle ne mit cependant pas sa menace à exécution, et elle en eût d'ailleurs été bien empêchée ; Delamarche, craignant sans doute qu'elle ne prît froid, l'avait replongée probablement dans sa baignoire : l'eau y clapotait bruyamment.

— Ça, tu t'y entends, disait-elle plus bas. Pour cajoler, quand tu as fait une bêtise, à toi le pompon.

Ces mots furent suivis d'un silence.

— Il l'embrasse, dit Robinson en levant les sourcils.

— Alors, qu'y a-t-il à faire maintenant ? demanda Karl.

Ayant décidé de rester, il voulait attaquer le travail. Abandonnant sur le canapé Robinson qui ne répondait pas, il se mit en devoir de défaire le grand lit encore tout aplati par le poids des dormeurs qui venaient d'y passer une longue nuit, et de plier soigneusement à part chaque pièce de ce magma auquel nul n'avait dû toucher depuis des semaines.

— Va voir, Delamarche, dit Brunelda. Je crois qu'ils sont en train de saccager le lit. Il faut que je pense à tout, on n'est jamais tranquille. Sois donc plus sévère avec eux si tu ne veux pas qu'ils fassent n'importe quoi.

— C'est certainement le petit avec son zèle idiot ! cria Delamarche.

Il s'apprêtait probablement à bondir hors du cabinet de toilette, et Karl lâchait déjà tout ce qu'il avait en main, quand Brunelda s'écria par bonheur :

— Ne t'en va pas, je t'en prie, ne t'en va pas. L'eau est brûlante et je suis affreusement lasse. Reste près de moi.

Ce fut alors seulement que Karl remarqua la vapeur qui ne cessait de s'élever au-dessus des deux caisses. Robinson, d'un air effrayé, porta la main jusqu'à sa joue, comme si Karl avait provoqué un désastre.

— Laissez les choses dans l'état où elles étaient, cria la voix de Delamarche. Vous savez bien que Brunelda se repose toujours après son bain pendant une heure ! Quel bousillage ! Attendez donc que je vienne un peu m'occuper de vous. Robinson, tu es sans doute encore en train de rêver ? Rappelle-toi que je te tiens responsable de tout, toi et toi seul. Tu es là pour tenir le petit en bride, non pour qu'il en fasse à sa tête. Ici, quand on veut quelque chose, on ne trouve personne ; vous vous remuez quand on ne veut rien. Allez vous fourrer n'importe où et attendez qu'on vous appelle.

Mais la tornade fut tout de suite oubliée, car Brunelda demandait d'une voix mourante, comme si l'eau chaude la submergeait :

— Le parfum. Donnez-moi mon parfum.

— Le parfum, cria Delamarche, secouez-vous. Mais où était le parfum ? Karl regarda Robinson, Robinson regarda Karl. Et Karl comprit qu'il lui faudrait prendre tout seul les initiatives ; car Robinson n'avait aucune idée de l'endroit où se trouvait le parfum : il s'était étendu à terre et ne cessait de promener ses bras sous le canapé d'où il ne ramenait que des bouchons de cheveux de femme et des conglomérats de poussière. Karl se précipita sur la table de toilette à côté de la porte d'entrée, mais n'y trouva que de vieux romans anglais, des revues et de la musique qui remplissaient si bien le meuble qu'une fois les tiroirs ouverts on ne pouvait plus les refermer.

— Mon parfum ! soupirait pendant ce temps Brunelda. Mais que c'est long ! Est-ce pour aujourd'hui ?

En présence d'une telle impatience, Karl ne pouvait naturellement chercher à fond ; il travaillait sur des impressions superficielles. Pas de flacon dans le tiroir de la pharmacie, et rien sur la tablette, que des tubes de pommade et de vieilles fioles de médicaments ; tout le reste avait dû être porté dans le cabinet de toilette. Peut-être fallait-il chercher dans le tiroir de la table sur laquelle on prenait les repas ? Karl se dirigea donc vers elle, mais, absorbé par l'idée du flacon qui était devenue une obsession, il se heurta avec violence à Robinson qui avait fini par abandonner le canapé, et, sentant poindre en lui quelque vague intuition de l'endroit où se trouvait le parfum, arrivait en aveugle aussi, en sens contraire. On entendit distinctement le choc des deux crânes. Karl n'eut garde de souffler mot, mais Robinson, sans toutefois s'arrêter, se mit à pousser, pour se soulager, des hurlements exagérés et continus.

— Maintenant ils se battent au lieu de chercher le flacon, dit Brunelda. Ce gâchis me rendra malade, Delamarche, je finirai par te rester dans les bras.

Puis, rassemblant ses forces :

— Il me faut mon parfum, je le veux, je l'exige, cria-t-elle. Je ne sortirai pas de la baignoire avant que vous me l'ayez apporté, quand je devrais y rester jusqu'à ce soir.

Et elle tapait du poing dans l'eau. On entendait le liquide jaillir et retomber.

Mais le parfum n'était pas non plus dans le tiroir de la grande table. Il n'y avait là que des objets de toilette, de vieilles houppes à poudre de riz, des petits pots de fard, des brosses à cheveux, des mèches de cheveux et un magma de toutes sortes de babioles agglomérées inextricablement ; du flacon de parfum aucune trace. Robinson, qui criait toujours, et qui avait ouvert un à un, et retourné de fond en comble, une centaine de cartons et de boîtes qui étaient empilés dans un coin et qui avaient répandu sur le sol la moitié de leur contenu, trousses de couture et vieux courrier en général, au cours de cette opération, Robinson ne trouvait rien non plus : il en faisait part à Karl par des hochements de tête et par des haussements d'épaules.

On vit alors Delamarche, en caleçon, sortir d'un bond du cabinet de toilette, tandis que retentissaient les pleurs de Brunelda : c'étaient des sanglots convulsifs. Cessant de chercher, Karl et Robinson le regardaient. Il était trempé du haut en bas, l'eau ruisselait de son visage et de sa chevelure.

— Maintenant, cria-t-il, faites-moi tous deux le plaisir de vous mettre à chercher sérieusement. Ici, dit-il à Karl ; puis, à Robinson : là.

Karl cherchait réellement jusque dans les endroits où Robinson avait déjà fait la corvée, mais il ne trouva pas plus de flacon que son compagnon qui y mettait pourtant encore plus de zèle que lui tout en surveillant du coin de l'œil Delamarche qui allait et venait dans la mesure où le permettait l'espace : il tapait du pied rageusement et eût été certainement ravi de rouer de coups ses deux compagnons.

— Delamarche, cria Brunelda, viens au moins me sécher. Tu vois bien que, de toute façon, ils ne trouveront jamais le flacon, et qu'ils ne font que tout saccager. Qu'ils cessent immédiatement ! Tout de suite ! Et qu'ils lâchent tout ! Qu'ils ne touchent plus à rien ! Ils feraient de la pièce une écurie ! Prends-les au collet s'ils refusent. Mais ils ne cessent pas ! Voilà encore une boîte qui tombe ! Qu'ils ne la ramassent pas, surtout ! Qu'ils laissent tout ! Et qu'ils quittent la chambre ! Ferme le verrou derrière eux, et arrive, j'ai les jambes glacées, je suis restée trop longtemps dans l'eau.

— A l'instant, à l'instant, répondit Delamarche en poussant Karl et Robinson vers la sortie.

Mais, avant de les lâcher, il les chargea d'aller chercher le petit déjeuner et d'essayer d'emprunter à quelqu'un un bon parfum pour Brunelda.

— Quel désordre dans cette boutique ! et quelle saleté ! dit Karl lorsqu'ils furent dans le couloir. Dès que vous aurez apporté le déjeuner il faudra que nous fassions le ménage.

— Si seulement je ne souffrais pas tant ! dit Robinson. Et la façon dont ils vous traitent !

Il était certainement vexé que Brunelda n'eût pas fait la moindre différence entre Karl qui arrivait de la veille, et lui qui était à son service depuis des mois. Mais il ne méritait pas mieux, et Karl lui dit :

— Il faut te reprendre.

Puis, pour ne pas l'abandonner complètement à son désespoir, il ajouta :

— Ça ne demandera pas grand travail. Je t'installerai une couchette derrière les caisses, et quand tout sera un peu rangé, tu pourras t'y allonger tout le jour, sans autre souci : comme ça tu guériras très vite.

— Tu vois donc maintenant où j'en suis ? tu t'en rends compte cette fois ? répondit Robinson en détournant la tête pour s'isoler dans sa souffrance. Mais me laisseront-ils jamais me coucher ?

— Si tu veux, j'en parlerai moi-même à Delamarche et à Brunelda.

— As-tu jamais vu Brunelda tenir compte de quelqu'un ? demanda Robinson.

Et tout à coup, sans que rien l'eût fait prévoir, il

frappa du poing contre la porte devant laquelle ils venaient d'arriver.

Ils pénétrèrent dans une cuisine où de petits nuages roux s'élevaient d'un triste fourneau qui paraissait avoir grand besoin de réparations. L'une des femmes que Karl avait vues la veille dans le corridor était agenouillée devant et enfournait de ses mains nues de gros morceaux de charbon dans le feu en regardant de partout comment prenait la flamme. Sa position, très incommode pour une vieille femme, lui arrachait des gémissements.

— Il ne manquait plus que cette plaie, dit-elle en apercevant Robinson.

Elle se releva péniblement, la main sur la caisse à charbon, et ferma la porte du fourneau après avoir enveloppé la poignée dans un pan de son tablier.

— Alors c'est maintenant, dit-elle, à quatre heures de l'après-midi (Karl regarda la pendule avec étonnement), c'est maintenant qu'il vous faut votre petit déjeuner ! Asseyez-vous et attendez que j'aie le temps.

Robinson fit asseoir Karl sur un petit banc qui se trouvait à côté de la porte et lui souffla :

— Il n'y a qu'à obéir. Nous dépendons de cette femme, c'est elle qui nous a loué la chambre, elle a le droit de nous renvoyer quand il lui plaît. Et de notre côté nous ne pouvons pas déménager ; comment emporter une fois de plus tout le bazar qu'il y a dans la chambre ? Et d'abord Brunelda ne peut pas être transportée.

— On ne pourrait pas trouver une autre pièce dans le couloir ? demanda Karl.

— Personne ne voudra de nous, répondit Robinson. Nul ne nous prendra dans l'immeuble.

Ils restèrent donc sur le petit banc sans souffler mot et attendirent. La vieille femme ne cessait d'aller et de venir, entre le baquet, le fourneau et les deux tables. Il ressortait de ses exclamations que, sa fille étant souffrante, elle était obligée d'assurer le travail elle-même, autrement dit de servir toute seule trente locataires et de les nourrir. Par-dessus le marché, le fourneau ne marchait pas, et le repas ne voulait pas cuire. Une soupe épaisse, sur le foyer, emplissait deux immenses marmites, mais chaque fois que la femme vérifiait la cuisson, en puisant une louchée qu'elle revidait de haut, elle n'observait aucun progrès : c'était sans doute la faute du feu ; alors, accroupie devant la grille, elle secouait les charbons ardents à grands coups de son tisonnier. La fumée qui emplissait la cuisine lui arrachait des quintes de toux qui devenaient parfois si violentes qu'elle était obligée de s'asseoir et de rester là plusieurs minutes à tousser et à retousser. Elle répétait à tout moment qu'elle ne servirait plus de petit déjeuner parce qu'elle n'en avait ni le temps ni l'envie. Karl et Robinson, ayant l'ordre de rapporter le repas en question, mais ne disposant d'aucun moyen de l'obtenir, ne répondaient pas à ses remarques et restaient assis tranquillement.

La vaisselle sale du petit déjeuner traînait un peu partout, sur les chaises et les bancs, sur les tables et sous les tables, ou même à terre, entassée dans un coin. Il y avait là des petits pots dans lesquels pouvaient se trouver des restes de lait ou de café, des soucoupes auxquelles adhéraient encore des miettes de beurre, et une grande boîte de fer-blanc qui s'était renversée en répandant au loin une partie des biscuits qu'elle contenait. Rien n'empêchait à la rigueur de composer avec ces restes un déjeuner auquel Brunelda ne trouverait rien à redire si elle en ignorait l'origine. Au moment où Karl y songeait, la pendule lui rappela qu'ils étaient là depuis une demi-heure ; Brunelda devait se déchaîner et exciter Delamarche contre eux ; ce fut alors que la femme, le regardant fixement, lui dit entre deux quintes de toux :

— Restez assis tant que vous voudrez, vous n'aurez pas de petit déjeuner. En revanche vous aurez le dîner dans deux heures.

— Viens, Robinson, dit Karl, nous allons préparer les choses nous-mêmes.

— Quoi ? dit la femme, la tête penchée.

— Soyez raisonnable, dit Karl. Pourquoi ne voulez-vous pas nous donner ce petit déjeuner ? Nous l'attendons depuis une demi-heure, c'est bien assez. Nous payons tout, je suis même certain que nous vous donnons plus que les autres. Nous déjeunons tard, c'est entendu, je comprends que ce soit gênant pour vous, mais nous sommes vos locataires, et puisque c'est notre habitude, vous êtes tout de même tenue de vous y adapter un peu. Aujourd'hui, je ne dis pas non, votre tâche est particulièrement lourde à cause de l'indisposition de Mademoiselle votre fille, mais nous sommes prêts, en retour, à composer un petit déjeuner avec les restes que voilà si vous ne nous en donnez pas un et si on ne peut faire autrement.

Mais la femme n'entendait pas se laisser aller à une explication amicale ; de plus, pour de tels locataires, les restes eux-mêmes lui paraissaient encore trop bons. D'autre part elle était excédée de l'insistance des deux domestiques. Elle attrapa donc un plateau qu'elle enfonça entre les côtes de

Robinson qui ne comprit qu'au bout d'un moment, en faisant une drôle de grimace, qu'elle voulait le lui faire tenir pour recevoir les nourritures qu'elle s'occupait à trier. Puis elle chargea le plateau en hâte d'une foule de choses dont l'ensemble avait l'air d'un tas de vaisselle sale plutôt que d'un petit déjeuner prêt à être servi, et elle poussa les garçons vers la porte. Ils filaient encore, le dos rond, comme s'ils redoutaient des coups ou des injures, quand Karl prit le plateau des mains de Robinson ; il ne l'y sentait pas en sûreté.

Ensuite, dans le couloir, quand ils furent assez loin de la porte de la logeuse, il s'assit sur le sol pour nettoyer le plateau, grouper les choses qui allaient ensemble, en versant tout le lait dans le même pot et en roulant tous les restes de beurre pour les mettre sur une même assiette. Après quoi il fit disparaître les traces des premiers consommateurs en lavant couteaux et cuillères et en coupant proprement les petits pains dans lesquels on avait mordu ; bref il rendit le déjeuner présentable. Robinson, lui, considérait que c'était un travail inutile ; le déjeuner avait souvent été servi beaucoup plus mal ; mais Karl ne se laissa pas détourner de son idée, et fut ravi que Robinson ne cherchât pas à l'aider de ses doigts sales. Pour le faire tenir tranquille, il lui avait attribué tout de suite quelques biscuits en lui expliquant qu'il n'aurait pas autre chose, et donné à lécher le fond d'un pot de chocolat. Une fois arrivés devant leur appartement, Robinson mit sans plus de façon la main sur la poignée de la porte, mais Karl le retint : peut-être, à son idée, n'avaient-ils pas la permission d'entrer si vite.

— Bien sûr que si, dit Robinson ; elle se fait simplement coiffer.

Et, de fait, Brunelda se tenait dans le grand fauteuil, les jambes largement écartées, au milieu de la chambre encore non aérée dont les rideaux étaient restés fermés, et Delamarche, derrière elle, debout, penché sur son travail, peignait les courts cheveux de la dame qui devaient être fort emmêlés. Elle portait encore comme la veille un vêtement vague, mais cette fois d'un rose pâle, et peut-être un peu plus court que l'autre, car on voyait jusqu'aux genoux ses bas blancs d'un tricot grossier. Impatientée par la durée de la séance, elle promenait entre ses lèvres une grosse langue épaisse et rouge, et arrachait même par moments sa tête aux mains de son coiffeur bénévole en criant : « Voyons, Delamarche ! » Delamarche, le peigne haut, attendait tranquillement qu'elle la lui rendît.

— Ça a été bien long ! dit-elle pour qui voudrait, puis, à Karl en particulier : il faudra être plus dégourdi si tu veux qu'on soit content de toi. Ne prends pas exemple sur ce glouton et ce paresseux de Robinson. Vous avez certainement déjeuné quelque part, et je vous avise qu'une autre fois je ne le supporterai pas.

La remarque était fort injuste et Robinson secoua la tête ; il remua même les lèvres, bien qu'il n'en sortît aucun son. Karl, lui, se rendit compte que les maîtres ne pourraient être influencés que par un travail incontestable. Il alla chercher dans un coin une petite table japonaise, la recouvrit d'une serviette et servit le déjeuner qu'il avait apporté. Quand on savait d'où ce repas sortait, le résultat pouvait satisfaire ; dans le cas contraire,

Karl se l'avouait lui-même, il prêtait à dire fortement.

Mais, par bonheur, Brunelda avait faim. Elle adressait à Karl des signes bienveillants tandis qu'il préparait la table, et parfois même le dérangeait pour attraper à titre d'acompte quelques morceaux de ses mains molles et grasses qui écrasaient tout ce qu'elles touchaient.

— Il a bien travaillé, dit-elle en activant bruyamment ses mâchoires, et elle invita Delamarche à venir s'asseoir à ses côtés.

Delamarche laissa le peigne planté dans les cheveux de Brunelda en vue de la besogne ultérieure et se radoucit comme elle à l'aspect du repas. Ils étaient tous deux affamés, leurs mains volaient et balayaient la table. Karl comprit que, pour les satisfaire, ce qu'il fallait d'abord c'était la quantité, et, se souvenant de plusieurs restes utilisables qu'il avait laissés sur le sol, à la cuisine, en la quittant, il dit :

— Je n'ai pas bien su m'y prendre, c'était la première fois, la prochaine je ferai mieux.

Mais sa phrase n'était pas finie qu'il se rappela à qui il parlait (il s'était laissé emporter trop aisément par son sujet). Brunelda fit à Delamarche un signe de satisfaction, et, en guise de récompense, tendit à Karl une poignée de biscuits secs.

II

LE DÉPART DE BRUNELDA

Un matin Karl franchit enfin la porte cochère en poussant un fauteuil roulant dans lequel se tenait Brunelda. Il n'était pas si tôt qu'il l'avait espéré. Ils étaient convenus d'opérer avant l'aube pour ne pas susciter dans ces petites rues l'émoi que la même scène, en plein jour, aurait infailliblement provoqué malgré le grand châle gris dont Brunelda voulait s'envelopper. Malheureusement, le transport de Brunelda avait pris trop de temps dans l'escalier, en dépit de l'aide empressée qu'avait apportée l'étudiant ; il était bien moins fort que Karl, la circonstance en avait fait la preuve. Brunelda se montrait courageuse, soupirait peu et cherchait par tous les moyens à faciliter le travail des porteurs. Il n'en avait pas moins fallu s'arrêter toutes les cinq marches pour respirer et lui donner un temps de repos. C'était un matin froid, un courant d'air glacé maintenait dans le couloir une fraîcheur de cave, mais Karl et l'étudiant étaient trempés de sueur ; aux pauses, pour s'éponger le visage, ils étaient obligés d'employer tous les deux un coin du châle de Brunelda ; elle s'y prêtait d'ailleurs avec grande obligeance. Il leur avait fallu deux heures pour arriver au rez-de-chaussée. Le petit véhicule s'y trouvait depuis la veille. On avait eu un certain mal à y déposer Brunelda, mais l'entreprise pouvait passer dorénavant pour réussie, car il devait être facile de pousser la voiture en raison de ses hautes roues. Un seul danger restait à craindre : qu'elle ne se disloquât sous le poids de Brunelda. Il fallait en courir le risque : on ne pouvait emmener un véhicule de rechange bien que l'étudiant eût proposé, moitié plaisant, moitié sérieux, d'en préparer et conduire un. On lui fit des adieux qui furent même très cordiaux. Ses bisbilles avec Brunelda parurent complètement oubliées : il s'excusa de l'avoir autrefois offensée au moment de sa maladie ; elle assura qu'elle n'en gardait aucun souvenir et qu'il avait plus que réparé les torts qu'il pouvait avoir eus. Elle lui demanda même finalement de bien vouloir accepter en souvenir un dollar qu'elle alla paisiblement chercher dans ses innombrables jupons. Le cadeau était d'importance, vu l'avarice bien connue de Brunelda, et fit vraiment un grand plaisir à l'étudiant. Il fit sauter la pièce en l'air, mais ne sut pas la rattraper, ce qui l'obligea à la chercher par terre. Karl dut l'aider et la retrouva au bout du compte sous la voiture de Brunelda. Avec lui les adieux, comme il est naturel, se firent beaucoup plus simplement : les deux garçons se bornèrent à se serrer la main en exprimant la conviction qu'ils se reverraient quelque jour et que cette fois l'un au moins d'entre eux — Karl selon l'étudiant, l'étudiant selon Karl — serait parvenu à de hautes destinées, ce qui n'était pas, malheureusement, encore le cas. Là-dessus Karl, avec beaucoup d'entrain, saisit la poignée de la voiture et la poussa sur le trottoir. L'étudiant le suivit du regard aussi longtemps qu'il put le voir, en agitant son mouchoir à bout de bras. Karl se retourna fréquemment pour le saluer, et Brunelda en eût volontiers fait autant si ce mouvement n'eût été trop fatigant pour elle. Afin de lui permettre quand même de faire un dernier geste d'adieu, Karl, arrivé au bout de la rue, fit opérer un demi-tour au véhicule, si bien que Brunelda elle aussi put apercevoir l'étudiant qui en profita pour redoubler de véhémence dans le mouchoir.

Sur quoi Karl déclara que maintenant ils ne pourraient plus s'accorder le moindre arrêt, qu'ils allaient trop loin pour cela et qu'ils étaient déjà partis en retard sur leurs prévisions. Et de fait on rencontrait déjà quelques voitures, et même, encore que rarement, des gens qui se rendaient au travail. Karl n'avait pas cherché par son observation à dire autre chose que ce qu'il disait, mais Brunelda fit une question de tact de l'interpréter autrement et se recouvrit entièrement du châle gris ; le véhicule couvert d'un châle gris était évidemment assez spectaculaire, infiniment moins toutefois que s'il avait montré Brunelda. Karl avançait avec prudence : avant de tourner au coin d'une rue il observait la nouvelle artère, et lâchait même son véhicule en cas de besoin pour aller observer plus loin ; s'il prévoyait quelque rencontre indésirable il attendait que le danger eût disparu, ou changeait carrément de chemin. Même alors il ne risquait pas de faire de détour important, car il avait étudié à l'avance tous les itinéraires possibles. Il ne s'en heurta pas moins à des difficultés auxquelles il aurait pu s'attendre mais dont le détail ne pouvait être prévu. C'est ainsi que dans une rue qu'on voyait entièrement (car elle montait en pente douce) et qui semblait parfaitement vide — avantage que Karl espérait exploiter en accélérant son allure — un sergent de ville surgit tout à coup d'un coin sombre et demanda à Karl ce qu'il pouvait transporter dans une voiture si bien couverte. Mais, en dépit de son œil sévère, il ne put s'empêcher de rire, lorsque, ayant soulevé le châle, il aperçut le visage échauffé et terrorisé de Brunelda.

— Hein ? dit-il, quoi ? moi qui croyais trouver là-dessous au moins dix sacs de pommes de terre ! Et ce n'est qu'une femme ! Où allez-vous donc ? Et qui êtes-vous ?

Brunelda n'osait pas regarder le sergent de ville. Elle ne quittait pas Karl des yeux, doutant visiblement quand même qu'il pût trouver un moyen de la sauver. Mais Karl avait déjà l'habitude des agents, l'affaire ne lui semblait pas bien grave.

— Montrez donc, Mademoiselle, dit-il, le papier que vous avez reçu.

— Ah ! en effet, dit Brunelda, en se mettant à chercher si désespérément qu'elle n'en paraissait que plus suspecte.

— La demoiselle, dit l'agent avec une indubitable ironie, ne va pas retrouver le papier.

— Mais si, dit Karl très calmement, elle l'a sûrement, mais elle ne sait plus où.

Il se mit à chercher lui-même et, de fait, le trouva, dans le dos de Brunelda. Le sergent de ville n'y jeta qu'un coup d'œil.

— C'est donc ça ? dit-il en souriant. Voilà donc ce qu'est la demoiselle ! Et c'est vous, petit, qui faites l'intermédiaire et qui assurez le transport ? Vous ne pouvez pas trouver quelque chose de mieux ?

Karl se contenta de hausser les épaules, il faut toujours que la police se mêle de tout.

— Eh bien ! bon voyage, dit l'agent, voyant qu'il ne recevait pas de réponse.

L'expression devait être méprisante, et Karl repartit sans saluer ; mais le mépris, de la part de la police, est préférable à l'attention.

Un peu plus loin il fit une nouvelle rencontre, plus désagréable encore s'il se peut. Un homme vint l'entreprendre ; il poussait une carriole chargée de bidons de lait et aurait bien voulu savoir ce qui se cachait dans la voiture sous ce châle gris. Bien que rien ne permît de supposer qu'il allât au même endroit que Karl, il ne le quittait pas d'une semelle, quelque virage extravagant que l'autre pût faire. Il se borna d'abord à des exclamations : « Ça doit être lourd ! », « Tu as mal chargé. Ça tombe du haut » ; puis en fin de compte, il demanda carrément : « Que portes-tu donc sous ce châle ? »

— Ça te regarde ? répondit Karl.

Mais, l'homme n'en devenant que plus curieux, il lui dit finalement.

— Des pommes.

— Tout ça de pommes ! dit l'homme ahuri ; et il ne cessa plus de répéter sa phrase. Mais c'est toute une récolte ! ajouta-t-il enfin.

— Eh oui, dit Karl.

Mais l'homme, soit qu'il ne le crût pas, soit qu'il voulût le faire endêver, continua de le suivre et, sans cesser de marcher, avança la main vers le châle, comme s'il voulait plaisanter ; il finit même par tirer dessus. Que Brunelda devait souffrir ! Karl s'interdit par égard pour elle de s'engager dans une dispute et pénétra dans le premier couloir venu, comme s'il était arrivé à destination.

— Me voilà rendu, dit-il à l'homme. Merci de m'avoir accompagné.

L'homme, étonné, resta devant la porte, regardant Karl qui s'apprêtait paisiblement à traverser toute la longueur de la première cour si besoin était. Il ne pouvait plus avoir de doute, mais par besoin de satisfaire une dernière fois sa méchanceté, il abandonna sa voiture, suivit Karl sur la pointe des pieds et tira si fort sur le châle qu'il faillit découvrir le visage de Brunelda.

— C'est pour faire prendre l'air à tes pommes! lança-t-il en repartant au trot.

Karl accepta ce dernier trait qui le débarrassait définitivement de l'homme, et poussa la voiture dans un coin de la cour où se trouvaient quelques grandes caisses vides, à l'abri desquelles, sous le châle, il comptait dire à Brunelda quelques paroles pour l'apaiser. Mais il dut lui parler longtemps pour la convaincre, car elle pleurait comme une Madeleine et le suppliait très sérieusement de la laisser cachée derrière les caisses toute la journée et de ne repartir qu'à la nuit. Peut-être n'aurait-il pas réussi à lui seul à lui faire comprendre son erreur, mais quelqu'un ayant fait tomber l'une des caisses vides à l'autre bout de l'entassement, le fracas fut tel, le bruit retentit si effroyablement à travers cette cour déserte et Brunelda prit tellement peur qu'elle rabattit le châle sur elle sans souffler mot et fut probablement ravie que Karl, vite décidé, repartît immédiatement.

Les rues, maintenant, étaient de plus en plus animées, mais la voiture se faisait bien moins remarquer que Karl ne l'avait craint. Il eût peut-être été plus sage d'opérer à un autre moment : s'il fallait faire une nouvelle expédition, Karl se faisait fort de s'y prendre à l'heure du déjeuner. Il n'y eut pas de nouvel accroc et il pénétra finalement, sur un virage, dans la ruelle étroite et sombre où se trouvait l'Entreprise 25. Montre en main, sur le pas de la porte, se tenait le strabique gérant.

— Es-tu toujours aussi en retard ? demanda-t-il.

— Nous avons eu des contretemps, répondit Karl.

— Il y en a toujours, dit le gérant. C'est connu. Mais chez nous ils ne servent pas d'excuse. Rappelle-toi ça.

Ces sortes de propos n'impressionnaient plus Karl : chacun profite de sa puissance pour insulter ses inférieurs. Une fois que l'habitude en est prise, on n'entend pas plus ces choses-là que le tic-tac de la pendule. Ce qui l'épouvanta en revanche, quand il poussa la voiture dans le couloir, ce fut la saleté qui régnait là, encore qu'il s'y fût attendu. C'était une crasse énigmatique. Les dalles du couloir faisaient l'effet d'être presque bien balayées, la peinture des cloisons semblait assez récente, et les palmiers artificiels n'étaient pas tellement poussiéreux, mais tout avait quelque chose de gras et de répugnant comme si on en avait fait on ne sait quel usage et que nulle mesure de propreté ne fût plus en état d'y remédier. Lorsque Karl allait quelque part il aimait à imaginer les améliorations à faire et la joie qu'il aurait à s'y mettre tout de suite, quitte à se donner un travail fou. Mais ici, il ne voyait pas ce qu'on aurait pu entreprendre. Il dégagea Brunelda du châle gris.

— Soyez la bienvenue, Mademoiselle, dit le gérant d'un ton maniéré.

On voyait que Brunelda lui faisait bonne impression. Elle s'arrangea pour en tirer parti tout de suite, à la grande satisfaction de Karl. L'angoisse des dernières heures se trouva dissipée.

POSTFACE
DE LA PREMIÈRE ÉDITION

Le manuscrit de Franz Kafka ne porte aucun titre. Quand il en parlait, il l'appelait son « roman américain » ; plus tard, lorsque (en 1913) le premier chapitre eut paru sous forme de nouvelle détachée, il disait « Le Chauffeur » pour le tout comme pour le premier chapitre. Il travaillait à cette œuvre avec un immense plaisir, le soir la plupart du temps et jusqu'au cœur de la nuit ; les feuillets présentent étonnamment peu de corrections et de ratures. Kafka avait conscience, il le disait souvent, que ce roman était plus gai, plus lumineux que tout le reste de son œuvre. — Je note ici qu'il aimait les mémoires et les relations de voyage, que la biographie de Franklin était un de ses ouvrages préférés, qu'il en lisait volontiers des passages à ses amis et qu'il a toujours éprouvé la nostalgie de la liberté et l'amour des pays lointains. Il n'a cependant jamais dépassé la France ou l'Italie septentrionale ; c'est l'aurore de l'imagination qui donne sa couleur particulière à ce récit d'aventures.

Kafka cessa soudain d'y travailler de la façon la plus inattendue. L'ouvrage resta inachevé. Je sais, par des conversations, que le chapitre incomplet du « Théâtre d'Oklahoma » dont il aimait particulière-

ment l'introduction et qu'il lisait de façon très émouvante, devait former le chapitre final et nous réconcilier avec la destinée. Kafka semblait promettre en souriant que son jeune héros trouverait comme par miracle, dans ce théâtre presque illimité, une profession, la liberté, un soutien et ses parents.

Avant le chapitre final il manque des parties du récit. On trouve bien deux importants fragments touchant le service de Brunelda, mais ils ne comblent pas le vide. Je les réserve pour un tome complémentaire, car c'est la grande ligne du récit qui m'importe et non le travail philologique, que d'autres entreprendront plus tard. Kafka n'avait indiqué de divisions et de titres que pour les six premiers chapitres.

Il est évident que ce roman est en étroite relation avec Le Procès *et* Le Château, *dont il inaugure chronologiquement la série. C'est une trilogie de la solitude que Kafka nous a laissée là. L'isolement de l'individu parmi les hommes, l'étonnement de cet individu perdu au milieu d'eux, voilà le thème essentiel de ses récits. La situation de l'accusé dans* Le Procès, *dans* Le Château *celle de l'étranger qui n'a pas été invité, et, dans* L'Amérique, *la détresse d'un enfant sans expérience, égaré au sein d'un pays où la vie fait rage, voilà trois données fondamentales dont la mystérieuse parenté ressort clairement de l'art si net et si symbolique de Kafka, bien qu'il ne s'exprime jamais dans le langage ordinaire du symbole et n'use que du mode d'expression le plus simple. Chacun de ses romans aide donc à comprendre les autres ; ils nous ramènent tous à un seul et même centre. Il s'agit dans tous trois d'assigner à l'individu sa place dans une communauté humaine et, comme ce classement doit être opéré avec une justice suprême, de lui marquer aussi sa place dans un royaume de Dieu.*

Kafka nous montre les formidables résistances auxquelles cette opération expose précisément l'homme juste et scrupuleux. Dans Le Procès *et* Le Château, *ce sont les résistances qui l'emportent, et ceci confère à ces deux ouvrages la valeur de tragiques documents. Mais dans* L'Amérique, *l'innocence enfantine, la touchante naïveté et la pureté du héros, parviennent au dernier moment à faire échec à la fatalité. Nous sentons que ce brave Karl, qui a vite gagné notre affection, réussira à atteindre son but malgré toutes les fausses amitiés et les hostilités perfides, qu'il fera un galant homme et se réconciliera avec ses parents. (J'ai indiqué dans une petite étude intitulée* Kleist et Kafka, *parue dans la* Litterarische Welt *du 15 juillet 1927, quelques-uns des motifs qui sont à la base du problème.) Mais la voie qui mène à ce but est coupée de mille difficultés et de souffrances formidables. « Il est impossible de se défendre si les autres n'y mettent pas de la bonne volonté », dit encore ici Kafka avec tristesse et reproche dans cet interrogatoire chez le gérant qui présente tant de démonismes communs avec ceux qui apparaissent dans le jugement décrit par* Le Procès. *Mais ici, la lutte pour le vrai se trouve conduite avec une conscience plus calme et avec une juvénile énergie. A voir ce héros incessamment blackboulé chercher en vain un poste inaccessible à travers les ironies du destin, on songe aux tentatives désespérées de l'expert du* Château; *mais ici, dans* Amerika, *malgré les circonstances qui en affaibliront l'effet, Karl finira par trouver l'engagement rédempteur.*

Kafka n'épargne pas plus ce Karl que les personnages centraux de ses deux autres romans dont l'initiale du nom est également K — comme celle de Kafka lui-même. — Quoi qu'on en ait pensé, en effet, dans certaines de leurs critiques, la langue transparente et sans fleurs de ces deux œuvres ne dissimule pas une froideur de l'auteur mais seulement une infinie sévérité, indissolublement liée à une pitié infinie qui sait faire jouer avec une extrême délicatesse les soupapes les plus compliquées. Il semble cependant que, dans L'Amérique, *Kafka se soit trouvé plus libre avec son brave et honnête héros. Il cache moins sa sympathie, il s'y laisse aller carrément. Son cœur saigne à chaque injustice que l'on fait à cet innocent désarmé. Il y a dans ce livre (et surtout dans les scènes du faubourg, que j'ai intitulées* Asile*) des passages qui rappellent irrésistiblement Chaplin, mais il s'agirait de films si beaux qu'ils n'ont évidemment jamais été écrits ; il ne faut pas oublier cependant qu'à l'époque où Kafka rédigeait ce roman (avant la guerre de 1914) Charlot était encore inconnu et n'avait peut-être même rien donné.*

Il est possible que L'Amérique *soit précisément le roman qu'il fallait pour amener à Kafka par une nouvelle voie — par la voie de l'humanité, de la simplicité et de la compassion — et que sa publication permette désormais aux autres œuvres de Kafka déjà parues, spécialement à ses deux autres grands romans posthumes, d'atteindre leur effet d'eux-mêmes sans aucune interprétation. Je remarque d'après les lettres et les essais critiques qui me parviennent de plus en plus abondamment qu'on se met à reconnaître et à aimer de plus en plus la grandeur de l'œuvre de Kafka, une œuvre unique et qui impose le respect. Ses écrits posthumes comprennent encore deux grandes nouvelles inachevées mais dont le plan apparaît nettement, une ébauche de drame, une série d'aphorismes complète sur le thème du péché et du rachat, de nombreux fragments et un journal très détaillé dont bien des parties peuvent être considérées comme définitives. Quand tout cela sera imprimé, il se pourrait que Kafka devînt essentiel ; on ne saurait encore, tant s'en faut, imaginer quelle importance il peut avoir.*

Max Brod.

POSTFACE DE LA DEUXIÈME ÉDITION

A l'exception de deux corrections, qui représentent des variantes, non des enrichissements, le premier texte de L'Amérique *ne comporte pas de modifications essentielles apportées de la main de Kafka. Nos « additifs » se ramènent à deux fragments du cycle Brunelda, et à un court passage qui servait de transition pour le dernier chapitre.*

Publié du vivant de l'auteur, le chapitre I a été reproduit exactement comme il avait paru. Dans le suivant, de rares retouches ont été faites pour mettre le texte en harmonie avec la nouvelle édition.

Max Brod.

POSTFACE
DE LA TROISIÈME ÉDITION

Le manuscrit ne comportait pas de subdivisions. Mais, dans son deuxième fascicule, un papier de la main de Kafka prévoyait dix titres de chapitre (avec indication des pages) que j'ai utilisés ici. Dans le contexte, Le Départ de Brunelda *est le seul titre indiqué personnellement par Kafka. J'ajoute que, dans son journal, quand il parle du roman complet, il l'appelle* Le Disparu.

Tel-Aviv, 1946.

Max Brod.

DU MÊME AUTEUR

Aux Éditions Gallimard

LETTRES À OTLA ET À LA FAMILLE.

LE PROCÈS.

LE CHÂTEAU.

LA MÉTAMORPHOSE.

L'AMÉRIQUE.

LA COLONIE PÉNITENTIAIRE et autres récits.

LA MURAILLE DE CHINE et autres récits.

LETTRES À MILENA.

PRÉPARATIFS DE NOCE À LA CAMPAGNE.

CORRESPONDANCE 1902-1924.

LETTRES À FELICE, I et II.

ŒUVRES COMPLÈTES

I. L'Amérique — (L'Oublié) — Le Procès — Le Château.

II. Récits et Fragments narratifs.

III. Journaux — Lettres à sa famille et à ses amis.

IV. Lettres à Felice — Lettre à son père — Lettres à Milena — Articles et Allocutions — Textes professionnels.

Enfantimages

LE PONT. Illustrations de Henri Galeron.

Aux Éditions Grasset

TENTATION AU VILLAGE.

JOURNAL.

Impression Bussière Camedan Imprimeries
à Saint-Amand (Cher),
le 11 janvier 1999.
Dépôt légal : janvier 1999.
1er dépôt légal dans la collection : août 1973.
Numéro d'imprimeur : 990158/1.
ISBN 2-07-036803-3./Imprimé en France.

90269